粤派批评丛书
名家文丛

本项目受广东省宣传文化发展
专项资金资助出版

广东省作家协会
广东人民出版社 组编

程文超集

程文超 著

SPM
南方出版传媒
广东人民出版社
·广州·

图书在版编目（CIP）数据

程文超集 / 程文超著. —广州：广东人民出版社，2021.1
（粤派批评丛书）
ISBN 978-7-218-14443-6

Ⅰ. ①程… Ⅱ. ①程… Ⅲ. ①中国文学—现代文学—文学评论—文集 Ⅳ. ①I206.6-53

中国版本图书馆CIP数据核字（2020）第153974号

CHENG WENCHAO JI
程 文 超 集　　程文超 著　　　　　　版权所有　翻印必究

出 版 人：肖风华

责任编辑：钱飞遥
装帧设计：河马设计
排　　版：广州市奔流文化传播有限公司
责任技编：吴彦斌　周星奎

出版发行：广东人民出版社
地　　址：广州市海珠区新港西路204号2号楼（邮政编号510300）
电　　话：（020）85716809（总编室）
传　　真：（020）85716872
网　　址：http://www.gdpph.com
印　　刷：恒美印务（广州）有限公司
开　　本：787毫米×1092毫米　1/16
印　　张：22.5　　字　　数：353千
版　　次：2021年1月第1版
印　　次：2021年1月第1次印刷
定　　价：88.00元

如发现印装质量问题，影响阅读，请与出版社（020-85716849）联系调换。
售书热线：（020）85716826

"粤派批评"丛书编辑委员会

学术顾问：陈思和　温儒敏
总　主　编：张培忠　蒋述卓
执行主编：陈剑晖　林　岗　贺仲明
编　　委（按姓氏音序排列）：

　　　　　　陈剑晖　陈平原　陈桥生　陈思和　陈小奇
　　　　　　程国赋　范英妍　古远清　郭小东　贺仲明
　　　　　　洪子诚　黄树森　黄天骥　黄伟宗　黄修己
　　　　　　黄子平　纪德君　江　冰　蒋述卓　金　岱
　　　　　　李钟声　林　岗　刘斯奋　彭玉平　饶芃子
　　　　　　宋剑华　苏　毅　温儒敏　吴承学　肖风华
　　　　　　谢望新　谢有顺　徐肖楠　许钦松　杨　义
　　　　　　张培忠

总　序

在近百年来的中国文坛，"京派批评""海派批评"以及20世纪80年代崛起的"闽派批评"已是大家公认的文学现象，但"粤派批评"却极少被人提起。其实，不论从地域精神文化气质，从文脉的历史传承，还是从批评的影响力来看，"粤派批评"都有着自己的精神气质和文化品格，有它的优势和辉煌。只不过，由于历史、现实、文化和地域的诸多原因，"粤派批评"一直被低估、忽视乃至遮蔽。正是有鉴于此，我们认为，以百年"粤派"文学以及美术、音乐、戏剧、影视等评论为切入点，出版一套"粤派批评"丛书，挖掘被历史和某种文化偏见所遮蔽的"粤派批评"的价值，彰显"粤派"文学与文化的独特内涵和深厚底蕴，这不仅能更好地展示广东文艺批评的力量，让"粤派批评"发出更响亮的声音，而且有助于增强广东文化的自信，提升广东文化的影响力，促进区域文化发展，从而在当前打造广东"文化强省"的进程中发挥积极的文化效应。

出版"粤派批评"丛书，有厚实的、充分的历史、现实、文化和地域等方面的依据。

1. 传统文化的影响。岭南文化明显不同于北方文化。如汉代以降以陈钦、陈元为代表的"经学"注释，便明显不同于北方"经学"的严密深邃与繁复，呈现出轻灵简易的特点，因此被称为"简易之学"。六祖惠能则为佛学禅宗注进了日常化、世俗化的内涵。明代大儒陈白沙主张"学贵知疑"，强调独立思考，提倡较为自由开放的学风，逐渐形成一个有"粤派"特点的哲学学派。这种不同于北方的文化传统，势必对"粤派批评"的形成起到潜移默化的作用。

2. 文论传统的依据。"粤派批评"的起源可追溯到晚清，黄遵宪的"诗界革命",梁启超的"小说界革命"的倡导,开创了一个时代的风潮,在全国产生了普泛的影响。20世纪二三十年代,黄药眠在《创造周刊》发表大量文艺大众化、诗歌民族化文章,产生了很大影响。钟敬文则研究民间文学,被视为中国民间文学的创始人。中华人民共和国成立后的十七年,"粤派批评"的代表人物是黄秋耘、萧殷和梁宗岱。黄秋耘在"百花时代"勇猛向上,慷慨悲歌,疾恶如仇,高举着"写真实"与"干预生活"两面旗帜,大声呼吁"不要在人民疾苦面前闭上眼睛"。在中国当代文学理论批评史上,萧殷也许不是一流的评论家,但却是一流的编辑家。王蒙曾说过:"我的第一个恩师是萧殷,是萧殷发现了我。"而梁宗岱通过中西诗学的贯通,建立起了现代性与本土经验相融汇的诗歌理论批评体系。新时期以来,"粤派批评"也涌现出不少在全国有一定知名度的批评家。如在广东本土,"30后"的有饶芃子、黄树森、黄修己、黄伟宗;"40后"的有刘斯奋、谢望新、李钟声;"50后"的有蒋述卓、程文超、林岗、陈剑晖、郭小东、金岱、宋剑华、徐肖楠、江冰;"60后""70后"的有彭玉平、谢有顺、贺仲明、钟晓毅、申霞艳、胡传吉、纪德君、陈希、杨汤琛;"80后"的有李德南、陈培浩、唐诗人;等等。在北京、上海、武汉及香港等地生活的"粤派批评"家的有杨义、洪子诚、温儒敏、陈平原、陈思和、吴亮、程德培、黄子平、古远清等,其阵容和影响力虽不及"京派批评"和"海派批评",但其深厚力量堪比"闽派批评",超越国内大多数地域的文学批评。如果将视野和范围再开放拓展,加上饶宗颐、王起、黄天骥等老一辈学者的纯学术研究,"粤派批评"更是蔚为壮观。

3. 地理环境的优势。从地理上看,广东占有沿海之利,在沟通世界方面具有得天独厚的优势;同时,广东处于边缘,这既是劣势也是优势。近现代以来,粤派学者在中西文化交汇的背景下,感受并接受多种文明带来的思想启迪。他们视野开阔,思维活跃,不安现状,积极进取,敢为人先,因此能走在时代变革的前列。黄遵宪、康有为、梁启超、孙中山等是这方面的代表人物。他们秉承中国学术的传统,开创了"粤派批评"的先河。这种地缘、文化土壤的内在培植作用,在"粤派批评"的发展过程中是显而易见的。

"粤派批评"有属于自己的鲜明特点。

1. 从总体看,除发生期的梁启超、黄遵宪外,"粤派批评"家不像北京的批评家那样关注现代性、全球化、后殖民等宏观问题，也不似"闽派批评"那样积极参与到"朦胧诗""方法论""主体性"的论争中。"粤派批评"家有自己的批评立场、批评观念，亦有自己的学术立足点和生长点。他们师承的是梁启超、黄遵宪、黄药眠、钟敬文这些大家的治学批评理路。他们既面向时代和生活，感受文艺风潮的脉动，又高度重视审美中的文化积累和文化传承；既追求批评的理论性、学理性和体系建构，注重文学史的梳理阐释，又强调批评的实践性，注重感性与诗性的个性呈现。比如，古远清的港台文学研究，饶芃子的海外华文文学研究，郭小东的中国知青研究，陈剑晖的散文研究，蒋述卓的文化诗学研究，宋剑华对经典的阐释重构，都各有专攻，各擅胜场，且处于国内领先地位。

2．中国现当代文学史写作，是"粤派批评"最为鲜亮的一道风景线。在这方面，"粤派批评"几乎占了文学史写作的半壁江山，而且处于前沿位置，有的甚至成为中国现当代文学史写作的高地。比如20世纪80年代，钱理群、陈平原、黄子平联合发表的著名论文《论"二十世纪中国文学"》，其中的陈平原、黄子平均为粤人。洪子诚的《中国当代文学史》以方法先进、富于问题意识、善于整合中西传统资源和吸纳同时代前沿研究成果著称，它与陈思和的《中国当代文学史教程》被学界誉为中国现当代文学史的"南北双璧"。杨义的三卷本《中国现代小说史》是将比较方法运用于文学史写作的有效实践，该著材料扎实，眼光独到，文本分析有血有肉，堪与夏志清的《中国现代小说史》比肩。此外，温儒敏的《中国现代文学批评史》、黄修己的《中国现代文学发展史》、古远清的港台文学史写作也都各具特色，体现出自己的史观、史识和史德。

3．"粤派批评"还有一个亮点，即注重文学批评的日常化、本土经验和实践性。"粤派批评"家追求发现创新，但不拒绝深刻宽厚；追求实证内敛，而不喜凌空高蹈；追求灵动圆融，而厌恶哗众取宠。这就是前瞻视野与务实批评结合，经济文化与文学批评合流，全球眼光与岭南乡土文化挖掘齐头并进，灵活敏锐与学问学理相得益彰，多元开放与独立的文化人格互为表里。这既是广东本土批评家的批评践行，也是他们的共性和个性特征，是广东文化研究和文学批评的可贵品格。

"粤派批评"的这种特色,可以用八个字来概括:创新、实证、内敛、精致。

创新。从六祖慧能到陈白沙心学标榜"贵疑""自得",再到康、梁,粤地便一直有创新的传统。这种创新精神在百年的"粤派批评"中也得到充分的践行和展示,这一点在当下应受到特别的重视。

实证。康有为的老师朱九江,其著述被称为"实学",他倡导经世致用的实证研究,这一批评立场和方法,在后来的许多粤派批评家身上也清晰可见。

内敛。"粤派批评"虽注重创新,强调质疑批判精神,但它不事张扬作秀,它的总体基调是低调务实,是内敛型的。正是因此,它往往容易被忽视,被低估,甚至在某些时段被边缘化。

精致。"粤派批评"比较个人化,偏重民间的立场和姿态,也不热衷于宏观问题的发声和庞大理论体系的建构,但粤派批评家的批评实践具有"博"与"精"并举,"广"与"深"兼备,"奇"与"正"互补的特点,这形成了"粤派批评"细微却精致的特色。

建构"粤派批评",不能沿袭传统的流派范畴与标准,而需要有一面旗帜、一个领袖、一套共同或相近的文学理论主张、一批作品或论著来证明、体现这些理论主张。事实上,在当今中国的文学语境下,纯粹的、传统意义上的文学流派或学派是不存在的。因此,"粤派批评"更多地是描述一个客观的文学事实,即"粤派批评"作为一个实践在先、命名在后的批评范畴,并非主观臆想、闭门造车的结果。它不是一个具有特定文学立场、主张和追求趋向一致性和自觉结社的理论阐释行动。它只是一个松散的、没有理论宣言与主张的群体。因此,没有必要纠结"粤派批评"究竟是一个学派,还是一个地域性的概念,但有一点可以肯定:"粤派批评"已是一个特色鲜明的客观存在,即虽具有地方身份标志,却不是局限于一地之见的文艺理论家批评家群体。

"粤派批评"丛书不仅要具备相当规模,而且应做成一个开放、可持续发展的产品链,这样才能产生较大的规模效应,发出自己强有力的声音,并将这种声音辐射到全国。为此,丛书分为"文选"和"专题"两大版块。文选共38本,分"大家文存""名家文丛""中坚文汇""新锐文综"四个层次。

专题共12本。两大版块加起来共50本，计划在3年内完成。以后视情况再陆续补充，使之成为广东一张打得响，并在全国的文艺版图中占有一席之地的文化名片。

党的十九大报告指出："发展中国特色社会主义文化，就是以马克思主义为指导，坚守中华文化立场，立足当代中国现实，结合当今时代条件，发展面向现代化、面向世界、面向未来的，民族的科学的大众的社会主义文化，推动社会主义精神文明和物质文明协调发展。"在广东省委宣传部的指导支持下，广东省作家协会和广东人民出版社联合编纂出版"粤派批评"丛书，是贯彻落实十九大关于文化建设发展精神和习近平总书记关于文艺工作的重要指示的一项重要举措，是讲好中国故事、传播中国声音、阐发中国精神、展现中国风貌的一次文化实践。我们坚信，扎根广东、辐射全国的"粤派批评"必将成为新时代坚定文化自信、实现中华民族伟大复兴路上其中一块稳固的基石。

"粤派批评"丛书编辑委员会

2020年5月15日

作者照

作者简介

程文超(1955—2004),湖北人,中山大学教授、博士生导师,中国现当代文学领域著名学者、评论家。1976年入华中师范学院(现华中师范大学)中文系学习,1987年考入北京大学,师从谢冕先生。1990年赴加州伯克利大学比较文学系留学,1993年获北京大学文学博士学位。后一直任教于中山大学中文系,兼任中国新文学学会副会长、广东省作家协会副主席、广东省批评家协会副主席。专著《1903:前夜的涌动》曾获第二届全国鲁迅文学奖(理论奖,2001)等多种奖项。

第一辑　落伍者的超前追问

梁启超：落伍者的超前追问 / 2

苏曼殊：面对人生的苦难与诱惑 / 46

第二辑　欲望的重新叙述

共和国文学范式的嬗变

　　——现实主义长篇小说叙事五十年 / 82

对"需要修补的世界"的独特言说

　　——八十年代文学批评中的现代主义话语回顾 / 92

从反馈角度看陈奂生系列小说的创作

　　——兼谈文学是一个系统 / 108

"两个西方"与"化本土"问题 / 122

欲望叙述与当下文化难题 / 136

欲望的重新叙述 / 156

第三辑　南国有风铃

欲海里的诗情守望
　　——我读张欣 / 166

南国有风铃 / 181

用生命书写
　　——走近李兰妮 / 186

挑战时尚的时尚书写
　　——我读黄咏梅的小说 / 189

放逐"谜底"之后
　　——1993年度《花城》小说综述 / 199

第四辑　走向彼岸后叙事

"残花"开过之后
　　——现代性语境与冯乃超的前后诗风 / 216

文人心灵的巨大浮雕
　　——读刘斯奋长篇《白门柳》/ 231

走向彼岸后叙事
　　——何继青的小说世界 / 235

论陈国凯长篇《一方水土》的跨文体写作 / 249

令人灵魂颤栗的人生过程
　　——萧殷的文学创作 / 255

雅俗之间 / 273

曲与直、今与昔：90年代的影视诉说 / 281

疏离与叙事：广东文学创作之我见 / 296

足球与文学 / 300

好书论方圆
　　——读一正的《西窗法雨》/ 303

澳门：文化多元的价值 / 306

我看理论创新 / 308

修辞、支点、诗与成熟
　　——广东理论写作三题 / 312

走出夹缝天地宽 / 320

寻找新的文化支点
　　——新时期文学思潮管窥 / 325

编辑说明 / 339

第一辑

落伍者的超前追问

梁启超：落伍者的超前追问

1903年2月20日。日本。横滨的轮船码头与横滨的街道一样，并没有显出与平日特别的异样。站在趸船上，再往前跨一步，便是那艘远洋客轮了。

梁启超跨了过去。

这一步，他跨得很不轻松。

可以说，从脚的跨出到落下，时光逝去了三年多。

三年多之前，他便迈出了去往美洲新大陆的步子。那是1899年底，旧金山中国维新会成立，应该会同志邀请，梁启超离开日本，准备经由檀香山去往美国大陆。尽管这次出游的原因里另有微妙，但梁启超希望到美国考察之心实在是早已有之。因而那次行程仍然给梁启超带来兴奋。1899年12月20日，梁启超乘坐"香港丸"号向檀香山进发。那时的梁启超，二十几岁，生命和才华都正如大海的波涛，豪气冲天。船行海中，他觉得自己在时空上正处于"新旧二世纪之界线，东西两半球之中央"，乃"置身世界第一关键之津梁"。于是胸中万千块垒突起，斗酒倾尽、荡气回肠，挥笔写下了《二十世纪太平洋歌》。歌中以颇为不凡的口气写道："亚洲大陆有一士，自名任公其姓梁，尽瘁国事不得志，断发胡服走扶桑。……誓将适彼世界共和政体之祖国，问政求学观其光。"[①]表达了自己去美国观光的宏愿和目的，从中可以见出他是以怎样的心情在渴望和拥抱着未来的美国大陆之行！

可惜那一次他并没有如愿。正遇淋巴腺鼠疫威胁着檀香山的神经，有关当局规定过往乘客不得登陆。梁启超不管不顾地登陆了，却因为实行强行检疫不能按期离岸。梁启超意外地在檀香山停留了半年。本想再去美国大陆，国内

[①] 梁启超：《二十世纪太平洋歌》，《饮冰室合集》第5册，中华书局1989年版，第7页。

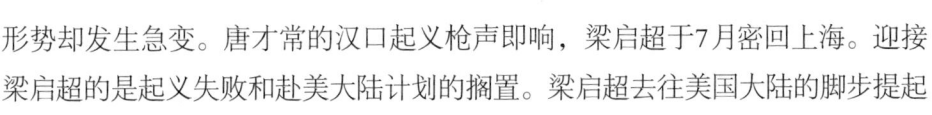

形势却发生急变。唐才常的汉口起义枪声即响,梁启超于7月密回上海。迎接梁启超的是起义失败和赴美大陆计划的搁置。梁启超去往美国大陆的脚步提起了,却并没有跨出。这一"跨出"直到三年多之后才完成。

这一"跨出"的并不轻松还远不在于时间意义,更在于其生命的意义上。这一步,标志着梁启超生命史上的又一次转折。这一转折非同小可。转折完成之后的梁启超虽然在政治、文化舞台上不断扮演过各种角色,但作为中国舆论界之执牛耳者,其"言论界之骄子"的地位已逐渐丧失,其在思想界那种振聋发聩的巨大影响已不复再来了。在当时的革命派眼中,曾是"同志"和朋友的梁启超落伍了。更不用说在以后的"五四"时期,梁启超只能代表过去的时代。革命派至少还把梁启超当做论敌,而在《新青年》那儿,梁启超连作论敌的荣幸都基本上失去了。

这似乎是一个谜。一位差不多成为革命派"同志"的人,在去另一个世界"问政求学"之后,怎么竟会变成一个"革命"思想上的落伍者?

更意味深长的是,梁启超与他的那次"跨出",并没有真的消失。梁启超是这样一个人:在历史车轮前进时,他是一个被抛弃的落伍者。他只是他那个时代的代表。但是,他之"落伍",却并不像人们曾经否定的那样轻飘,他所提出的问题以及提问题时的思维方式都远远超越了他的否定者。多少年之后,当他又成为中外学者研究中国文化、中国问题的一个热点时,人们才更清楚地认识到他所提问题的"问题性"。

西方学者较早发现了梁启超的研究价值。美国学者勒文森的《梁启超与中国近代思想》、张灏的《梁启超与中国思想的过渡》先后出版,成为汉学史上重要的学术著作。而中国学者对梁启超的兴趣再起则是因为世纪之交的触发:当又一个世纪之交来临时,人们发现,梁启超当年所提的问题,连同他发问时所用的思维方式的重要性,再次凸现在了历史的天幕上。

这种"凸现"又迫使我们思考另一个与此相关的问题:多少年来对20世纪中国历史的单向度描述,使我们无法真正理解世纪初的一些历史人物,比如梁启超,一个世纪之交的重要思想家,一个当之无愧的"天才",为什么在历史变革面前会变得"保守"?我们无法真正理解历史的多向度和深刻的复杂性,以及历史人物的艰难。被曲解了的历史简化了我们的思维、弱化了我们的智力。

重新理解梁启超对我们今天从简单进化论式的、单向度的、浅表的历史观中走出来有着重要的意义。因为我们正面临着复杂的历史思考和历史性选择。

一、回到那次"跨出"

让我们先回到那次"跨出"。

梁启超实际上是带着复杂的心情跨上那艘远洋客轮的。

在此之前,只说1902年梁启超就相继创办了《新民丛报》《新小说》,倡导了"小说界革命"和"戏剧改良",给文界、思想界带来了一系列爆炸性影响。

而这些事件中最为引人注目的,还是他的"新文体"实践。这一实践在1902年达到了顶峰。他用令人耳目一新、痛快淋漓的言说方式震惊着文坛、摇撼着思想界。梁启超自己对这一"发挥"也不无得意。在其《清代学术概论》中,他说自己为文"夙不喜桐城派古文,幼年为文,学晚汉、魏、晋,颇尚矜炼"。唐才常汉口举事失败后,他创办《新民丛报》《新小说》等杂志,"专以宣传为业"时,为文"至是自解放,务为平易畅达,时杂以俚语、韵语及外国语法,纵笔所至不检束,学者竞效之,号新文体。老辈则痛恨,诋为野狐。然其文条理明晰,笔锋常带情感,对于读者,别有一种魔力焉!"[①]这里大致可以看出梁启超新文体的追求与特色。

梁启超的学生吴其昌将梁启超的"新文体"放在当年一班青年文豪的比较中来评价。他谈到谭嗣同、章炳麟、严复、林纾、陈三立、马其昶、章士钊等人,说他们"各家推行着各自的文体改革运动,如寒风凛冽中,红梅、腊梅、苍松、翠竹、山茶、水仙","各有芬芳冷艳"。而他们的文笔和影响,都不能与梁启超相比:

---

① 梁启超:《清代学术概论》,《饮冰室合集》第8册,中华书局1989年版,第62页。

至于雷鸣怒吼，恣睢淋漓，叱咤风云，震骇心魄，时或哀感曼鸣，长歌代哭，湘兰汉月，血沸神销，以饱带情感之笔，写流利畅达之文，洋洋万言，雅俗共赏，读时则摄魂忘疲，读竟或怒发冲冠，或热泪湿纸，此非阿谀，惟有梁启超之文如此耳！①

饮誉文坛的黄遵宪则这样评价梁启超的文字：它"惊心动魄，一字千金，人人笔下所无，却为人人意中所有，虽铁石人亦应感动。从古至今文字之力之大，无过于此者矣。"②

汪洋恣睢、惊心动魄的文字源于梁启超汪洋恣睢、惊心动魄的思想。翻翻他1902年的文字，其范围之广、视野之阔、论述之博，几乎叫人难以置信。其笔触深入到中外文、史、哲、宗教、政治、经济、学术等诸多方面。然而在广博的关注里，有梁启超特别重视的地方。在洋洋数十万言里，有一个使用频率极高、极有冲击力的字眼：群。"论孔教之性质与群教不同""论小说与群治之关系""论佛教与群治之关系""论合群"……③

让我们先从《论小说与群治之关系》谈起。这是近代文学史上最重要的文论之一，是"小说界革命"的宣言书。今天读来，你不难发现，这是一篇充满激情、论述却并不严密的文字。你看：

吾中国人状元宰相之思想何自来乎？小说也。吾中国人佳人才子之思想何自来乎？小说也。吾中国人江湖盗贼之思想何自来乎？小说也。吾中国人妖巫狐兔之思想何自来乎？小说也。……今我国民轻弃信义，权谋诡诈，云翻雨覆，苛刻凉薄，驯至尽人皆机心，举国皆荆棘者，曰：惟小说之故。今我国民轻薄无行，沈溺声

---

① 吴其昌：《梁启超》，转引自孟祥才《梁启超传》，北京出版社1980年版，第87页。
② 丁文江、赵丰田编：《梁启超年谱长编》，上海文艺出版社1983年版，第274页。
③ 参见梁启超：《饮冰室合集》，中华书局1989年版，第1册第51、52页，第2册第6～10页、45～50页，第6册第76～80页。

色，缱绻床笫，缠绵歌泣于春花秋月，销磨其少壮活泼之气，青年子弟，自十五岁至三十岁，惟以多情、多感、多愁、多病为一大事业，儿女情多，风云气少，甚者为伤风败俗之行，毒遍社会，曰：惟小说之故。……呜呼！小说之陷溺人群乃至如是，乃至如是！①

小说何来此等罪恶？真如此，岂不该碎尸万段？

然而，正是这样惊世骇俗的论述，引起了人们的注意：原来，小说具有熏、浸、刺、提四种力。此四种力，"文家能得其一，则为文豪，能兼其四，则为文圣。有此四力，而用之于善，则可以福亿兆人；有此四力，而用之于恶，则可以毒万千载。而此四力所最易寄者，惟小说。可爱哉小说！可畏哉小说！"而"人类之嗜他文终不如其嗜小说"。②于是，小说远不是传统所谓的"小道"、不登大雅之堂之"末技"，小说属于文学之最上乘，因它最"易感人"而最易"易人"。③

文论家、文学史家都高度评价梁启超对小说价值的提升，它对促进近代以来小说创作的繁荣起了巨大的作用。这都无可否认。然而必须同时看到，梁启超并不只是一位文论家。可以说，"提升"小说并不是他的最终目的，而只是其手段。他看中的是小说之"力"，小说那"支配人道"的"不可思议之力"。小说在这里，是中国传统意象中的水，水能载舟，亦能覆舟。小说之力，既能毁"群"亦能兴"群"；既能"腐败"群治，亦能"改良"群治。因而文章开宗明义，"欲新一国之民，不可不先新一国之小说。"结尾再作强调："故今日欲改良群治，必自小说界革命始，欲新民，必自新小说始。"这里，目的与手段十分明确，梁启超真正重视的是群、群治。

那么，什么是"群"的所指，梁启超为何如此重视"群"？

早在1896年，梁启超便从其师康有为那里接过了"群"这个术语。"启超

---

① 梁启超：《论小说与群治之关系》，《饮冰室合集》第2册，中华书局1989年版，第9页。

② 梁启超：《论小说与群治之关系》，《饮冰室合集》第2册，中华书局1989年版，第8页。

③ 同上。

问治天下之道于南海先生,先生曰:以群为体,以变为用。斯二义立,虽治千万年之天下可也。"①然而当时的"群"还是一个概念含混的术语,它是隐约包含着"国群"的"天下群",源自康有为的"大同"理想。②

到了1902年前后,在梁启超那儿,"群"已经明确成为了一个西方概念的中国化术语:民族主义、国家主义。为了确立这样一个"群"的概念,他在《新民说》中对以前"世界主义"的、"天下"的"群"作了廓清。他批评人们"动言天国、言大同、言一切众生"。他写道:"所谓博爱主义、世界主义,抑岂不至德而深仁也哉?虽然,此等主义,其脱离理想界而入于现实界也,果可期乎?此其事或待至万数千年后,吾不敢知。"他感叹"吾中国人之无国家思想也"。

他认为,"欧洲所以发达,世界所以进步,皆由民族主义(Nationalism)所磅礴冲激而成。"梁启超显然在同一意义上使用"民族""国家"两个词汇,而为了表示他的"民族主义"源于西人之观点,他特意加上了一个英文词汇。

那么民族主义是什么?"各地同种族、同言语、同宗教、同习俗之人,相视如同胞,务独立自治,组织完备之政府,以谋公益而御他族是也。"

学习西方"民族主义"的目的只有一个:改变中国。他强调,"今日欲抵当列强之民族帝国主义,以挽浩劫而拯生灵,惟有我行我民族主义之一策。"

《新民说》论述广泛,但其根本,是为实行民族主义。而"欲实行民族主义于中国舍新民末由。"梁启超论公德、论国家思想、论进取冒险、论权利思想、论义务思想、论尚武……梁启超认为,"我国民所最缺者,公德其一端也。公德者何?人群之所以为群,国家之所以为国,赖此德焉以成立者也。"梁启超崇尚"力"。他认为:"立国者苟无尚武之国民、铁血之主义,则虽有文明、虽有智识、虽有众民、虽有广土,必无以自立于竞争剧烈之舞台。"③

这是梁启超学习西方,取"各国民族所以自立之道"以救民族国家的重

---

① 梁启超:《说群序》,《饮冰室合集》第1册,中华书局1989年版,第3页。
② 梁启超:《说群序》,《饮冰室合集》第1册,中华书局1989年版,第4页。
③ 梁启超:《新民说》,《饮冰室合集》第6册,中华书局1989年版,第4、5页。

要理论尝试，是一次强烈的呐喊。在梁启超看来，改变祖国民族的现状、救国是第一位的工作。他甚至不否认自己对革命的同情，"立宪革命两者，其所遵之手段虽异，要其反对于现政府则一而已"。①只要能救中国，什么手段能成功都行。此时的梁启超已经公开打出了"反对现政府"的旗号。他确实充分树立了他"舆论之骄子，天纵之文豪"②的伟岸形象。

然而，即使在其形象最伟岸的时期，梁启超也不是某一立场的坚定守卫者。首先，在文化立场上，无论多么强烈地主张学习西方，梁启超从没有准备丢掉传统。在论"新民"时，他说，"新民云者，非欲吾民尽弃其旧以从人也。新之义有二：一曰，淬厉其所本有而新之。二曰，采补其所本无而新之。"因而尽管他认为，中国传统伦理过于偏重私德而缺失公德，但他在大论公德的同时，不忘论述"私德"的重要性。"欲铸国民，必以培养个人之私德为第一义"，因为"公德者，私德之推也。知私德而不知公德，所缺者只在一推"。他主张破坏，却不主张"动曰一切破坏"。③

其次，与此相联系，在政治立场上，如何破坏？革命还是改良？他正处于矛盾之中。这既与康有为有关，也与他自己的思考有关。后来，他在回忆这时的情形时说：

> 启超既日倡革命排满共和之论，而其师康有为深不谓然。屡责备之。继以婉劝。两年间函札数万言。启超亦不慊于当时革命家之所为。惩羹而吹齑，持论稍变矣。然其保守性与进取性常交战于胸中。随感情而发。所执往往前后矛盾。尝自言曰，'不惜以今日之我难昔日之我'。世多以此为诟病。④

这种"交战于胸中"的"矛盾"，在梁启超心中应该是早已孕育。"百日维新"前的1897年，应谭嗣同、黄遵宪、熊希龄等人邀请，梁启超赴湖南时

---

① 梁启超：《新民说》，《饮冰室合集》第6册，中华书局1989年版，第161页。
② 吴其昌：《梁启超》，转引自孟祥才：《梁启超传》，北京出版社1980年版。
③ 梁启超：《新民说》，《饮冰室合集》第6册，中华书局1989年版，第119页。
④ 梁启超：《清代学术概论》，《饮冰室合集》第8册，中华书局1989年版，第63页。

务学堂任主讲席。当时梁启超正是康有为改良阵营里的重要成员，但他的讲授已经十分激进。用梁启超自己的话说，他的讲授中"胪举失政，盛倡革命。其论学术，则自荀卿以下汉唐宋明清学者，掊击无完肤"①。尽管梁启超这里所讲的"革命"，并不能与后来的革命派之"革命"相等同，但梁启超当时的大胆的"进取性"却是鲜明的。当时的一帮学生在梁启超的带领下，大多热血澎湃、思想激进。据梁启超回忆说，当时的四十几位学生"皆住舍，不与外通。堂内空气日日激变，外间莫或知之。及年假，诸生归省，出札记亲友，全湘大哗。"②梁启超的讲学与颇有影响的"湖南改革运动"关系密切。

维新失败后，梁启超逃亡日本，与孙中山领导的革命派联系颇多。起初由于康有为的态度，梁与革命派没有建立合作关系。1899年春康有为离开日本后，梁启超与革命派来往密切。他与孙中山进行了一次认真的交谈，并事实上已经计划将改良派与革命派合并为一个由孙中山与梁启超共同领导的统一党派。革命成功后，将由孙中山出任总统、梁启超出任副总统。但这一计划被人告密。康有为知道这事后，极为恼怒，他命令梁启超甩开孙中山，立即离开日本赴檀香山，在海外华人中从事保皇会的活动。

这就是本章开头所提到的1899年底梁启超"另有微妙"的檀香山之行。

在这样的情况下，梁启超仍然在赴檀香山途中倡导了文学史上著名的"诗界革命""文界革命"。尽管这里的"革命"并不直接言及政治，但梁启超不用"诗界改良""文界改良"，亦可见出梁当时对"革命"一词的喜爱。

檀香山之行，中止了梁启超与革命派的合作。自此之后，康有为对梁的压力不断增大，梁的思想尽管仍然激烈，但其思想深处一直胶着革命与改良的矛盾。

当然，如果以为梁的"矛盾"仅仅因为康有为的态度，那又错了。康的态度只是外因。梁的矛盾更源于个人内心深处。

这种内心深处的"矛盾"，在他1902年发表的小说《新中国未来记》中有着有趣的表现。

---

① 梁启超：《清代学术概论》，《饮冰室合集》第8册，中华书局1989年版，第62页。

② 同上。

作为文学作品，《新中国未来记》远非上乘之作。但如果把它作为1902年的梁启超内心世界的外在显现，那么，《新中国未来记》则是一个极佳的文本。它在这一方面的研究价值一定程度上甚至超过他那些当时产生极大轰动的精彩政论。

对于这一点，梁启超在写作时有着清醒的认识。他说这部书：

> 似说部非说部，似稗史非稗史，似论著非论著，不知成何种文体，自顾良自失笑……则其体自不能不与寻常说部稍殊。编中往往多载法律、章程、演说、论文等，连篇累牍，毫无趣味，知无以飨读者之望矣。愿以报中他种之有滋味者偿之。①

梁启超本来就没有想把小说写得何等的不朽，只给有心者提供"他种滋味"。这滋味，品出来了，自有其乐趣与深意在。而"似说部非说部、似稗史非稗史、似论著非论著"恰恰是这部小说的叙述特色，其"滋味"全在这叙述特色里。

小说写"未来时"里的历史回忆。说的是距1902年六十年后的1962年，南京举行维新六十周年大庆典。各国全权大臣齐集南京，诸友邦还"特派兵舰来庆贺"，"好不热闹"。与此相应，上海则开设大博览会。京师大学校文学科之史学部则在博览会场中央占了一个大大的讲座，公举博士三十余人分类讲史。全国教育会会长、文学大博士孔觉民老先生应邀讲演"中国近六十年史"，正是1902年到1962年的历史。在这六十年历史中，孔老先生重点讲述了创建共和国的"英雄豪杰"黄克强与他的好朋友李去病在留学归国途中的一场争论。这场论争是小说的主干。

这是一部在"说部"里嵌"稗史"、在"稗史"里含"论著"的文本。说部里嵌稗史，中国文学史上早已有之。然而，不像《三国演义》一样将稗史演义成有声有色的故事，《新中国未来记》却在稗史的框架里安排"论著"。

---

① 梁启超：《新中国未来记·绪言》，《饮冰室合集》第11册，中华书局1989年版，第2页。

这种非驴非马的安排里有着梁启超的苦心。

梁启超说，他写《新中国未来记》"专欲发表区区政见，以就正于爱国达识之君子"。[①]然而，写政论性散文是梁启超之所长，其文笔之冲击力与魅力尽人皆知。既为发表政见，何必要托小说的形式呢？

小说为梁启超的奔腾千里的情感发泄提供了最好的形式。梁启超写政论也是笔锋常带感情的。但政论总以"论"为目的，情感的宣泄终有限度。积郁在梁启超心中的强烈情感是政论体无法满足的。他需要小说。

在《新中国未来记》里，梁启超借小说人物之口对社会的黑暗、官场的腐败骂了个痛快淋漓。

不少人认为，作为改良派的重要人物，梁启超与皇权有着千丝万缕的联系，对清王朝寄托着希望。小说比其他任何文体都更为鲜明地揭示了梁启超的内心，写出了梁启超的痛恨，使他得以发泄一腔愤怒。通过人物游览中的所见所闻所感所谈，作品反映了广泛的社会生活面，有力地揭露了清朝的"洋人小朝廷"，将作者对祖国的深重忧患抒发得淋漓尽致。

既然对这个朝廷、这个社会、这种现状如此痛恨，来一场痛快的革命使它彻底改变不是顺理成章的吗？

不，情感并不能代替理智。目的当然是"改变"，但用什么方式才能更好地改变它，却是需要用理智去选择、去控制的。于是作品安排了两个观点不同的人进行辩论。李去病主张采取革命的方式，用暴力推翻清王朝，建立一个新国家。他认为，不革命，无以改变旧中国。而黄克强以种种实在的理由反对革命的手段，主张渐进的办法。他以为，中国如用革命的方法必然重蹈法国大革命的覆辙，使政治不稳定。中国将出现列强分食、军阀混战的局面，因而不能真正出现新的中国。二人一起辩驳了几十个回合，双方的理由都充分展开了，却谁也没有说服谁，谁也没有战胜谁。

从最隐秘的内心看，梁启超多少有些希望中国的问题能够不用激进的办法来解决，这在作品的艺术安排上有些颇耐玩味的泄露。如主张改良的黄克强

[①] 梁启超：《新中国未来记·绪言》，《饮冰室合集》第11册，中华书局1989年版，第1页。

身上多少有些梁启超的影子。黄克强是广东人，其父小时曾"受业南海朱九江先生之门，做那陆王理学的工夫"。他出国求学之行前，父亲"别无嘱咐，单给他一部《长兴学记》"。说是其父之老友南海康君的重要著作，要克强"拿去当做将来立身治事的模范"。他们在绕道上海时，"在《时务报》馆里刚遇着浏阳谭先生嗣同，寓在那里正著成《仁学》一书"。于是他们抄得《仁学》在船上细细研读。在黄克强的经历里我们隐隐可以看到梁启超的脚印。

结局的安排也十分微妙。作者让黄克强的"立宪期成同盟党"获得成功，让黄克强成为新的共和国的创建人。为了强调黄的成功，作者在结构上采用倒叙的方式，用在庆祝大典期间讲史的方式，将这一"成功"加以确立。

然而作品的内部叙述却又颠覆了其人物与结构的外在安排：被作者倾注了如此匠心的黄克强，在论证时，其道理却并没有战胜李去病，可见李去病道理的强度和力度。于是作品便出现了这样的张力：在故事的结局里，黄克强是作者的着力者；但在故事的进程中，这种"着力"往往成为李去病的反衬。

从李去病的侃侃而谈、滔滔雄辩里，我们可以看到，作者对革命派的道理是深有研究并不乏认同的。因而可以认为，黄克强、李去病各自代表着梁启超内心矛盾的一个方面。正如美国汉学家张灏所说："由于两位主人公是梁小说中的虚构人物，因此他们之间的争论可看成是梁内心的一场争论。小说以不得要领的方式结尾，这暗示梁在改良与革命问题上还没有明确主意。"①

还值得一提的是，黄克强与李去病是挚友。他们奋斗的目标相同，只在手段的选择上有分歧。因而他们的争论毫无敌意，是实实在在地为中国的未来讨论。这正是梁启超在《新民说》结尾所表达的意思。

这就是1902年的梁启超，在革命与改良中苦苦地摇摆、选择的梁启超。

带着不可排遣的矛盾，他登上了去美国大陆的航船。那里，将对他的思考有些什么启示？

---

① 张灏：《梁启超与中国思想的过渡》，江苏人民出版社1995年版，第158页。

二、眼界一变又一变之后

船行十余日,1903年3月4日,梁启超到达加拿大的温哥华。短暂停留之后,乘火车抵加拿大首都渥太华。然后经蒙特利尔直驶美国纽约。在美期间,梁启超先后游览了哈佛、波士顿、华盛顿、费城、匹兹堡、辛辛那提、新奥尔良、圣路易、芝加哥、西雅图、波特兰、旧金山、洛杉矶等城市。

梁启超的美国之行,受到加拿大、美国政府和各界人士的重视。他先后会见了加拿大保守党领袖褒尔、美国外交部长约翰海、美国总统罗斯福、美国托拉斯大王摩尔根、社会党人哈里逊等政界、经济界、学术界要人。各界要人与一个逃亡中的中国人会见,这在美国是不多见的。

所到之处,梁启超更受到华人社会的热烈欢迎。华人社会因梁启超的到来而掀起阵阵热浪。他们用对梁启超的欢迎宣泄着自己的爱国热情。他们簇拥着梁启超就像簇拥着他们对祖国的一份思考、簇拥着他们对未来的一份期盼。梁启超在美国的行程中往往"观者如堵",参观、演讲都时时掀起激动人心的场面。离开加拿大回日本时,光送行电报就有96封之多,到海岸送行者100余人,"爆声巾影、绵亘一时许"。①

除了梁启超的个人魅力之外,西人的重视和华人的欢迎都与这一点相关:梁启超的美国之行不是一般的游览,他是为中国的未来而考察美国。这在梁启超是十分明确的。他眼里看着美国、心里想着中国。他在寻找着中国的未来之路。游览中,他还时时运用他宣传家、演讲家的才能,在华人社会中进行关于中国问题的演说。他的演说震动着华人的心灵、撼动着整个华人社会。勒文森曾根据《波士顿先驱报》1903年5月26日的报道叙述了梁启超在波士顿一次演说的内容和盛况:

> 当四个帮忙的中国人在他面前展开了救生网一样的大旗时,梁启超登上了面前的讲坛,侃侃而谈地描绘了摇摇欲坠的已经压迫帝

---

① 梁启超:《新大陆游记节录》,《饮冰室合集》第7册,中华书局1989年版,第15页、第47页。

国多少代的制度和怎样挽救中国并建立一个理想的政府。旗子是白色的，镶红边，上面有三颗红星。

他用中国话演讲说："第一颗星是自奋的象征。中国几乎没有人具有维护自己的精神，他们像羊群一样被自己的统治者赶进等级制度之中。我们要自己开导自己说'我就是我自己'。"演说家呼喊着，拍着自己的胸脯，然后像爱默生一样温和地微笑着。

"第二颗星"，他弯到张开在他面前的旗子上，用他长而瘦削的手指划着它，像是马克·安东尼指点凯撒宽外袍上的裂缝，"第二颗星是团结的象征。"他一反清代官吏的谦恭神色，激昂地传播起指导美国赢得自由的思想："我们不能够通过单独行动获得自由，我们必须用我们的全部力量一起行动。团结中有力量。"

如果只听见对这些观点的欢呼声，而没有见到发出这种欢呼声的眉开眼笑的高颧骨的中国人，人们会认为这些声音发自美国人。

"另一颗星象征平等。起来吧，去争取你们的自由和与你们的统治者平等的权力。我们已经废除了叩头；当皇后的官员过来时，人们不必吻地和使前额擦泥。统治者不会高于臣民，每一个人都将处在平等的行列中。"

演说终止在暴风雨般的掌声中。那些被视为像羊群一样麻木而不动声色地走在波士顿街头的中国人，走上前去握着演说家的手。①

《波士顿先驱报》评述说，"大共和国的梦想，使全部唐人街颤抖。梁启超借助于描绘新中国，唤起潜在的爱国热情。"②

"中国的未来"是梁启超与华人社会产生心灵共振的琴弦。与在维新时期、逃亡日本时期一样，游览美国的，仍然是那个梁启超，一位时代的思想家、文化的探索者。

游览美国在文字上的结晶是作品《新大陆游记》。这是一部游记式散

---

① 勒文森：《梁启超与中国近代思想》，四川人民出版社1986年版，第36页。
② 勒文森：《梁启超与中国近代思想》，四川人民出版社1986年版，第15页。

文，且是按照游览时的日记整理的。其内容庞杂、随意，然而唯其如此，它才更加原汁原味，带着特有的丰富、生动与真实。与《新中国未来记》一样，作为作品，人们也许会忽略它，但作为对梁启超思想的研究资料，它却是不容忽视的重要文本。

在这样的丰富、生动与真实里，我所感兴趣的、或者说我认为特别重要的，是梁启超面对西方文化所表现出来的实事求是、不依傍的文化态度和那"独立自由思想""我物我格、我理我穷"的真正思想者的品格。

初踏美洲新大陆，梁启超被那里的富裕繁华和上升的气氛、精神感染了。他的思想和情感被时时激励着。在《新大陆游记》里，他丝毫不隐瞒美国对他的震动和他对美国的赞美。他这样写他到美国的感受：

> 从内地来者，至香港上海，眼界辄一变，内地陋矣，不足道矣。至日本，眼界又一变，香港上海陋矣，不足道矣。渡海至太平洋沿岸，眼界又一变，日本陋矣，不足道矣。更横大陆至美国东方，眼界又一变，太平洋沿岸诸都会陋矣，不足道矣。此殆凡游历者所同知也。至纽约，观止也未。①

对于叹为观止的纽约，他写道：

> 纽约当美国独立时，人口不过二万余（其时美国中一万人以上之都市仅五处耳）。迨十九世纪之中叶，骤进至七十余万。至今二十世纪之初，更骤进至三百五十余万，为全世界第二之大都会（英国伦敦第一）。以此增进速度之比例，不及十年，必驾伦敦而上之，此又普天下所同信也。今欲语其庞大、其壮丽、其繁盛，则目眩于视察、耳疲于听闻、口吃于演述、手穷于摹写，吾亦不知从何处说起。②

---

① 参见梁启超：《新大陆游记节录》，《饮冰室合集》第7册，中华书局1989年版，第14页。

② 同上。

梁启超的文字功夫给人的感受是几乎无所不能。而面对纽约，梁却感到了无能为力，可见他的崇尚之情。

梁启超对美国的赞许，隐在地与他对改变中国方式的思考有关。在英美、法的革命方式上，梁启超更倾向于英美的渐进式而反对法国的突变式。在《新中国未来记》里，他已通过人物之口对法国式的暴力革命表示了担心。而黄克强、李去病两人都是留学英国。这恰恰是梁本人的理想。梁启超曾极希望去英国留学。

游美期间，这一思考得到了加强。他对法国式革命表示了反对，并在不同的场合多次对英国表示赞扬。需要指出的是，不能抽象地认为梁启超只赞成君主立宪而反对民主共和。这从他对美国的推崇里可以看出。他从三权分立、联邦制等他能想到的诸方面赞扬了美国的民主自由政治，分析了美国兴盛的原因。然而民主共和并不一定非用突变式的革命不可。他通过与法国的对比指出，美国之所以成功的原因之一就因为它是渐进的：

> 论者动曰，美国人民离英独立而得自由。此知其一，不知其二也。谓美国人之自由，以独立后而始巩固则可；谓美国人之自由，以独立后而始发生则不可。世界无突然发生之物。故使美国人前此而无自由，断不能以一次之革命战争而得此完全无上之自由。彼法兰西，以革命求自由者也，乃一变为暴民专制，再变为帝政专制，经八十余年而犹未得如美国。彼南美诸国，皆以革命求自由也，而六七十年来，未尝有经四年无暴动者，始终为蛮酋专制政体；求如美国之自由者，更无望也。故美国之获自由，其原因必有在革命以外者，不可不察也。[①]

梁启超贪婪地吸收美国的一切可学的东西，但同时，他内心里一直在追问这样一个问题：美国之路，是否是人类的必然之路？既然美国如此繁荣，

---

① 梁启超：《新大陆游记节录》，《饮冰室合集》第7册，中华书局1989年版，第134页。

其革命方式又不与梁启超的理想相左,那么,美国是否该成为中国未来的一个模式?

答案是否定的。在散见于《新大陆游记》的叙述里,我们可以看到梁启超这样一些思考:

首先,美国的成功有它特殊的条件、基础和发展轨迹,并无"人类"的共同性。他说,如果不深入考察美国联邦政府与各州政府之间的关系,便不能了解美国发达的踪迹。他从这种关系考察起,发现美国在有联邦政府之前已有自由的各州。"美国者以四十四之共和国而为一共和国也。"他认为,美国革命的成功并不是一蹴而就的,它深深地植根于大革命前各地方的民主自由制度之中。他用建筑来比喻美国民主自由政体的建成过程和结构特色:"譬诸建筑,先有无数之小房。其营造不同时,其结构不同式。最后乃于此小房之上,为一层堂皇轮奂之大楼房以翼蔽之。"这种道路、结构的特色是丝毫无损于小房之本体,而又能成就大楼之共和政体,并使大楼有着牢固的基础。"盖小房非恃大楼而始存立,大楼实恃小房而始存立者也。……此美国政治之特色,而亦共和政体所以能实行能持久之原因也。"①

因而,不具备美国之基础、条件的国家、地方,便不能用美国的方式建成其共和政体。

其次,美国也并非十全十美,它存在很多弊端。梁启超并未被令人目眩的繁华遮蔽了双眼。他在热情地拥抱另一世界的同时,又始终保持着心灵的冷静。即使是他多年梦寐以求的"问政求学"之处,他也能看到它的另一面。

他指出了托拉斯出现所带来的问题。他说,托拉斯这个"怪物"在给社会带来资本、物质和财富时也带来了忧虑。"最近十年间,美国全国之最大问题,无过托拉斯。政府之所焦虑、学者之所讨论、民间各团体之所哗嚣调查、新闻报纸之研究争辩,举全国八千万人之视线,无不集于此一点。"托拉斯以资本的独占、垄断取代了自由竞争,"以政治上之现象譬之,则犹自各省并立而进为合众联邦也,自地方分治而进为中央集权也。质而言之,则由个人主义

---

① 梁启超:《新大陆游记节录》,《饮冰室合集》第7册,中华书局1989年版,第133页。

而变为统一主义,由自由主义而变为专制主义也。"他认为,托拉斯已经统治着美国,并将不断统治世界,它已成为"二十世纪全世界唯一之主权"。

资本的不断集中,必然导致富人愈富、穷人愈穷。在美国,他与托拉斯大王摩尔根举行了会谈,也去参观了贫民窟。他被资本主义社会的两极分化所震惊了:"天下最繁盛者宜莫如纽约,天下最黑暗者殆亦莫如纽约。"经研究他发现,美国的区区20万富人竟占有了全国总财产的十分之七,而7980万贫民只占全国财产的十分之三。他感叹道,"杜诗云'朱门酒肉臭,路有冻死骨。荣枯咫尺异,惆怅难再述。'吾于纽约亲见之矣。"正是在这里,他走向了对社会主义理论的理解。"吾观于纽约之贫民窟,而深叹社会主义之万不可以已也。"

多少有些令人惊讶的是,梁启超不仅考察了美国的经济问题,也考察了那里的人本问题。以他所处的年代和所处的语境,他的思考竟能进入这样的视野是不容易的。他指出了现代化大工业对人的异化。"近世之文明国,皆以人为机器,且以人为机器之奴隶者也。"他说,工人大多一辈子工作于寸金寸木之地,除此之外,"他非所知、非所闻也。如制针工,磨尖者不知穿鼻之事。穿鼻者不知磨尖之事。而针以外他工无论矣。"这样,不是人在操作着机器,而是机器在操纵着人。人被机器所桎梏、所制约,人成为机器的奴隶、成为机器的牺牲品。

由人的被异化现象,梁启超进而揭示了资本主义对民主自由许诺的虚无性。他指出,因大工业,工人工作于寸金寸木之地,其结果"非徒富者愈富、贫者愈贫而已,抑且智者愈智、愚者愈愚。"于是资本家往往以区区方寸之脑支配数十百万之职员。工人表面上都是有民主自由的公民,但他们不可能知道寸金寸木之外的事物,他们被大工业所物化、所愚化,他们实际上只是被支配者。梁启超感叹道,"呜呼,天下之大势,竟滔滔日返于专制。吾观纽约诸工场而感慨不能自禁也。"

梁启超还从选举的角度进入了"民主"的内部。美国社会公民选举之多,令人惊讶。他举例说,某市每年的各种选举平均达22次之多。然而"无论其人民政治上之知识若何发达、若何高尚,终不能举二十二种之人物而识别之。"于是便不得不借助"政党运动员"。所谓民主,实际上是政党在

"主":"此大政党所以独霸政界之原因一也。"他尖锐地指出,美国史并不真是民主史:"美国之政治史,实其党派史之合本而已。"他让人们看到了美国社会里民主自由的语言游戏性质。

还是从选举角度,梁启超指出了美国官场的漏洞。人们往往容易看到专制社会官场的腐败,而他则指出,民主社会如美国,官场一样腐败,且其腐败正与其"民主"相关。民主选举之最是总统竞选。总统竞选要耗费大量的资金。捐资或为筹资出过力的,总统当选之后,都将得到相应的报酬。新总统一上任,便立即大量变易官吏,"以酬选举时助己者之劳"。他因而说:"美国之官吏,成一拍卖场耳。"他还指出,在非竞选的时间内,美国各级政府内养着大量的闲官,而他们却"皆受极厚之廉俸"。因为他们要为其政党的下一届竞选筹资。他们拿着国家的钱而谋一党之私利,"而其滥用职权,蹂躏公益,又事势之相因而至"。从民主角度切入官场腐败,不能不说是独有见地的。

梁启超还广泛地谈到了美国的女性问题、黑人问题。他指出了美国女权主义的空洞性:"美国号称最尊女权,然亦表面上一佳话耳。实则纽约之妇女,其尊严娇贵者固十之一,其穷苦下贱者乃十之九。""卖淫者之数,殆逾三万。"他看到了美国对黑人的歧视:"美国有一种私刑名'灵治'刑者,以待黑人。此实文明国中不可思议之一现象也。""当二十世纪光天化日之下,而有此惨无人理之举,使非余亲至美洲,苟有以此相语者,断非余之所能信也。"①

《新大陆游记》还讨论了美国的移民等诸多问题,写出了梁启超的多方思考。从梁启超的多方考察里,我们可以看到他探讨问题的重要思路:从多向度去考察一个事物。如果只从中国学习西方的急切需要出发,眼睛只盯着美国的繁荣、发达都不够用,遑论犀利地看出其存在的问题。即使抱着迫切的"问政求学"态度,美国在梁启超眼中也不仅是观摩对象,而是考察对象。

在美期间,梁启超广泛接触了各地的华人。他深入到各阶层华人的家庭、社团,参加他们的各种活动,从生活、工作、习俗、思想等各个方面详细

---

① 梁启超:《新大陆游记节录》,《饮冰室合集》第7册,中华书局1989年版,第134页。

考察了生活在自由世界的华人社会。应该说，他在美期间，华人给了他异常热情的欢迎、接待，对他倾注了空前的激情，把他作为中国思想界的伟人之一，一部分人甚至把他当做未来中国的领袖。对此，梁启超是感动的。但在对美国华人的考察中，他心情十分沉重。他发现，中国传统的某些痼疾造成华人素质的诸多缺陷，即使居住在文明地区，在外部条件上具有较高的文明（他举例说，仅旧金山，"以区区二万余人之市，而有报馆六家。内地人视之，能无愧死？此亦文明程度稍高之明证也"），其素质缺陷也顽固地表现出来。他将其归纳为四点：

其一，"曰有族民资格而无市民资格"。梁启超认为，中国社会以家族为基本组织单位，不以个人为单位，讲究家齐而后国治，而西方人则以个人为单位，不以血缘为纽带，个人与国家发生关系，每个人都是国民，即使地方自治，也应是市民；我们是"族制之自治"，西方是"市制之自治"；这就是为什么别人"能组成一国而我不能"的缘故。按他的新民理论，建立现代民族国家是国家强盛的关键，而人民具有国民意识则又是建立现代国家的基础；人民要有国民意识、民族意识，这是人民走向开化、社会走向文明、国家走向新生的重要一步。而中国"数千年之遗传，植根深厚"，中国人即使住在旧金山这样的现代文明都市，其组织形式也"舍家族制度外无他物"。这是中国人不能不三思的。

其二，"曰有村落思想而无国家思想"。村落思想并不是完全不能有。梁启超从美国谈起。他认为，美国之所以能行完全共和政体，村落思想是基础。但村落思想太过则又成为建国之阻力。美国人早已在村落思想外有了国家思想。罗斯福当年在全美到处演讲，就已经拼命鼓吹，"今日之美国民最急者，宜脱去村落思想"。与此形成鲜明对照，中国人村落思想发达过度，毫无国家思想。连旧金山的华人都如此，更不用说内地人了。

其三，"曰只能受专制不能享自由"。梁启超仍然从旧金山之华人谈起。他不无夸张地说，全球社会没有比旧金山之华人更凌乱的。为什么？因为旧金山的华人享有高度的自由。他的意思是说，内地都没有旧金山凌乱。原因何在？内地的华人素质并不优于旧金山，但内地华人有官长管制、父兄约束。美洲、澳洲其他地方的华人也有高度自由，为什么不比旧金山凌乱？他们人少，其势不能成。旧金山华人多而成势，又享有自由，便完全不能自我管理。梁说，各华人会馆也有一些"规条"，"大率皆仿西人会党之例，甚文明、甚缜密"，及观其所行，"则无一不与规条相反悖"。他认为这都是"自由害之明证"。他因此说，中国人没有"享受自由之资格"，"自由云、立宪云、共和云，如冬之葛，如夏之裘，美非不美，其如于我不适何？"

其四，"曰无高尚之目的"。梁启超说，人生在世，衣食之外，应有更大之目的，这样，于己于人于国家，"乃能日有进步"。否则，"堕落而已"。欧美人高尚之目的有三：好美心、社会名誉心、宗教未来心。西方精神文明的发达，"此三者为根本"。而中国人最缺的是高尚之目的。中国人所营营的"只在一身""只在现在"。他认为这是"吾中国人根本之缺点"。[①]

梁启超还从诸多小细节指出了华人素质之缺陷。面对如此人群，中国怎么能实行革命、怎么能实行美国式的完全自由民主共和体？即使实行了，中国人仍然是原先的中国人。在他看来，一个国家实行何种制度、何种政体，不能只看其制度、政体是否先进，还要看它是否适合本国的实际状况。他并不反对西方先进的社会制度等，但它却不能完全为我所用。

这里我们看到梁启超的思想深入到了一个重要的层面：文化。他在考虑中国的未来时，没有停留在政治、经济的表层，而是透过它钻到文化的里层。在他看来，一个国家、民族的社会变革，不只是在政治经济层面，它与文化密切相关。就是说，要根据现有的文化状况考虑变革的方式和步骤。文化变革，才是深入的、根本的变革。如果不选择与文化状况相适应的变革方式，仅用暴力革命的方式搞大跨越，那么，政治经济体制即使可能会变过来，但人却仍是原来的人，社会仍是原来的社会，民族仍是原来的民族，不会随着政治经济的文明、先进而进步。旧金山的华人便是有力的明证。可见，文化变革是一个远为复杂的过程。

这是梁启超与一般讨论革命、改良问题的人的区别：深入到文化角度去考虑中国未来，而且是从多向度去思考的。他不是站在中国的版图上思考中

[①] 梁启超：《新大陆游记节录》，《饮冰室合集》第7册，中华书局1989年版，第124页。

国，而是站在世界的格局中思考中国。

20世纪初已经形成了这样一个复杂的世界格局：中国等落后国家要变革、要图强、要学习美国等西方国家，追求西方之路。而西方却已经充分暴露其弊端。西方敏感的思想家们已经对西方之路开始了多方反思，一股反叛的思潮已经在思想文化界兴起。一个要追求、一个要反叛，这是两股正好相对、相反的力。犹如两个钱塘之潮迎面而来，都以磅礴之势滚滚向前。在这两股力、两个潮之间，站立着中国的变革者、思想家。

这里我们便可以充分看出当时思想家选择的艰难。他们处于一个十分窘迫的两难之中：中国，不走西方之路不行，走西方之路也不行。中国之路在何方？

也有并不窘迫的人。他们只看到当时中国的封建落后，只看到中国应向先进的国家学习，而看不到别的，看不到前方"先进"的陷阱。因而他们没有犹豫、没有彷徨，只是冲锋陷阵、一往无前。他们自然比梁启超之流革命、激进，不会被人讥为"保守"。但他们站的却往往不如梁启超高，看问题的思维方式却远远不如梁启超先进。这种人，当时有，后来有，现在仍然有很多。

依照梁启超的生平轨迹，他实在是难能可贵的。他渊博的知识、敏锐的思维令我们后来者吃惊，他思考中国之路的矛盾是那样沉重地震撼着我们。我们的思维在单向度中时，并不能理解梁启超的艰难。我们在意识到历史进展的多向度、世界复杂的大格局之后，才会越来越发现梁启超的价值。

当然，今天重读梁启超，他思考问题的结论也许并不是十分重要的。重要的是他对文化深度的进入，是他站在世界格局、多向度地思考问题的思维方式，是他运用这一思维方式所提出的问题：西方之路是否是人类的必然之路？

梁启超之所以具有这一切，原因颇多。重要的一点是，30岁以后，他具有"不依傍"的文化态度、独立自由思想的文化精神。

梁启超曾多次对"依傍"的作为进行了批判。他认为："中国思想之痼疾，确在'好依傍'与'名实混淆'……此病根不拔，则思想终无独立自由之望。"[1]

---

[1] 梁启超：《清代学术概论》，《饮冰室合集》第8册，中华书局1989年版，第65页。

这种"不依傍",在梁启超主要表现在两个方面。

第一,不依傍古代。梁启超曾经有过依傍古代的历史。当初他追随康有为搞托古改制。康有为认为,一直被人们奉为至宝的《左传》《逸书》《毛诗》等都是"伪经",为刘歆伪造。他打着尊孔的旗号,以批"伪经"、求真经的手段塞进自己惊世骇俗的改良理想。梁启超是康有为理论最有力的支持者。30岁以后,梁启超的思想发生变化。托古,当然是为了改制,为了发表自己的见解。但这种方法有其极大的限制和弊病。梁启超说,这种方法并不真是信奉新学新理,"不过以其暗合于我孔子而从之耳。是所爱者,仍在孔子,非在真理也。万一遍索诸四书六经而终无可比附者,则将明知为真理而亦不敢从矣。万一吾所比附者,有人剔之,曰孔子不如是,斯亦不敢不弃之矣。若是乎真理之终不能饷遗我国民也"。①他认为,应该大胆地论述自己的观点、主张:自己的就是自己的,新思想就是新思想,古人没说过就是没说过,何必托古?托古,其思想为自己之实,却以古人之名,弄得名实混淆,且无法真正推出新思想。因而,他说:"启超自三十以后,已绝口不谈'伪经',亦不谈'改制'。"②他已经摆脱了康有为托古改制的方法。在这一点上,他不仅不讳言与康有为的矛盾,而且著文与康发生过争论。为了寻求真理,梁启超决心做一个不依傍的独立思想者。

第二,不依傍西方人。梁启超鄙视依傍西人而无独立思考的"思想界之奴性"。因此,尽管抱着"问政求学"的目的到美国,对美国的一切也决不照单全收。在当时的情况下,一个处于弱势文化中的人面对强势文化,做到这一点是并不容易的。梁启超并不反对学习别人的先进经验,但是,他并不认为学习别人的经验能代替自己的思考。

30岁时,梁启超写了《近世文明初祖二大家之学说》,介绍培根、笛卡尔之学说。他介绍的目的,不仅是其学说,更主要的是其治学之精神。他说,此二人"学派虽殊,至其所以有大功于世界者,则惟一而已。曰破学界之奴性是

---

① 梁启超:《清代学术概论》,《饮冰室合集》第8册,中华书局1989年版,第64页。

② 梁启超:《清代学术概论》,《饮冰室合集》第8册,中华书局1989年版,第63页。

也。学者之大患,莫甚于不自有其耳目……不自有其心思"。并进一步说道:

> 今士大夫莫不震慑于西人政治学术进步之速。而不知其所以进步者,有一大原在。彼其奔轶绝法,亦不过此二百余年事耳。我苟得其大原而善用之,何多让焉?苟不尔,则日日临渊而羡之,终无济也。呜呼,有闻倍根(培根——引者注)笛卡尔之风而兴者乎?第一,勿为中国旧学之奴隶。第二,勿为西人新学之奴隶。我有耳目,我物我格。我有心思,我理我穷。①

既不做中国旧学之奴隶,也不做西人新学之奴隶,这就是梁启超的"不依傍"。他要的是独立自主的思考,要的是做自己思想的主人。我物我格、我理我穷。至今读来,仍然闪耀着独立思想的光芒。

对于梁启超的这一点,并不是所有的人都能理解的,就连国际知名的美国汉学家、梁启超研究专家约瑟夫·阿·勒文森也未能幸免。他在《梁启超与中国近代思想》一书里认为,在中西关系上,梁启超"既要轻视又要褒奖中国的过去,既要赞美又要嫉恨西方",这表现了梁启超的矛盾。而这一矛盾与梁启超一生三阶段其他所有的矛盾一样,有其内在的"同一性"。这个"同一性"说穿了就是,梁启超并不是沉重地独立思考,而是在浅薄地维护面子:作为中国人,其民族处于落后的地位,他既要向先进的西方学习,又要维持落后者的内心平衡,保持其个人和民族的尊严。既要向西方学习,又要声称自己并不落后,可与西方平起平坐。因而在勒文森看来,梁启超始终关注的问题是:"中国在西方化的进程中怎样才能感觉到自己与西方有平等的地位?"②

这是多少有点推己及人的误读。在勒文森的论述里,我们不难看出其西方人的傲慢与偏见以及"西方中心论"的阴影。按勒文森的逻辑,似乎既要学习西方,就不该看到西方的弊病,否则便是自相矛盾。勒文森的逻辑是非此即彼。问题在这里变得十分简单、单向度。勒文森还认为,梁启超的"同一性"

---

① 梁启超:《近世文明初祖二大家之学说》,《饮冰室合集》第2册,中华书局1989年版,第12页。

② 勒文森:《梁启超与中国近代思想》,四川人民出版社1986年版,第10页。

和梁关注的问题在当时中国各种政治、思想势力中有着普遍代表性。勒文森由此认为梁启超把到了当时中国人的思想脉搏。然而梁启超的思想看来比勒文森的理解要深刻、深厚得多,也沉重得多。他关注的是中华民族实实在在的生命与生存,还没有悠闲到去考虑内心平衡、去在话语层面上与西方人玩是否平等的游戏。当然,有一点勒文森是对的:在梁启超的各种矛盾中有着同一性,它"同一"在梁关注的问题上。但这问题不是在学西方的同时如何与西方保持平等,而是,中国的未来之路在哪里?西方之路是否是人类的必然之路?

梁启超思考着民族主义、国家主义的问题,思考的角度却始终不离文化。由于他的独特思考,他带着革命与改良的矛盾"问政求学"于美国,结果却是越来越想摆脱革命的诱惑。又由于回国之后,对当时革命派的某些行为不满,他自此便"不敢复倡革义矣",① 被人们认为"宗旨顿改、言论骤变"。对于梁启超,我们无法作简单的结论。他的某些选择也许是不能见容于当时的时代的,或者说是不合时宜、不合潮流的。我们今天要做的,并不是要对梁启超的功过重新评说,而是要从文化角度思考梁启超对于我们今天仍然具有的价值。这一思考当然伴随着这样一个问题:潮流之外的思想难道一定没有价值?

三、梁启超与"五四"

梁启超历史性地遇到了"五四"。

讨论梁启超我们无法回避梁启超与"五四"的关联。

1918年第一次世界大战结束,为解决战争遗留问题,战胜国决定在巴黎召开和平会议。各战胜国都派出了强大的外交使团赴会以争取更多的自身利益。中国政府也派出了以外交总长陆征祥为首的代表团。中国能成为战胜国与梁启超有极大关系。梁启超当初力主参战,希望借参战以收回中国在山东等地的利益。因此,尽管战争结束时梁启超已不在内阁任职,但他对巴黎和会仍十分关注。于是,梁启超以个人身份携刘崇杰、丁文江、张君劢、蒋百里、徐新六等

---

① 梁启超:《致蒋观云先生书》,见《梁启超年谱长编》,上海文艺出版社1983年版,第328页。

友朋赴欧漫游。他说他这次出游的目的有二，"第一件是想自己求点学问，而且看看这空前绝后的历史剧怎样收场，拓一拓眼界"；第二件是在和会上为中国作舆论鼓吹，"也因为正在做正义人道的外交梦，立个永久和平的基础，想拿私人资格将我们的冤苦向世界舆论申诉申诉，也算是尽一二分国民责任"①。"不在其位"的梁启超可谓是雄心勃勃。

梁启超没有想到的是，在和会之前已经有一系列阴谋在运作：日本企图将霸占山东的现实合法化；而北洋军阀段祺瑞政府为了武力征服南方，牺牲山东权益与日本签订密约，以换取2000万元的借款。这密约成为和会上日本强占山东的重要借口。梁启超在和会上得知北洋政府这等丧权辱国的行径后十分愤怒。为维护中国权益，1919年3月梁启超从巴黎致电国内外交委员会的汪大燮、林长民，揭露北洋政府：

> 查自日本占据胶济铁路，数年以来，中国纯取抗议方针，以不承认日本继承德国权利为限。本去年九月间，德军垂败，政府究用何意，乃于此时对日换文订约以自缚。此种密约，有背威尔逊十四条宗旨，可望取消，尚乞政府勿再授人口实。不然千载一时良会，不啻为一二订约之人所败坏，实堪惋惜。②

梁启超的电文在国内见诸报端，在民众中顿掀波澜。有关人士还组织了国民外交协会，以给北洋政府施加压力、声援梁启超。协会还致电梁启超，称赞他为了国家的利益在巴黎的活动，委托他代表协会在和会上力争山东主权。

受到委托的梁启超竭尽所能，在和会内外努力活动。然而，1919年4月30日，美、英、法三国会议公然置中国利益于不顾，议定了《巴黎和约》关于山东问题的条款，将原德国在山东的权益全部让与日本。北京政府的外交代表却考虑在这样的条款上签字。梁启超再次拍案而起，立即致电国内国民外交协会，建议在全国发动反签字运动：

---

① 梁启超：《欧游心影录节录》，《饮冰室合集》第7册，中华书局1989年版，第38页。

② 丁文江、赵丰田：《梁启超年谱长编》，上海文艺出版社1983年版，第879页。

> 对德国事，闻将以青岛直接交还，因日使力争，结果英、法为所动，吾若认此，不啻加绳自缚，请警告政府及国民严责各全权，万勿署名，以示决心。①

林长民接到梁启超的电报后，迅速写了《山东亡矣》一文，在5月2日北京《晨报》发表。该文在介绍和会情况的基础上大呼"国亡无日"，呼吁"愿合四万万民众誓死图之"。

一石激起千层浪。学生愤怒了，举国愤怒了。北京各大学学生纷纷走上街头游行示威。伟大的五四运动爆发了。

巴黎和会是爆发五四运动的导火索。导火索的点燃，梁启超起了举足轻重的作用。

今天，在讲到五四运动爆发时，任何一本中国现代文学史都会讲到巴黎和会，然而它们大多都在史书文本上放逐了梁启超。是所有的史家都没有注意到有关史料？不可能。这绝不是无意的疏忽。

一个与事件有直接关系的人，竟然在有关历史文本中缺席，这是一个有趣的现象。更为有趣的是，这一现象恰恰成了一个历史的隐喻，它揭示着梁启超与"五四"的深层关联：梁启超是"五四"的孕育者之一，但梁启超不是"五四"人。

梁启超与"五四"导火索等事件上的关联是表层的，他与"五四"更重要的关联在精神上。众所周知，我们今天所表述的"五四"由"新文化运动"和"爱国运动"两部分组成。新文化运动早在爱国运动之前便已产生且不是一个早晨突然爆发的。在它的孕育期，我们不难看到梁启超的身影。

从语言入手进行文学革命是新文化运动的时代的策略和时代的深刻。然而向文言文开战、反对言文分离却不自新文化运动始。梁启超便是此前的杰出先行者。作为成功的尝试，梁启超的"新文体"有力地向文言在文章中的正统地位提出了挑战。他那文白参半的文字既明白晓畅又博大精深，震撼着心灵、

---

① 丁文江、赵丰田：《梁启超年谱长编》，上海文艺出版社1983年版，第880页。

震撼着时代。他用他的实绩为白话的前行开辟了通道。不仅如此，梁在理论上还有诸多论述，为新文化运动中的白话革命打下了良好的基础。梁启超反对言文分离，并努力从语言文字的发生学上寻找根据："古人之言即文也，文即言也。自后世语言文字分，始有离言而以文称者。""古人文字与语言合，今人文字与语言离。其利病既缕言之矣。今人出话，皆用今语。而下笔必效古言。故妇孺农氓，靡不以读书为难事。"①梁启超是在"变法"的总题下发这一议论的。他站在"中国的出路"这样一个总思考的高度来看待言与文的关系。在他看来，言文分离是中国僵死落后的原因之一，要救国，必变法。要变法，必新民。要新民，必让大众掌握知识。要让大众掌握知识，必言文合一。梁启超曾多次提出这一主张。在《新民说》"论进步"一节中，他说：

> 文字为发明道器第一要件，其繁简难易，常与民族文明程度之高下为比例差。……言文合，则言增而文与之俱增，一新名物新意境出，而即有一新文字以应之，新新相引，而日进焉。言文分，则言日增而文不增，或受其新者而不能解，或解矣而不能达。故虽有方新之机，亦不得不窒，其为害一也。言文合，则但能通今文者，已可得普通之智识，其古文之学，如泰西之希腊罗马文字，待诸专门名家者之讨求而已。故能操语者即能读书，而人生必需之常识，可以普及。言文分，则非多读古书通古义，不足以语于学问。故近数百年来学者，往往瘁毕生精力于《说文》《尔雅》之学，无余裕以从事于实用，夫亦有不得不然者也，其为害二也。……夫学二三十之字母，与学三千、九千、四万之字母，其难易相去何如？故泰西、日本妇孺可以操笔札，车夫可以读新闻，而吾中国或有就学十年，而冬烘之头脑如故也，其为害三也。夫群治之进，非一人所能为也。相摩而迁善，相引而弥长。得一二之特识者，不如得百千万亿之常识者。其力逾大，而效逾彰也。我国民既不得不疲精力以学难学之文字，学成者固不及什一。即成矣，而犹于当世应用

---

① 梁启超：《变法通议》，《饮冰室合集》第1册，中华书局1989年版，第54页。

新事物、新学理,多所隔阂,此性灵之浚发所以不锐,而思想之传播所以独迟也。

在"五四"之前,梁启超的创作实践和理论鼓吹对促进白话文运动起了巨大的历史作用。

与此紧密相连,我们看到,新文化运动中的文学革命与梁启超的"三界革命""戏剧改良"有着毋庸置疑的承继关系。胡适的"八事"与陈独秀的"三大主义"是中国现代文学史上耀眼的话题。史家认为,陈独秀的《文学革命论》之所以比胡适的《文学改良刍议》更有地位,是因为前者才真正高举了文学革命的大旗,陈文比胡文除了在革命性上勇猛、坚强得多之外,更重要的是,它不只是在形式上反对旧文学,而是把革命的矛头直指旧文学的封建思想内容。

这一正确的论述现已成为常识。然而在这一常识之外我们却不能忘记,从形式深入到内容的文学革命,在梁启超那儿已经具备了一定的形态、具有了一定的力度。

梁启超的气势和魄力是逼人的:在两个年份里,他一口气向四个领地发动了革命和改良——1899年倡导"诗界革命""文界革命",1902年倡导"小说界革命""戏剧改良"。作为近代文学革新运动的领袖和主将,梁启超文学"革命"的重点在内容。他说:"过渡时代,必有革命。然革命者,当革其精神,非革其形式。"①

革命,当革其"旧",但用什么为武器以革其"旧"呢?梁启超十分重视"欧西文思"、重视西人精神。在梁启超发动诸"革命"的所有文本中,针对中国之旧,总有一个鲜明的参照——西方之新。

在论述"诗界革命"时,他认为中国诗歌只有进行"诗界革命"才可能出现哥伦布、玛赛郎,而要想成为诗界之哥伦布、玛赛郎,必须具备"三长"。"第一要新意境,第二要新语句,而又须以古人之风格入之"。"三长"不是新东西,中国旧文学中有过,如"宋明人善以印度之意境、语句入

---

① 梁启超:《诗话》,《饮冰室合集》第5册,中华书局1989年版,第41页。

诗，有三长具备者。"但是"三长"的具体内容需要更新。因为宋明之境至今日，又已成旧世界。他反复强调说："今欲易之，不可不求之欧洲。欧洲之意境语句，甚繁富而玮异。得之可以陵轹千古，涵盖一切。今尚未有其人也。""惟有竭力输入欧洲之精神思想，以供来者之诗料可乎。"①

"文界革命"的提出更直接有感于"欧西文思"。1899年赴夏威夷的途中，梁启超在船上阅读日本作者德富苏峰著作，发现他雄放隽快的文字，"善以欧西文思入日本文，实为文界别开一生面者。"梁启超十分喜欢，并由此生发议论道："中国若有文界革命，当亦不可不起点于是也。"②

"小说界革命"首当其冲的任务是学习西方"政治小说"。"政治小说"这一术语，是日本明治维新时代学习西方的产物。梁启超从日本转引过来以为中国小说输入新的精神。他说："在昔欧洲各国变革之始，其魁儒硕学，仁人志士，往往以其身之所经历，及胸中所怀，政治之议论，一寄之于小说。……往往每一书出，而全国之议论为之一变。彼美、英、德、法、奥、意、日本各国政界之日进，则政治小说为功最高焉。"③

由上述可见，梁启超发动的各"界"文学"革命"，主要内容之一是要革传统精神之旧，迎西方精神之新。那么，梁启超所重视的"西方精神"有哪些在"五四"的孕育中起过重要作用、甚至成为"五四"精神的主要组成部分呢？

首先是民族主义。这是梁启超所十分重视的。梁启超给予民族主义以诸多论述和深情呐喊。这一呐喊来自并进一步燃烧着近代以来一代又一代知识分子的民族强盛梦，它参与了"五四"爱国运动的孕育，并成为"五四"精神的一个方面而影响着整个20世纪。

与此相反相成、一体二面的是个人主义、自由主义。关于梁启超思想中的个人主义、自由主义，有一个从什么角度去看和如何看的问题。美国学者张灏认为，尽管梁启超的文章中、特别是流亡期间的文章中充斥着权利、自由这

---

① 梁启超：《夏威夷游记》，《饮冰室合集》第7册，中华书局1989年版，第190页。
② 梁启超：《夏威夷游记》，《饮冰室合集》第7册，中华书局1989年版，第191页。
③ 梁启超：《译印政治小说序》，《饮冰室合集》第1册，中华书局1989年版，第34、35页。

样一些自由主义的概念,但梁启超闯入了一个凭他的知识背景、学识、修养所无法把握的领地。更重要的是,"当梁倡议将这自由主义价值观作为公德的一个组成部分的时候,他关注的焦点是'群'这一集体主义概念,它几乎不可避免地妨碍他对这些自由主义价值观的某些实质内容的领会。因此,毫无疑问,梁在《新民说》中最终提出的那些理想,归根到底很难称作自由主义。"因为"西方自由主义的核心首先并且最主要在于信仰个人主义和个人主义的制度化",而不是梁启超的集体主义的"群"。①

张灏先生无疑是正确的。梁启超无论在多少场合谈了多少次"个人"和"自由",在梁启超的术语谱系中,"个人""自由"总是从属于"群"。梁启超谈的自然不是西方的"个人"与"自由"。任何思想、理论、术语的转译都不可能是照搬。梁启超按他的方式对"个人""自由"进行误读是无可否认的。但从另外的角度看,梁启超所谈的并不纯粹的"个人""自由"却有两点值得重视:第一,梁启超的误读自有其价值,而且会愈来愈显示其价值;第二,从文化史的角度看,梁启超的谈论自有不容忽视的贡献。他的工作使中国古典文化向"五四"新文化迈进了一大步。

限于本节的角度,这里只谈第二点。梁启超在"群"的术语下谈"个人"与"自由"最集中地表现在《新民说》里。这里先从术语"民"谈起。

"民"是近代思想史上的一个重要术语。它的频繁使用是近代民主思想产生、发展的一个标志。然而在历时的维度上,"民"的所指却并不是完全一致的。它在使用的过程中有一个微妙的演变过程。早期维新志士向西方学习的思路从"器"里走出来后,注意到了西方政体。一批思考者更明确注意到了西方民主制度,在他们的言论里,"民"以鲜明的色彩出现了。薛福成、郑观应等人提出了"通民气""保民生""达民情""兴民权"等主张。但这时的"民"更多的还是一个与"君"相对的术语,是"君"之下的"民"、是"臣民"。思考者在西方民主思想与孟子"民贵君轻"思想间打开了一条通道。"贵"也好、"轻"也好,谈"民"是在承认"君"的前提下谈论的。或者说,在这里,"民"不是一个自足的术语,它是"君/民"二元对立体中的一

---

① 张灏:《梁启超与中国思想的过渡》,江苏人民出版社1995年版,第135页。

个元素。"民"的背后，与其同时存在的，或隐或显总有"君"与"官"。如薛福成主张"君民共主"。他认为君主、民主各有其利弊。"民主之国，其用人行政，可以集思广益，曲顺舆情。为君者不能以一人肆于民上，而纵其无等之欲。"这是民主的好处。但民主又"朋党角立，互相争胜，甚至各挟私见而不问国事之损益"。君主呢？"君主之国，主权甚重，操纵伸缩，择利而行。"这是君主的好处，但它又"上重下轻，或役民如牛马"。而"君民共主"则可去弊得利，"夫君民共主，无君主、民主偏重之弊，最为斟酌得中"。①郑观应认为要"达民情"需"上下交"。"上下交则'泰'，不交则为'否'。"他与薛福成一样主张"君民共主"。这样既不权偏于上，也不权偏于下，而是"权得其平"，可"合万人为一心"。②

严复讲"民"更多、也更响亮。他说"是以今日要政，统于三端：一曰鼓民力，二曰开民智，三曰新民德"。③但严复之"民"依然是没有从根本上摆脱"君/民"二元对立的臣民。如"夫上既以奴虏待民，则民亦以奴虏自待。夫奴虏之于主人，特形劫势禁，无可如何已耳，非心悦诚服，有爱于其国与主，而共保持之也。"严复主张设议院，他说，那是"欲民之忠爱"之道。④

梁启超的《新民说》，符号还是那个"民"，所指却不同了。梁启超在《新民说》里建立了民族国家的概念。他批判中国人原来只有忠君观念而没有爱国观念，第一次真正把"爱国"与"忠君"分离开来。因而梁启超《新民说》里的"民"已经不是与"君"相对的"民"，而是与"国"相连的"民"，不是"臣民"而是"国民""公民"。这样的"民"才可以作为一个独立的个体而存在，"国"正由这样的"民"所组成。"国也者，积民而成。国之有民，犹身之有四肢、五脏、筋脉、血轮也。""国民者一私人之结集也。国权者，一私人之权利所团成也。故欲求国民之思想之感觉之行为，舍其分子之各私人之思想感觉行为而终不可得见。"

---

① 出自薛福成：《出使英法义比四国日记》。
② 出自郑观应：《盛世危言·议院》。
③ 出自严复：《原强》。
④ 同上。

正因为国民是这样的独立的个体,正因为国由这样的国民组成,国强便依赖这样的个体之强。只有每一个个体都强大了,国才能强大起来。因而,梁启超对这样的个体、对个体的权利、个体的自由都给予了高度重视。他说:"一部分之权利,合之即为全体之权利。一私人之权利思想,积之即为一国家之权利思想。故欲养成此思想,必自个人始。"他强调了"自个人始"。在重视个人与个人权利上,中西之间有差异。梁启超比较了这种差异并表明了自己的鲜明态度:"大抵中国善言仁,而泰西善言义。仁者人也,我利人、人亦利我。是所重者常在人也。义者我也。我不害人,而亦不许人之害我,是所重者常在我也。此二德果孰为至乎?在千万年后大同太平之世,吾不敢言。若在今日,则义也者,诚救时之至德要道哉。"

之所以"义"能"救时",是因为"义"不放弃自己的自由。与把"民"从"臣民"变为"国民"相一致,梁启超明确指出:"自由者,天下之公理,人生之要具,无往而不适用者也。"他还认识到,要求自由必先有自由意识。用奴隶心态是求不了自由的。"有欲求真自由者乎?其必自除心中之奴隶始。"他说:"人之奴隶我不足畏也,而莫痛于自奴隶于人。自奴隶于人犹不足畏也,而莫惨于我奴隶我。庄子曰,哀莫大于心死,而身死次之。吾亦曰,辱莫大于心奴,而身奴斯为末矣。"①

可以看出,尽管梁启超关注的焦点是"群",尽管梁启超是在"群"的统摄下去谈"国民""私人""个人",但他的话语中毕竟把与君相连的、处于"奴"地位的"臣民"变成了有独立地位的"国民"。这是对传统理论的一次大的突破。它当然没有达到"五四"的认识,却已明显向"五四"大大迈进了一步。在这样的"国民"主义中,"五四"的"个性主义"已经呼之欲出了。

还需要指出的是,正因为梁启超在"群"的前提下谈"私人""个人",他笔下的"民族"与"私人""民族主义"与"个人权利""个人自由"才不仅不矛盾,反而结合为一个一体二面的统一体,构成你中有我、我中有你的结构体系。这种"梁启超式"的思想结构体系表现了上个世纪末以来中

---

① 梁启超:《新民说》,见《饮冰室合集》第6册,中华书局1989年版,第47页。

国数代知识分子的思想特征：他们可以在不同的时期强调任何不同的思想内容，但他们思想深处的总主题却永远是民族国家、是富国强兵。

让我们看看"五四"。"五四"精神恰恰是这种思想结构体系的发展，形成了"民族主义"与"个性主义"的二位一体。是的，"五四"人确实大谈个性解放、人道主义、人的文学等，但如果把这些作为"五四"人的终极追求，我们便无法解释为什么刚刚大谈了"人的文学"的人突然可以大谈"革命文学"，从"人性"话语进入"阶级"话语。在"五四"人的心灵深处，更大的命题仍然不是"个人"而是"民族"。①

无需再多论述了，梁启超实在是"五四"精神的孕育者之一，是"五四"思想的开路者之一。许多"五四"先驱都深受梁启超思想影响。这一点，"五四"人并不否认。据周作人回忆，鲁迅在东京时便颇受梁启超影响。鲁迅说，"梁任公办的《新小说》《清议报》《新民丛报》的确都读过，也很受影响。但是《新小说》的影响，总是只有更大，不会更小。梁任公的《论小说与群治之关系》，当初读了，的确很有影响，虽然对于小说性质与种类，后来意见稍稍改变，大抵由科学或政治的小说，渐渐转到更纯粹的文艺作品上去了。不过这只是不看重文学之直接的教训作用，本意还没有变更，即仍主张以文学来感化社会，振兴民族精神，用后来的熟语来说：可以说是属于'与人生的艺术'这一派的。"②

新文化运动的主将之一钱玄同曾正确地将梁启超放在大的文学发展进程中给他以较高的地位："梁任公先生实为近来创造新文学之一人。虽其政论诸作，因时变迁，不能得国人全体之赞同，即其文章，亦未能尽脱帖括蹊径，然输入日本文之句法，以新名词及俗语入文，视戏曲小说与《论》《记》之文平等……此皆其识力过人处。鄙意论现代文学之革新，必数及梁先生。"③

---

① 关于这个问题，请参阅拙文《二十世纪文学批评中的民族主义话语》（载于《岭南文论》第2辑，广东高等教育出版社1996年版），我在那里有较具体的论述。
② 参见周作人：《鲁迅在东京时的文学修养》，转引自任访秋《中国近代文学作家论》，河南人民出版社1984年版。
③ 参见钱玄同：《寄陈独秀》，见《中国新文学大系·建设理论集》，上海文艺出版社1980年影印本。

创造了"五四"时代精神的"号角"的郭沫若在回忆自己的少年时代时,突出地提到了梁启超:

> 平心而论,梁任公地位在当时确实不失为一个革命家的代表。他是生在中国的封建制度被资本主义冲破了的时候,他负载着时代的使命,标榜自由思想而与封建的残垒作战。在他那新兴气锐的言论之前,差不多所有的旧思想、旧风习都好像狂风中的败叶,完全失掉了它的精彩。二十年前的青少年——换句话说:就是当时的有产阶级的子弟——无论是赞成或反对,可以说没有一个没有受过他的思想或文字的洗礼的。他是资产阶级革命时代的有力的代言者,他的功绩实不在章太炎辈之下。①

然而,作为"五四"的孕育者、开路人,这只是梁启超的一面,他的另一面却告诉我们:梁启超不是"五四"人。

让我们回到梁启超第一次世界大战后的欧洲之行。历史竟做了这样奇妙的安排:正是这次欧洲之行,使梁启超成为参与点燃"五四"导火索的人;也正是这次欧洲之行,使他鲜明地拉开了与"五四"人的距离。后者的标志是他欧游归来后所写的《欧游心影录》。作为梁启超"五四"前后文化思考的心路历程的记录,这部著作无疑具有特别的价值。

在《欧游心影录》里我们看到,作为"五四"孕育者、开路人之一的梁启超竟然与"五四"时代的口号格格不入。"五四"大旗上最鲜明、最响亮的口号是:民主、科学。对于"民主",梁启超与"五四"人不同,主张"不着急"的民主。他说,"我们需知,天下事是急不来的。总要把求速效的心事去掉,然后效乃有可言。"对此他进行了历史的和现实的分析。他认为:"我国民主主义,在历史上根柢本就浅薄,在地理上更很少养成的机会,所以比欧美诸国,发达较迟。"现实中的民主,当然要靠青年去完成。他说:"我信得过我们多数可爱的青年,这点见地这点志气是有的。但现在未曾磨练完成,而且

---

① 参见郭沫若:《少年时代》,人民文学出版社1979年版。

办交代的时候还没有到。所以目前万不可着急,便急也急不来。若要急时,做得好,不过苟且小成;做得不好,便要堕落断送了。"①

更大的分歧在于对科学的态度。

让我们先从梁启超对写实文学——梁启超称为"自然派"文学——的态度谈起。写实文学是"五四"时的文学宠儿,形成了一股写实文学大潮。梁启超却"逆潮流"而动,他并不认为文学将社会实相逼真描写是好事。他说,"诸君试想,人类既不是上帝,如何没有缺点?虽以毛嫱西施的美貌,拿显微镜照起来,还不是毛孔上一高一低的窟窿纵横满面?何况现在社会,变化急剧,构造不完全,自然是丑态百出了。自然派文学,就把人类丑的方面、兽性的方面赤条条和盘托出,写得个淋漓尽致。真固然是真,但照这样看来,人类的价值差不多到了零度了。"②

写实文学既然是自然、写实,就未必一定只写人类的丑恶。梁启超为什么以这样的理由反对写实文学呢?原来在这背后有一个更大的原因:对科学的态度。在梁启超看来,自然派文学是与科学万能的观念联系在一起的。"自然派当科学万能时代,纯然成为一种科学的文学。他们有一个最重要的信条,说道'即真即美',他们把社会当作一个理科试验室。"③

反对自然派文学从属于对"科学万能"的反对。在新文化运动的先锋们高举科学大旗时,梁启超却偏偏着力去批判"科学万能"。他指出欧洲人曾做了一场"科学万能"的梦。第一次世界大战后,却发现"科学破产"。"当时讴歌科学万能的人,渴望着科学成功,黄金世界指日出现。如今功总算成了:一百年物质的进步,比从前三千年所得还加几倍,我们人类不惟没有得到幸福,倒反带来许多灾难。好像沙漠中失路的旅人,远远望见个大黑影,拼命往前赶,以为可以靠它向导。哪知赶上几程,影子却不见了,因此无限凄凄失

---

① 梁启超:《欧游心影录节录》,《饮冰室合集》第7册,中华书局1989年版,第24页。

② 梁启超:《欧游心影录节录》,《饮冰室合集》第7册,中华书局1989年版,第14页。

③ 梁启超:《欧游心影录节录》,《饮冰室合集》第7册,中华书局1989年版,第13、14页。

望。影子是谁?就是这位科学先生。"①

后人不乏人认为,对科学的态度表明梁启超"落伍"了、"保守"了。这使"保皇派"的他"罪"加一等。

然而事实上,当时对"科学万能"的批判不仅不是一种"落伍",反而是一种超前。这个话题把我们的视野带到第一次世界大战后西方的知识状况。正是第一次世界大战粉碎了西方人几个世纪以来对西方文明的梦想。战后的反思使西方人认识到,大战的发生不是西方文明的异物,恰恰是西方文明的产物。因而西方敏锐的知识分子对自己文化的反思进入了新的阶段,他们要重新思考包括科学崇拜在内的全部西方文化建构——这一制造过辉煌也制造过灾难的话语构造。正是在这样的文化语境之中,梁启超到了欧洲。他亲眼看到了战争给欧洲带来的满目疮痍和凄凉景象,亲身感受到了西方人反思其文化危机的文化气氛。他自然清楚,中国正在学习西方,对西方现在的反思就是对中国未来的反思。它从根本上关联着对"中国之路"的思考。这对梁启超有着最强大的吸引力。直接的感同身受加上深深的内在需要,使梁启超自然而然地吞纳着西方最新文化信息。

梁启超对"科学万能"的批判正是在这样的思想格局中进行的。在梁启超看来,"科学万能"与西方人的物质主义同出一源。他指出了其表现种种。比如,情感的匮乏。科学发达后,产业组织大发展,都市生活取代了村落生活,"聚了无数素不相识的人在一个市场或一个工厂内共同生活,除了物质的利害关系外,绝无情感可言"。再比如,哲学的失落。科学昌明后,从根本上动摇了旧哲学,"老实说一句,哲学家简直是投降到科学家的旗下了。依着科学家的新心理学,所谓人类心灵这件东西,就不过物质运动现象之一种。精神和物质的对待,就根本不成立。"更有,宗教的隐退。"科学昌明以后,第一个致命伤的就是宗教。人类本从下等动物蜕变而来,哪里有什么上帝创造?还配说人为万物之灵吗?"②

---

① 梁启超:《欧游心影录节录》,《饮冰室合集》第7册,中华书局1989年版,第12页。

② 梁启超:《欧游心影录节录》,《饮冰室合集》第7册,中华书局1989年版,第10、11页。

这便造成极大的危害。梁启超认为，人，总得在精神上"有个安心立命的所在。虽然外界种种困苦，也容易抵抗过去"。而欧洲人却把这安心立命的东西丢掉了。把生活中的一切都归到物质运动的"必然法则"之下。物质主义的弊端是严重的。至少，首先，人的自由意志没有了。既然一切都受物质运动的"必然法则"支配，人哪里还能有什么自由意志？第二，善恶责任没有了。"我为善不过那'必然法则'的轮子推动着我动，我为恶也不过那'必然法则'的轮子推着我动，和我什么相干？"于是，"这不是道德标准如何变迁的问题，真是道德这件东西能否存在的问题了。现今思想界最大的危机就在这一点。"第三，与此相联系，欲望恶性膨胀。"善恶既没有责任，何妨尽我的手段来充满我个人欲望？然而享用的物质增加速率，总不能和欲望的腾升同一比例，而且没有法子令它均衡。怎么好呢？只有凭自己的力量自由竞争起来。总而言之，就是弱肉强食。近年来什么军阀，什么财阀，都是从这条路产生出来。这回大战，便是一个报应。"[①]

于是我们知道了，"科学万能"仍然只是其表现之一，西方文化危机的病根在于，西方文化过于看重物质。于是梁启超想到了中国文化。他庆幸中国文化不是重物质的文化。他不仅对中国文化的前景充满希望，而且认为中国文化可以救西方文化之弊。这个意思，他曾借西方人之口来加以强调：

> 记得一位美国有名的新闻记者赛蒙氏和我闲谈（他做的战史公认是第一部好的），他问我，"你回到中国干什么事？是否要把西洋文明带回去？"我说，"这个自然。"他叹一口气说，"唉，可怜西洋文明已经破产了。"我问他，"你回到美国却干什么？"他说，"我回去就关起大门老等，等你们把中国文明输送来救拔我们。"我初初听见这种话，还当他是有心奚落我。后来到处听惯了，才知道他们许多先觉之士，着实怀抱无限忧危，总觉得他们那

[①] 梁启超：《欧游心影录节录》，《饮冰室合集》第7册，中华书局1989年版，第12页。

些物质文明,是制造社会险象的种子。①

信心来自哪里呢?梁启超认为,中国文化讲究"心物调和""推肉合灵"。"孔子的'尽性赞化''自强不息',老子的'各归其根',墨子的'上同于天',都是看出有个'大的自我''灵的自我'和这'小的自我''肉的自我'同体"。因而中国文化里确实有一份"可爱可敬"的"家当"。②

这种看法自然与"五四"人的看法相去甚远。对梁启超一直执弟子礼的胡适在对科学的态度上与梁启超便有巨大差异。多年后,胡适还写文章表明了"五四"人的观点:

> 今日最没有根据而又最有毒害的妖言是讥贬西洋文明为唯物的,而尊崇东方文明为精神的。这本是很老的见解,在今日却有新兴的气象。从前东方民族受了西洋民族的压迫,往往用这种见解来解嘲,来安慰自己。近几年来,欧洲大战的影响使一部分的西洋人对于近世科学的文化起一种厌倦的反感,所以我们时时听见西洋学者有崇拜东方的精神文明的议论。这种议论,本来只是一时的病态的心理,却正投合东方民族的夸大狂;东方的旧势力就因此增加了不少的气焰。③

胡适显然代表"新"派向"旧势力"做出了批判。有意思的是,胡适说这话的时候,中国文化界马克思主义的声音越来越高,文坛上的"文学革命"已向"革命文学"进发。"问题"已经无法与"主义"匹敌。曾为新文化运

---

① 梁启超:《欧游心影录节录》,《饮冰室合集》第7册,中华书局1989年版,第15页。
② 梁启超:《欧游心影录节录》,《饮冰室合集》第7册,中华书局1989年版,第36页。
③ 胡适:《我们对于西洋近代文明的态度》,《胡适文存》第3集,台北远东图书公司1983年版,第27页。

动主将的胡适，身上"新"的色彩已越来越淡了。胡适也似乎忘记了，比他更"新"的马克思主义其实正是"西洋人""反感"其"近世科学的文化"而产生的理论之一。反感西方近世科学文化并不是病态心理。整个20世纪西方人对"现代性"的反思也不断地证明着这一点。因而认同对西方近世科学文化的反感未必一定是"东方的旧势力"。

这当然是另一个话题。回到梁启超。梁启超当时与"五四"之时宜不合看来是不容置疑的。20世纪快过去了，今天重读梁启超当时的言论，有一点越来越清楚：在笔者看来，所谓"旧""旧势力"的典型特征应是守旧而不创新。如果这种说法并无大谬的话，那么，你可以说梁启超"五四"时的思想确实在"五四"大潮之外，但你很难认定他的思想代表旧势力——不管当时和后来的人们对梁启超进行了怎样的误读。

有几点是误读梁启超的人们经常忘记的。第一，梁启超反对"科学万能"并不是反对科学本身。他相信大战之后，科学依然会"在他自己的范围内继续进步"，"物质文明一定更加若干倍发达"。[①]

为佐证梁启超的不反对科学本身，有两件事值得一谈。

其一，梁启超的割肾。因尿血症久治不愈，梁启超被诊断为右肾长瘤。1926年3月16日协和医院为他做了右肾切除手术。但切下来的肾并未长瘤。肾丢了，病却并未见好。当文化界和梁的亲朋好友对协和医院一片指责声时，梁启超还写文为医院辩护。他怕人们因医院对他的误诊而生出对医学和其他科学的不良的想法。本来手术之后，梁启超吃中药曾使病情大大好转，但梁启超却始终保持着对西医的相信，最终让他的生命结束在协和医院。

其二，我们可以看看20世纪20年代的科玄论战。这次论战可以看做是梁启超1918年对科学看法的回声。最初引起论战的双方——张君劢、丁文江都是对梁启超执弟子礼的学者，都随梁启超做过欧洲游。论战由张君劢1923年2月在清华大学作的题为《人生观》的演讲引发。张君劢认为，科学与人生观迥然不同。"科学为客观的，人生观为主观的""科学可以以分析方法下手，而人生

---

① 梁启超：《人生观与科学》，《饮冰室合集》第5册，中华书局1989年版，第20页。

观则为综合的""科学为因果律所支配,而人生观则为自由意志的"。因而科学可以说明物质现象,却不能说明精神现象。科学不能解决人生观问题。①

丁文江则反对张的观点。他认为,科学与人生观不但不是水火不容,而且"是教育同修养最好的工具。因为天天求真理,时时想破除成见,不但使学科学的人有求真理的能力,而且有爱真理的诚心"。他说张君劢是"玄学鬼"附在了身上。与张君劢不同,丁文江认为恰恰应该用科学去解决人生观的问题:"人类今日最大的责任与需要是把科学应用到人生问题上去。"②

论战吸引了当时思想文化界一大批名流参加。论战爆发不久,梁启超曾写文希望论战双方遵守"战时国际公法",平心静气地讨论。后来,梁启超也直接撰文发表意见。他对张丁各有批评。他认为:"人生问题,有大部分是可以——且必要用科学方法来解决的。却有一小部分——或者还是最重要的部分是超科学的。""人生关涉理智方面的事项,绝对要用科学方法来解决;关涉情感方面的事项,绝对的超科学。"③尽管梁的观点与张君劢更接近,但他并不否认科学在其范围内的作用。这是显而易见的。

梁启超容易被误读他的人们忘记的第二点是,在梁启超看来,西方文明出现了危机,并不意味着西方文明走向了终结。恰恰相反,只要具有危机意识,只要对毒副作用进行一定的解毒工作,西方文明仍然是有生机的文明,它是"群众的文明""自发的文明",是"向上"的、有创造性的。大战后对危机的反思就是一种解毒工作。经过这一反思,"人生观自然观要起一大变化,哲学再兴,乃至宗教复活,都是意中事"。④

这里值得一提的是,在对"科学万能"、物质主义等的反思中,梁启超对自己曾经提倡过和接近过的民族主义、个人主义都流露过再思考。但他并

---

① 张君劢:《人生观》,《科学与人生观》,上海亚东图书馆1923年版,第1~13页。
② 丁文江:《科学与玄学》,《科学与人生观》,上海亚东图书馆1923年版,第29页。
③ 梁启超:《人生观与科学》,《饮冰室合集》第5册,中华书局1989年版,第26页。
④ 梁启超:《欧游心影录节录》,《饮冰室合集》第7册,中华书局1989年版,第20页。

没有宣布它们的终结,而是在新的更大的地理视野和理论视野中为其增加了一副解毒剂:世界主义。他将个人主义、民族国家主义、世界主义组合在一起,成为一个不可分割的整体,并称之为"世界主义的国家"。他解释说,"怎么叫做'世界主义的国家'?国是要爱的,不能拿顽固褊狭的旧思想当是爱国。因为今世国家,不是这样能够发达出来。我们的爱国一面不能知有国家不知有个人,一面不能知有国家不知有世界。我们是要托庇在这国家底下,将国内各个人的天赋能力,尽量发挥。"①梁启超的"世界主义"是否真的是一条新出路,自然是值得讨论的。但这已是另外一个话题了。

梁启超容易被误读的第三点是,他肯定中国文化重精神但并不认为中国文化一切都好。中国需要变革,这在梁启超的大多言论中是作为前提存在的。"'不变革''暂时支持'这种字样,才真是亡国心理。若要不亡,只有扎硬寨打死仗之一法"。他用治病来比喻变革。"古人有言,知病即药。从前我周身是病,却全不知道。如今知道了,就从这知字上,自然会生出法子来。"②

那么,梁启超与"五四"人的不同究竟在什么地方?用二元对立的思维方式无法回答。而这个问题以前又恰恰被二元对立的思维方式遮蔽着,在那里只有革新/保守、新派/旧派、前进/倒退。梁启超与"五四"人的不同与其说是要不要建设新文化的问题,不如说是如何建设的问题。

梁启超并不否认要通过学习西方来建设新文化:"要发挥我们的文化,非借他们的文化做途径不可。"③但在他那儿,学习西方和讨论其危机是同时进行的。这便使他与许多人不同。不乏人认为,学都未学到,哪里能讨论什么危机?20世纪20年代的科玄论战中,胡适便说了这样的话:"中国此时还不曾享着科学的赐福,更谈不上科学带来的'灾难'。我们试睁眼看看:这遍地的乩坛道院,这遍地的仙方鬼照相,这样不发达的交通,这样不发达的实业——

---

① 梁启超:《欧游心影录节录》,《饮冰室合集》第7册,中华书局1989年版,第21页。

② 梁启超:《欧游心影录节录》,《饮冰室合集》第7册,中华书局1989年版,第22页。

③ 梁启超:《欧游心影录节录》,《饮冰室合集》第7册,中华书局1989年版,第37页。

我们哪里配排斥科学?"①

胡适说得激情澎湃。这话有历史的合理性,但其可商榷之处也是明显的。谈论科学的灾难与"排斥科学"不是一个概念,这一点,胡适博士显然言重了。在一定的历史阶段,强调科学的重要性是可以理解的。但未享科学的赐福之前不能讨论科学的灾难,这一说法本身恐怕就不太"科学"。今天,我们知道,正确的做法就应该是在准备接受科学的赐福之时,同时讨论科学的灾难。在历史快进入21世纪的今天,类似这种简单进化论的、线性历史观的、链条式时间观的论调,看来我们无需花更多的笔墨加以讨论。历史已经做出了结论,在梁与胡两种态度之间,是梁的态度在今天更有价值而不是相反。

既要讨论危机,就需思考走出危机的方式。与其一贯态度一致,梁启超不避"守旧"之嫌,看到了中国文化里的有价值的东西。他甚至提出了"中西化合论"。要"拿西洋的文明来扩充我的文明,又拿我的文明去补助西洋文明,叫它化合起来,成一种新文明"。②

那么,梁启超是在弹中西、体用之类的老调吗?读一下梁启超的言论便会发现并非如此。他的思维已经超出了体用的模式。对于西学,他进入的是骨髓而不是皮毛、是本而不是末。如他仍然认定个人自由、个人独立的价值:"国民树立的根本义,在发展个性"。当然为了避免极端个人主义,他在表述术语时巧妙地借来中国话语对其进行了修正:"中庸里头有句话说得最好,'唯天下至诚为能尽其性',我们就借来起一个名叫做'尽性主义'。"他说:"这尽性主义是要把各人的天赋良能,发挥到十分圆满。"他认为:"今日第一要紧的,是人人抱定这尽性主义。如陆象山所谓'总要还我堂堂地做个人',将自己的天才(不论大小,人人总有些)尽量发挥,不必存一毫瞻顾。更不可带一分矫揉。便是个人自立的第一义,也是国家生存的第一义。"③他把这提到第一义的地位,显然是十分重视的。

那么,梁启超是把中学作为"用"了?也不。他认为学中学,也要学其

---

① 胡适:《〈科学与人生观〉序》,《科学与人生观》,上海亚东图书馆1923年版,第7页。
② 梁启超:《欧游心影录节录》,中华书局1989年版,第35页。
③ 梁启超:《欧游心影录节录》,中华书局1989年版,第25页。

根本精神。"须知凡一种思想,总是拿他的时代来做背景。我们要学的,是学那思想的根本精神。不是学他派生的条件。因为一落到条件,就没有不受时代支配的。譬如孔子,说了许多贵族性的伦理,在今日诚然不适用,却不能因此菲薄孔子。柏拉图说奴隶制度要保存,难道因此就把柏拉图抹杀吗?"①

这是一种认真的"化合"。中西凡是有价值的东西都拿来化而合之,以形成新的文化。这种化合对主体的要求是要有自己的主见,根据自己的情况进行自己的文化创造而不受束缚,"中国旧思想的束缚固然不受,西洋新思想的束缚也是不受"。②

这便是"五四"时的梁启超。这便是梁启超建设新文化的态度。这一态度决定了梁启超站在潮流之外的边缘地位,决定了梁启超不是"五四"人。在"五四"人那儿,西洋新思想是谈不上对我们有"束缚"的。那是我们刚刚看到的一片新天地,那是中国未来的曙光,那是我们学还学不过来的理想,哪里就轮到我们去反思?哪里就对我们形成了束缚?"不合时宜"的梁启超并不认同这一点。他同样主张要向西方学习。但他的思维却在双向运行。他同时看到了并高度重视西方文化的危机,因而他知道不能把西方新思想当作终极真理和绝对正确的路标。他提醒人们在需要科学的同时警惕科学万能的危害。他呼吁人们在学习西方新思想时防止被这一思想所束缚。他认为解放思想要彻底,"不彻底依然不算解放"。彻底解放便既要从古人思想里解放出来,又要从西人思想里解放出来,"不许一毫先入为主的意见束缚自己"。③

这使我们联想到1903年,我们看到了梁启超思想的内在统一:"五四"时"不受束缚"的思想与1903年前后"不依傍"的思想是一致的。这一思想并一直贯穿其以后的一生。在他最后十年的学术生涯中,他大致坚持这样的原则去进行学术研究,取得了卓越的学术成就。可以说,1903年之后,他一直强调,文化创造者应该是自己思想的主人,而不是他人思想的臣民。文化创造应该是根据自己情况的自己的创造。西人与他人的思想都只是自己创造的正反面思想资源,不能代替自己的创造,因而既不要去依傍、也不要受束缚。

---

① 梁启超:《欧游心影录节录》,中华书局1989年版,第37页。
② 梁启超:《欧游心影录节录》,中华书局1989年版,第27页。
③ 同上。

这一思想发展到"五四",使梁启超多少显得有些迂腐——从这里我们也能看出梁启超这批历史人物选择与思考的艰难。在重大的历史转折期,矫枉过正往往是难以避免、乃至是必需的。为反抗强大的封建传统,"五四"人不得不搬来西学作为武器。"迂腐"的梁启超看不到特定时期所需要的特定策略。然而,当那一特定时期逐渐成为过去,梁启超"迂腐"里的价值是否就该有所凸现?

梁启超与"五四"的关系是有意味的。他是"五四"的孕育者之一,但当"五四"爆发时又成为"五四"的一个对话者。这是否又成为历史给"五四"留下的一个隐喻:"五四"的产生是不可避免的,但它需要对话。对话力量正从内部产生。这一对话在以后的历史中将显得越来越重要。"五四"的光辉照亮了整个20世纪,但"五四"毕竟是一个特定历史阶段的历史产物。对后世的历史来说,踏着"五四"的足迹前行与同它对话二者有着同样的价值。

从另一角度说,"五四"也塑造了梁启超——"五四"既塑造了它的闯将,也塑造了它的对话者。维新运动的主将经过"五四"重塑之后,具有了另外一种历史形象:1903年之后的梁启超,是"五四"的孕育者和对话者。作为"五四"的一个孕育者,梁启超的某些思想曾内在地影响了一个世纪;作为"五四"的对话者,梁启超的某些思想必将受到以后历史的注意,梁启超的身影也必将会留在以后的历史之中。

(本文选自《1903:前夜的涌动》,山东教育出版社1998年版)

苏曼殊：面对人生的苦难与诱惑

1903年9月，当章太炎在西人的监狱里做着斗争的时候，苏曼殊——这位日后章太炎的朋友来到了上海。

苏曼殊到上海后在《国民日日报》做翻译，与陈独秀、章士钊、何梅士同事。《苏报》案发生后，为支持章太炎和《苏报》的法庭斗争，《国民日日报》做了大量的舆论宣传，且译介了不少国外对《苏报》案的报道。苏曼殊的加入，无疑壮大了《国民日日报》报社的力量。苏曼殊到《国民日日报》报社后，除一些日常翻译工作外，还着手翻译小说。1903年10月8日，名为《惨社会》（后来的单行本改名为《惨世界》）①的翻译小说开始在《国民日日报》连载。

---

① 《惨社会》于1903年10月8日至12月1日在上海《国民日日报》连载，署名是"法国大文豪嚣俄著，中国苏子谷译"。小说登至十一回，因该报停刊而未登完。第二年，上海镜今书局老板陈竞全想将它印行单行本。此时苏曼殊已离开上海，而陈独秀又曾参与过此书的文字，陈竞全便与陈独秀商量。单行本改书名为《惨世界》，署名"苏子谷、陈由己同译"。文学史上有人据此认为《惨社会》系由苏曼殊与陈独秀"合译"。苏曼殊的好友柳亚子对此曾做过一番研究工作，并同意"合译"说（见柳亚子《惨社会与惨世界》，《苏曼殊全集》第4卷，北京市中国书店据北新书局影印本1985年版）。但"合译"说不准确，因为按陈独秀自己的说法，他只是为书稿"润饰过一下"。（柳亚子《记陈仲甫先生关于苏曼殊的谈话》，见《苏曼殊研究》，上海人民出版社1987年版。）关于这个问题，裴效维先生已做过详细的研究，基本推翻了"合译"说。（裴效维《苏曼殊研究中的几个问题》，见《中国近代文学研究集》，中国文联出版公司1986年版。）本人同意裴先生的结论，故本文不准备讨论《惨社会》的著作权问题。还要交代一笔的是，到了1921年，苏曼殊的另一位好友胡寄尘将"镜今本"交上海泰东图书局重印，再改书名为《悲惨世界》，并改变了"镜今本"的署名，署为"苏曼殊大师遗著"。因而《惨社会》前后有三个书名。

《惨社会》是一个奇妙的文本。名为"翻译",却有一大半的东西在原著里连影子都没有。其实更为奇特的"文本"是苏曼殊1903年的人生。翻译《惨社会》之前,他在日本是革命的先锋和闯将。1903年底,他却跑到广东惠州慧能寺当了和尚。

苏曼殊1903年的人生,只是他一生的缩影。这位只活了35岁的人是个奇才。所谓"奇才",一在其"才",二在其"奇"。他既善文,又善画,其文其画都被人广为喜爱。他亦僧亦俗。对革命,他曾旗帜鲜明;对佛教,他也表现出执着的追求。他常常僧衣光头走天下,却又在人间留下许多美丽而凄艳的情爱故事。

让我们先看他的《惨世界》。

一、《惨世界》的"乱添乱造"

这是一部根据嚣俄(雨果)的小说翻译的作品。原著故事发生在19世纪的法国。犯人冉阿让出狱后无人理睬,受到了连狗也不如的冷遇。主教米里哀善待了他。他深深为之感动,从此弃恶从善,走向了另一条完全不同的道路。于是发生了一系列故事。作品以冉阿让一生的情节为主线,反映了法国19世纪劳苦人民的悲惨遭遇,揭露了那个悲惨的世界。

苏曼殊的《惨社会》将主人公冉阿让的名字译为"华贱"——这名字的"翻译"自然与音译、意译的关系都不大。更有趣的是,华贱受到主教的善待后,作品从第七回开始便突然岔了开去,说起了另一个与原著完全不同的故事。明眼人一看便知,那故事不发生在19世纪的法国,而发生在20世纪初的晚清。

《惨世界》在《国民日日报》上发表之前,曾在文字上得到陈独秀的润饰。陈独秀后来在谈到这部书的"翻译"时说,它取材于嚣俄的小说"而加以穿插"。"曼殊此书的译笔,乱添乱造,对原著者很不忠实,而我的润饰,更是妈（马）虎到一塌糊涂。"①

文章，就在这"乱添乱造"里。遗憾的是，一直以来，《惨世界》一般都被看做翻译作品而很少被文学史家提及。其实，它是翻译、创作合而为一，且创作的分量更重的一部作品。它不仅是苏曼殊小说创作的真正开端，而且对于研究苏曼殊的思想与创作不乏价值。

那么，苏曼殊的"乱添乱造"究竟给我们带来了什么？

首先，影射手法的运用，带来了直接的阅读快感。《惨世界》的创作部分从故事发生的地点到故事、人物，都用影射的手法指向中国。在运用影射手法时，除了事件与思想的关联之外，作者还善于运用汉语的谐音为人物、地点命名。故事中的城市之一为"尚海"，这显然是"上海"的谐音。人名更为有趣。如，姓"明"名"白"字"男德"，姓"吴"名"齿"字"小人"，分别为"明白难得""无耻小人"的谐音，还有满周苟、范桶、明顽，分别为满洲狗、饭桶、冥顽等的谐音。这些手法给故事造成了强烈的中国文化的语境，而作品表面上却是嚣俄小说的翻译，这便给阅读带来极大的张力。阅读着作品，人们可以一边欣赏故事，一边分享作者的智慧。

而影射手法的运用、张力效果的产生，都因为其特殊的艺术内容。

作品揭露了晚清的社会黑暗。这是一个不平等的世界，到处充满了为富不仁的财主和贫无立锥之地的穷汉。人因饥饿贫病死在家里无人知是常事。抢别人国家的人成为君王，偷一片小面包者却成为罪犯。这里人性堕落、道德沦丧、谋财害命者比比皆是。这个社会已经烂下去了，"非用狠辣的手段，破坏了这腐败的旧世界，另造一种公道的新世界，是难救这场大劫了"。

晚清政府的黑暗统治通过满洲苟可见一斑。满洲苟是非弱士村的一个村官，他强抢豪夺，无恶不作。一次他公开向一个在外经商的人索要1000元钱，商人说一时拿不出这样的巨款，他立刻变脸，厉声骂道："你这大逆不道的东西！我是朝廷堂堂的一位命官，难道你都不怕吗？也罢，我知道你是有钱难舍。限你十天，倘若过了这十天，还是没有，就要按着不敬官长的律例，办你

---

① 柳亚子：《记陈仲甫先生关于苏曼殊的谈话》，《苏曼殊研究》，上海人民出版社1987年版，第280页。

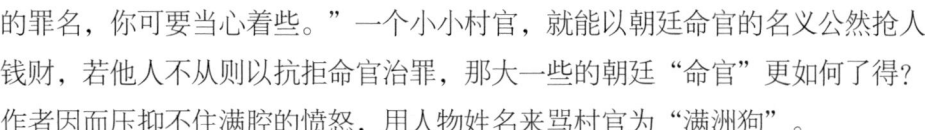

的罪名,你可要当心着些。"一个小小村官,就能以朝廷命官的名义公然抢人钱财,若他人不从则以抗拒命官治罪,那大一些的朝廷"命官"更如何了得?作者因而压抑不住满腔的愤怒,用人物姓名来骂村官为"满洲狗"。

对清朝统治的批判,表现了苏曼殊思想中的革命性,也暴露了苏曼殊思想中狭隘民族主义的弱点。当然这不是苏曼殊一个人的问题,而是当时资产阶级革命思潮的产物。同时,苏曼殊对晚清统治的批判,也不止于对清朝政府的揭露,它确实含有反封建的意义。因为在苏曼殊这里,对晚清统治的批判与对民主政治的呼唤是连在一起的。

苏曼殊的深刻之点还在于揭示造成晚清黑暗统治的原因不仅在于统治者,还在于人们身上浸透着的封建"毒素",这"毒素"使人们都成为不反抗的顺民。作品对奴性道德等封建"毒素"进行了有力的批判。作者常借人物之口,以法国人顺带谈及中国的方式来完成自己的主题批判。如有人劝男德听孔夫子的话时,男德说:"那支那国孔子的奴隶教训,只有那班支那贱种奉作金科玉律;难道我们法兰西贵重的国民,也要听他那些狗屁吗?"显然不听那些"狗屁"的,才是"贵重的国民",否则就是"贱种"。而听孔夫子话的"支那人"正是这样的"贱种"。非弱士的村官把克德家弄得家破人亡,克德的母亲鼓励克德报仇,她说:"自古道,君父之仇,不共戴天,你还不知道吗?况且我们法兰西人,比不得那东方支那贱种人,把杀害他祖宗的仇人,当作圣主仁君看待。"作者在本书中批判的重心是中国人的奴隶性。如男德听说总统要当皇帝时,不觉怒发冲冠,"我法兰西国民,乃是义侠不服压制的好汉子,不像那做惯了奴隶的支那人,怎么就好听这鸟大总统,来做个生杀予夺、独断独行的大皇帝呢?"

这些揭露、批判在当时都是鲜明而有力的。当然对晚清社会的揭露并不是苏曼殊当时独特的贡献。除了革命者的理论批判之外,晚清"四大谴责小说"的三部都发表于1903年。苏曼殊与谴责小说的不同首先在于他更为强烈的民主意识。苏曼殊更主要的贡献在于:《惨世界》塑造了一个坚定而有血有肉的革命者形象。

男德贯穿于《惨世界》创作部分的始终,是雨果原著中没有、苏曼殊精心创造的一个中心人物。他同情劳苦人民,坚决主持正义,且不畏艰险、敢作敢为。当从报上看到一个安分守己的工人因全家人冻饿情急而偷了一片面包被送到衙门，还定为"夜入人家窃盗"的罪名后，他便为其不平，认为金华贱的偷窃是因为世界的贫富不均造成的。于是，他只身离家，一路叫化，历时一年，才找到金华贱坐监的地方，又经过种种艰难，终于把金华贱从监狱中救了出来。

不仅如此，男德还嫉恶如仇，与残暴统治者不共戴天。他一听到"做官的""官府"等字样，便要发火。救出华贱后，在回程的路上，他从妇人那里听到了满洲苟欺压百姓的事，便义愤填膺。他对妇人说："大娘，我男德定要替你出了这口恶气，才得过去。"还说："果然有了这桩事体，就是我的责任了，岂有袖手旁观的道理。"男德此时因救华贱而被官府追寻，本已危险在身，但他不顾这些，要想办法除掉满洲苟。在这一过程中，他又救出沦为暗娼的苦难中的孔美丽，并与她产生了很深的感情。但他丝毫没有因为有了美人而犹豫过他的杀人计划。他化名项仁杰，以在一家杂货店打工为掩护，趁夜晚用杂货店柴房的大柴刀杀了满洲苟。官府悬赏银元五万，缉拿凶手。为不牵连他人，他只能丢下已产生很深感情的女友，独自潜逃尚海。

男德不是对专制统治的盲目反抗者，而是对民主政治的自觉追求者。后来他参加了革命党会党。当时有两个党：一个是会党，另一个是王党。王党是帝制的拥护者，而会党则要实行民主共和政治，反对帝制。会党的人"个个都心坚似铁"，他们分散各城各镇联合同志，到处秘密结会，要掀起全国的革命。在反抗与追求的道路上，男德不断地成长起来。从任一己冲动的个体反抗者变为胸怀全局的、较为成熟的革命者。

为了民主政治的真正实现，男德有一种献身精神。他以必死的决心去行刺推行君主专制的暴君——在暴君前往戏园观剧的途中引爆了炸药。因为"御车迟到几步"，行刺没有成功，男德自杀，以他青春的生命殉他的国家、他的理想。

可贵的是，男德不仅是"复仇""革命""共和"等概念的符号，作者力图把他塑造为一个有血肉、有情感的活生生的形象。他与美丽的情感被写得颇有动人之处：危难之中，他们二人互相救助，逃乱过程中又经历生离死别，终于产生感情；在自己有了命案身处险境之中时，他仍然挂念着美丽，嘱杂货店老板不要将他的这番事情告诉她,托老板照料她日后的生活乃至亲事;听说孔美丽为他殉情之后,他的眼泪"落雨也似的流出"。

男德在文学史上的价值在于,他是中国近代文学史上最早的较为丰满的革命者形象,也是晚清辛亥革命时期文学创作中最为成功的革命者形象之一。梁启超《新中国未来记》(1902年)中的黄克强比苏曼殊的男德在文学史上早出现,但黄克强更多的只是革命理论的言说者,而作为革命者的文学形象,其成功的程度远不及男德。

由上所述,我们不仅要承认《惨世界》里有相当部分属作者的创作,而且应该重新评价它在文学史上的地位。

当然,苏曼殊此时只是要借小说表达自己的革命思想,或者干脆说将写小说看作自己的革命行动。

此时的苏曼殊是一个积极的革命者。1898年,15岁的苏曼殊随表哥林紫垣到日本横滨,入华侨办的大同学校读书,结识了冯自由等革命青年。特殊的身世使他对社会黑暗有深切感受,改良变法的失败无疑也在他尚年幼的心灵里留下了印迹。他与当时的革命思想产生了自然的亲近。1902年,苏曼殊于大同学校毕业,到东京早稻田大学读高等预科。同年,中国留日学生在东京组织第一个革命进步团体"青年会"。经冯自由介绍,苏曼殊欣然加入,且署名为发起人之一。据柳亚子研究,苏曼殊在参加青年会后认识了陈独秀。[①]1903年苏曼殊改入成城学校学习。这是一所军事性质的特设学校,苏曼殊在校学习陆军学术,学名苏湜。

这一年,在留日学生界发生了一件大事,起源于俄国的帝国行径。俄国是1900年八国联军入侵我国的国家之一。按条约规定,1903年入侵我国之俄军的第二次撤军期限已到。但俄国不仅不撤军,反而提出所谓撤兵的七点先决条件,把蒙古和东北三省都划归了俄国的独占势力范围。这种强盗行为激起了我国人民的强烈愤怒。全国掀起了声势浩大的拒俄运动。留日学生还发起组织了"拒俄义勇队",青年会成员全体参加,是义勇队里的骨干,苏曼殊是骨干之

---

① 柳亚子:《苏玄瑛正传》,《苏曼殊研究》,上海人民出版社1987年版,第42页。

一。5月，拒俄义勇队改为"军国民教育会"，宗旨为"养成尚武精神，实行民族主义"，行动方式"一曰鼓吹，二曰起义，三曰暗杀。"[①]军国民教育会进行了一系列军事学习和操练。苏曼殊参加了这些活动。苏曼殊的表哥林紫垣听说这些后，断绝了对他的经费资助。苏曼殊无法继续其留学生活，便乘"博爱丸"号归国。但表兄的反对并不能改变苏曼殊革命的决心。按林紫垣的安排，苏曼殊本该回到广东，但苏曼殊到上海后便不走了，并写了一封假遗书寄给表兄，谎称蹈海自尽，让表兄以此消息告诉家里。苏曼殊从此与家庭脱离关系。他先到苏州任吴中公学社教授，认识了包天笑、汤国顿、祝心渊等人，后到上海做了陈独秀、章士钊《国民日日报》社的同事。

《惨世界》正是他此时革命思想的流露。苏曼殊借翻译搞创作，巧妙地表达了对社会黑暗、腐朽的有力揭露、批判和对革命的坚决呼唤、深情赞颂。值得一提的是，《惨世界》还是一部白话小说，这无疑对更广泛地宣传革命起了一定作用。

如果把目光从《惨世界》放开，我们可以看到，苏曼殊此时的其他创作、写作都表现了相同的思想倾向。1903年10月17日，苏曼殊还在《国民日日报》上发表了两首诗。这也是他最早的诗歌创作，诗题为《以诗并画留别汤国顿》：

一

蹈海鲁连不帝秦，茫茫烟水著浮身。
国民孤愤英雄泪，洒上鲛绡赠故人。

二

海天龙战血玄黄，披发长歌览大荒。
易水萧萧人去也，一天明月白如霜。[②]

作者借战国时齐人鲁仲连不帝秦和卫人荆轲行刺秦王的典故来表达"国

---

① 参见冯自由：《革命逸史》，中华书局1981年版。
② 参见苏曼殊：《苏曼殊全集》，中国书店1985年影印本。

民孤愤",写出了反清革命的坚定意志和壮烈情怀,具有一种气势和力度。从诗中我们似乎看到了这位20岁青年血管里沸腾的鲜血。汤国顿是苏曼殊在吴中公学社结识的朋友。包天笑也是苏曼殊在吴中公学社的朋友之一。苏曼殊曾给他绘过一幅《扑满图》。包天笑回忆说:"有一次,我购得一扇页,那是空白的。他持去为我画,画了一个小孩子,在敲他的贮钱瓦罐,题之曰:'扑满图'(按:扑满者,小儿聚钱器也,满则扑之。见《西京杂记》)。但这个'扑满'两字,有双重意义。"①苏曼殊以谐音立意,表达了反清革命的意思,构思奇特,才情横溢。这幅画当时曾为朋友们广为谈论。

1903年,苏曼殊还写作了《女杰郭耳缦》《呜呼广东人》等文笔犀利的议论文。《女杰郭耳缦》从1901年美国总统麦金莱被刺入手到鼓吹无政府主义。文章说枣高士之所以敢于刺杀美国大统领,是因为听了女杰郭耳缦的演说。文章赞扬了郭耳缦的尖锐思想和坚定行为。美国总统被刺后,郭耳缦因受牵连而被捕,她在狱中丝毫没有退让,仍然"意气轩昂,毫无挫折"。郭耳缦是有力量的。她得到了各国无政府党人的"云起响应"。她和她的理论的存在,使各国政府十分惧怕、紧张。苏曼殊对无政府主义的鼓吹与他反清革命思想是紧密联系在一起的。他看重的是,"无政府党之主义,在破坏社会现在之恶组织"②。《呜呼广东人》则从广东人的"开通"入手,指出了"开通"里隐藏的另一面:"把自己的祖宗不要,以别人之祖宗为祖宗"。他批判了在外国人面前"摇尾乞怜","当那大英大法等国的奴隶,并且仗着自己是大英大法等国的奴隶,来欺虐自己祖国神圣的子孙"的国人。他称这样的人为"贱人"。他说"于今开通的人讲自由,自思想言论自由,以至通商自由,信教自由,却从没有人讲过入籍自由。"他反对入外国人的国籍。他说:"入外国籍的,这种人还讲什么同胞?还讲什么爱国?"这话虽有些以偏概全,但其爱国之心却溢于言表。一想到这样的问题,苏曼殊便十分悲伤,但他不是悲而流泪,而是"悲来而血满襟"③。苏曼殊此时之文可与他此时的诗、画、小说互为参照,其思、其情是相通的。我们在那里可以看到一个充满激情乃至胸怀激愤的革命

---

① 参见包天笑:《钏影楼回忆录》,香港大华出版社1971年版。
② 参见苏曼殊:《女杰郭耳缦》,《曼殊大师全集》,教育书店1947年版。
③ 参见苏曼殊:《呜呼广东人》,《曼殊大师全集》,教育书店1947年版。

者的文心。

二、走向"潭影疏钟"

我们认定苏曼殊此时是一个革命者,《惨世界》等文艺作品和其他文字,都表达了他此时的革命思想。但写作《惨世界》之后不久的当年年底,苏曼殊却跑到广东惠州慧能寺当了和尚。

苏曼殊出家的原因是一直被人关注并众说纷纭的话题。

有人说是他香港遭冷遇而一气削发。苏曼殊确实是从香港出家的。1903年《国民日日报》报社解散后,苏曼殊离开上海去了香港。离开上海时,还留下一段趣话。当时他与陈独秀、章士钊、何梅士租屋同住。他怕自己离开上海去香港的计划受陈等人阻止,便趁陈独秀、章士钊外出的机会,借看戏为名,把何梅士骗到戏院里,自己却以"拿钱"为由回了住处,留下个条子便走了。① 有意思的是,苏曼殊从戏馆回来后确实拿了钱。只不过拿的不是自己的钱而是章士钊的钱,也不是拿钱去戏院,而是拿钱去香港。按柳亚子的说法是"偷了行严三十块钱,上香港找陈少白去了"②。

陈少白是当时的革命者,在香港编《中国日报》。苏曼殊离开日本时,冯自由曾写信介绍他去香港找陈少白。但据说,不知为什么苏曼殊持冯自由的信找到陈少白后,却遭到了陈少白的冷遇。于是苏曼殊一气之下当了和尚。裴效维先生曾持此说。他认为苏曼殊当时是"空有救国之志,而无救国之门,且又生计断绝""出于走投无路或一时气愤",才"跑到广东惠州某破庙削发为僧"。③

此说虽是一个解释,然而疑点颇多。苏曼殊遭陈少白冷待,这一点并无翔实的史料证实。况且苏曼殊出家后再到香港与陈少白相交不浅。当然以后的

---

① 柳亚子:《记陈仲甫先生关于苏曼殊的谈话》,《苏曼殊研究》,上海人民出版社1987年版,第279页。

② 柳亚子:《冯自由〈苏曼殊之真面目〉笺注》,《苏曼殊研究》,上海人民出版社1987年版,第273页。

③ 参见裴效维:《苏曼殊小说诗歌集·前言》,中国社会科学出版社1982年版。

相交不能完全说明当初的相遇。但即使是遭冷遇，却也难以证明苏曼殊因受一点小气而做出出家这种如此重大的人生决定。

另一种解释是"秘密任务"说，它与"冷遇"说完全相反。苏曼殊出家不仅不是因为陈少白的冷遇，而且是由陈少白一手导演的。陈派遣曼殊乔装为僧人到惠州，以完成秘密革命任务。①

此说猜测的成分更多，没有史料根据，且无法解释他以后时常光头袈裟、一生不结婚等举动，无法解释他对佛禅的喜爱和他生命里的禅心。

柳亚子提出了另一个说法：因苦闷而出家。他说苏曼殊找到陈少白后，"在香港中国日报住下不久，又嫌苦闷，遂去惠州破寺削发为僧"②。这一说法过于笼统，我们既不知道"苦闷"的内涵，又不知道因何而"苦闷"。按柳亚子的口气，这"苦闷"似乎只是产生于一时，其出家也因此而显得轻率。

以上三种说法都局限于苏曼殊到香港之后这一短时之内寻找解释。但出家这样的大举动用一时一事的偶然因素去解释恐怕是不够的。它应该有着更内在的人生与思想的关联。不过柳亚子的说法多少给人以某些提示，"苦闷"应该是原因之一。

在更为宽泛的视野里寻找苏曼殊出家原因的论述不少，较有代表性的探讨大致有两种。

一是"对革命失望"说。例如，时萌认为，苏曼殊"出世"的原因是他对革命的"失望"。他说："只以一腔书生孤愤去拥抱一场扭转乾坤的民族革命，则易于振奋也易幻灭，这便是曼殊命定的局限。"③但时萌这里说得很含糊。似乎1903年时，苏曼殊还并没有完全失望，真正的失望是在多年以后。

在苏曼殊身上确实有过对革命失望的现象。这在《惨世界》里也能看出某些影子。《惨世界》里多次对"尚海"的某些革命者提出批评。他借男德之口说："尚海那个地方，曾有许多出名的爱国志士。但是那班志士，我也都见

---

① 罗建业：《苏曼殊出家之谜》，转引自马以君《生母·情僧·诗作》，《中国近代文学研究》第一辑，广东人民出版社1983年版，第190页。

② 柳亚子：《冯自由〈苏曼殊之真面目〉笺注》，《苏曼殊研究》，上海人民出版社1987年版，第273页。

③ 时萌：《中国近代文学论稿》，上海古籍出版社1986年版，第393页。

过,不过嘴里说得好,实在没有用处。一天二十四点钟,没有一分钟把亡国灭种的惨事放在心里,只知道穿些很好看的衣服,坐马车,吃花酒。还有一班,这些游荡的事倒不去做,外面却装着很老成,开个什么书局,什么报馆,口里说的是借此运动到了经济,才好办利群救国的事;其实也是孳孳为利,不过饱的自己的荷包,真是到了利群救国的事,他还是一毛不拔。哎!这种口是心非的爱国志士,实在比顽固人的罪恶还要大几万倍。这等贱种,我也不屑去见他。"作者还借老者的口气说:"尚海那地方,也有许多假志士。"叙述者在叙述男德的英雄行为时,时时夹着这样的议论:"那男德是一个天生的刚强男子,不像尚海那班自称什么志士的,平日说的是不怕艰难,不愁贫困,一遇了小小的挫折,就突自灰心短气起来,再到了荷包空的时候,更免不得冤张怪李,无事生端,做出些无理的事情"。除了对革命者某些言行的失望外,当时革命力量的弱小,一时看不到革命成功的希望,也是苏曼殊对革命信心不足的原因。

然而,对革命失望是否就一定要"出世"?写《惨世界》时,苏曼殊已有不满情绪,但这并不妨碍他同时是一个坚强的革命者。我们很难说1903年10月与1903年底,苏曼殊的思想发生了多么巨大的变化。而且,出家了也并不意味着他从思想上远离了革命。从慧能寺下山后,1904年春,因不满保皇派的所为,他曾在香港决心以手枪暗杀康有为,因为陈少白的劝阻才没有付诸行动。这显然与他"上山"之前的思想一致。《惨世界》里他通过暗杀来完成男德这一英雄形象。《女杰郭耳缦》里,他给暗杀的理论与实践以礼赞。除要暗杀康有为之外,下山之后,苏曼殊仍参加了不少革命活动,从事了不少革命工作。1904年秋,他在长沙参与策划了"华兴会"的武装起义。1907年在日本,他参加了章太炎发起的"亚洲和亲会",参与了鲁迅筹办文艺杂志《新生》的工作。1909年,他参与了以"同盟会"会员为骨干的革命文学团体"南社"的工作,又在以后正式加入。他翻译了鼓吹复仇和反抗的《拜伦诗选》,撰写了揭露清人黑暗统治、鼓吹反清革命的笔记体文字《岭海幽光录》。直到袁世凯称帝时,在倒袁问题上苏曼殊仍然旗帜鲜明,与孙中山的二次革命紧密配合。

可见,对革命失望也许可以看作苏曼殊出家的一个方面的原因,却不是原因的全部。

对其出家原因的另一种探讨是"特殊身世"说。早在1912年，飞锡在《潮音跋》中就持此说：苏曼殊因"遭逢身世，有难言之恫"，故早年出家。①一些文学史家也持此说，说他因"思维身世，有难言之恫"，"自幼心灵受到很大的创伤"，故出家，"披剃为僧，以一领袈裟出入于亲朋诗酒之间"。②

苏曼殊的出身经历确不同一般。他是混血儿。父亲苏杰生为人精明能干，曾经商于日本，是横滨万隆茶行的买办。苏杰生有一妻三妾。第一个妾为日本女子河合仙。河合仙是改嫁到苏家的。嫁过来时，她把妹妹也带到苏家来帮忙。妹妹河合若子，当时年仅十八，年轻可爱，且胸前有一个红痣。苏杰生说，按中国相法书上所讲，胸前有红痣者"当生贵子"。后来河合若子果然怀上了苏杰生的儿子——苏曼殊。由于河合若子这样的身份，生下苏曼殊不到三个月，她便被迫离开横滨回了老家。苏曼殊留给了河合仙哺养。

苏曼殊六岁时（1890年）跟父亲的正室黄氏回到广东中山沥溪乡。七岁入乡塾读书。九岁时父亲在日本破产，和他的第二个妾大陈氏一起回到沥溪。三年后父亲到上海图发展，但并没有把曼殊一起带去。1896年苏曼殊与姑母一起到上海，与父亲和大陈氏住在一起。父亲安排他学习英文。1897年父亲因病回乡并病死在沥溪。苏曼殊便一直寄住在姑母家中。

回国以后，苏曼殊的身世使他遭受了许多歧视，给他幼小的心灵造成了难以言传的伤害。他曾被误会为"油瓶儿"，即母亲改嫁带来的孩子。如果真是这样的话，他就是一个纯日本人，不是苏家的后代。这样，他所遭到的冷眼、白眼便是可以想见的。同样令人难受的是，对于自己的真实身世，苏曼殊自己并不知道。他的痛苦，是一般人难以体验的。

成人以后，苏曼殊拿起笔时，他的痛苦，他对自己身世的猜测，便不可遏止地涌向了他的笔端。他对痛苦的书写，从一个方面表现了他的文学才能。而他对自己身世的猜测则给他的读者和后来的研究者留下了不少误会和迷宫。同时，在日常生活中，苏曼殊对自己的出身、经历一直讳莫如深，很少与朋友谈及。朋友问到，他也只是含糊以对。如1912年，署名"飞锡"的《潮音跋》

---

① 参见飞锡：《潮音跋》，《苏曼殊全集》，中国书店1985年影印版。
② 参见任访秋主编：《中国近代文学史》，河南大学出版社1988年版。

发表后，朋友刘三问苏曼殊："我们向来知道你是半个中国人，半个日本人；但照飞锡的文章讲起来，你变了一个完全的日本人了，究竟是怎么样一回事呢？你须宣布真相才好。"苏曼殊却回答："这不成什么问题，马马虎虎就算了。"①

然而，对苏曼殊来说，不能"马虎"的是他的痛苦。这确实是他走上出家之路的基础之一。但是，出身经历有难言之恫又未必一定导致出家。这一点，苏曼殊出家以后的言行也证明了——他并不是虔诚的信徒。

关于苏曼殊出身与出家的关系，还与对他出家时间的判断有关。不少研究者认定苏曼殊为12岁被迫出家。若果如此，那他的出家与他的身世经历便有不无可否认的紧密联系。时萌先生就认为，12岁出家说"近乎情理"。②任访秋先生主编的《中国近代文学史》也认为他是"年少出家"。③这样说，并不是毫无根据。《潮音跋》曾明确地指出苏曼殊"年十二，从慧龙寺主持赞初大师披发于广州长寿寺，法名博经"。④《潮音跋》是苏曼殊自己亲自交给柳亚子的。柳亚子一直疑心是苏曼殊自己所作。但后来，柳亚子经过大量艰苦的考证，遍访苏曼殊的亲朋好友，对史实进行爬梳辨析，最后否定了12岁出家说，确定了苏曼殊1903年出家的年表。⑤在这一点上，今天已没有条件、没有可能做出比柳亚子更为扎实、更为细致的工作了。我以为柳亚子的结论有学术上的可信性。

既然苏曼殊不是12岁被迫出家，既然出家是他走出那种被歧视的环境多年后的事，那么，出身身世便难说是他出家的直接或者唯一原因了。

我以为，除了上述所有原因之外，苏曼殊出家还有一个同样重要的原因：出家，对苏曼殊存在着诱惑，或者说，苏曼殊内心里潜存着出家的欲望。

---

① 柳亚子：《对于飞锡〈潮音跋〉的意见》，《苏曼殊研究》，上海人民出版社1987年版，第371页。

② 时萌：《苏曼殊诗漫评》，《中国近代文学论稿》，上海古籍出版社1986年版，第392页。

③ 参见任访秋主编：《中国近代文学史》，河南大学出版社1988年版。

④ 参见飞锡：《潮音跋》，《苏曼殊全集》，中国书店1985年影印本。

⑤ 柳亚子：《曼殊之血统问题及其少年时代》，《苏曼殊研究》，上海人民出版社1987年版，第128页。

不是被迫出家，而是多少有着主动的成分。这种出家的"欲望"或者"诱惑"与他的身世遭遇有关又不仅仅是身世遭遇，其中有由其引发的多种原因，比如，对世俗的厌倦。

这一点，我们在《惨世界》里可以看到许多流露。作者对金钱等世俗社会的利益持鄙薄、批判的态度。如男德从监狱中救出华贱，华贱却趁男德睡觉之机偷去了男德的几两银钱，并企图用刀杀死男德。男德醒来后，看见插进草地里两寸多深的刀子，明白了一切，他长叹一声道："哎！臭铜钱，世界上哪一件惨事，不是你驱使出来的！"男德住店，本已交钱，离店前，老板竟要他再付一次，不然就要把他送衙门办罪。男德心里想道："这也是惨世界上人的本色，我也犯不着和你这班无知无识的东西争个长短。"付钱后他连呼"好惨的世界，好惨的世界""再过几年，我们法国的人心，不知腐败到何等地步！"到了尚海后，男德找店住下。听说店名叫"色利栈"，男德问道："世上有许多好字眼，怎么都不用，偏要用这两个丑字，挂在门外，做个招牌呢？"店小二却答道："这虽是两个丑字，你看这世界上的人，哪一个不做这两个字的走狗呢？"作品里的吴齿更为可恶，不仅骗去了朋友的金钱，而且谋害了朋友的性命。值得注意的是，这些可恶现象，都并不直接因为清朝的统治，而是根源于这世上的人心。

既然世间如此肮脏，找一块清静之地岂不是人生乐事？佛教的言说与苏曼殊内心的呼唤产生了共鸣，他对佛教理论产生了浓厚兴趣。他一生数度南游，到过缅甸、锡兰、新加坡、印度等地，习梵文，学佛经。1907年他著成了《梵文典》。在自序中，他说："如是我闻：此梵字者，亘三世而常恒，遍十方以平等；学之书之，定得常住之佛智，观之诵之，必证不坏之法身；诸教之根本，诸字之父母，其在斯乎？"又说，"但愿法界有情，同圆种智。抑今者佛教大开，光明之运，已萌于隐约间，十方大德，必有具奋迅勇猛大雄无畏相者。"①可见他对佛学拯救人心社会的希冀。1908年，他曾主讲金陵祇垣精舍，教梵文，扬佛法，译佛书。他一生为弘扬佛学做过许多工作。而做这些，他首先不是作为学者，而是服从于心灵对于佛教的追求。

---

① 参见苏曼殊：《梵文典自序》，《苏曼殊全集》，中国书店1985年影印本。

要了解苏曼殊的佛心禅意，我们还可以看他的一首诗。1905年，苏曼殊曾泛舟西湖、住白云禅院。此次游览给他留下深刻印象。1912年5月，他发表诗作追忆当时的情景，仍然十分沉醉：

白云深处拥雷峰，几树寒梅带雪红。
斋罢垂垂浑入定，庵前潭影落疏钟。①

多么幽静、多么优美的一幅画面，多么动人心怀、令人神往的一种人生境界！没有了人世的纷争，没有了尘世的喧嚣，深山里，古寺中，伴着白雪红梅、潭影疏钟，度过一个个禅定的日夜。论者称它"虽系脱胎于唐朝张继的名篇《枫桥夜泊》，却能于张诗的浓烈、跃动之外，另辟出一种疏淡、宁静的境界"②。这疏淡与宁静，是苏曼殊的内心追求。

一个革命者与一个追求佛禅的出家人，同时存在于苏曼殊的生命中。我们已经看到，他的《惨世界》里已经有厌世的倾向，1907年，他一边参加"亚洲亲和会"等革命活动，一边撰写《梵文典》……而他的出家，也并不与革命势不两立。他下山后，穿着僧衣参加革命活动即是明证。

为了理解这一点，我们还可以看看多年后他的小说《断鸿零雁记》中对寺庙的一段描写：

百越有金瓯山者，滨海之南，巍然矗立。每值天朗无云，山麓葱翠间，红瓦鳞鳞，隐约可辨，盖海云古刹在焉。相传宋亡之际，陆秀夫既抱幼帝殉国崖山，有遗老遁迹于斯，祝发为僧，昼夜向天呼号，冀招大行皇帝之灵。故至今日，遥望山岭，云气葱郁；或时闻潮水悲嘶，尤使人欷歔凭吊，不堪回首。今吾述刹中宝盖金幢，俱为古物。池流清净，松柏蔚然。住僧数十，威仪齐肃，器钵无声。岁岁经冬传戒，顾入山求戒者寥寥，以是山羊肠峻险，登之殊

---

① 参见苏曼殊：《苏曼殊全集》，中国书店1985年影印本。
② 刘斯奋：《苏曼殊诗笺注·前言》，广东人民出版社1981年版，第16页。

艰故也。①

这段描写颇为有趣。在它的景物描写里,我们几乎可以看到《住西湖白云禅院作此》里的诗意。那里"山麓葱翠""红瓦鳞鳞",那里"池流清净,松柏蔚然",那里住僧数十,人迹寥寥,好一幅幽静的深山古寺图。然而同时,这段描写里又洋溢着壮烈的革命、爱国之情。它的建立,便与爱国相关。时到今日,仍然"潮水悲嘶",令人"歔欷凭吊"。叙述者的出世的佛心禅意与入世的革命情怀如此巧妙、如此不着痕迹地融合在一起,是那样的自然、那样的理所当然。二者之间似乎没有界限、没有鸿沟,似乎原本就是一回事儿。

在苏曼殊的情怀里,多少有些类似于章太炎。革命,是解决民族、民主的问题;而佛禅,则是解决人心、人生的问题。与章太炎不同的是,对于佛禅,苏曼殊首先不是一个理性上的思考者、一个学者,而是一个心灵上的信仰者、一个追求者。他是一个和尚,一个"革命和尚"——"革命"与"和尚"都统一在这一称谓里。

三、两种诱惑之间

那么,在苏曼殊的生命中真的就没有矛盾?不。

苏曼殊的生命中存在着与生俱来的、无法调和的矛盾。这一矛盾一直贯穿他的一生,也弥漫在他的作品、特别是他小说创作高峰期的小说之中。这一矛盾给他的生命和创作带来了别样的魅力。

还是先从其小说谈起。

1912年以后,苏曼殊一口气创作了六部小说。但论者对苏曼殊的小说评价不高。郁达夫曾认为,在苏曼殊所有的文艺创作中,其小说成就最低,"他的译诗,比他自作的诗好,他的诗比他的画好,他的画比他的小说好"②。郁达夫的评价得到了相当一部分人的认同。

---

① 参见苏曼殊:《苏曼殊全集》,中国书店1985年影印本。
② 参见郁达夫:《杂评曼殊的作品》,《苏曼殊全集》,中国书店1985年影印本。

确实，苏曼殊小说的不足之处较为明显，比如，他似乎不太讲究结构。除《断鸿零雁记》外，其他篇章多少都显得有些零乱。人物随生随死，事件也有些琐碎。他似乎不太在意性格与情节间的关系，有时故事的进展显得太过巧合和随意。在主人公性格的塑造和人物间关系的处理上，篇与篇之间又有雷同之嫌。

然而，如果把目光只盯在这些"不足"上，我们便无法解释一个重要的文学现象：从苏曼殊发表小说到现在，一直有大量的读者如醉如痴地喜欢苏曼殊的小说。举例言之，广益书局1919年曾出版过一本《断鸿零雁记》，受到广泛欢迎，书籍被一版再版，并被商务印书馆"借"去版权，译成英文，发行海外。在1925年再版时，广益书局编辑魏秉恩作序说，苏曼殊的小说"知大师者固爱读之，不知大师者亦爱读之"。"曼殊大师，非赖小说为生活者，亦非藉小说以沽名者。"只因"其人可钦，其文可赏"。小说"能于悲欢离合之中，极尽波谲云诡之致；而处处写实，字字凄恻，但觉泪痕满纸，令人读之而怆然。即以小说论，固足为小说界特放一异彩，其价值之名贵可知。"①苏曼殊去世后，登载苏曼殊小说的各种选本纷纷出现，仅全集就有柳亚子及其长子柳无忌选编的《曼殊全集》、文公直选编的《曼殊大师全集》。据文公直1947年统计，"曼殊遗著之传流外者，已数万部，足见对于曼殊同情之读者，其多数为近代任何家所不能及。"文公直感叹道："曼殊作品真价值之伟大，可想而知。"②苏曼殊去世大半个世纪之后，1981年7月，浙江人民出版社出版过一本《苏曼殊小说集》。1982年6月紧接着第二次印刷，发行54000本。而同年9月，中国社会科学出版社出版了《苏曼殊小说诗歌集》，收集了苏曼殊的全部小说，也发行了43000册。

如果仔细读苏曼殊的小说，而不是浮光掠影或人云亦云，我们可以发现，苏曼殊小说的"不足"里其实大有文章。应该说，他小说的不足与成就都是鲜明的。他的"特短"里恰恰隐藏着他的"特长"。他浓郁的特色在于他小说里那抹不开的诗情。苏曼殊写小说时，也许对小说技巧还没有太多的研究，

---

① 参见魏秉恩：《断鸿零雁记序》，《苏曼殊全集》，中国书店1985年影印本。
② 参见文公直：《曼殊大师全集·序》，教育书店1947年版。

这恰恰使他没有束缚,给了他一种创作的自由。他是用写诗、写散文的方法去写小说的。他的叙述并不指向其他地方,而绝对服从他心中的情感。这使他的小说叙述始终弥漫在一种情绪中,浸透在一片诗意里。正是这情感、情绪,正是这诗意,在读者心中跳动了大半个世纪。

让我们看看苏曼殊的人物塑造。

苏曼殊笔下的男主人公大多是痴情男儿。他们往往被同样痴情的两位姑娘爱着。这爱便造就了一片情之海。《断鸿零雁记》里的三郎艺术才华出众,有着爱美之心和细腻情怀。他曾与雪梅有婚约。他爱雪梅,认为"雪梅者,古德幽光,奇女子也"。为了这爱,他可以做出任何牺牲。雪梅是比三郎更为痴情的女子。她非三郎不嫁。三郎离家之后,她带着侍儿四处寻找,表示"沧海流枯,顽石尘化;微命如缕,妾爱不移。"父母如定要悔婚约,她宁愿"自裁以见志"。三郎没有想到的是,到日本寻母后,碰到了另一个姑娘——静子。静子对三郎一见钟情,以心相许。三郎对静子也十分喜爱,认为"静子慧骨天生,一时无两"。他并没有准备接受静子的爱,但他却无法逃脱静子的情。二人在一起度过了一段情意绵绵的时光。《碎簪记》里的庄湜与杜灵芳爱得刻骨铭心。但他们的爱情遭到庄湜叔、婶的反对。婶母要他娶莲佩。莲佩也爱着庄湜。这爱自然是艰难的。结果是三人都为爱而死。《非梦记》的人物有着大致相同的遭遇。燕生与其老师的女儿薇香情深意长。老师待燕生也如亲子一般。美好的前景正在向燕生和薇香招手。然而几年后,燕生父母双亡,只能寄生于婶娘刘氏家中。刘氏认为薇香与燕生不门当户对而反对他们相爱。燕生曾发誓"非薇香不娶"。但婶娘略施小计,让燕生对薇香产生了误会。当燕生发现了误会又知道刘氏之意已不可改变后,他对薇香的爱仍然坚定不移。他曾躲开婶母的注意去看薇香。二人见面,燕生"肢体战动,无以致辞。忽进抱薇香于怀,两人胸际沉浮呼吸,息息皆闻。"当他知道薇香准备为他终身不嫁时,他跪在薇香面前说,"汝不嫁人,我亦终吾身不娶。婶娘如见逼者,有死而已。"

然而,如此用情的男儿们,却没有一个完成了所爱。作者用各种不同的原因,安排他们一个个远离爱情。《断鸿零雁记》里的三郎既没有得到雪梅的爱,也没有接受静子的爱。《焚剑记》里的公子在战乱中得遇姐妹二人,对她们不无好感，姐姐阿兰不仅爱上了公子，而且主动大胆，表示要与公子"同行，得永奉欢好"。而公子却不敢接受阿兰的爱，他说"余孤穷羸弱，何足以当！"《绛纱记》里的梦珠逃避了秋云的爱。庄湜（《碎簪记》）因为爱他的人和他爱的人都为了对他的爱而相继自杀，他也在病痛之中含恨离世。燕生（《非梦记》）则因为薇香为他殉情而遁入空门。

这就使苏曼殊的小说创作具有了一种内在模式：情缠绵却不婚娶，有情人难成眷属。这种难成眷属当然有社会原因，如封建门第观念的阻碍。苏曼殊几篇小说中的恋人，都因为家庭经济变故而出现门第不对，被上辈人反对而出现爱情悲剧。三郎与雪梅是因为三郎家运式微，雪梅之父反对。昙鸾和五姑是因为昙鸾之舅父破产，五姑之养父悔婚。庄湜与灵芳是因为灵芳家贫如洗，庄湜之叔、婶阻拦。海琴与薇香是因为薇香之父乃穷画家，海琴之姊母看不起。这使作品产生了揭露社会的某些深度，具有了批判封建的某些意义。苏曼殊的小说也因此被不少论者划入了反封建的作品行列。陈独秀在为《碎簪记》写的"后序"里就发挥道："食色性也，况夫终身配偶，笃爱之情耶？人类未出黑暗野蛮时代，个人意志之自由，迫压于社会恶习者又何仅此？而此则其最痛切者。"他认为《绛纱记》《碎簪记》都是"说明此意"。①

这自然是正确的。但封建门第观念等绝不是苏曼殊的人物情缠绵却不婚娶的唯一原因，更不是最终原因。《断鸿零雁记》里三郎与雪梅的爱，当然是因为雪梅父亲反对而不果。而雪梅又坚持非三郎不嫁。为了让雪梅死心以便建立一个家，三郎出家当了和尚。那么当三郎与静子两情相悦后，他们完全可以成为美满的一对了。但情至深处时，三郎又以已经出家为由，逃离了静子。他想"系于情者，难平尤怨，历古皆然。吾今胡能没溺家庭之恋，以闲愁自戕哉？佛言：'佛子离佛数千里，当念佛戒。'吾今而后，当以持戒为基础，其庶几乎？"《绛纱记》里的梦珠更奇，他至死爱着秋云，却不说理由地跑到慧龙寺披剃为僧。当朋友劝他考虑秋云之情时，他却说："夫睹貌而相悦者，人之情也；吾今学了生死大事，安能复恋恋？"

尽管原因不同，但有一点却是相同的：在人物爱至深处时，作者便安排

---

① 参见陈独秀：《碎簪记后序》，《苏曼殊全集》，中国书店1985年影印本。

他们脱离或逃避。他特别喜欢让他的人物出家。这里泄露了叙述者的一个隐秘动机：难以抵挡出世的诱惑。

　　在苏曼殊的叙述里，我们看到，叙述者在追求一种自由、随意的人生。对爱，他追求一种至爱；对世界，他追求一种本真。至爱，总是难以实现的。因为人世的爱总会有人世的羁绊。本真，在现实中也难以找到。因为现实中总有时空的局限。苏曼殊极端厌恶尘世的纷争、打斗与烦恼。《焚剑记》里，他用移步换形的手法，通过人物的行踪，揭露了战乱造成的悲惨情景和给人民带来的极端痛苦，表达了对战乱的切齿痛恨。而在《绛纱记》中，作者又刻意描写了一个没有战乱的桃花源式的世外之境。那是"余"与五姑、谢秋云等四人海上遇难，船翻人散。"余"昏迷过去。醒来已是遭难第二日下半日。四瞩，竹篱茅舍，知是渔家。但有老人，踞床理网，向"余"微笑。作品接着写道：

　　　　余泣曰："良友三人，咸葬鱼腹，余不如无生耳！"
　　　　老人置其网，蔼然言曰："客何谓而泣也？天心仁爱，安知彼三人勿能遇救？客第安心，老夫当为客访其下落。"言毕，为余置食事。

素昧平生，老人如此慈善、如此帮忙，当然引起了"余"的兴趣。于是作品接着写道：

　　　　余问老人曰："此何地？"
　　　　老人摇手答曰："先世避乱，率村人来此海边，弄艇投竿，怡然自乐，老夫亦不知是何地也。"
　　　　余复问老人姓氏，老人言，"吾名并年岁亦亡之，何有于姓？但有妻子，日出而作，日入而息耳。"
　　　　余矍然曰："叟其仙乎？"
　　　　老人不解所谓。余更问以甲子数目等事，均不识。
　　　　老人瞥见余怀中有时表，问是何物；余答以示时刻者，因语以一日廿四时，每时六十分，每分六十秒。

老人正色曰:"将恶许用之!客速投于海中,不然者,争端起矣。"

明日,天朗无云,余出庐独行,疏柳微汀,俨然倪迂画本也。茅屋杂处其间,男女自云,不读书,不识字,但知敬老怀幼,孝悌力田而已。贸易则以有易无,并无货币。未尝闻评议是非之声。路不拾遗,夜不闭户。

复前行,见一山,登其上一望,周环皆水,海鸟明灭,知是小岛,疑或近崖州西南。……及归,见老人妻子,词气婉顺,固是盛德人也。

但在现实世界中,到哪里去找这般不知姓名、不管时空、不识文字、人人盛德的君子之乡?

佛能提供这种境界。那里有至爱,那里有本真。章士钊曾认为,《绛纱记》里梦珠的坐化是找到了"真"。他说"人生有真,世人苦不知。彼目谓知之,仍不知耳;苟其知之,未有一日能生其生者也。何也?知者行也。一知人生真处,必且起而即之。方今世道虽有进,而其虚伪罪恶,尚不容真人生者存。"而一旦"知人生之真""不死何待"?因而他认为,"梦珠之坐化,化于是。"[①]岂独梦珠?在曼殊人物的心中或周围,大多离不了佛禅二字。

但是,苏曼殊的人物却不能因为追求佛的境界而可以真的六根清净。或者说,尘世人生,对他的人物有诱惑;佛家境界,对他的人物也有诱惑。两种诱惑对他的人物同时存在,并行不悖。

苏曼殊的人物就这样生活在两种诱惑之中。世俗的诱惑,集中体现在其情爱生活上。佛家境界,那是一种终极的追求,何等的诱人!然而,三郎、梦珠们就是忘不了、离不了人间的情爱。三郎是出了家的,不仅与雪梅旧情不忘,而且一见静子就春心动荡。梦珠不是逃离秋云的爱了吗?而且他在佛地的修证,已经到了坐化的程度,他该将凡心换佛心了,然而,他至死没忘秋云的爱。他一辈子带着秋云送他的信物——一条绛纱。到坐化时,仍将绛纱藏在襟

[①] 参见章士钊:《绛纱记序》,《苏曼殊全集》,中国书店1985年影印本。

间。陈独秀评论道:"梦珠方了彻生死大事,宜脱然无所顾恋矣,然半角绛纱,犹见于灰烬。死也爱也。"因为"爱情者,生活之本源也"。①

情欲带来人的乐趣,但情欲更带来人的痛苦。情欲是痛苦之根、是万恶之源。于是他们又纷纷逃避了。

苏曼殊的人物似乎比一般人更加幸福,他们既不受尘世情爱的束缚,也不受佛界戒律的规范,他们似乎有着更为率性自由的人生。他们同时又比别人更加痛苦。因为对比真正的尘世中人和佛教中人,他们其实比别人都更多一份欲望。他们的人生更加难以满足。事实上,两种诱惑中的任何一种,他们都没有真正走进去。他们一生都在两种诱惑之中挣扎。这里有着多么复杂的、深渊似的难以言传的情感与情绪!这情感与情绪是诗!苏曼殊用他的人物、故事,或者干脆说用他的叙述精心营造的,就是这样一种诗情。我把它命名为"富有浪漫气质的深渊诗情"。它是浪漫的,它要摆脱佛家、俗世的一切束缚,走向自由率性的人生。然而,它又表现着人生永远难以走出的深渊似的体验,它描写了人生面对两种诱惑而无能为力的永远的困惑。富有浪漫气质的深渊诗情弥漫在苏曼殊的所有叙述之中。正是这深渊诗情,深深地吸引着读者,震动着读者的心灵,使不同时代的读者都产生着强烈的共鸣。

把握苏曼殊的深渊诗情不仅能使我们看到苏曼殊小说创作中随意里的刻意,更能使我们抓住苏曼殊小说创作的特色,较为准确地把握作品。比如苏曼殊对情爱的描写,不少论者曾指出过它的反封建性。但有论者也同时指出,他的作品也受封建思想的影响,因为他在作品里言说"女人是祸水""女子无才便是德"等论调。②苏曼殊受封建思想的影响自然是有的,但在说"女人是祸水"之类的话时,却未必一定是因为他的封建思想。

比如,在《碎簪记》里,叙述者"余"说过"天下女子,皆祸水也!"但这话是在什么情景下说的呢?那是"余"与庄湜共游西湖。一日,"余"独自徘徊于南楼之上,忽然来了位貌若天仙的女子。作者是这样描写她的出场的:

---

① 参见陈独秀:《绛纱记序》,《苏曼殊全集》,中国书店1985年影印本。
② 参见裴效维:《苏曼殊小说诗歌集·前言》,中国社会科学出版社1982年版。

> 此日天气阴晦，欲雨不雨，故无游人；仅有二三采菱之舟，出没湖中。余忽见杨缕毵毵之下，碧水红莲之间，有扁舟徐徐而至。更视舟中，乃一淡装女郎；心谓此女游兴不浅，何以独无伴侣？移时，舟停于石步，此女风致，果如仙人也。

作者调动诗与画等种种手段，把人物安排在一幅清幽、淡雅、优美、脱俗的情景之中，为的是突出女郎的美和无以抵挡的魅力。这样一个仙女，如果只在画中也就罢了，她却突然来到"余"的身边，来打听庄湜的消息，说她是庄湜的旧友。于是"余"之神经便"颇为此女所扰"。在这样的情景中，"余静坐沉思，久乃耸然曰：'天下女子，皆祸水也'！"这与其说是从社会、政治角度表现的某种思想，不如说是从人生角度发出的某种感叹：这女子太有诱惑力了！生之为人，如何能逃脱得了这般诱惑！这里表现的恰恰是叙述者为尘世的诱惑所吸引又极力希望摆脱这一诱惑的内心挣扎。它与苏曼殊整体叙述上的深渊诗情完全一致。若把这样的语言作为作者的"封建思想"去理解，不说是否符合作品原意，恐怕实在损害了作品隽永而深刻的审美力量。

苏曼殊的作品都带一点自传性，有个人生活的影子。当然把作品中人物的故事与苏曼殊的人生足迹一一对应，把小说完全当成自传显然是错误的。柳亚子就曾犯过这个错误，以致在苏曼殊研究上走过一段弯路。但是，苏曼殊小说的叙述，他叙述中富有浪漫气质的深渊诗情，却一定是苏曼殊个人人生的体验。苏曼殊一生就生活在这两种诱惑之中。

如上文所说，苏曼殊1903年出家当了和尚，且他当和尚有着他对佛教的主动追求。他终生伴随着对佛的研究和对禅的参悟。然而他又难以抵抗现实的诱惑。首先，他难以持守佛教的戒律，也难以承受佛地生活的清苦。出家后没有几个月，1904年春，他便不堪小寺之贫困，趁师父外出募化之机，偷了已故师兄的度牒逃下山来。从此他"以慧龙寺博经自命"[①]，自称和尚，时而也穿袈裟、留光头，却徜徉人间，并不真过寺庙人生。

---

① 柳亚子：《苏玄瑛正传》，《苏曼殊研究》，中国书店1985年影印本，第43页。

他生性浪漫、率性而为，不为任何东西所束缚，包括生命。章太炎曾讲述过苏曼殊在日本期间很有意思的故事，有段时间，他"一日饮冰五六斤，比晚不能动，人以为死，视之犹有气。明日复饮冰如故"①。他性喜吃糖，吃起来就不要命，自称"糖僧"。他生活中不拘小节的故事比比皆是。

既为"和尚"，该与"情"无缘？恰恰相反，他的情爱生活十分丰富，被称为"情僧"。柳无忌在考证苏曼殊的女友时，列举了雪梅、静子、马玉鸾、尹维峻、百助、金凤、花雪南、张娟娟等②。这当然还不是全部名单。苏曼殊研究专家马以君在研究中指出"曼殊一生，同年轻的女子接触实在太多了。有'斜插蓬蓬美且鬈'的静子，有'尽日伤心不见人'的金凤，有'无量春愁无量恨'的百助，有'捣莲煮麝春情断'的花雪南，有'殷殷勖以归计'的雪鸿，还有张娟娟、桐花馆、好好、惠姬、素云、小如意、小杨月楼，以及国香、湘痕、阿可、真真、棠姬、阿蕉、明珠、海珊、轻轻等等。这些女子，有国内的，也有国外的；有淑女，也有妓女。在某种意义上说，他真可谓'到处留情'。一个自诩为'忏尽情禅空色相'的出家人，行为居然如此浪漫，着实叫人惊讶。"③

苏曼殊不仅女友多，而且用情深。他与许多女友都爱得生生死死。而且他把对女友的深情都寄托在诗篇之中，为女友写了不少诗。在现存的苏曼殊诗作中，最多的是爱情诗。比如，他仅给调筝人百助就写了《为调筝人绘像》二首，《寄调筝人》三首，《调筝人将行，属绘金粉江山图》二首，《本事诗》十首。④在他的笔下，调筝人有着高雅不俗的情态，"乌舍凌波肌似雪，亲持红叶索题诗""慵妆高阁鸣筝坐，羞为他人工笑颦"。

调筝人深深地吸引着他。但这种吸引不仅是外在的。他与调筝人，一个文人，一个妓女，却共同有着不幸的身世。一个身世有"难言之恫"，一个"收拾禅心侍镜台，沾泥残絮有沉哀"。于是，这对天涯沦落人便有着很深的

---

① 参见章太炎：《曼殊遗画弁言》，《苏曼殊全集》，中国书店1985年影印本。
② 参见柳无忌：《苏曼殊及其友人》，《苏曼殊全集》，中国书店1985年影印本。
③ 马以君：《生母·情僧·诗作》，《中国近代文学研究》，广东人民出版社1983年版，第191页。
④ 均见《苏曼殊全集》，中国书店1985年影印本。

情感交流:

> 无量春愁无量恨,一时都向指间鸣。
> 我亦艰难多病日,那堪更听八云筝。(《本事诗》)

又如

> 丈室番茶手自煎,语深香冷涕潸然。
> 生身阿母无情甚,为向摩耶问夙缘!(《本事诗》)

于是,他们产生了浓烈的爱情:

> 桃腮檀口坐吹笙,春水难量旧恨盈。
> 华严瀑布高千尺,未及卿卿爱我情。(《本事诗》)

苏曼殊在与女友的爱中如醉如痴。然而,苏曼殊与女友的爱情并不是无边际的。他时时想着自己的和尚身份。爱到深时,他便告诉对方,"还卿一钵无情泪,恨不相逢未剃时!"因而在他写给女友的诗中,爱心与禅心始终是连在一起的:

> 禅心一任蛾眉妒,佛说原来怨是亲。
> 雨笠烟蓑归去也,与人无爱亦无嗔。(《寄调筝人》)

又如

> 生憎花发柳含烟,东海飘零二十年。
> 忏尽情禅空色相,琵琶湖畔枕经眠。(《寄调筝人》)

苏曼殊就是这样,将尘世的诱惑与佛家的诱惑集于一身,既爱佛禅,又爱美女。这种对待两种诱惑的潇洒态度，在他的《柬法忍》这首谈佛诗里，说得十分有趣：

来醉金茎露，胭脂画牡丹。
落花深一尺，不用带蒲团。

尘世的享受一点不放弃，参禅拜佛一点也不影响。这叫"酒肉穿肠过，佛祖心中留"。这就是苏曼殊——浪漫的和尚。他的浪漫气质曾得到广泛的称道。郁达夫对他的小说评价不高，对他的浪漫气质却是赞不绝口："他的浪漫的气质，由这一种浪漫气质而来的行动风度，比他的一切都要好。"[①]编辑《曼殊大师全集》的文公直则用了一连串排比来说苏曼殊："曼殊如孤芳自赏之菊花；如出泥不污之莲花；如傲雪冲寒之梅花；如幽香淡雅之兰花。论其振锡南游，精研梵文，深阐佛理，直如玄奘；论其妙语如环，佳句盈篇，又如陆游；论其姹女盈前，不破禅定，浑如展禽；论其隐逸自好，不求闻达，复如陶潜。其耿介孤洁之性，可于其相交多当道，终身不入公门，名不登官书，而得充分证明。故其行绝似严陵其志邻近伯夷；绝非食烟火者所能企及。曼殊之为非常人，于此已可定论。"[②]

苏曼殊的浪漫与洒脱还表现在他被情爱与佛禅吸引的同时也并不放弃革命。革命，其实是他迷恋尘世之诱惑的重要方面。如果把他对尘世的痴迷仅仅理解为忘不了情爱，那就并不能全面地了解苏曼殊。他在与女子交往时，不仅谈佛禅，而且谈爱国与革命。这在他的文字里有不少反映。我们在小说《断鸿零雁记》里已经看到，三郎与静子在一起时，二人曾大谈爱国故事。苏曼殊在上海有一个很喜欢的女友，叫花雪南，是一个妓女。据柳亚子回忆，他们一起吃花酒时，苏曼殊最喜欢叫花雪南。而苏曼殊喜欢花雪南的原因之一是她能明大义，在爱国与革命上与苏曼殊能够沟通。且看他为花雪南写的诗：

---

① 参见郁达夫：《杂评曼殊的作品》，《苏曼殊全集》，中国书店1985年影印本。
② 参见文公直：《曼殊大师传》，《曼殊大师全集》，教育书店1947年版。

绿窗新柳玉台旁，臂上犹闻菽乳香。
　　毕竟美人知爱国，自将银管学南唐。（《海上》）

又如

　　水晶帘卷一灯昏，寂对河山叩国魂。
　　只是银莺羞不语，恐妨重惹旧啼痕。（《无题》）

革命、情爱、佛禅，苏曼殊让生命在三者间自由来往。那么，他是在诸多方面占尽风流，充分享受了人生的乐趣与辉煌了？他的内心真的如他的表面行动一般无所羁绊了？在笔者看来，恐怕恰恰相反，他内心的痛苦是深层而难以言传的。他只用三十五年便走完了全部人生历程，足可见其内心痛苦对其心身之折磨的程度。我们先看看其尘世诱惑的两个方面。辛亥革命后，他并不是只有成功的喜悦。1912年，革命成功后他整装回国时，便流露了某种忧愁感：

　　范滂有母终须养，张俭飘零岂是归？
　　万里征尘愁入梦，天南分手泪沾衣。（《别云上人》）

1914年，他所憧憬的革命"成功"已经好几年了，却造就出一个破烂的国家。当时他在日本，对国内的局势深表担忧：

　　流萤明灭夜悠悠，素女婵娟不耐秋。
　　相逢莫问人间事，故国伤心只泪流。（《东居杂诗十九首》之一）

"相逢莫问人间事"，只是激愤之词，只因国事太让人伤心。在这样的情况下，佛心无法修，国事无法问，大概只有素女才能给他一些安慰。

然而在女子那里，他又能逃脱尘世与佛禅二重诱惑的困境吗？其实那里更有难以解决的矛盾。请看：

> 碧玉莫愁身世贱，同乡仙子独销魂。
> 袈裟点点疑樱瓣，半是脂痕半泪痕。（《本事诗》）

既有仙子般的美貌和情态，又有能产生共同情感反映的身世，与姑娘在一起，真有"销魂"般享受。然而，一领袈裟出现在二人的情感之中则预示了这情感的可见结局。诗人显然既不愿意因姑娘而脱去袈裟，也不愿意因袈裟而失去姑娘。但又无法两全。因而尽管他们相偎相依，十分亲热，那留在袈裟上的却不是樱瓣，而是裹着脂痕的泪痕。诗人的心被情爱与佛禅分裂着、撕咬着。这使他的情感有着极大的张力：

> 谁怜一阕断肠词，摇落秋怀只自知。
> 况是异乡兼日暮，疏钟红叶坠相思。（《东居杂诗十九首》之一）

耳畔鸣响着疏钟，眼前亮丽着红叶，心中思念着女子。这是何等的意境，这又是何等的痛苦！人生自由的境界何处才能觅得？苏曼殊的诗作揭示了他潇洒自由行动背后的一面：

> 收将凤纸写相思，莫道人间总不知。
> 尽日伤心人不见，莫愁还自有愁时。（《集义山句怀金凤》）

"凤纸"为道士书写斋醮词文的用纸，他却用它来写相思。然而，诗人显然又并没有放弃"凤纸"生涯的打算，不然，何必与它为伴？这种两难境地如何能够走出？这种伤心谁人能知？

在两种诱惑的煎熬之中，苏曼殊的内心不仅不是潇洒自由无所羁绊，而是有着双重羁绊。他时时体验的是一种深渊情感。其内心真实的痛苦，在他给陈独秀的一首诗中有着清楚的表白：

> 契阔死生君莫问，行云流水一孤僧。

> 无端狂笑无端哭，纵有欢肠已似冰。(《过若松町有感示仲兄》)

"孤僧"与"契阔死生"如此强烈地从两端夹击着诗人的人生，诗人表面上是行云流水，潇洒自由，实际上却是"无端狂笑无端哭"；表面上他给人以"欢肠"，实际上内心却已结冰。而他的诗正是这"冰"上结出的花：

> 生天成佛我何能？幽梦无凭恨不胜。
> 多谢刘三问消息，尚留微命作诗僧。(《有怀》)

苏曼殊一生，成佛不能，情爱不胜，革命也不成，在这样的人生夹击之中，在这样的深渊般的痛苦之中，写诗，与其说是有创作欲，不如说是有着抒发情怀的需要，一种排遣痛苦的需要。

苏曼殊表现在行动上的是其富有浪漫气质的一面，留给内心的却是深渊诗情的体验。他的生命、他的诗、他的小说，在这一点上是一致的。他用他的生命完成了他的诗与小说，他的诗与小说也完成了他的生命。

四、"剪裁"的尴尬

按现在通行的文学史"代"的划分范围，苏曼殊是近代文学史上最杰出的作家之一。这一点在学界似乎并无太大的争议。然而，在具体论述时，苏曼殊却一直被低调处理——有一个位置，却不会有太高的评价。更重要的是，谁也不会忘记谈他的弱点与不足。被人们比较集中地谈论的他的"弱点"与"不足"，是他的过于专注于个人情爱和消极出世。人们指出，他的诗作"题材狭窄，对于那个风雷激荡的时代反映得不够；一是感伤情绪过于浓重，容易对一部分读者产生消极影响；一是'高逸有余，雄厚不足'，虽有拜伦之情，而乏拜伦之力。"他的小说虽"描写了人间的种种苦痛恨愁"，却"只有不满和某些反对情绪，而无积极的反抗，人物往往成了极其可怜的牺牲品。"而"作家让其心爱的人物在历遭痛苦之中，乐善好施，尔后或不知去向，或出家，或涅槃，表现出一种隐遁出世的倾向。"①

既接受情爱的诱惑又接受出世的诱惑，是苏曼殊创作乃至生命的两个重要方面。这两个方面都成为弱点和不足，苏曼殊还能有什么太高的成就？他在文学史上还能企求有什么太重要的地位？

有趣的是，有论者替苏曼殊辩护以希望提高他在文学史上的地位，但替苏曼殊辩护的人们与批评苏曼殊的人们的文学观念、思维方式几乎一致：认为情爱与出世是弱点与不足，而"革命"才是积极进步。因而他们极力弱化苏曼殊的情爱与出世的一面，而强调其革命的一面。比如在苏曼殊研究上卓有成就的裴效维先生便竭力强调苏曼殊的"革命派"身份。他说："只要弄清了苏曼殊一生的主导思想是什么，便可以确定他属于哪一派。"而在他看来，"苏曼殊的主导思想是与当时资产阶级革命运动相一致的，并始终自觉地为这个革命服务的。"裴先生极力弱化佛教对苏曼殊的影响。他把苏曼殊的一生分为三个时期，他认为，尽管在其第三时期的思想确实"表现了较大的复杂性和退坡现象"，但其"主导思想仍然是积极的，是与当时的资产阶级革命保持一致的"。②而另一位苏曼殊研究专家马以君先生认为，称苏曼殊为"情僧"是一种误解。他说："前人称曼殊为'情僧'是不足为怪的，可是在马列主义日益深入心的今天，仍然袭用这样一个只反映表象的词语去概括一个历史人物的本质，就不能不叫人感到遗憾了"。怎样认识苏曼殊才适合呢？马以君认为，"'革命和尚'这一称号是比较贴切的。"论者提出了三条证据，以说明苏曼殊是"革命和尚"而不是"情僧"："曼殊参加的组织都是革命组织""曼殊交往的朋友多是当时的革命者""曼殊褒贬人和事多以是否革命为标准"。而他认为，苏曼殊诗歌题材并不狭窄，除了直抒革命之怀的诗篇，还有其他一些"与男女爱情没有多大关系"的诗篇。而且他认为，还有个"解释"的问题，被人们认为是写爱情的诗篇，有些并不是写爱情的，而是写革命的。③

---

① 参见任访秋：《中国近代文学史》，河南大学出版社1988年版。
② 裴效维：《苏曼殊研究中的几个问题》，《中国近代文学研究集》，中国文联出版公司1986年版，第194页。
③ 马以君：《生母·情僧·诗作》，《中国近代文学研究》，广东人民出版社1988年版，第192页。

其实，革命和受过佛教较深的影响、"革命和尚"与"情僧"、写革命诗篇与爱情诗篇，这些在苏曼殊那儿并不相互排斥，它们同时存在。没有必要掩饰与否认或弱化某一方面。

然而，无论是贬低苏曼殊情爱的方面，还是抬高其革命的方面，其论述的偏颇都不是论者个人的原因——任访秋、裴效维、马以君等先生在苏曼殊研究中所取得的成就是无可否认的——而根源于一个时代的文学史观和随之而来的文学史写作模式。直到20世纪90年代之前，我们一直把20世纪以来的近、现代文学史作为单向度、单线索的革命文学史。文学的发展一步步走向革命，且一步步走向深化的革命：从资产阶级革命走向无产阶级革命。这一文学史观在具有某些真知灼见、反映了近现代文学发展的某些本质方面的同时，却遮蔽了许多其他的史实，更在许多史识上造成误区。于是革命文学史观便变成了文学史写作剪裁历史的一把剪刀。在这把剪刀底下，革命的和适合作革命解释的，留下并凸现了出来；能够纳入革命的宽容的光罩下的，被容忍了；其他的，则被抹去、被误解乃至被歪曲。这就形成了以革命为宽泛标尺的文学史选材、评价标准和写作模式。在这种文学史观和文学史写作模式下，历史被简单化了，我们反而不能看到当时人们文化选择的艰难。

当然，这种单向度、单一标准的文学史观和文学史写作模式其来有自。20世纪以来，革命文学的推动力确实越来越大。具体到对苏曼殊的评价上，曼殊去世之后，"五四"一代对苏曼殊持不同看法的便不乏其人。郁达夫就认为，苏曼殊"绝不是大才"，他"缺少独创性，缺少雄伟气"，在他的作品里，没有"浑然天成的东西"。他认为苏曼殊的小说"太不自然，太不写实，做作得太过""破绽太多"，因而他看过苏曼殊的《碎簪记》和《断鸿零雁记》之后，就"再也不想看他的小说了"。①芸深先生认为，"曼殊是鸳鸯蝴蝶派的人"，他"于青年有坏影响"。②而且据有关资料，鲁迅也说过曼殊属于"颓废派"。③

---

① 参见郁达夫：《杂评曼殊的作品》，《苏曼殊全集》，中国书店1985年影印本。
② 转引自周作人：《答芸深先生》，《苏曼殊全集》，中国书店1985年影印本。
③ 增田涉：《鲁迅的印象·苏曼殊是鲁迅的朋友》，湖南人民出版社1980年版，第48页。

这可以看出,"五四"时期已开始有人用"革命"视点来评价苏曼殊等"五四"之前的人物。但这一评价与后来的文学史写作模式带来的评价仍然不同。区别在于,在"五四"人的评价里,我们能看出其他文学创作、文学现象、文学观念的存在,能看出文学现象的丰富性和评价标准的多元性。

郁达夫明明知道苏曼殊最重要的是其浪漫气质,但却仍然用写实主义的标准去批评其小说,自然不纯粹为了写一篇文学批评。他之所以写这篇文字,是"因为近来有一般殉情的青年,读了他的哀艳诗句,看了他的奇特的行为,就起了狂妄热诚,盲目地崇拜他,以为他做的东西,什么都是好的,他的地位比屈原李白还要高,所以我想来做一点批评,指点指点他的坏处,倒反可以把他的真价阐发出来。"[①]原来是这样!还是芸深所说的"于青年有坏影响"。这倒可以从反面告诉我们,苏曼殊在当时颇受欢迎,至少有一部分人喜读他的作品,认同他的价值。也告诉我们,当时不仅有郁达夫、芸深等希望的一种文学存在。正因为有其他东西的存在,他们才要对文学向革命方向进行引导。郁达夫的文章写于1927年,革命文学热潮正在兴起。作为当时文学运动的参与者,他对文学进行这种引导,是完全可以理解的。同时,我们还看到,同是1927年,"五四"人,比如周作人对芸深先生的观点有认同处,也有不同处。周作人认为,苏曼殊的诗文"平心说来的确还写得不错"。说其"于青年有坏影响,则未必然"。他同意说苏曼殊属"鸳鸯蝴蝶派",但他说:"正如近代文学史不能无视八股文一样,现代中国文学史也就不能拒绝鸳鸯蝴蝶派,不给他一个正当的位置。"他还说:"事实上,现今的青年多在鸳鸯蝴蝶化,这恐怕是真的。但我想其原因当别有在,便是:(1)上海气之流毒;(2)反革命势力之压迫,与革命前后很有点相像。总之,现在还是浪漫时代,凡浪漫的东西都是会有的。何独这一派鸳鸯蝴蝶呢?现在高唱入云的血泪的革命文学,又尝不是浪漫时代的名产呢?"[②]我们还看到,鲁迅对苏曼殊还说过其他不少话。他说他当年读苏曼殊译的《拜伦诗选》"心神俱往",他送一套柳亚子编的《苏曼殊全集》给增田涉要他读读,他认苏曼殊为"朋友"。[③]

---

① 参见郁达夫:《杂评曼殊的作品》,《苏曼殊全集》,中国书店1985年影印本。
② 转引自周作人的《答芸深先生》,见《苏曼殊全集》,中国书店1985年影印本。
③ 参见增田涉:《鲁迅的印象·苏曼殊是鲁迅的朋友》,湖南人民出版社1980年版。

而这一切，在以后的文学史写作和以文学史模式为范式的研究中，都被过滤掉了。于是在文学史上便出现了这样的局面：人们既不能无视他，又必须扭曲他，在谈论中扭曲，在扭曲中谈论。

今天，对苏曼殊重新认识已显得十分重要。撇开两种诱惑在文本中形成的巨大张力和其所造成的强烈审美效果等艺术成就不谈，苏曼殊的情爱与出世在文学史上至少有两点值得我们今天注意。

第一，苏曼殊打开了历史的丰富性。既有的模式无法完全解释、真实描绘他。他使我们得以通过他窥视历史的多样姿彩和奥秘。苏曼殊生活在一个历史的乍暖还寒时节，树梢已开始出绿，冰冻却尚未消除。各种诱惑已向人生显示着多种可能性，而大多数人却还处于无所适从的阶段。因为对于价值的旧的判断已经在动摇，新的判断还没有产生。除了一些先觉者找到了自己的位置之外，不少人只能根据自己的人生经历、经验和知识结构去回应这个时代、去进行自己的寻找。这便造成了这个社会的丰富性。在一个单一、狭隘、苛刻的社会，不可能产生苏曼殊式的人和文。且不说别的，仅就我们的经验便可知道，中国社会在许多时候是不能容忍"革命"与"和尚"、"情"与"僧"并存的。

因而，我们又能看到当时社会的某种程度的宽松性。与后来文学史对苏曼殊的褊狭理解相反，苏曼殊的自由不羁在当时却是如鱼得水。他被各种不同的人群所接受和欢迎。他有各种朋友。我们已经知道，他有一长串女友名单。资料还告诉我们，他有一长串佛教界朋友名单，如赞初、智周、法忍、昙谛、得山、意周、莲华寺主等等。他更有一长串革命者朋友名单。在当时的革命者当中，他不仅与辛亥革命时的元勋章太炎、孙中山、冯自由等是朋友，而且与后来的国民党领袖蒋介石、后来的共产党领袖陈独秀都是朋友。人们并没有把他的情爱和出世作为"弱点"与"不足"而疏远他。他的朋友没有觉得他和他的作品会对青年有坏影响，相反，在上文中我们知道，陈独秀曾对他的作品给予了较高的评价。

在这种丰富与宽松里，我们又看到了一代人在思想文化选择上的艰难。苏曼殊正是在这样的艰难中度过他短暂的一生的。

第二，更令我们深思的是，苏曼殊的艰难穿透了时代的表层。我们看到,苏曼殊对人生两种诱惑的揭示,对夹在两种诱惑之间的尴尬的揭示,在一定程度上切入了人生的本质,具有了跨越时代的意义和价值。直到今天,它仍能与我们产生共鸣。人生在不同的时代都会染上不同的时代色彩,但在人生的底层,每个人都必须面对人生的两种诱惑。正是在这里,苏曼殊富有浪漫气质的深渊诗情,具有了人生哲理的深度。

苏曼殊在我们的视野里凸现了。而他的凸现却又提示了重新清理20世纪,特别是世纪初文学与思想的必要性。

(本文选自《1903:前夜的涌动》,山东教育出版社1998年版)

第二辑

欲望的重新叙述

共和国文学范式的嬗变

——现实主义长篇小说叙事五十年

写下副标题，我就意识到一种"限制"——它将非现实主义[①]的长篇划到了我讨论的范围之外。这自然是一种代价。但当我仔细衡量这个代价时，却发现被"限制"划出去的作品其实只有不多的几部。新时期以来，文学创作方法创新的大潮一波未平一波又起，"现实主义"似乎已经成了一个陈旧的话题。但在作为时代文学成就标志的长篇领域中，现实主义仍然居于"当家"的地位！"波涛"带来的不是现实主义的消失而是丰富。于是我心中最隐秘角落暗藏着的"文学进化论"轰毁了，于是我看到了"现实主义"的容受力和生命力。

那么，在共和国五十年的文学长廊中，现实主义长篇让我们看到了什么呢？

一、长篇曲线与文学范式

五十年现实主义长篇创作的曲线，写出了一幅波澜壮阔的文学画图。我想用寻找波浪峰尖的办法，看看能否有"一览众山小"的效果。这一思路不仅让我看到了长篇的高峰，更给我带来一个意外的惊喜：我发现存在着作用于一个时期文学创作的"文学范式"。

[①] "现实主义"至少可以分为"文学精神"和"创作方法"两种。前者将所有的小说创作都包含在自己的谈论之中，按布斯在《小说修辞学》中说法是："真正的小说一定是现实主义的"。后者则可区分不同的创作。本文在创作方法的含义是谈论"现实主义"，于是便有"非现实主义"的问题。

先说高峰。我以为五十年长篇小说的创作出现了三个高峰：20世纪50年代、80年代、90年代。

第一个高峰为我们贡献了"三红一创"：《红旗谱》《红日》《红岩》《创业史》①以及《青春之歌》《三家巷》《林海雪原》《苦菜花》《三里湾》《山乡巨变》等一系列长篇，一时蔚为壮观。第二个高峰，中国文坛出现了《许茂和他的女儿们》《芙蓉镇》《黄河东流去》《沉重的翅膀》《花园街五号》《人啊，人！》《活动变人形》《洗澡》《玫瑰门》《古船》《金牧场》《蹉跎岁月》《生活之路》《浮躁》《平凡的世界》《穆斯林的葬礼》《少年天子》等等一大批作品，似一声声响雷滚过华夏的天空，并引起世界文坛的关注。那真是一个黄金时期。国际汉学界把中国当代文学真正作"文学"看待是从这个时候开始的。第三个高峰产生于文学失却"轰动效应"的大语境之中，但长篇却出现了爆炸式的繁荣。近几年来，长篇出版几乎呈几何级数的增长，已经出现了平均每天三至四部长篇问世的速度。但这个高峰绝不是以数量为标志的。《心灵史》《白鹿原》《高老庄》《长恨歌》《柏慧》《活着》《许三观卖血记》《私人生活》《一个人的战争》《栎树的囚徒》《羽蛇》《曾国藩》《雍正皇帝》《白门柳》《苍天在上》《故乡面和花朵》《红瓦》……几乎无法列举。在人们越来越忙碌的今天，一部部几十万言的长篇却仍然令不少人争相传阅。

有意味的是，每一个高峰期的作家作品都众多而繁杂，却表现出相同、相近的叙事追求。三个高峰形成三个不同的文学范式。"文学范式"，我用来指称大的文学语境和在这一语境下文学叙事的追求模式。文学创作无疑是最具个性的精神劳动。但任何个体都不可能处于真空，而只能生活于一定的语境之中。一定的语境有时便会产生某种"文学范式"。这在共和国五十年的创作中表现得特别明显。中国当代作家似乎总处于一定的"文学范式"之中，他们从范式中获得灵感、从范式中吸取营养和写作资源。他们自觉不自觉地受着范式的影响乃至左右，他们的创造都与"范式"发生着这样或那样的关系。因而共

---

① 《创业史》初版于1960年6月，但其创作在20世纪50年代。为行文方便，本文用50年代表述20世纪50年代至60年代初长篇小说的第一个高峰期。

和国五十年的文学嬗变在深层表现为"文学范式"的演变,而现实主义长篇小说的三次高峰恰恰准确而典型地揭示了这一演变的轨迹。

二、叙事模式:革命—启蒙—多元

五十年长篇的三个"文学范式"在叙事上表现为三个模式:革命叙事、启蒙叙事、多元叙事。

新生的共和国穿过血雨腥风在世界的东方卓然站立,人们在一段时间内沉浸在胜利的兴奋之中,是可以理解的。于是革命战争的辉煌业绩成为人们的"集体记忆"。这集体记忆便成为作家创作的重要资源。记忆之外,现实中正在发生另一件大事:农村以合作化为轴心的社会主义改造。记忆与现实,过去完成时与现在进行时,就成为作家书写的两大对象。这无疑是不同的两个写作材料,一边是战争与硝烟,一边是土地与农民。但无论作品多么五光十色,它们骨子里讲述的都是同一个故事:关于革命的故事。革命,正是将二者联系在一起的核心。讲述战争故事,不是为了昨天,而是为了今天和明天。《红日》里地上战争的波澜壮阔,《红岩》里地下战争的惊心动魄,《青春之歌》里心灵战争的意味深长,讲述的是革命对人的锤炼和人在革命中的成长;而讲述今天,正是为了不忘昨天和走向明天。《三里湾》的秋收、整党、扩社和开渠,《创业史》的买稻种、砍毛竹……所进行的正是社会主义革命。革命战争,是社会主义革命的准备;合作化运动,是社会主义革命的题中之义。两大题材共同完成了20世纪50年代"革命叙事"的壮丽景观。

随着真理标准的讨论和思想解放运动的展开,20世纪中国历史上再次掀起了启蒙思潮。文学作品中,一行行大雁排为"人"字在天空长鸣而过。《许茂和他的女儿们》用一个普通农民家庭的生活,展开了人性善恶的故事。温柔、美丽的许秀云与大姐夫金东水的感情不是简单的男女之爱,那里有着人妖之辨、黑白之分、正邪之别。《芙蓉镇》里那个"豆腐西施"胡玉音,何等不起眼的一个小人物!她在命运的艰难中左奔右突,为了再小的人物也应该像"人"一样地活着!"右派"分子"秦癫子"秦书田,在被改造的过程中,竟然与胡玉音发生了爱。他们也是人,也有人的情感。作品用这对"狗男女"和其他人的故事在呐喊,人们啊,社会啊,把人当人看吧!应该说,80年代长篇小说的主题是丰富的,但基本是"启蒙叙事"的不同展开。一个典型的表述是戴厚英的《人啊,人!》。直到杨绛的《洗澡》和王蒙的《活动变人形》,作家仍然书写着在左倾政治及其他各种情况下人性的扭曲。其实20世纪80年代后期,文学中的"人"已经在受到先锋文学的威胁。但长篇的构思和完成毕竟需要更长的周期,且长篇有长篇的思考。因而,当"人"在中短篇中已经听到"人之死"的乐句时,在长篇中"人"仍然是中心的旋律,理性精神仍然掌握着长篇的启蒙叙事。

20世纪90年代,原有的一切叙事模式都失去了"中心"位置。革命叙事当然早已在80年代便暗淡了刀光剑影,启蒙叙事也已在解构声浪中远去了鼓角争鸣。叙事像关在一个栅栏里不同品种的烈马,栅栏一开,突然四散奔去,出现了让人眼花缭乱的多元叙事局面。先锋文学的转向在长篇创作中形成一个重要叙事倾向。余华、格非等作家在90年代先锋探讨的道路上大展身手之后,开始舒展地回视。转向后,他们把不少精力投向了长篇。在叙事上,他们不再制造断裂、营建迷宫,他们回归了故事,对现实主义方法进行了深情的拥抱。但在长篇的叙事模式上,他们却既不同于50年代,也不同于80年代。哪怕是许三观的卖血,也既不是为了讲述"革命"的故事,也不是为了进行启蒙的呐喊。"先锋"的思考仍然沉淀在叙事里,他们树起"欲望的旗帜",书写"活着"。

另一些作家坚决地走向心灵。张承志20世纪90年代初就出版了《心灵史》,那"哲合忍耶"精神引起诸多话题。与冷静的书写不同,张承志走的是激情书写的路。同样是激情书写,更有一批关注现实的长篇。张宏森的《车间主任》,陆天明的《苍天在上》,张平的《抉择》,周梅森的《人间正道》《天下财富》,孙力、余小惠的《都市风流》等,无论写工厂,还是写商场、官场,我们都看到作家滚烫的心,他们揭露腐败、批判丑恶、关注人生的艰难。

女性主义创作是20世纪90年代一道亮丽的风景线。陈染、林白、海男、宣儿等一批女作家向男性文化和男性叙事模式发起强有力的挑战。而同是女性,也有另一种写作。她们不着意在文本中表明自己的性别,而是让女性与男性共同去面对人生的难题。比如王海翎的《牵手》。作品进入人的日常情感，我们看到了家庭情感纠葛和第三者问题。问题并不"宏大"，人类却无法回避。作者没有明显的性别立场，那难题却是钟锐、晓雪、王纯们共同拥有的。

对都市的书写是20世纪90年代的又一文学动向。但我这里说的绝不是题材问题，而是一种文学观念。与"中国的革命实质上是农民革命"[①]相适应，当代文学在观念（而非题材）上一直是书写乡村、排斥都市的。至20世纪90年代，都市人生和都市人生观念才真正得到书写。"布老虎"丛书里相当一部分作品展现了完全不同于既往农村故事的都市故事。我还想提到何顿的《我们像葵花》。都市青年冯建军那欲望与现实、欲望与文化的冲突是今天都市的缩影。不管你高兴还是无奈，都市，决定了今天的生活模式。何顿的故事肯定着这一前提。而另有作家却对都市保持着警惕和戒备。贾平凹的《土门》写了都市里的乡村，对乡村被都市吞食极为惋惜、留念、惆怅。《土门》之后，他干脆让笔进入了"高老庄"。对历史的书写也是20世纪90年代长篇的一个值得注意的现象。唐浩明、二月河等一批作者从写起义农民的模式里走出来，大胆地将笔触伸进帝王将相的天地。这当然不是一般的写作对象的转移，它在深层突破了传统意识形态中奴隶创造历史的"英雄史观"。而刘斯奋则更突破了"寻找历史创造者"的思路，把目光投向了文人——历史思考者，《白门柳》的深入开掘，使作品成为中国文人心灵史的浮雕。当然，更有《米》等一批"新历史主义"小说，这里的"历史"就已经不能作传统的"历史"解读了，它更多的只是叙事者某一时刻的心理投射。

20世纪90年代的多元叙事还有诸多可谈论处，无法一一列举。这是一个真正"众声喧哗"的时代。你这样看人生，他那样看人生。谁也不能反对谁，谁也无权干涉谁。这个世界和对世界的看法于是异常丰富起来。在五十年长篇的三个叙事模式中，这是一个最没有模式的大"模式"，一个开放的多元模式。不管你喜欢与否，中国文学将在这个模式下走向21世纪。

---

① 参见毛泽东：《新民主主义论》，《毛泽东选集》，人民出版社1967年版。

三、叙事者：阶级—精英—个人

　　与叙事模式相关，三个文学范式很重要的区别在于叙事人的不同。"革命叙事"是讲述革命故事的，但叙事人是谁？我想以《创业史》为代表来找一找。让我们看看作品对梁三老汉和梁生宝的叙述。梁三老汉出场后，作者用老汉的眼睛在观察事物、叙述故事，但用了他的"眼"，却没用他的"心"。细读作品，你会发现，在梁三老汉的背后也有一只眼睛，它隐藏着。梁三老汉在观察着他周围的人和事，隐藏的眼睛在观察着他。两种"眼睛"形成了一个有意味的夹角、一个剪刀差。这个夹角、剪刀差造出了一个评价空间。它不动声色地写出了梁三老汉的尴尬、无奈和可笑。于是，我们发现，这里有一个隐藏的叙述人。老汉背后的眼睛正是隐藏的叙述人的。叙述人在叙述着老汉的故事，隐藏的叙述人在对老汉的故事作着评价。对梁生宝的叙述与对梁三老汉的叙述不同。这里没有夹角、没有剪刀差。叙述者的视点与梁生宝的视点一致。但在第三人称之外，文本中时时冒出一个第二人称的口气来，直接对梁生宝问话。这里我们再次发现了那个隐藏的叙述者。他要用问话的方式把对梁生宝的赞扬推向高潮。这种方式表现的，同样是一种评价。

　　有一点是不能不思考的：梁三老汉背后的眼睛也好，梁生宝的问话/赞扬者也好，隐藏的叙述人的评价尺度从哪儿来？是作家柳青"我"的吗？不。是"阶级"的。《创业史》从1961年7月第一次印刷，到1977年11月第十次印刷，作者曾"进行了一些重要修改"①，但有一点没做任何变动，那就是印在卷首的毛主席语录："社会主义这样一个新事物，它的出生，是要经过同旧事物的严重斗争才能实现的。社会上一部分人，在一个时期内，是那样顽固地要走他们的老路。在另一个时期内，这些同样的人又可以改变态度表示赞成新事物。……"这个卷首语往往被读者不经意地翻过去。但它的内容和它的象征意义：阶级话语，才是作品真正的叙述者。作家表面看来在叙述着，实际却在被叙述着。从某种意义上说，《创业史》是中国当代小说史上一部真正的"红色经典"。其艺术性我至今认为在革命叙事长篇中是水平最高的作品之一。更重

---

① 参见《创业史》1977年第10次印刷本"出版说明"，中国青年出版社1977年版。

要的是,其叙述模式具有极大的代表性:革命叙事时期的长篇大部分都有一个隐藏的叙述者。阶级,才是革命叙事的真正叙事人,作家只是一个被抽空了"我"的被叙述者。不妨再看看《青春之歌》,林道静与三个男人的故事、林道静对三个男人的舍弃与选择,讲述的是一个"阶级改造"的过程,一个小资产阶级知识分子在这一过程中终于被改造成无产阶级革命战士。有学者曾指出杨沫的叙事缺少女性的痕迹①,这是肯定的。因为《青春之歌》的叙事者并不是一位女性,杨沫只是一个被叙述者。

"阶级"话语到"十年动乱"被推向极端。当共和国从"以阶级斗争为纲"的樊笼里挣脱之后,"人""个人""个性""主体"的价值在20世纪的天幕上再次突现。人们发现社会需要启蒙,需要精英的呐喊。作家从"阶级"的屋子里走出来,阳光有些眩目。他们迅速揉揉眼睛,将自己还原为"个人"。但他们不是一般的"个人",他们属于精英言说者。20世纪80年代初几部产生轰动的作品,《许茂和他的女儿们》《芙蓉镇》等等,那叙述人性善恶、呼唤人之为人的叙事是周克芹、古华们吗?是,又不是。因为他们的名字不只是一个作家的符号,更首先是精英的一分子。从此开始,几乎贯穿于整个20世纪80年代,不同的长篇尽管有不同的叙述方式,却有着一个共同的叙事者:精英。

精英的叙事有一个显明的特点:大都采取俯视的叙述角度。他们站在一个高处,居高临下地俯瞰着大千世界和芸芸众生,他们要用他们的叙述指点社会、唤醒大众。这种"俯视"和"唤醒"有时通过主人公体现。《人啊,人!》里的何荆夫在动乱年代曾饱经苦难。当他在苍茫的塞外、苦寒的长城上天当被、地当床时,他越来越深刻地思考着关于"人"的问题。平反后回到高校,他一直站在高高的讲台上向仰头聆听的青年学子宣讲"人道主义"。他唤醒了青年学子,也受到青年的热烈欢迎和拥戴,所到之处,应者云集。

当然,"俯视"和"唤醒"更多的时候表现为叙述者的姿态。《活动变人形》里的倪吾诚受了西方文化的熏染,"对中华文化抱着深恶痛绝的态度",但却又对"自我封锁、自我蹂躏、自我摧残的统一战线"无能为力,其

---

① 陈顺馨:《中国当代文学的叙事与性别》,北京大学出版社1995年版,第72页。

人格和灵魂都出现了深刻的分裂和变形。那个十八岁结婚、十九岁守寡的静珍，人性的欲望并没有泯灭，身上时时有着"神秘的力量"使她心跳，但她却大骂劝她改嫁的倪吾诚是"禽兽""疯子"。而她更多的是骂自己，用骂来压抑那不可压抑的生命力量。在"吃人"的文化里，她"被吃"，也"吃人"，更"自食"。叙述者的叙述有一份冷峻、有一份心凉，更有一份心酸。

20世纪90年代，精英一个早上醒来，突然发现身后不再有千万的民众，他的讲台下不再有虔诚的听者。每一个言说者都只是一个"个体"言说者而已。你无权教诲别人，别人也没有义务接受你的训导。这时的文学叙事者才还原为真正的"个人"——与其他"个人"平等的"个人"。这当然不是说长篇叙事里没有精英言说，但这时的精英也只是一个愿意保留精英姿态的"个人"——已经失去"训导/被训导"的等级威严，登高一呼，应者云集的场景已经不再。于是我们便理解"个人化叙事"为什么在20世纪90年代被反复言说。因为叙事者由"阶级"而"精英"再变为"个人"，确实是五十年文学范式嬗变中一个重大事件。有人说，文学是最个人化的事业，文学叙事当然是"个人化"的，"个人化叙事"有什么好说的？说得对。20世纪90年代的"个人化写作"首先不是理论问题，而是一个文学史问题。因为本该"个人化"的叙事者一直并没有真正的"个人化"，因而20世纪90年代叙事者的"个人化"便成为一个值得言说且必须言说的对象。叙述者成为"个人"，是20世纪90年代"多元叙事"的内在原因之一。

叙事者成为"个人"之后，他/她便是一个"自我"不被抽空、不被压抑的独立思考者和言说者，同时又是不俯视他人、不对他人实施语言暴力的与众生平等的叙述者。人云亦云的既往话语在这里正在失去地盘，作家们开始寻找真正自己的感受、体验和表达。陈染、林白、海男们尽管有着颠覆男性话语的意识形态目的，但她们却不是居高临下的，她们只述说自己的个性经验。多米（林白《一个人的战争》）的性觉醒和心理成长，倪拗拗（陈染《私人生活》）令人惊讶的心理和情感经历，英妮（宣儿《随风飘逝》）与父亲照相对她一生欲望与情感体验的影响……都是独特的，不能被原来人们所熟悉的话语所规范。

"余华"们作为男性，从事着与"陈染"们不同的写作，他们的感受和叙述同样是独特的。那个福贵，身边所有的亲人都先后因各种原因离开人世，叙述者却既不用他的故事来控诉社会丑恶，也不用它来抒发人生的悲凉，而是书写一种淡然的人生态度。为什么不呢？相对于死难者，福贵活着。活着，那是一份生命的权力！这个"淡然"里有着多么深厚的人生领悟！而陈忠实《白鹿原》对历史的重新解读又何尝不是个人化叙事？他从两个家族入手进行的人物设置和人物关系的建构，都有独特的言说功能。陈忠实无疑找到了表述自己思考的方式。

当然，"个人化叙事"也有陷阱。正如一直朝北走，走过北极就变成向南走一样，把"个人化"推向极端，就会走向反面。任何"个人"都是在"他人"、社会中被确立的。如果世界上只有一个"个人"，也就无所谓"个人"了。文学叙事，不独特，没有书写的价值；但"独特"到无人能感受、无人能分享，不能进入交流，也失去了书写的价值。"个人"的边界在哪里，是"个人化叙事"正在面临的问题。

四、范式对话、文化精神及其他

当我把现实主义长篇在20世纪50年代、80年代、90年代的三个高峰描述为三个文学范式时，它便已经超出了对长篇乃至小说的理解。我以为，它所显示的，是共和国五十年整个文学的精神历程。但我想强调的是：第一，我所作的，并不是一次进化论式的描述，而是历史观照；第二，文学范式的演变并不是一个时间概念。作为范式，它们在时间上一定是交叉的。新的文学范式并不是天外来客，突然飞至，它在原有文学范式的内部孕育、寻找生长点；而旧的文学范式也不会戛然而止，突然消失。"文革"时的地下文学和天安门诗歌，是启蒙叙事的先声。对启蒙叙事的挑战和超越，早在20世纪80年代已经发生。而启蒙叙事在20世纪90年代并不是完全没有声音。范式嬗变的过程，正是范式与范式对话的过程。

文学范式的背后是文化精神。从阶级思维走向启蒙思维再走向多元思维，画出的，正是共和国三种文化精神的演变轨迹。而这种演变，将会在不同范式的对话中继续向前推进。于是我们看到，文学是共和国文化精神的重要承载者。五十年,酷热寒冬、秋雨春日,文学与共和国一起走过来了。蓦然回首,几多惆怅、几多欣慰!

而通过回首,我们更想说的话是:21世纪已经来了,文学,你做好准备了吗?

(原载于《中山大学学报》1999年第6期)

对"需要修补的世界"的独特言说

——八十年代文学批评中的现代主义话语回顾

新时期中国文学批评空前活跃,除马克思主义的美学和历史的批评外,还崛起了新的批评话语。在这种文学批评走向多元化的总格局中,现代主义话语无疑处于人道主义与后现代主义的夹缝。它曾显示了自足的理论批评品格、表现了理论活力与锐气。然而更值得研究的在于,处于夹缝中的所谓中国的现代主义的复杂形态。20世纪80年代中国一批批评家对"需要修补的世界"①的东方言说,是独特的。今天,当后现代主义已被许多人言说和言说了许多人之时,回顾一下20世纪80年代现代主义话语,是饶有意味的。它对于我们理解"文革"后中国的一种文学与批评,中国的特定社会与心态,对于我们思考走向21世纪的文化重构,都不无帮助。

一、又是现代主义:对人道主义的战略反姿态

1988年春,我国批评界出现了一次规模不大却引人注目的关于"伪现代派"的讨论。讨论之滥觞为黄子平在1988年2月《北京文学》上发表的文章:《关于"伪现代派"及其批评》。我们这里提及这篇文章,主要不是想讨论它的内容,而感兴趣于透过批评文本所显示出来的,在我们看来,具有某种代表性的、现代主义批评的姿态。

黄子平要处理的对象无疑是复杂的。文章表现了论述复杂问题时批评家

---

① 西方学者认为,在现代主义话语里,世界是一个"需要修补的世界";在后现代主义话语里,世界是一个"无法修补的世界"。见佛克马·伯斯顿编:《走向后现代主义》,北京大学出版社1991年版,第52页。

的灵气和智慧。他的议论机智得有点近乎"东方的狡黠",他的小小策略不仅使一些读者受到"蒙蔽",以为黄子平在批现代派,而且使一些批评家同行也中了所谓"冷静"之计,认为黄文"标志中国评论界对于现代主义问题的一种冷静的专业研究态度的出现(而不再像过去那样每种意见首先意味某种情感愿望)。"①

其实,透过所谓"冷静",或者干脆说,穿过批评家的策略,我们不难发现其"某种情感愿望":对现代主义探索的肯定。作者从词义的内涵分析入手,消解了在"现代派"问题上"真/假""古/今""中/外"等几个二元对立,从而把"现代派"肯定地放到了明亮的位置。"如果意识到现代派文学产生于东、西方文化的价值标准都发生移易的时代,意识到现代派文学的'反规范'倾向,那么,就会感觉到设立一个'真现代派'的先验规范可能是徒劳的。"②作者显然把"现代派文学"的反规范倾向作为议论的前提,把现代主义探索作为推进时代的文化价值标准移易的力量。

按理,人们对黄子平用技巧掩盖其"某种情感愿望"或意识形态目的的论述策略应该有所"防备"。他早期的《当代文学中的宏观研究》《深刻的片面》等文已经显露了他为了某种目的,比如推进批评变革,而展开机智论述的才能。而对现代主义的肯定的"情感"态度也早已书写在其批评文本之中。与陈平原、钱理群合写、发表于1985年的《论"二十世纪中国文学"》一文,批评家们把"二十世纪中国文学的总体美感特征"命名为"焦灼"。他们认为,那是一种"与十九世纪文学的理性、正义、浪漫激情或雍容华贵迥然相异的美感特征","从总体上看,它所内含的美感意识与本世纪世界文学有着深刻的相通之处"。"试图到二十世纪中国文学中寻找古典'崇高'是困难的。"③

这种概括与历史之间看来有着距离。用"焦灼"为"二十世纪中国文学的总体美感特征"命名显然不周全。它不仅把从1942年后解放区文学直到新中国成立后十七年的一部分创作都划到了"二十世纪中国文学"之外,而且,在

---

① 许子东:《现代主义与中国新时期文学》,《文学评论》1989年第4期。
② 黄子平:《关于"伪现代派"及其批评》,《北京文学》1988年第2期。
③ 黄子平、陈平原、钱理群:《论"二十世纪中国文学"》,《文学评论》1985年第5期。

剩下的作品中，要在如文中所提到的《人到中年》等作品与"古典的崇高"之间划出一条绝对分明的界线也着实"困难"。作者许是知道这一难点，因而在论述过程中进行了许多机智的弥补，以致在以"悲凉""为其核心为其深层结构的美感意识里"，"包裹着""理想化的激昂"。[①]从而偷偷地在"二十世纪"的"焦灼"里安插了"十九世纪文学的理性、正义、浪漫激情"。这使批评文本勉强能够自圆其说。

我们在这里无意指出他们论述的漏洞，而是想挑明，这些产生了广泛影响的批评家们留下，或者毋宁说"制造"这一"漏洞"的良苦用心：对二十世纪中国文学进行现代主义的描述——根本用意不仅在改写过程的历史，更在推动正在行进的"历史"。

运用"反规范"的现代主义反抗传统规范，促进"价值标准"的"移易"，正是自20世纪80年代初以来一批理论批评家对待现代主义的基本姿态。

可以毫不犹豫地指出，人道主义思潮在"五四"和在"文革"后的出现，也正是为了"反规范"，为了推动"价值标准"的移易。在反抗封建传统规范上，人道主义与现代主义这些西方历时的产物在中国却在共时里成为"同路人"，成为共同作战的"战友"。它们结成统一战线，为人的个性解放而战。然而，这种协同与合作是十分有限的，因为现代主义同时，而且主要把人道主义放在该"反"的"规范"之列，把人道主义的"价值标准"作为主要"移易"对象。

个性解放是人人梦寐以求的目标，人道主义不仅在反抗封建主义时是真英雄，而且曾为人们描绘了一幅关于未来的光辉灿烂、令人心醉的美好蓝图。人道主义最终能实现自己的理想吗？西方人实际上用了几个世纪的黄金时光，用多少代人的智慧和生命进行了一次规模巨大而昂贵的人道主义实验。实验的结果报告单上赫然写着：人道主义惨败！历史终于告诉人道主义：它为人们描绘的蓝图，它对人们许诺的理想，不仅是无法实现的，而且往往与人自身作对；它为人们指明的美好途径，不仅无法走通，而且恰恰魔术般地走到了其目

---

① 黄子平、陈平原、钱理群：《论"二十世纪中国文学"》，《文学评论》1985年第5期。

的地的反面。人们不仅迷失了世界的意义，而且失落了自我的意义。人与人、人与社会、人与自然、人与自我等人类赖以生存的各个基本关系都被人道主义理想推向了敌对与堕落的深渊。

于是，西方现代人发现了一个残缺的世界，一个"需要修补"的并不完美的"世界"；在这个"世界"里发现了一个孤独、苦闷、渺小、卑琐、焦灼、悲观的"人"；在这个"人"里发现了生命冲动、权力意志、潜意识，一句话，发现了人的非理性天地。

当反叛人道主义的现代主义在西方迅猛发展时，古老的东方，在中国发生了天翻地覆的大事："人"从封建伦理中的觉醒。这一历史时期中华民族的思想者耳边就这样鸣响着两种醒示：其一说，要推翻封建传统，需要人道主义的理性精神和理性精神的人道主义。另一说，人道主义只是暂时的合作人，它充满了盲视和迷雾。要走出"人道主义的僭妄"，需要马克思主义或现代主义。正是在这样一种世界格局里中国这一块特殊的时空，正是这一特殊时空里历史语境的发展变化，影响、制约着现代主义与人道主义两套话语系统的"合作/反叛"关系的微妙而复杂的演化，并从一个方面影响、制约着现代主义在中国的起落兴衰之地位和命运。

现代主义在中国的登陆远不是从"文革"后开始的。新文化运动前夕，早在尼采去世后两年，梁启超便在一篇文章里介绍了尼采，把他称之为"个人主义"。①从新文化运动开始，对现代主义的评介、借鉴曾有过几次高潮。但在中国现代史上，现代主义要么被进行人道主义的误读，要么谦和地以人道主义的同路人身份出现，一直未成为独立而重要的意识形态力量。

历史翻去一页。当我们在"文革"后再次见到现代主义时，它已潜在地具有比以往不同的地位与姿态。

人们曾喜欢将"文革"后与"五四"相并提。它们确实有某些相似处。然而，历史并没有也不可能回到原处。"文革"后与"五四"毕竟是两个不同的历史语境，这首先表现在"文革"后的"人"经历着"再觉醒"。经过了漫长的"冬眠"状态的积淀，"再觉醒"后所看到、感到、想到的，虽然都似曾

---

① 梁启超：《进化论革命者颉德之学说》，《新民丛报》第18期。

相识，却已经站到一个新的起点上。

"文革"后语境中有着比"五四"时期更为强烈的现代主义话语欲望，这一欲望首先在艺术形式变革上表现出来。现代主义形式的"引进"不可避免地带来了现代主义的"内容"。这个"内容"又恰恰与"文革"所给予一部分中国人的对人生、对世界的体验相通，提醒给人们一种对人生、对世界的新读法。随着现代主义"借鉴"的不断深化，20世纪80年代初还只潜藏着的现代主义与人道主义的裂缝不断显露了。现代主义终于跳出了人道主义"同路人"的身份，公开打出了与人道主义分庭抗礼的旗帜。

历史将记住1985年。似乎"文革"后文坛的一切酝酿都在这一年爆发，这是文坛热闹、繁荣、开拓的一年。

就在这一年，人道主义的讨论已经走到主体性讨论的阶段，它标志着人道主义的高潮和顶点。也就在这一年，《论"二十世纪中国文学"》对包括"文革"后在内的整个"二十世纪中国文学"进行了现代主义的描述。同一个历史和现实，出现了两种解读，两种理论呼唤。尽管两套话语仍然没有直接对话，但对话的战略态势已十分明显。此后，现代主义文学批评便以强大的理论攻势席卷而来。

二、犹豫的放逐：这里的"酒神"与"生命之流"

1985年，刘索拉的《你别无选择》、徐星的《无主题变奏》发表，吸引了文坛众多的目光。尽管不无分歧，尽管有人把话说得含蓄，但一个事实却无可争议：批评家在这些作品里发现了"非理性"。

对这一"事实"也许需要换一个角度叙述来作为补充：《你别无选择》等作品刺激了批评家言说非理性的话语欲望，或者说，批评家在《你别无选择》里找到了言说非理性话语的契机。有了这一个"补充"，我们便容易指出：创作界、批评界都在重视某一话语，绝不是偶然现象。仅仅把这一"事实"作为文学现象看待是不够的，它只是一种文化、社会思潮在文学中的表现。究竟是作家、批评家言说了非理性话语，还是非理性话语言说了作家、批评家，看来还是一个需要讨论的问题。

第二辑 欲望的重新叙述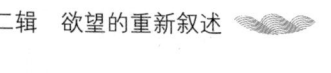

那是一个繁荣而不平静的时期。显文化层次，改革开放正在不断推进，人们用"新旧交替、新旧交错、新旧交锋"描述的文化转型，激烈却又充满希望。亚文化层次，"转型"以另外的形态进行着，它可以描述为生命活力冲动与冲撞的曲线。庄重大方的西服剪影里逐渐多起了带点野味的牛仔装，优美典雅的拖地长裙大多换成了富于青春活力的迷你裙或短裤。舞厅里，缓慢抒情的交际舞早已受到粗放有力的迪斯科的冲击。银幕上，脉脉含情的台湾生活片被厮杀震天的香港武打片所挤压。中学生的书包里、大学生的书架上，琼瑶不知何时已换成了金庸、梁羽生与古龙。音乐上，崔健虽然还未带着摇滚乐出场，美声唱法却早已曲高和寡而丧失票房价值。不久，一曲《黄土高坡》将"西北风"刮遍祖国大地。人们突然发现身上有使不尽的活力，需要发泄却又总有什么地方不对劲儿。你几乎可以明显摸到人们心中的那份骚动不宁。一个东西在滋长，在抗争，它要冲破某些传统秩序的规范。当作家、批评家同整个思想界哲学界一起把它表述为语言并进行讨论时，人们明白了，那"东西"是：非理性。

西方非理性哲学、文学思潮的影响是显而易见的。尼采、叔本华一时成了热门读物。人们曾把一部分现代主义理论称为"人本主义"。人本主义哲学家反对从外部去寻找本源，主张回到个人的存在，以个体存在为本体。这种以人为本的"人本主义"不仅不同于传统人道主义而恰恰是对人道主义的反叛。在人本主义看来，人道主义重视人的理性且只注意人的理性。人终于简化为理性，变为理性的奴隶和工具，并以理性的名义为人建立一系列新的规范和秩序。"人的解放"作为一个伟大的目标，终于在人道主义的追逐中被放逐了。

尼采是以人为本的。他更喜欢酒神，是因为"在酒神神秘的欢呼下，个体化的魅力烟消云散。"① 生命哲学家柏格森则认为理性是用机械的因果制约性去解释世界，它忽视了世界的整体性，无法把握生命现象。而生命，是绵延的过程。生命之流才是"实在"。正是一部分中国青年体验到了被理性忽视又不容易被理性规范的酒神精神和生命之流，才使他们喜欢尼采、柏格森。或者说，是尼采从道德、理性角度对上帝的"谋杀"，是柏格森用生命冲动对理性

---

① 参见尼采：《悲剧的诞生》，三联书店1986年版。

的批判吸引着他们进行跨越时空的精神跋涉。

批评对理性的放逐在这一历史语境中出现。一些批评家敏感地意识到《你别无选择》等作品里的人物"意味着一个新的时代精神。他们的追求体现了20世纪80年代青年的特色"。"读者跟着小说走着走着,恍如置身于柏格森描绘过的那种生命之流"。"这样的小说艺术对于以往的理性主义创作规范,无疑是一种相当有力的反叛。"①有人还从"反文化""反崇高"角度论述了创作中的非理性因素对人道主义的扬弃。"人不再成为人的抽象理想,不再在身外寻找自己的假定性的存在;也不存在一个彼岸世界和此岸世界的割裂对立,故而不必要为自己树立一种成为超人和英雄的目的性献身使命——人只成为人自身,成为是怎样就怎样的'俗人'。"②拓宽了视野的批评在意识之外注意到了潜意识、无意识,"情"之外注意到了欲。这些批评都显示出一个重要趋向:超出对具体问题的谈论,而表现出对生命之流的重视,对酒神精神的接纳。批评越来越进入人的本体,逼进人的生存。批评感受着时代,叩响着心灵。有意味的是,你不难在批评里听到尼采、柏格森等西方哲人的声音,但你同时又能清楚地分辨出二者的区别:那些中国批评家对人道主义的理性的放逐远不是坚定的。

翻开那几年的杂志,很容易看到一些在思想、观念乃至语言上都多少有些混杂的批评文本,或者说看到一些在世纪之交的边缘徜徉的批评家。前述肯定《你别无选择》等作品反叛"理性主义创作规范"的李劼,同时在作品中看出了"刘索拉的痛苦","不是出自坎坷不平的生活遭遇,而是来自一时尚为人难以理解的追求——寻找自我。"关键是批评家对"自我"的解释。他说,刘索拉的"小说展示了一种强烈地散发着二十世纪现代气息的自我意识。这种自我意识否定了束缚个性发展的传统观念和道德规范,也否定了文艺复兴以后的人文主义把人作为上帝来赞美,从而过分夸大人的价值,把人抽象化理想化的空泛和苍白。"③是批评家把"二十世纪现代气息"读成了"个性发展",还是把"个性发展"读成了"二十世纪现代气息"?

---

① 李劼:《刘索拉小说论》,《文学评论》1986年第1期。
② 李洁非、张陵:《一九八五中国小说思潮》,《当代文艺思潮》1986年第3期。
③ 李劼:《刘索拉小说论》,《文学评论》1986年第1期。

混杂部分地来自作品。不少批评家在作品里读出了现代主义之氛围、外貌与自我追求、个性解放之内核的紧张。但"现代气息"与"个性发展"合二而一却并不来自作品而来自批评家的理论观念。在这个合二而一的解读里，作品原有的紧张消失了。是批评家的策略还是疏忽？这已经不太重要。因为既然我们在作家对她写作对象的解读里和批评家对批评对象的解读里都读出了同一性质的混杂、紧张，那我们就可以看出作家、批评家背后的一个隐藏解读者：当时的历史。批评家虽然从理论上看到了现代主义对传统规范的巨大冲击而产生强烈的现代主义话语欲望，但在情感上，在意识的隐藏角落和无意识处，还有着人道主义的残留。于是在他们那里便出现了两个声音：一个说要关注自我追求、人格独立、个性解放，一句话，关注人的社会形态和社会价值。一个说要关注生命冲动、酒神精神、存在本体，一句话，关注人的生命形态和生命价值。而这两个声音在他们那儿是合一的，没有差别的。因而，"个性发展"变成了"生命之流"，变成了"二十世纪现代气息"。

既然要确立"自我"、发展"个性"，理性便仍是有用的武器。因而批评家对理性的放逐是犹豫的。他们有时虽然也把理性放到了放逐席上，但在无意识中或不自觉中，却把放逐变成了追逐。与其说他们放逐理性，不如说他们发现了非理性，二者在他们那里似乎并不构成冲突。他们的"生命之流"中，理性、非理性同时流动着。他们的"酒神精神"里，有着"日神精神"的渗透。有人甚至干脆对"文革"后的现代主义的探讨笼统作理性观。如许子东认为"贯穿他们作品的中轴，还是对社会政治、历史的严峻的理性的思考。"①如宋耀良则把现代象征纳入了德国古典美学，从而读出了《你别无选择》《黄泥小屋》等作品中理性精神的"激荡"。②误读还是策略？无论如何他们都有精到的见解。更重要的是，他们的见解显示出，"文革"后文学批评作为一个整体，它的张力、它的复杂、它的丰厚。

---

① 许子东：《近年小说探索与西方文学影响》，《文汇报》1986年3月31日。
② 宋耀良：《新时期小说理性因素的三种表现形态》，《小说评论》1987年第2期。

三、填塞式掏空：面对人与世界的意义

无论批评家们对《你别无选择》《无主题的变奏》等作品的批评有多少分歧，有一点看法却基本一致：这些作品在一定程度上提供了对人与世界意义的新解读。到了残雪，这个"新解读"被推向了新阶段。残雪令人吃惊地在人们身边抖出一个完全不同的世界。当人们一直在美的维度上追寻意义时，残雪却冷冷地指给人们一个——丑。人与世界的这种"意义"在批评里则得到了更为理论化的解读。

在人道主义那儿，人生是美好的，世界充满了意义。在对《苍老的浮云》等作品的批评里，人道主义的乐观精神和用乐观精神描绘的"人生/世界美好"图则被打上了问号。在这些批评文本里，我们看到了存在主义及其相关词语的进入：人的孤独、苦闷、焦虑、畏惧、虚无、世界的荒诞、无意义。那么，中国批评在谈论人与世界的"荒诞"时，是否进入了存在主义的人本主义？

往往不在于人们谈论了什么，而在于如何谈论。同样在谈着人与世界的荒诞，稍一深入，我们便发现一个重要区别：在西方的存在主义者等人那里，是人的荒诞决定了世界的荒诞。而在中国批评家这里，却是世界的荒诞造成了人的荒诞。

存在主义者的"存在"是个人的"存在"。把个人的存在当做哲学研究的对象和出发点，是海德格尔、萨特等存在主义本体论的基本特征。存在主义者认为，只有从单个个人的精神存在出发，才能理解人生与世界的意义。在海德格尔看来，以往的本体论不懂得人（"此在"）的优先地位，都从世界（"在者"）出发，不仅什么也不能说明，反而本末倒置成了"无根的"本体论。海德格尔承认人是在世界中存在，他称为人的"在世"。但"在世"并不是指"此在"处于世界的空洞中，而是指"此在"对世界的构成作用。只有当"此在"照亮诸存在物使之成为可以理解的东西时，世界才成其为世界。世界只是"此在"的一个性质、一种存在的方式。"世界"在存在论上绝非那种在本质上并不是此在的存在者的规定，而是此在本身的一种性质。""世界之为

世界本身是一个生存论环节。"①

那么,此在,人的存在情态是什么呢?海德格尔认为此在只有通过对自己内心情绪的体验,才能发现自己的"本真情态"。而此在的本真情态便是:烦、畏、死。

人生与世界的"意义"便由此被判定。尽管"有多少存在主义哲学家就有多少种存在主义"②,但他们对人生与世界意义的判定却是一致的。早在存在主义的先驱克尔凯郭尔那里,存在便是"孤独的个体",恐怖、厌烦、绝望是其真实表现。萨特把"存在"分为"自在的存在"——物质世界的存在和"自为的存在"——人的意识的自我存在。自为的存在决定自在的存在。"自为和自在是由一个综合联系重新统一起来的,这综合联系不是别的,就是自为本身。"③自在是荒谬、令人"恶心"的,自为却只是一个"虚无"。存在主义哲学的兴起与第一次世界大战粉碎了人道主义的梦幻紧密相连,它击破了"自由、平等、博爱"等甜蜜蜜的乐观幻想,促使人面对人们的"本真情态",当时无疑有其存在的理由。

当然,中国批评家是以自己的理解、自己的方式去接受存在主义等西方现代思想家的启迪的。这种启迪首先使批评家注意到作品中所表现的人生困境。黄子平在《你别无选择》里看到"高于一切的","是那种渴望、那种焦虑、一代人疲惫而又激奋得发亮的面容和神采。"④季红真在对"中国近年小说与西方现代主义文学"作回顾时,指出近年小说中的自我分裂感、自我丧失感、自我渺小感、孤独感、荒诞感、混乱感。⑤残雪的小说因为用更强烈的艺术更鲜明地写出了人生的荒诞,因而得到批评界更多的谈论。

> 在残雪小说构筑的梦境或幻象的世界中生存的是一个孱弱的、恐惧的、孤独的灵魂,处在一种失去了安全感的恐惧中,在丑恶和

---

① 海德格尔:《存在与时间》,三联书店1987年版。
② 富尔基埃:《论存在主义》,《哲学译丛》1979年第4期。
③ 萨特:《存在与虚无》,三联书店1987年版,第786页。
④ 黄子平:《沉思的老树的精灵》,浙江文艺出版社1986年版,第169页。
⑤ 季红真:《中国近年小说与西方现代主义文学》,《文艺报》1988年1月。

梦魇的幻象包围中一直走不出来。①

残雪说当人类真正失去自由之后，人与人之间以赤裸裸的丑恶维持生存的平衡就是十分自然的了。②

如果我们注意到，不同的批评家从不同的角度展开论述，却不约而同地运用了"失去""变态"等词语，我们就会发现中国批评家那里的"集体无意识"：人生的荒诞并不是人作为此在的"本真情态"，而是"失去"某种东西之后的"变态"。

那么，荒诞人生是怎么造成的呢？荒诞的世界。在大多谈论现代情感的文字里或字里行间，几乎都能读出这句话：荒诞的世界造就荒诞的人生。因而在对作品进行批评时，批评家一般不会就人生困境谈人生困境，总要把人物放到一定的环境之中去考察人物现代情感产生的原因。雷达论述陈建功《鬈毛》的主人公卢森"无时无刻不流露着荒谬感、虚无感、厌烦感和不友好的态度，他的一颗年轻的心似乎永远无着落"。批评家进一步指出"只有把卢森放到从传统社会向现代社会过渡的长河里，我们才能判断这一现象的独特价值"。"要洞察今天中国的都市风景和人欲潮流，要了解今天中国的知识青年的某种心理状况，你不妨把'鬈毛'的灵魂冲突和'价值真空'作为一个视角吧。"③

在这样的探讨里，我们进一步看到，在中国批评家眼中，世界的荒诞并不是世界的"本真"面貌，而是某种"颠倒"的结果。于是，我们不得不进一步追问中国批评家对"荒诞"的理解。

何谓荒诞？荒诞可理解为秩序的颠倒，它是按一定的艺术创造逻辑，打破和改造生活常态，重新排列和结构生活秩序。荒诞也可以被看作睁着眼的梦，它是以超经验的观念性世界反映经验性的现实世界。荒诞亦是有意制造特殊的距离，在拉开审美主体与真实客

---

① 张钟：《梦魇的游历：残雪的小说世界》，《百家》1989年第5期。
② 张钟：《梦魇的游历：残雪的小说世界》，《百家》1989年第6期。
③ 雷达：《论〈鬈毛〉》，《小说评论》1989年第5期。

体的距离中谛视生活表层下的内相。荒诞还是反切,从变形切入原形,以反常切入寻常,从特殊界切入普遍界。①

这里,荒诞不是世界的本相,而是"秩序的颠倒",不是"原形"而是"变形",不是常态而是"反常",不是"普遍界"而是"特殊界"。

在"荒诞的世界造就荒诞人生"里,我们看出"文革"后文学批评面对人生与世界意义时的几个特点:

其一,文学批评关注人的存在状况、人的生存困境,却并没有走向存在主义的人本主义。批评承接鲁迅"直面人生"的传统,不否认当代人的苦恼、困惑,不回避人无法逃避的苦难深渊。这种批评跳出了人道主义的肤浅的乐观——理想精神,获得了深刻的悲剧精神和批判、怀疑品格。然而,"文革"后的批评家并不把焦灼、迷惘、恐惧、绝望、分裂等情感作为人的"本真情感",而只把它们作为一定社会、时代的产物。

其二,中国批评家同时赋予"世界"以存在性,他们无法回避对"世界"的感悟,无法逃避对社会、时代、历史的思考。中国现代主义的言说者有时也企图从"人类高度"去体验和谈论人的苦难,但中国批评家骨子里装的却是中国人、中国人的未来。民族的苦难记忆给批评家的理论注入了犀利、锐气、沉重和生命。

其三,批评家用一套完全不同于人道主义的词语似乎在掏空着人生与世界的意义,然而掏空的过程却又变成填塞的过程。人生与世界是荒诞的,但既然荒诞既不是人生又不是世界的"本真"面目,便偷偷为人们寻求"本真"留下了一个缺口。批评"掏空"的是一种虚幻的意义:人生与世界是美好的。他送给人们一个"荒诞",警醒人们直面人生困境。批评填塞的是一个新的意义,勇敢地承担当下的困境,追求人与世界的新境界。有人认为,谈论人与世界的无意义是一种悲观主义,其实不,它只是一种悲剧精神。它是中国的现代主义的悲剧精神,它蕴藏着力与火。

---

① 王绯:《当今荒诞品格小说探微》,《文学自由谈》1985年创刊号。

四、"范式"革命的时分:道不尽的与走不出的

传统的批评"范式"大多注重分析、研究的是题材、人物、主题等等,一句话,"内容",是批评的偏好和最终归宿。批评家混迹于社会学者、历史学者、人类学者、政治学者之中而消失了自己的面目。而艺术建设的欲望使批评家觉醒:"谈论内容本身根本就不是谈论艺术,而是谈论经验;仅仅当我谈论实现的内容,即形式,既作为艺术作品的艺术作品的时候,我们才作为批评家谈话。"[①]要真正"作为批评家谈话",一场以"谈论实现的内容"为主要内核的批评范式革命看来势在必行。

英美新批评、俄国形式主义、法国结构主义等批评流派及理论实践理所当然地受到重视。要指出这些所谓形式主义批评的盲视和难点总是容易的,况且,我们在20世纪80年代上半叶评介它们时,西方已经走出了新批评和结构主义。如何读这些形式主义批评是一个问题。是仅仅把其理论主张作为静态的"观点"去读,还是把它们作为一般历史中的"行动"去读?如果用前一个读法,我们将会读出只进入文本的"局限",如果是后者,我们则看到进入文本的行动本身绝不止于指向文本,它让我们看到历史的大文本,看到历史的叙事策略:用进入文本来反叛传统。作为20世纪的几个重要批评流派,形式主义诸批评派别都与20世纪哲学文化思潮有内在关联。

在历史中"行动"的各形式主义批评无论是反叛姿态还是其具体理论主张都在某种程度上与20世纪80年代中国文学批评的需要相契合。把内容与形式截然分开,把形式与作为内容的载体进而重内容轻形式已是文学贫血的重要原因。对语言、结构等"形式"的重视,便成为一次既有批判性、又有建设性的"行动"。因而,尽管形式主义诸理论在西方已成为"历史",在中国却有着"现实"价值。

几年中,批评家的思维进入了语言、结构的许多重要方面。批评在概念、词汇、批评角度、视点、方法、批评对象、批评观念等多方面出现了全面

[①] 马克·肖勒语,转引自华莱士·马丁:《当代叙事学》,北京大学出版社1990年版。

的变革，一个新的批评范式集合着一大批批评家、特别是青年批评家。然而，一个有意思的现象出现了：人们谈论了几年的英美新批评、俄国形式主义、布拉格、巴黎结构主义，运用新理论、新方法从事着批评，但当人们回过头来"清理战场"时却惊讶地发现，真正"像"新批评或结构主义的批评文章寥寥无几——20世纪80年代中国文学批评在对形式主义的追寻中逃遁了。中国批评家既无法把作家也无法把社会历史从文本里砍去，他们重视"形式"分析，却不可能把文本作为孤立的"客体"。

稍加注意，我们会发现20世纪80年代批评家在选择问题上表现出来的一种共通的似乎"无意识"行为：他们大多谨慎地运用"形式"字样，而喜欢选择"实现的内容"。而他们更喜欢的一个词汇是——技巧。如高行健的《现代小说技巧初探》[1]和南帆的《小说技巧十年》[2]等等。

技巧，无论在实践层面还是在话语层面，都占据着一个有意思的位置。通过它，作品的"内容"得以"实现"。它一头连着文本，一头连着作者。作为一个无形物，它站在主体（作者）与客体（文本）之间。对它，可以从偏重于主体的角度去理解，看作者运用什么技巧，如何运用技巧完成文本的内容。这时你看到的是作者的能力以及能力背后的作者。你通过"技巧"连系了作者，通过作者连系了社会、历史、时代。也可以对技巧从偏重于客体的角度去理解，看文本中所隐藏的技巧，看文本内容的如何实现。这时你看到的是技巧的物质定型化、是文本、是形式。技巧的这种特殊位置给它带来了理解的灵活性和含混性。俄国形式主义者喜欢技巧，但大多是从偏重客体的角度去谈论的，无论是雅各布森的"文学性"还是施克洛夫斯基的"陌生化"都是从"文学研究的对象"去谈的。新批评谈了象征、隐喻、反讽等大量技巧，但新批评用"意图迷误"说斩断了作者与文本的关系，因而在新批评的词汇中，"技巧"并不泛滥。用到时，也只从偏重文本的角度去理解。

中国20世纪80年代的批评家们看中的恰恰是技巧的特殊位置及它所带来的理解上的灵活性与含混性。他们游刃有余地在理解的两种"偏向"中游移。往

---

[1] 高行健：《现代小说技巧初探》，花城出版社1981年版。
[2] 南帆：《小说技巧十年》，《寻找的时代》，北京师范大学出版社1992年版。

往是两种理解兼而有之。他们的论述，通过"技巧"，一头挑起文本，一头挑起作者与社会。在对"技巧"的运用上，他们充分显示了东方智慧。从20世纪70年代末开始，"技巧"的使用频率便不断增长，各种批评、理论文章和书籍中，"技巧"被反复谈论着。当然，批评家们往往有意无意地忽略了"意图迷误"，似乎作家希望运用什么技巧，便能实现在文本中似的。但批评家们似乎别无选择，他们既要进行真正的艺术分析，又不愿摆脱艺术生长的土壤。他们宁愿或者说不得不付出某种代价。

有意思的是，中国文学工作者最初是通过"技巧"认识现代主义的，如"现代小说技巧"的谈论等等。这听起来多少有些滑稽。但当我们把"技巧"一词的运用史整体上看时就会发现，"技巧"在"文革"后一直是批评家们策略的承载者。当现代主义被一概认为"阶级成分不好时"，"技巧"一词巧妙地完成了内容与形式的剥离：借鉴现代主义文学技巧，似乎是无可厚非的。当初批评家们通过"技巧"一词进入现代主义，现在则又通过"技巧"一词跳出"形式主义"。当初通过技巧一词完成的是内容与形式的剥离。同样是"技巧"一词，现在要完成的，却是"内容"与"形式"的连接。这种连接使中国批评家既注重了艺术，使批评家真正成为批评家说话，又使批评家避免了"形式主义"诸流派的理论弊端。

中国批评家不愿意完全进入"形式"的深刻原因需要从批评家自身和他们身处的历史语境中去寻找。英国当代文艺理论家、批评家伊格尔顿认为，"新批评是失去依傍的、处于守势的知识分子的意识形态，这些知识分子在文学中重新虚构了他们在现实中所无法找到的一切。"[①]不同于新批评家们，中国20世纪80年代的批评家们不"处于守势"，相反，他们是锐意革新者。尽管他们的世界观、人生观已经发生了大的改变，尽管如前所述，他们已对理性失去了信心，并看到了人与世界的荒诞，但他们并没有丧失对人与世界的信心，他们是"补天派"。作为批评家，他们要推动艺术变革，而推动艺术变革的最大潜台词是"社会/历史变革"，这是流动在他们血液中的"使命意识"。因而他们没有失去"依傍"，他们的身后是强大的人民意愿。他们在文学中寻找

---

① 伊格尔顿：《二十世纪西方文学理论》，陕西师范大学出版社1986年版，第59页。

着"虚构",在现实中寻找着"构造"。也因此,20世纪80年代的批评家便不可能像形式主义批评家一样,只研究符号本身,不可能像结构主义批评家一样,"在括起真实客体的同时也括起了人类主体"。[①]

"范式"革命为批评家打开了广阔的艺术天地。那里有道不尽的语言、道不尽的结构、道不尽的文本,而在中国20世纪80年代批评家们那里,同时有一个永远走不出的大文本:中国社会、时代与历史。回顾前两节我们所论述的,中国"文革"后现代主义批评并未真正切入"人本",也因为这个"大文本"。正是这个"永远走不出的大文本",使中国文学批评的现代主义追求产生了独特形态。在后现代主义话语欲望产生之后,那个"大文本"还会以某种方式与批评话语发生关联吗?也许,"走不出"的宿命不是中国批评家的不幸,而恰恰是幸运?或者,在"走不出"中,中国文化将"走"出一条自己的重构之路?在中国当前这块大地上,已经播下了多种话语的种子,它们将在中国文化的土壤里杂交、裂变,改良土壤并长出全新的文化之树。它将是基于中华民族现代化之需要的中国文化脱胎后的新生,它将为世界文化创造一个有生命力的屹立于东方的强大文化。毫无疑问,中国的文学批评也一定会在这大背景下获得自己走向未来的旺盛的生命。

(原载于《文学评论》1993年第5期)

[①] 伊格尔顿:《二十世纪西方文学理论》,陕西师范大学出版社1986年版,第140页。

从反馈角度看陈奂生系列小说的创作
——兼谈文学是一个系统

那是谁？哈，陈奂生！这个曾经是"漏斗户"主的角色，"摘掉帽子"以后，上了一趟城，在高级招待所里待了一夜，不想竟在全国城乡产生了爆炸性的轰动。他索性闯入都市，"转业"当了采购员，又意外地在某些臭气包上捅了几个大窟窿，使各色人等为之一震。重返故里时，虽然算不上衣锦还乡，却也是"大获全胜"而"班师回朝"。然而那600元钱却使他于心不安，在农村新形势的吸引下，他终于解甲归田、重操旧业。陈奂生人虽回家了，但他的形象却大踏步跨入了当代文学的典型人物画廊。他以他特有的姿态，在中国当代文艺史上占据了一个令人注目的位置。同时，他也给读者甩下了一个谜：高晓声是怎样想到要用系列小说塑造陈奂生形象的？陈奂生系列小说又为什么如此成功，小小四个短篇，竟使不少中、长篇小说为之逊色？

我认为，要回答这些问题，仅仅从作品本身去分析，还不能找到真正令人满意的答案。按照唯物辩证法的观点，我们研究任何事物，都不应孤立地研究某一事物本身，而应研究过程。这里的"一个伟大的基本思想"，"即认为世界不是一成不变的事物的集合体，而是过程的集合体"。[①]根据这一基本思想，马克思、恩格斯在他们的著作中曾多次使用"系统"的概念。现代科学已经强有力地论证了恩格斯关于世界是一个"过程的集合体"的英明论断。大千世界，尽管形形色色，但都有着有机的联系。这种联系，把万事万物组成不同结构、不同层次的多种系统。事物都是在系统中存在的。任何事物本身只是它那个系统里的一要素，而系统的本质并不是系统中各要素的简单相加。脱离

---

① 参见恩格斯：《路德维希·费尔巴哈和德国古典哲学的终结》，《马克思恩格斯选集》第4卷上册。

系统而孤立地研究某一事物的方法，已经变成陈旧的了，因为它具有不可避免的局限性。本世纪30年代第二次工业革命开始以来，对自然科学的综合研究倾向越来越显著，科学技术已发展到把整个自然界作为一个系统来研究的更高更新的综合阶段，为马克思主义的系统观带来了新的更扎实的自然科学基础。而作为第二次工业革命理论成果的系统论、控制论、信息论，则为论证、发展马克思主义的唯物辩证法提供了新的素材和理论来源。"系统"已被越来越多的同志当做重要的哲学范畴，指出它具有世界观和方法论的意义。不少同志还认为，自然科学研究及其理论的新成就，提出了发展唯物辩证法的客观要求。曾经是马克思主义唯物辩证法重要组成部分的系统观，今天，应该进一步把它"上升为辩证唯物主义世界观的理论高度来加以论证"[1]。这对我们的文学研究有着重要的启示。

文学，也是一个系统。它是"创作—欣赏、批评—创作"这一"过程的集合体"。这一集合体中，既包括作家通过作品作用于读者的过程，也包括读者通过鉴赏、批评作用于作家的过程。文学这个"灰姑娘"，她不只是创作、作品，也不只是欣赏、批评，同样不是作品与批评的简单相加，它是作者与读者、作品与批评相互联系、相互依存、相互作用而产生的一个新的东西，是"创作—欣赏、批评—创作"形成的系统，而这个系统又结合在社会生活这个大系统之中。只有站在系统论的哲学高度对文学进行综合研究，才能更清楚地看出其本质、发展规律等。孤立地研究作者或读者、作品或批评，都是有益的，但严格讲，都不是研究文学，而是研究文学的某一要素。

这一点，在我国文学界至今没有引起应有的重视。我们的文学批评、研究，多年来主要是作家作品研究。当然，研究本身是深入的，是有巨大成就的。在这一研究里，当然也包括文学与生活、文学与人民、文学与政治、继承与借鉴、作家世界观与创作方法、作品内容与形式等等重要课题，但是，研究这些都是从作家作品角度去进行的。它的局限性在很多地方都暴露得越来越明显。用这种方法研究文学，使我们难以解答许多文学史上的现象。如古代文学史上，艺术成就高于"三吏三别"的大有诗在，为什么有些诗早已被人遗忘，

---

[1] 魏宏森：《系统科学方法论导论》，人民出版社1983年版，第163页。

而"三吏三别"却千秋传颂？当代新时期，曾经有一批写爱情、写伤痕的作品轰动全国，尔后不少写爱情、写伤痕的作品在艺术上甚至超过了前者，为什么竟毫无反响，有的还遭到非议？如此等等，这些问题，仅仅从作家作品本身去看，是远远不够的。而我们的某些论文，则或者避而不谈，或者只唱颂词。一个作家出了名，一部作品流传下来了，或者产生了影响，那么，作家、作品的一切都成了赞扬的对象。有些同志往往在一个作家、一篇作品身上，用尽了所有能找到的形容词。假如翻翻报刊评论，你会发现，在不同时代、不同风格作家身上所用形容词、溢美词的雷同程度已经有点叫人吃惊了。中国的语言不能说不丰富，然而还不够用。假如我们能用系统观去对这些问题进行综合研究，问题就容易解决得多了。

近十几年来，国外出现了一种新的文学批评方法——"接受方法"，亦称"接受美学"。它反对单纯从作家作品角度研究文学，主张把读者作为文学的重要研究对象。这无疑突破了传统方法的某些局限，对文学研究方法带来了新的变革。不过，"接受美学"仍在发展之中，它的变革还没有最后完成。它主要从读者角度研究作品对读者的影响、作品的社会效果。有人甚至主张只从读者角度研究文学。这就告诉人们，"接受美学"还未能达到自觉的系统论的哲学高度。我们对"接受美学"既不能视而不见，也不能盲目照搬，而应该批判地借鉴，使它与我们的传统批评方法有机结合。更重要的，我们必须站在更高处，对这些批评方法进行综合，从联系的角度，用系统的观点去研究文学。尤其要注意过去被我们忽视的方面，比如，读者的欣赏、批评是怎样对作家发生作用的，通过什么方式、什么途径？其中有些什么规律？等等。如果能把这些问题都纳入文学的系统研究之中，我们的文学批评将会产生新的突破。

从这个角度看，我认为，反馈，可以成为文学批评的重要的新的概念；反馈方法，亦可以成为文学研究的重要方法。所谓反馈，是指某一事物输出某一信息产生某种结果后被输送回来，并对信息的再输出发生影响的过程。它原是控制论的概念，现在已被当代科学研究广泛利用，成为当代科学技术中的重要概念。运用反馈概念来分析和处理问题的方法，就是反馈方法，它运用系统活动的结果来调整系统活动。自然科学与社会科学原不是毫无联系的，它们有很多相通之处。反馈，即是它们的相通点之一。文学这个系统中，也有反馈，也需要反馈方法。从系统论角度看，作家创作作品，发表了（或以其他形式流传），即是输出了一种信息。读者收到这个信息（作品）后，对它进行欣赏、批评，读者的评价、观点等便作为一种新的信息，这种信息如果被输送回作家那里，就成为反馈信息。这种反馈信息包括对作家世界观和创作方法、对作品思想和艺术各个方面的评价。它必将在某个角度、某种程度上影响作家信息的再输出，即作家的新创作。如果作家能自觉运用反馈方法，分析、利用反馈信息，调整自己的创作，他的作品在思想、艺术上将会有更大的提高，将会更加适应时代、人民的需要。如果我们的文学批评、文学史研究能自觉地运用反馈方法去分析文学现象，将对我们解开某些疑难，研究文学创作、文学发展的规律有一定的帮助。我们以前十分注意社会生活、政治观点、文学的继承与借鉴等对作家的影响，这是很正确、很有益的，但却忽视了反馈这一对作家产生影响的重要方面。这就给文学研究带来了局限性。只有把文学作为一个系统，我们才能真正发现反馈的作用，注重反馈的研究，也只有注重研究文学中的反馈，才能更好地研究文学这个系统。

基于以上的认识，笔者试图从反馈角度看看陈奂生系列小说的创作。

系列小说是一种比较灵活的新型文学样式。在我国，它主要是当代新时期才逐步被作家运用并开始受到评论家注意的。然而，它已经以它年轻的生命，以它吸引人的魅力，以它并不丰繁却沉甸甸的果实显示了它不容轻视的生命力。系列小说与我们通常见到的多部曲（三部曲、四部曲等）小说不同。其不同点至少在于，多部曲小说在创作之前，基本上有个总体规划，运筹帷幄、全局在胸：写几部、每一部写什么等等。而系列小说在创作之前却基本上没有总体规划，有时第一篇小说写出后，甚至根本没有想到要写后几篇。那么，是什么又终于促成作家写成了系列小说呢？一个很重要的东西即是：反馈。只有当作家发现他所写的人物、事件等（输出信息），在读者中、在社会上引起了某种反响（反馈信息），而他那人物、事件还有可供创作的潜力（已有信息）时，他才将反馈信息与已有信息组合，加工、创作出第二篇，又依同理创作出第三篇乃至更多。不是吗？高晓声在创作了《"漏斗户"主》后，创作了《陈奂生上城》《陈奂生转业》《陈奂生包产》。张抗抗在创作了《夏》之后，创作了《去远方》《雁》《晶莹》。（蒋子龙继《乔厂长上任记》之后创作了

《乔厂长后传》，虽还未发展成系列，但亦可从中看出反馈的作用。)

限于篇幅和水平，我们这里只能谈谈高晓声的"陈奂生"系列小说。高晓声在创作"陈奂生"系列小说时，并非一开始便有意利用反馈。但有两点可以肯定：其一，高晓声不是一个关门写作的作家。他心里始终装着读者并注意读者的反映。首先，他说他在写小说之前总考虑应具备三个条件，"第一是对要写的人物和事件应该熟悉。第二是这些人和事确实感动了我。第三是光感动我还不行，还要考虑能不能感动读者。"① 这第三点，是往往容易被某些作者忽视的，因而更显得重要。同时，高晓声更进一步看到，作者的"考虑"，"只是一种估计、一种预想"，② 这种估计、预想能否实现，能在什么程度上实现，还得看读者的反映。高晓声在给笔者的一封信中说，作家写小说，"往往自己写了也说不出，而看了别人写的文章，就往往有启发"。这说明，他是注意读者的反映，并善于从中寻找"启发"的。其二，事实上，在"陈奂生"系列小说创作里，反馈起着重要作用。

翻翻"陈奂生"系列小说，我们首先发现这样一个有趣的事实：《"漏斗户"主》《陈奂生上城》《陈奂生转业》《陈奂生包产》分别发表于1979年夏（《钟山》1979年第2期）、1980年2月（《人民文学》1980年第2期）、1918年3月（《雨花》1981年第3期）、1982年3月（《人民文学》1982年第3期）。除了第一篇至第二篇间的创作间隔稍短之外，其余几篇之创作周期都恰好在一年左右。多像一曲节奏鲜明的小提琴独奏！这恐怕绝非一个纯粹的偶然。在这样的周期里，不管作者有意无意，他都可以获得足够的反馈信息。

高晓声重返文坛的第一年，创造了两个引人注目的农民形象：陈奂生、李顺大。这是作家多年来对生活的观察、思考的心血结晶，里面掺和着他自己的血和泪。作者说："我同造屋的李顺大，'漏斗户'主陈奂生，命运相同，呼吸与共；我写他们，是写我心。与其说我为他俩说话，倒不如说我在表现自己。"③ 而在李顺大与陈奂生之间，作者更偏爱陈奂生。于是，他把二十几年

---

① 高晓声：《谈谈有关陈奂生的几篇小说》，《文艺理论研究》1982年第3期。
② 同上。
③ 高晓声：《也算经验》，《青春》1972年第11期。

撞击心灵的"敬仰"与"感激","痛苦"与"欣慰"①,坎坷半生积蓄蕴藏的艺术之力,一下子凝聚于笔尖,铸造了陈奂生这个形象。然而,《"漏斗户"主》发表后,却没有收到应有的反响,直到人们被《李顺大造屋》(《雨花》1979年第7期)吸引以后,才开始注意陈奂生,并将李顺大与陈奂生相提并论。尽管如此,在当时,李顺大比陈奂生仍然出名多了。评高晓声的人几乎必谈李顺大,专门评论《李顺大造屋》的文章相继问世,却几乎没有专门评论《"漏斗户"主》的有分量的文章。这种情况,与《钟山》刚刚创刊,发行量不大,因而《"漏斗户"主》不太为人注意有关,但也与作品本身有关。

鉴于上述情况,作者说他继写《陈奂生上城》的原因之一"是想通过《陈奂生上城》这篇小说,引起读者对《"漏斗户"主》的注意,叫做救活《"漏斗户"主》。"②如果片面理解这段话,很可能会得出这样的结论:从《"漏斗户"主》到《陈奂生上城》,里面没有反馈的作用。不过,我想提请注意的是:第一,作者讲这个原因时,是说"另外还有一个原因",就是说,它既不是唯一原因,也不是主要原因。第二,所谓"引起读者对《"漏斗户"主》的注意",我以为,是想引起更多人的注意。因为当时对《"漏斗户"主》只是注意的人不太多,并不是没有人注意。其实它已经产生了一定的影响。在未读到《陈奂生上城》之前,已有不少文章将《"漏斗户"主》与《李顺大造屋》放在一起评价。较有分量的就有《文艺报》1980年第2期上谢永旺的《独树一帜》和《群众论丛》1980年第2期上陈辽、刘静生的《这里有他自己的东西》等。可见,反馈信息客观存在,没有有无之分,只有作家自觉接受并受它的影响还是不自觉地受其影响之别。第三,所谓"'救活'《"漏斗户"主》",也并不是仅仅为了引起读者的注意,而是为了使陈奂生这个形象更生动、更形象、更有深度,一句话,更"活"。高晓声在同一篇文章里阐述的一个创作思想是值得注意的。他说,作家"描绘出一些人物之后",就"好比组成了一个剧团"。作家是剧团团长,"小说中的人物就是演员"。"作为一个经常写小说的人,对已经写过的人物(不管是主要的还是次要的),

---

① 高晓声:《且说陈奂生》,《人民文学》1980年第6期。
② 高晓声:《谈谈有关陈奂生的几篇小说》,《文艺理论研究》1982年第3期。

都该看看他们还有哪些可以继续挖掘、加工培养，使他们也能成为著名演员。"①高晓声正是根据这一思想续作《陈奂生上城》的，而在"继续挖掘、加工培养"陈奂生这个"演员"时，《"漏斗户"主》的反馈信息客观上起了作用，不管作家当时有意与否。事实上，尽管在他创作《陈奂生上城》之前，未能看到更多报刊的有关评论（因为写作、发表有一个周期），但他至少已在读者中、社会上获得了一定的反馈。人们对陈奂生这个形象，对作品的主题，对艺术手法、技巧等的赞扬，使作者获得了肯定趋向的正反馈。

人们首先肯定了陈奂生这个形象。这是一个与李顺大一样的普通农民，他"朴实、善良、厚道"，②在艰难的生活面前，陈奂生表现了坚韧不拔的精神，"经历了那么多沉重的忧患，他们的脊梁骨仍然是挺着的"③。在写这些优良品质时，作者也注意揭示了陈奂生性格中的某些弱点，他那"有足够的资格当'漏斗户'代表"的口头禅"还是再看看吧"，揭示了人物的某种惰性，它已经涉及我们民族"国民性"的某些方面。谢永旺同志认为，陈奂生同李顺大一样，是"成功的、有典型意义的艺术形象"，"有着自己的独特经历和性格特点"④。发表《"漏斗户"主》的《钟山》于1980年第1期发表文章，称赞陈奂生、李顺大这两个形象塑造"贵在真实、勇于突破。"艺术上，作者紧紧抓住人物的命运描写，在命运发展的历程中，精心雕刻其性格。陈辽等同志特别称赞作者善于把人物放在命运的转折关头，"捕捉人物和生活撞击后所迸射出来的性格光华"⑤。作者不仅在写人物命运中刻画人物性格，而且"致力于在人的命运中探求生活的真理，概括深厚的历史内容"⑥。《文艺报》发文认为高晓声"独树一帜，"⑦《群众论丛》发文断定"这里有他自己的东西"⑧。这些文章虽然发表在1980年初，但这些观点，绝不是发表时才有的，它

---

① 高晓声：《谈谈有关陈奂生的几篇小说》，《文艺理论研究》1982年第3期。
② 谢永旺：《独树一帜》，《文艺报》1980年第2期。
③ 同上。
④ 同上。
⑤ 陈辽等：《这里有他自己的东西》，《群众论丛》1980年第1期。
⑥ 谢永旺：《独树一帜》，《文艺报》1980年第2期。
⑦ 同上。
⑧ 陈辽等：《这里有他自己的东西》，《群众论丛》1980年第1期。

早已在读者中间以各种方式传颂着。

《"漏斗户"主》之所以影响不如《李顺大造屋》，除了客观原因之外，也应看到，它与《李顺大造屋》比，确实有不及之处。人们对两篇小说的不同评价，客观上已经在给作者输回正反馈的同时，输回了某种负反馈。如李顺大的性格较之《"漏斗户"主》中的陈奂生更为复杂、更有深度。李顺大是一个何等丰富的形象！作者在写他优良品格之时，用历史的眼光钻到人物性格的深处，看到了这些应做国家主人的人们身上的某些悲剧因素。"跟跟派"三个字是那样准确地画出了他性格的各个方面，叫读者在被李顺大们美德鼓舞之时，总感到心灵深处同时在战栗！而《"漏斗户"主》里的陈奂生形象虽然也不贫乏，作者也写了他"看看再说"的性格弱点，但由于作者在写这个人物时，更多的是倾注"敬仰""感激"之情，冷静地分析、历史地挖掘还是不及《李顺大造屋》。差一点什么呢？在当时的陈奂生性格里，似乎差一点历史的厚度。所以，尽管当时人们把李顺大与陈奂生放在一起评价，但又都认为李顺大形象要"复杂些"①。从这里，作者也进一步看到了他关于"干预灵魂"主张的正确性，使他认识到"我们写人物所走的道路和他的命运，应该是把人物特有的性格及其精神因素表现出来"②。

对于陈奂生，作者"把握得住他的性格"③，他完全有信心把所获正负反馈作为依据之一，对陈奂生性格"继续挖掘、加工培养"，使他成为"著名演员"。如果有一个适合他的性格的内容的话，继写陈奂生，甚至"比重新塑造一个形象方便。"④因此，当他"从农村上来，住招待所很想不通"，想"弄个农民来住住招待所，看他有什么意见"⑤时，他一下便想到了陈奂生。于是，他努力给陈奂生安排一个一般不可能碰到的环境，他知道，"陈奂生在那样特殊情况下会做出平常不可能做的事情来"⑥。当然，这些仍然"只是一

---

① 谢永旺：《独树一帜》，《文艺报》1980年第2期。
② 高晓声：《生活、目的和技巧》，《创作谈》，花城出版社1981年版。
③ 高晓声：《谈谈有关陈奂生的几篇小说》，《文艺理论研究》1982年第3期。
④ 同上。
⑤ 参见高晓声：《生活、目的和技巧》，《创作谈》，花城出版社1981年版。
⑥ 高晓声：《谈谈有关陈奂生的几篇小说》，《文艺理论研究》1982年第3期。

种估计、一种预想"，能否真正"'救活'《"漏斗户"主》，还不能靠作者自己决定"。成功了！"《陈奂生上城》出现，文坛为之倾。"①我们看到，从《"漏斗户"主》那儿获得的正负反馈，在《陈奂生上城》里起到了较大的作用。《"漏斗户"主》里的优势，得到了更好的发挥，《"漏斗户"主》里的不足，被给予了较完满的弥补。从而，不仅把陈奂生的形象推到了一个新阶段，而且把整个中国当代文学里的农民形象推到了一个崭新的高度。评论家认为"高晓声很好地继承了从鲁迅到赵树理"的"传统"，"完成了现代中国第三代农民的形象"。②这并非过誉之词。《陈奂生上城》里，作者不仅继续写出了那个勤劳、善良、憨厚的陈奂生，而且对陈奂生在历史横断面上的行动从纵的方面去进行历史的透视，"挖掘"到了陈奂生那"看看再说""只要不是欺他一个人的事，也就不算是欺他"的思想深处，使人们看到了他那带着某种愚昧性质的自我陶醉的一面。陈奂生不是阿Q，时代给陈奂生带来的变化使他远远超过了阿Q，但我们却看到，在他的性格里，多少留有阿Q精神的遗传因子，③"陈奂生"们"还没有从因袭的重负中解脱出来"④！作者还令其艺术之笔，在社会历史与经济的广阔、纵横交错的矿井里深钻，写出了"陈奂生"们之所以如此的社会、历史、经济根源。那就是，由于多年"左倾"路线的干扰，我们建设了三十多年社会主义的农村，生产力水平仍很低下。粉碎"四人帮"后，农民生活有了好转，但仍很拮据。这种社会存在决定了"陈奂生"们的思想，他们见少识浅，眼光闭塞。陈奂生没见过沙发，想满足精神需要却无计可施。作者通过一个陈奂生，写出了拨乱反正以后，我们在艰难中前进的整个社会。

艺术上，《"漏斗户"主》里的一个重要经验是把人物放在命运的转折关头让人物性格得到表现。《陈奂生上城》里，作者继续抓住"转折"做文

---

① 阎纲：《论陈奂生——什么是陈奂生性格》，《北京师范学院学报（社会科学版）》1982年第4期。
② 余斌：《对现实主义深化的探索》，《文学评论》1982年第4期。
③ 阎纲：《论陈奂生——什么是陈奂生性格》，《北京师范学院学报（社会科学版）》1982年第4期。
④ 高晓声：《且说陈奂生》，《人民文学》1980年第6期。

章，给人物安排了一个命运发展历程上的意外事件，使人物进行"奇妙的位置'交换'。"①不想陈奂生其人一住进了高级招待所，其性格的一切方面便充分闪现，使得"作者也就无法控制"。②于是，陈奂生一下变为一个"著名演员"，一个不多见的典型。著名评论家阎纲也不禁赞叹道："高晓声真绝。"③

对于《陈奂生上城》的评论，涉及人物形象、形象意义、关于主题、艺术技巧、语言、情绪等各个方面。对于这篇百读不厌的小说，评论者们也百评不厌。文艺界一下子掀起了"高晓声热"，几乎全国所有报刊都陆续刊登了研究高晓声的文章，对高晓声及其创作进行了全面研究。关于《陈奂生上城》，作者更获得了大量的反馈信息，尤其是使作者得到了他关于对人物位置进行"交换"设想的肯定信息。交换，就是艺术的对比组合，就是联系。因而，高晓声进一步认识到，"联系——也许是文学创作中揭示人物本质的极好方法。"④于是，他继续让人物与外界发生更广泛的联系，再次把陈奂生的位置"交换"，让他"转业"，当采购员。这次，他"就是有意要让陈奂生上台演戏了。陈奂生也确实有戏可演"⑤。他演出了一场广包城市乡村、工业农业各个方面的精彩话剧。通过他上城采购的故事，作者揭示了各种复杂的社会关系，针砭了某些人假公济私、营私舞弊、行贿受贿、钩心斗角等等不正之风，提出了为什么大门不及后门、多劳少得、少劳却能多得等等问题。作品深刻地揭示了新时期存在的新矛盾，告诉人们，要实现"四化"，整顿党风、社会风气，实行改革，是势在必行的。作者的笔触，从历史伸向了现实，而从现实中，我们又看出了历史之渊源。

陈奂生的性格也得到了进一步展现。他仍是那样勤劳、善良。找到吴楚，他不干别的，却帮他种菜，他"战胜"吴楚，不靠别的，靠勤劳、善良、靠干群之间的友谊。把材料运到火车站，运费昂贵，他就借板车自己拖。得了

---

① 李先锋：《奇妙的位置"交换"》，《写作》1983年第1期。
② 高晓声：《谈谈有关陈奂生的几篇小说》，《文艺理论研究》1982年第3期。
③ 阎纲：《论陈奂生——什么是陈奂生性格》，《北京师范学院学报（社会科学版）》1982年第4期。
④ 参见高晓声：《"青春奖"得奖小说简评》，《创作谈》，花城出版社1981年版。
⑤ 高晓声：《谈谈有关陈奂生的几篇小说》，《文艺理论研究》1982年第3期。

五百八十三元二角的一笔巨资，他惊呆了。一个善良的人，他只取自己的劳动报酬。"他认定这一笔飞来横财不是他的劳动所得。他拿了，却想不出究竟有哪些人受了损失。"他百思不得其解，因而"比以前更沉默了"。然而陈奂生毕竟是陈奂生，他因袭的重负同他的善良杂糅在一体之中。作者在《陈奂生转业》之中，仍然写出了他令人心酸的性格弱点。他性格中的愚昧因素得到了进一步表现。他被某些干部当枪使去攻吴楚，却不自知；他的行为其实既损害了别人，也损害了自己，却毫不觉察；他看到了那么多丑恶的事实，其实他也被卷入其中，充当了并不光彩的角色，却不识"庐山真面目"；得"胜"以后，他是那样得意，甚至认为"大将军旗开得胜、班师还朝，也不过像今天我陈奂生这样吧！"这是他内心深处在笑。但是，正如阎纲同志所指出，"陈奂生浅薄地笑，高晓声深沉地笑"；陈奂生"开心地笑"，高晓声"含泪地笑"……"苦剧背后隐藏着巨大的悲。"[①]

然而，陈奂生毕竟随着时代的脚步有所前进。采购回来，这个憨厚的庄稼人终于开始了对更多问题的思考，开始怀疑"难道这是应该的？"在时代强光的照射下，陈奂生性格里出现了新的亮色。

又是一个成功！《陈奂生上城》已经把全国大部分读者变成了陈奂生的朋友，所以《陈奂生转业》一问世，立即引起了广泛的注意。《文艺报》《雨花》等杂志很快出现了评介文章，充分肯定高晓声这次新的艺术组合"通过看来并不重要的情节或细节，来摹写人物、反映社会"[②]，肯定他"通过农民的眼光和心理"，真实地揭露社会"矛盾和问题"，刻画"种种'社会相'"[③]，肯定他在写纷繁的世相时，塑造人物性格，写出人物在新时期、新环境的新的心理状态。不仅如此，有人甚至"不禁"对陈奂生的性格发展、对他的"前途"进行了"猜想"："也许他终于弄清了这些问题，而不再当那样的采购员，也许他对采购员的工作越干越来劲，而不再思索这些问题，就像社

[①] 阎纲：《论陈奂生——什么是陈奂生性格》，《北京师范学院学报（社会科学版）》1982年第4期。

[②] 谢云：《善于摹写人物、反映社会》，《文艺报》1981年第14期。

[③] 董健：《他深知农民的心》，《雨花》1981年第7期。

办工厂的厂长和其他许多干部一样,想到这里,背脊上不禁一阵寒栗。"①这种"寒栗"大概不是个别人的思想情绪,它反映了整个社会对"陈奂生"们的热切关注。人民,呼唤着陈奂生再次出山来表演。《陈奂生包产》应运而生了。作者再次将他的人物放在一个转折关头,通过转折关头充分展现性格的折光,反射时代变迁的画面,通过人物心理波动的旋律,奏出社会前进的足音。我们不难看出《陈奂生转业》的反馈信息在这里的加强再现。

《陈奂生包产》没有正面写农村实行责任制的景象,但通过各种侧写、烘托,我们却听到了责任制的紧锣密鼓在农村是何等振奋人心。作者并不是表面地、浮浅地反映这一变革,他把眼光投向人们的心灵深处,看到了变革在各色人等心理中引起的反映。农民欢欣鼓舞,一直靠指手画脚吃饭的队长等人慌了手脚,千方百计为自己寻找新的出路。不需要作者另加任何议论,作品已经形象地显示出,中国大地上的这场变革,将会爆发出何等巨大的生产力。

在这个作品里,作者加强了已经广为人知的幽默手法,开始形成自己独特的幽默风格。他幽默风格的显著特点和鲜明标志在于善于创造具有幽默性格的人物形象。高晓声的幽默始终寓庄于谐、寓涩于笑,这些都首先体现在人物形象上。然而,这笔,既有欣慰,也有辛酸,是一种含泪的笑,是"于嘻笑诙谐之处,包含绝大文章。"②正如评论家们指出的,高晓声的深刻就深刻在,他写出了"'陈奂生性格'的严重悲剧性":"他们生在做主人的时代,却不是当主人的材料。"③立志"要把人的灵魂塑造得更美丽"④"把人渡到前面的彼岸去"⑤的人类灵魂的工程师们,任务艰巨啊!

然而陈奂生毕竟是善良的,而且两次进城也使他开阔了眼界,他不再像以前那样单纯了。他还懂得正义,感觉得到正义的力量!因此,陈正清一席话,唤醒了他全部的良知和美德,他哭了。这眼泪,流自陈奂生的眼里,流进

---

① 阎纲:《论陈奂生——什么是陈奂生性格》,《北京师范学院学报(社会科学版)》1982年第4期。
② 阎纲:《论陈奂生——什么是陈奂生性格》,《北京师范学院学报(社会科学版)》1982年第4期。
③ 同上。
④ 高晓声:《且说陈奂生》,《人民文学》1980年第6期。
⑤ 参见高晓声:《摆渡》,《创作谈》,花城出版社1981年版。

高晓声和读者的心中。作者在深入生活的基础上，把反馈信息和已有信息相结合，把他的人物送回了应在位置上。陈奂生复活了，尽管沉重，但他终于迈开了新的步伐！

《陈奂生包产》也应列入优秀作品之列。至此，陈奂生完成了他到目前为止的艺术使命。（以后高晓声又写了《书外春秋》，但那只是借用陈奂生这位"著名演员"的名声而言他，不应算在"陈奂生"系列小说之列。）高晓声为什么没有把"陈奂生"系列小说继续写下去？我们同样可以从反馈里获得某些信息。应该说，陈奂生的性格，在《陈奂生包产》里得到了新的展现，但也应该承认，较之前几篇，其性格的各个基本方面却没有什么大的突破了。这个突破，也许一时还难以实现。高晓声是一位严谨的现实主义作家，当他视野里的人物性格没有取得新的发展之前，他是绝不会闭门造车的。今后作者还会再写陈奂生吗？也许会，但只有作者本人知道。阎纲曾说，当局面"大大改观"时，高晓声可能"忍不住要写《陈奂生入党》"[①]。我们相信这预言。至少有一点我们深信不疑：无论作者是否再"麻烦陈奂生他老人家"，[②]总有一天，陈奂生一定要写入党申请书的。

综上所述，"陈奂生"系列小说的创作，是一次成功的尝试。反馈在它的创作中起着不可忽视的作用。从它的经验里，我们起码可以得到两点启示：

第一，从反馈角度看，系列小说是一种有生命力的新型文学样式。因为它不仅是根据已有形象进行创造比较"方便"，而且可以充分利用反馈信息对作品思想、艺术各方面进行调节、深化，把创作推向新阶段。我想，系列小说这种形式，不仅适用于短篇小说，而且适用于中、长篇小说。一个好的系列短篇，它的力量，可以超过一个普通中篇。同样，一个好的系列中篇小说，它的威力，完全能够胜于一般长篇。而一串好的系列长篇，则可以给我们的时代造就社会主义的巴尔扎克！

第二，系列小说创作中的反馈告诉我们，文学是一个系统。作家不可忘记，作品发表并不标志着这部作品创作的结束，继续它的创作的是读者。作家

---

① 阎纲：《论陈奂生——什么是陈奂生性格》，《北京师范学院学报（社会科学版）》1982年第4期。

② 高晓声：《谈谈有关陈奂生的几篇小说》，《文艺理论研究》1982年第3期。

第二辑 欲望的重新叙述

创作，要有意识地吸收从读者那里发回的反馈信息以攀登新的高峰，创作无愧于时代、无愧于人民的优秀作品。文学研究工作者，则应站在系统论的高度，观察、研究文学现象，探讨文学发展的新规律，促进文学创作的新发展。

（原载于《当代文学思潮》1984年第5期）

"两个西方"与"化本土"问题

全球化问题已在学界引起了热烈的讨论。所谓"全球化"实际上是西方经济、政治与文化在全球的扩张。这一点,讨论各方似乎并无多大分歧。因而当我们把问题聚焦在文化层面的时候,全球化问题实际上是"使持续了百年的中西文化之争获得了新的语码",使"西/中的对峙与对话转换为全球化/本土化、中心/边缘等新近引入的概念"。①

持续百年的问题在新的历史语境中自然获得了新的探究的必要。讨论中,欢迎全球化者有之,忧虑全球化、主张本土化者更多。②各自都说出了十分精彩的见解。但我注意到一个有意思的现象:讨论各方尽管观点迥异,有一点却是相同的——在他们那儿,西方,都是一个统一的整体。或者说,他们都面对着一个统一的西方。

然而在我看来,事情并不这么简单。我以为,在文化层面,"西方"是一个有张力的对象。我们至少面对着"两个西方":一个,是体制内的政治经济运作与支撑这一运作的文化规范、价值观念;一个,是对体制内的反思、反

---

① 刘纳:《全球化背景与文学》,《文学评论》2000年第5期。
② 主张全球化者如李慎之,他认为,"中国要走正道,就只有老老实实地向人家学。""哪一种做法最值得效法就应该学习。各民族对自己的优秀传统的继承与学习都是为了现代化,向他民族的优点学习也是一样。"他说,中国就是应该"坚持全球化"。(《中国应取什么样的风范》,《现代传播》1997年第1期)主张本土化者如万俊人,他问道:"一种全球化的文化会是怎样的?谁来制定这种文化的评价标准?由谁担当这种文化秩序——假定可以建立起来的话——的维护者?"他认为,"文化原本只能以人心、民族或社会(区)之精神气质为生存和生长的居所,即是说,它天然就具有无法根除的'地方性'(locality)或'区域性'(provinciality),这就是其'民族性'(nationality)的生存论意义所系。"(《全球化与文化多元论》,《读书》2000年第12期)

抗与反叛。

两个相对着的西方同时在作用着我们。那么,我们主张或担忧的,到底是被哪一个"西方"所"化"?

于是,问题便有回到逻辑起点的必要。我们可能先要对"两个西方"有一定的辨析,对我们民族的时代需要和现实问题有清醒的把握,然后才能进一步地、有成效地讨论全球化与本土化问题。

一

让我们从詹明信(Jameson)谈起。詹明信把目前在体制内运作着的西方称为"晚期资本主义"。他认为资本主义的发展经历了现实主义阶段、民族主义阶段、帝国主义阶段、资本的全球扩张并最终达致目前的全球化资本主义,即晚期资本主义阶段。而他所要做的工作,正是用马克思主义结合西方学术的最新发展,对晚期资本主义进行分析和批判。连他的历史分期的框架,他都坦言"从根本上讲是马克思主义的历史分期论","对这些阶段的思考带有深刻的马克思主义的印记"。[①]

詹明信对晚期资本主义的批判是毫不留情的。他认为,晚期资本主义文化现象既源于美国又扩散到世界各地,"这股全球性的发展倾向,直接因美国的军事与经济力量的不断扩张而形成,它导致一种霸权的成立,笼罩着世界上的所有文化。从这样的观点来看(或者从由来已久的阶级历史的观点来看),在文化的背后,尽是血腥、杀戮与死亡:一个弱肉强食的恐怖世界。"[②]

在詹明信看来,这一时期的西方文化并不是统一的,它存在着属于"晚期资本主义的表现"和"晚期资本主义的抗拒"两种文化现象。[③]而詹明信的言说显然属于"抗拒"者的言说。作为当下西方文化的重镇之一,詹明信的言说除了对晚期资本主义的批判之外,其目的之一,还在于不断地寻找不同于资

---

① 参见詹明信:《晚期资本主义的文化逻辑》,生活·读书·新知三联书店1997年版。
② 同上。
③ 同上。

本主义的选择的可能性,他说对资本主义的非神秘化批判性的工作"必须把它同探索不同于资本主义的社会发展道路的广阔视野结合起来","必须把非神秘化同某种乌托邦的因素或乌托邦冲动联系在一起。在我看来,马克思主义的这两种驱动力是结合在一起的。"[1]

而吉登斯(Giddens)则从"现代性"角度对体制内运作着的西方进行了反思。他把被詹明信称为"晚期资本主义"的东西称为"晚期现代性"。在吉登斯看来,全球化是现化性发展的必然结果。"全球化意味着没有人能'逃避'由现代性所导致的转型:如由核战争或生态灾难所造成的全球性风险。现代制度的许多其他方面,包括在小范围上起作用的方面,也会影响到生活在高度'发达'地区之外那些较为传统情境下的人们。而在那些发达地区,在日常生活的本质中,地方和全球之间的联结已被束缚在一组更深刻的演变中了。"[2]

"地区"如此,个人更如此。他指出,"在晚期现代性的背景下,个人的无意义感,即那种觉得生活没有提供任何有价值的东西的感受,成为根本性的心理问题。"而"个体的反思规划创造了自我实现和自我把握的方案"。[3] 吉登斯认为,体制内运作着的现代性创造着自我压迫而不是自我实现的机制。而吉登斯显然是在对现代性的自我压迫进行批判的同时,寻找着自我实现的可能性——他在现代性的文化语境中从事着不同于现代性追求的文化工作。有意思的是,同詹明信一样,吉登斯也对"乌托邦"这个词汇表示出兴趣。他说:"回应当前要求的批判理论,应当是解释内在变迁的中心,应当是规范地建构(乌托邦式)'美好社会'模型要求的中心。"[4]

现代性与反抗现代性的话题,人们已经谈了很久了。它早已昭示着"两个西方"的存在。而人们却一直自觉不自觉地延续着把西方当一个单一体的思维模式,这多少有点令人奇怪。"两个西方"是整个20世纪都存在的文化现

---

[1] 参见詹明信:《晚期资本主义的文化逻辑》,生活·读书·新知三联书店1997年版。

[2] 参见吉登斯:《现代性与自我认同》,生活·读书·新知三联书店1998年版。

[3] 同上。

[4] 参见吉登斯:《民族–国家与暴力》,生活·读书·新知三联书店1998年版。

象。而这一现象早在19世纪下半叶就已经开始。它是西方有识之士意识到西方现代性文化追求走向陷阱、走向危机后的理论回应。

我在拙著《1903：前夜的涌动》中论及叔本华对王国维的影响时，曾提出过"两个西方"的概念。① 在我看来，西方对现代性的反抗从叔本华便已经开始。叔本华生活于西方古典哲学正在走向终结却还未完全终结的时代。从文艺复兴时代开始，经由启蒙理性运动，至19世纪上半叶，西方的现代性追求已经走到了它的一个顶峰，从哲学文化思考进入到了"民族—国家"的体制内动作。它的某些陷阱已开始暴露，却又没有完全显现。叔本华是一个最早的觉醒者。他发现了古典哲学的误区，并认为自己找到了一种与以往哲学方法完全不同的哲学方法，一种能使欧洲哲学发生根本转变的哲学思想。他要扭转走向迷失的西方哲学。

叔本华在模仿康德的过程中反叛康德。他也把世界分为现象世界和自在之物的世界，不同于康德的是，叔本华认为，自在之物的世界不是任何物质，而是非理性的、盲目的生活意志。叔本华反对理性派哲学，他认为把理性看作人的本质是颠倒了意志与理性的关系。如果不把人当做对象，而是直接就人本身来了解人，那么，应该说，人最根本的东西是欲望和情感——也就是人的意志。意志高于理性。因为人是意志的产物，理性不过是人的意志的表现。任何理性都要受人的意志的支配，因为人们首先要有意愿，然后才能去认识而不是相反。总之，意志给了主体"一把揭明自己存在的钥匙，使它领会了自己的本质、自己的行为、自己的活动的意义，向它指明了这一切的内在结构。"②

叔本华在哲学史、文化史上的巨大贡献在于，不同于迷恋于理性的人们，叔本华深刻地揭示了西方社会所发生的矛盾、危机、灾祸等等与理性的内在关联。他认为西方社会一切罪恶的罪魁祸首不是别的，正是现代性所追求的理性。因而他认为哲学研究应转向人的内在生命。叔本华之前的哲学，不管是古典本体论还是认识论，都以外在世界为本体，而叔本华则转到了以人为本体。他开辟了人本论哲学的路径。

---

① 见拙著《1903：前夜的涌动》，山东教育出版社1998年版。
② 参见叔本华：《世界之为意志与表象》，转引自《西方现代资产阶级哲学论著选辑》，商务印书馆1964年版。

这里有一点或许是多余的声明。或问：反抗"现代性"就只是用非理性反抗理性？当然不"只是"。但在叔本华当时的历史语境中，颠覆理性/非理性的等级二元无疑属于对现代性的反抗。①不可忘记的是，反抗现代性是一个历史的过程。任何人，都只能站在一定的历史语境之中反抗现代性，其反抗也不可避免地带着一定的历史痕迹。因而在西方历史上，前人反抗现代性的话语经常受到后来反抗者的指责，这是不足为怪的。也正因此，不同历史语境中的人们"反抗现代性"的内涵是并不完全一样的。海德格尔们与叔本华不同，福柯们与海德格尔们不同。詹明信、吉登斯等人与福柯们又不同。这也就是为什么对"现代性"出现如此众多不同理解的重要原因之一。

叔本华对自己的哲学有着高度的自信。尽管他当时在柏林大学遭到了惨败，但他不认为他会永远失败。他相信他的哲学不是为当代人写的，而是为后代人写的。他的著作将成为一切后人著作的源泉。叔本华的预言终于实现了。在他之后，西方人对其现代性追求的反思一浪高过一浪。虽然反抗的内涵在不断变化，但"两个西方"的现象一直延续到今天。

二

中国人从20世纪初一打开国门，就面对着"两个西方"。不同的人因不同的原因，接触、接近了不同的"西方"，面对同一问题便产生了不同的看法。"两个西方"是造成20世纪以来中国诸多文学、文化论争的原因之一。而对"两个西方"没有自觉而清醒的认识，也是论争的当事人及其后来者产生误会的根源之一。

让我们来看看与"五四"相关的人物与事件。先说梁启超。梁启超曾被铁定为"保皇""保守"派，而在相当长的时期内，"保皇""保守"是"落后""反动"的同义语。他反对"五四"人的民主与科学就是例证。因而，尽管梁启超是点燃"五四"导火索的重要人物之一，但大多文学史都"忘"掉了

---

① 与此相关的另一个问题是，叔本华乃至他之后的很多人，都生活在"现代"语境之中，能把他们视作"现代"的反抗者吗？这一点，周宪在《现代性的张力》（《文学评论》1999年第1期）一文中曾作过很好的辨析。本文赞同周说。

这一史实。

然而事实是，梁启超的思想与"五四"时"民主""科学"口号不一致是真，"落后"与"反动"却未必。"五四"人主张科学、民主，是学习现代性"西方"的产物。梁启超与"五四"人观点的不同，却与另一个"西方"——反抗现代性的"西方"相关。1918年第一次世界大战结束后，为解决战争遗留问题，各战胜国在巴黎召开和平会议。因为当时是主战派，故此时已不在内阁任职的梁启超以个人身份携刘崇杰、丁文江、张君劢等人，以漫游的名义赶赴欧洲，希望在和会上做点"正义人道的外交梦"。

第一次世界大战给人类带来的灾难，将西方有识之士对西方文化危机的反思推向了高潮。而这个高潮恰恰让梁启超碰到了。这次欧洲之行，不仅让梁启超看到了战争给欧洲带来的满目疮痍，更让他感受到了西方文化反思的气氛，让他得到了看问题的更多的角度。归国后他写了《欧游心影录》。在这部著作里，梁启超既反对激进的民主，又反对科学万能。对前者，他主张"不着急"的民主。关于后者，他说，"当时讴歌科学万能的人，渴望着科学成功，黄金世界指日出现。如今功总算成了：一百年物质的进步，比从前三千年所得还加几倍，我们人类不惟没有得到幸福，反带来许多灾难。好像沙漠中失路的旅人，远远望见个大黑影，拼命往前赶，以为可以靠它向导。哪知赶上几程，影子却不见了，因此无限凄凄失望。"①

梁启超的言论显然从西方文化危机那里得到了启示。而且，他反对的不是"民主"，而是激进民主；不是"科学"，而是"科学万能"。梁启超在其他的地方是否"落后"姑且另论，在这里，他的思考应该比"五四"人有更为超前的追问。作为一种声音，它应该有存在的价值。但在当时主流话语的视野中几乎没有另一个西方。于是，梁启超的话在当时乃至后世引起了诸多误会。

作为旧时的风云人物，"五四"时期的梁启超毕竟已经"人微言轻"了。20年代初出现的学衡派则在思想文化的大河里拨起了稍大一点的水声。但

---

① 梁启超：《欧游心影录节录》，《饮冰室合集》第7册，中华书局1989年版，第12页。

学衡派也是在误会中兴起、在误会中衰落的。

学衡派当时受到的批判和以后在文学史上受到的评价,是众所周知的,也是可以理解的。平心而论,这一现象不是任何当事人个人的问题。今天重提"学衡",应该可以走出人事恩怨或学术恩怨。我以为,真正需要思考的第一个问题就是:为什么当时和后来,关于"学衡",造成了那么多误会和不公?

这也就是我在这里,在诸多朋友重新研究"学衡"之后再提此话题的原因。我想讨论的是:学衡派与"两个西方"的关系。

我的讨论想从20世纪70年代末对"学衡派"的这样一句评价开始:学衡派"反对一切新学说,反对介绍和借鉴近代西洋进步文学"。①

这一论断是颇有意味的。说学衡派反对介绍和借鉴近代西洋文学,不假;但说学衡派反对一切新学说,却不真了。近代西洋文学并不能代表"一切新学说",而论者却将两项内容相提并论,混为一谈,并不认为这种论述里存在什么问题。显然,在当时的语境之中,人们并没有觉得二者是有区别的,更不可能知道还有"两个西方"的存在。

直到1996年下半年,有论者写文章还将学衡派定义为"旧学",认为新文化与学衡派的区别在于,前者的"目的在于'再造文明'",而后者的"目的在于'昌明国粹'"。二者的对立,"是'提倡新文化'与'张皇旧学问'的新旧对立"。②

学衡派到底是用旧学来反对新文化,还是用旧学来寻找另一种"新"的可能性?这是问题的关键。于是我们不能不回到这样一个起点:学衡派是如何提出问题的?

学衡派并不反对向西方学习,也不反对革新中国文化。学衡派的问题是:向哪一个西方学习?用什么来革新中国文化?③

而学衡派的第一个回答是:在学习和革新之前,要先洞悉世界趋势。吴

---

① 参见《中国现代文学史》,人民文学出版社1979年版。
② 洪峻峰:《〈估〈学衡〉〉与"重估〈学衡〉"》,《鲁迅研究月刊》1996年8月。
③ 吴宓在《论新文化运动》(《学衡》1922年12月第12期)一文中曾有过生动的比喻:"譬如不用牛黄,而用当归,此也用药也,亦治病也。盖药中不止牛黄,而医亦得选用他药也。"

第二辑 欲望的重新叙述

宓曾在日记中写道:"时至今日,学说理解,非适合世界现势,不足促国民之进步;尽弃旧物,又失其国性之凭依。唯一两全调和之法,即于旧学说另下新理解,以期有裨实是。然此等事业,非能洞悉世界趋势,与中国学术思潮之本源者,不可妄为。"①

20世纪初的"世界趋势"是什么样的呢?在吴宓等人看来,西洋近世文明已经走入了陷阱,受到了质疑。而新文化运动的一帮"少年学子热心西学",却"苦不得研究之地、传授之人",遂误以近世西洋文明一派之宗师"为惟一泰山北斗,不暇审辨,无从决择,尽成盲从"。他们"惟选西洋晚近一家之思想,一派之文章,在西洋已视为糟粕、为毒鸩者,举以代表西洋文化之全体。"②

吴宓的表述告诉我们,他当时已清楚地看到西洋文明不止一家一派。要学习,必须先有选择,不必拿已成"糟粕"者来学。其他学衡人士都表示了大致相同的看法。梅光迪在《新青年》发行之初,曾致胡适一信,说"西洋文学之优者多矣,而足下必取最近世,必取其代表近世文明最堪太息之一方面。"他说,这最堪太息之一方面,被人"以人道主义名之"。他问胡适,"足下向称头脑清楚之人,何至随波逐澜,以冒称人道主义派之文家,在今世西洋最合时宜"?③梅光迪还在《现今西洋人文主义》一文中说,西方近世各种时尚之偏激主张,"盖今日思想界之一大反动也"。④

学衡诸公,大多留学美国,对西方文化有深入研究,对西方文化"趋势"有具体了解。且他们既得"研究之地",又得"传授之人"。学衡主要人物都受新人文主义理论家白璧德影响。白璧德是西方反思现代性追求的重要人物。他的"人文主义"不是传统意义上的"人道主义"。白璧德将其区别为"Humanism"与"Humanitarianism"。白璧德生活的年代,西方理性追求早已暴露出危机。西方人已经在非理性的路上作了一些尝试。文学上也出现过重视欲望的浪漫主义思潮。但在白璧德看来,重视欲望、感性,用非理性来取

---

① 吴宓:《吴宓日记》(第1册),生活·读书·新知三联书店1998年版,第404页。
② 吴宓:《论新文化运动》,《学衡》1922年12月第12期。
③ 耿云志主编:《胡适遗稿及秘藏书信》第33册,黄山书社1994年版,第165页。
④ 梅光迪:《现今西洋人文主义》,《学衡》1922年8月第8期。

代理性并不能走出现代性的陷阱。因为它同样陷入了物质主义的泥淖。因而白璧德的反抗现代性是将理性与欲望、感性一起批判的。他指责人道主义"专重智识与同情之广被而不问其他"。①他指出，第一次世界大战"并非人类可惊之奇变。而实为英国工业革命以来，人类之物质欲望，愈益繁复，窃夺文化之名，积累而成之结果"。②

不同于其他对现代性的反抗者，白璧德从西方的苏格拉底与东方的孔子等古代大哲那儿寻找走出西方文化危机的思想文化资源。"今当效苏格拉底与孔子之正名，而审察今天流行之各种学说，究与生人本性之实事，符合与否，验之于古，而可知也。近人每自命为实验主义者，今当正告之曰：彼古来伟大之旧说，非他，盖千百年实在经验之总汇也。"③

白璧德的新人文主义是20世纪的西方人企图跳出要么理性、要么非理性樊篱的一次较早的重要努力。学衡派正是从他那里吸取思想资源。他们一方面大量译介白璧德理论，一方面与新文化的提倡者论争。在他们看来，新文化的提倡者对学术、特别是西学研究不够，没什么学问。吴宓、汤用彤都说过类似的话。④梅光迪更说，当时言新学者，大概有两种人。一种为"速成之留东学生"，一种为"亡命之徒"。前一种人因其"速成""急不能待"，学养不可能深厚。后一种人则忙于立宪或革命运动，没有在国外上过高等以上学校，只用对名师执弟子礼来装点，实际上并无受过训练之学术眼光。"故今日所谓学术，不操于欧美归国之士，而操于学无师承之群少年。"⑤梅氏所言，稍显刻薄。但却提出了一个有意思的现象：大体而言，20世纪初，留东学者与留欧美学者见解不同。这一不同与本文所言之"两个西方"相关。

学衡派并不反对"新"，且其宗旨之一即为"融化新知"。但其"新"

---

① 《白璧德释人文主义》，《学衡》1924年10月第34期。
② 《白璧德中西人文教育说》，《学衡》1922年3月第3期。
③ 同上。
④ 吴宓在《论新文化运动》（《学衡》1922年4月第4期）里说，"吾国言新学者，于西洋文明之精要，鲜有贯通而彻悟者"。汤用彤在《评近人之文化研究》（《学衡》1922年12月第12期）中说"时学浅隘，其故在对于学问犹未深造，即中外文化材料，实未广搜精求。"
⑤ 梅光迪：《论今日吾国学术界之需要》，《学衡》1922年4月第4期。

则排除了进化论的因素。"后来者不必居上，晚出者不必胜前。"①既然新文化提倡者所说的近世西洋文化是"仅取一偏"，是被视为"糟粕"之物，那么中国文化"新"的出路何在呢？只要你真正了解了西学，你会发现，中国传统文化与"西洋真正之文化"是相通的。吴宓说："苟虚心多读书籍，深入幽探，则知西洋真正之文化与吾国之国粹，实多互相发明，互相裨益之处，甚可兼收并蓄，相得益彰。诚能保存国粹，而又昌明欧化，融会贯通。"②可见，学衡派并不是要完全回到"旧学"，而是要在"西洋真正之文化"的观照下，重新审视传统文化，以发掘"新"的资源。而在大多国人还没有看到另有一个反抗现代性的"西方"存在的情况下，说国粹能与西学相通，是很难被人接受的。其历史的误会，便是不可避免的了。

三

发展中国家在现代性觉醒之时即处在两个西方格局之中，是一种幸运。它使我们既能走进"现代"、建设"现代"，又能轰毁进化论思路，不必亦步亦趋地跟着西方。它使我们既能寻求发展，又能对发展路上的陷阱有所警惕。它使我们有可能真正寻找自己的"现代"之路。

因而学衡派的言说应该是20世纪初能与新文化派同时存在的、很有价值的一种声音。而新文化派对学衡派的不冷静、不重视，却是一次历史的遗憾。

但我想立即补充的是，我说的是二派"同时存在"的价值，而无意于用一派来否定另一派，无意于将学衡派与新文化派在文学史、文化史上原有的二元对立颠倒为新的二元对立。即使在今天，我也并不认为，学衡派的历史价值高于新文化派。相反，我认为，新文化派的历史价值是无可取代的。③

问题还有另外一面。我们是应该"洞悉世界趋势"，是应该了解"两个西方"。但我们关注"两个西方"的出发点和目的却无疑首先是因为自己的需要，是因为要走出自己的危机。正是在这里，学衡派表现了其误区：他们确

---

① 吴宓《论新文化运动》，《学衡》1922年4月第4期。
② 同上。
③ 对上节中提到的梁启超的言说亦应作如是观。但在这里，我想聚焦于学衡派。

实关注到了"两个西方"的存在，也就是说，他们关注到了西方文化中存在的问题，但他们却忽视了、或者说没有用同样的力气去研究20世纪初中国的问题——他们关注了别人的问题却忽略了、淡化了自己的问题。

西方的人道主义确实出了问题，故白璧德对培根的功利主义、知识之扩张和卢梭的感情之扩张进行了批判并建立了自己的"人文主义"。那是西方文化之需要。但20世纪初的中国，需要的是什么？需要让人从"天理/人欲"的锁链里解放出来，需要让人从"吃人"的历史中走出来，需要让"知识"成为富国强兵的基础。尽管我们需要防止现代性追求走进陷阱，但我们首先需要的，是走出传统、走进现代。

这一点，在学衡派那里，被有意无意地淡化了。我注意到一个有意味的现象：学衡派在指责新文化派未能洞悉世界趋势、对西学不熟时，是从文化层面立论的。而在与新文化派的具体对话时，却大多只限制在文学层面，只关注"文言/白话""贵族/平民"等问题。至于在文化层面上，新学所学的人道主义等近世西洋文明，在中国实行起来到底有什么不行、为什么不行、危害在哪里等问题，学衡派主要人物基本上没有拿出有说服力、有价值的意见。他们甚至可以较多地谈论新派的学识人品，而无法将笔力集中于要害的问题上。吴宓的《论新文化运动》[①]洋洋万余言，未能在这一问题上深入。梅光迪的《评提倡新文化者》则只对新文化论者提出四点指责："一曰：彼等非思想家，乃诡辩家也"，"二曰：彼等非创造家，乃模仿家也"，"三曰：彼等非学问家，乃功名之士也"，"四曰：彼等非教育家，乃政客也"。[②]这样的论述，对论敌是有杀伤力的。对问题，杀伤力却不大。

这就使学衡派的论述出现了一个夹缝：认为新文化派学近世西洋文明不行，却未能真正论述为什么不行，除了近世西洋文明在西方已不合时宜这一理由之外。于是，在学衡派的论述里，隐含着这样一个推论：近世西洋文明在西方已遭质疑，中国新文化派学近世西洋文明是不合时宜的。在这样的推论里，中国、中国问题，不见了。

学衡派关注的重心是学术。其杂志宗旨第一条即有"论究学术"。梅光

---

① 参见《学衡》1922年4月第4期。
② 参见《学衡》1922年1月第1期。

迪写了《评今人提倡学术之方法》。在学衡派其他重要人物的文章里，"学术"一词的使用频率也很高。他们所谈论的西方文明的变迁，主要是从学术角度。但这学术与中国现实、中国需要的契合性问题却被相对忽略了。

于是，我们可以理解，历史，对新文化派的选择不是没有道理的。

这就给我们另一点启示：今天，我们进行"全球化"的讨论，首先要关注的是中国的需要、中国的问题，要把"两个西方"放在中国本土需要与问题的维度上进行探讨。

对于本土的现实状况，不同的学者用不同的理论框架进行不同的分析，得出了不同的结论。主要的，或者说，我感兴趣的，有这样两种相对的意见。其一认为，中国社会还十分传统，中国现代性还没有建成，离后现代更远，反抗现代性还无从谈起。另一种意见则认为，中国已经进入了全球化，中国的问题已经同时是世界资本主义市场中的问题，中国必须反抗现代性。

我以为，两种意见都有精彩之处，但他们在"诊断"中国现实问题时，又都有其盲视。

现代性在中国是未完成还是建成了？我持前一种观点。哈贝马斯曾将西方的现代性认定为"未竟的事业"。西方的现代性是否完成，我想还是留给西方人去讨论。而中国的现代性则肯定是未竟的事业。"五四人"的路并没有走完。我们还无法宣告中国现代性的终结。20世纪90年代，有学者对当代中国的思想状况进行了分析。其分析框架用了西方后现代的理论资源。文章有诸多精辟而发人深省之处。但是，当论者集中笔力分析当代中国的"思想状况"时，却相对忽略了当代中国的"现实状况"。因而文章对市场经济以及支持市场经济者提出了诸多质疑。[①]这里对"思想"的关注多少有点像当年学衡派对"学术"之重视。如果从西方某些理论出发，市场经济确实需要大量反思，但与中国的现实却不符。看看大西北大片有待开发的土地，看看全国大量有待资助的希望学校，中国不走市场经济的路，如何建设现代强国？不管对改革开放前的中国之路作何观照，回到以前的路上去大概是谁都不愿意的。按中国的现实状况，以市场化为中心的"现代"现在还必须在冲击传统模式中去建设、去完

---

① 汪晖：《当代中国的思想状况与现代性问题》，《天涯》1997年第5期。

善。路,才刚刚开始,远远谈不上终结。

但中国的问题是复杂的。现代性是未竟的事业,是否就意味着中国的问题全是"传统"造成的,"现代"建设在其进程中,本身并没有带来任何问题?中国无需反思现代性?或者,如有的学者所说,一反思"现代"进程中的问题,就"有可能使中国的现代性意识腹背受敌,使新与旧、超前与落后的界限模糊不清"①?

我不这么看。"现代"进程中不可避免地存在问题。中国已经不是在全然"传统"的语境中建设"现代",而是处在"两个西方"的格局之中。这带来了两个方面。第一,现代与后现代的东西对我们是同时涌进的,信息工业甚至比传统工业来得更加猛烈。第二,我们无需也没有必要等到现代性的问题走进危机之后再去反思。"两个西方"的视野可以帮助我们在进程中发现问题、反思问题。我们需要在反思现代性的过程中建设现代性。这就正如今天开工厂,我们没有必要像20世纪50年代一样对烟筒里的黑烟兴高采烈,也没有必要一直等到黑烟对周围的人造成危害后再去治理。我们可以力争在建工厂的同时将黑烟处理掉。

学界已经对相关问题进行了诸多讨论。如改革中的腐败现象是什么原因造成的,是旧体制不适应市场经济还是市场经济本身的原因?坚持现代性和反抗现代性者各执一言。其实谁也不能用一种原因来否定另一种原因。但我不想在这里对我不熟悉的诸如此类的经济问题发言。我想说说文学一直所关注的大众文化与人的问题。

大众文化、消费文化的兴起是好得很还是糟得很,学界意见不一。我以为,至少在今天的中国,它还有革命性的因素,还对传统的、中心的文化观念形成着冲击。但学界对大众文化、消费文化的批判却并非一日。陶东风对此曾作过深刻的论述。他认为简单地套用法兰克福批判理论来对中国的大众文化进行批判,其有效性是值得质疑的。②我十分赞同陶东风的论述。但我们又不能不同时承认,中国的消费文化正在显露出其另一面。它在物与欲中纵横驰骋、

---

① 徐友渔:《后现代与中国文化建设》,《中国社会科学季刊》(香港)1997年2—5月。

② 陶东风:《批判理论与中国大众文化批评》,《东方文化》2000年第5期。

花样百出，有可能使正常人性走向遮蔽和扭曲，有可能将对人的自由许诺转化为对人的控制。

这就是中国现状的两面。人的现状也一样。中国不少人的生存状态与思想状态还处于前现代之中，中国的理性建设并没有完结。传统、包括封建余毒对人的压抑、控制是无需多加证明的。然而这并不是事情的全部。新闻媒体曾多次报道外资老板逼迫中国工人下跪。这到底是传统对人的压抑还是跨国资本对人的欺凌？今天的人已经远不同于古典的人，他不仅受着传统、社会的控制与压抑，还受着资本、信息的控制与压抑。今天的都市人只要一出门，每秒钟眼睛里便被迫接受几十条乃至上百条广告。这到底是让人得到了购物的"自由"还是让人的选择受到了控制？网络已经使每一个现代人都难逃其"网"，但网络到底是给了人自由还是让人受到了操纵？或者问，到底是人在操纵网络还是网络在操纵人？①而这一切操纵都与全球化语境、与跨国资本相关。强势经济、强势文化的居高临下姿态甚至已经渗透到我们语言之中。"波鞋"本来是球鞋的英译名，但在新的大众术语中，"波鞋"就比"球鞋"高级，正如"T恤"就比"汗衫"好一样。

这就是中国本土的现实。用任何单一的理论都不能涵盖其现状，都可能在精彩的同时远离现实而去。因此，我们无法空洞地讨论是赞成全球化还是反对全球化的问题。因为对"两个西方"，我们同时都需要，也同时都不能照搬。我们只能说，"两个西方"在我们直面本土问题时，给我们提供了多角度的参照。我们需要以此为参照，找到一个更能面对本土现实的分析模式。

而要真正观照中国的现实、解决中国的问题，还必须建设中国自己的文化。我不相信一个民族的人能够完全在其他民族的文化中生存，也不相信全球化能够消灭某一民族的文化。这一点，只要看看美国各大城市的唐人街就可以明白。所以建设本土文化永远是一个大课题。这当然是另一个话题了。

（原载于《文学评论》2001年第6期）

---

① 南帆在《启蒙与操纵》（《文学评论》2001年第1期）一文中对与此相关的电子传媒做了精彩的分析。

欲望叙述与当下文化难题

当下中国，欲望的活跃与文化的焦虑形成了一个共在的奇妙景观。面对欲望，文化何为？这是今天的一道重大文化难题。

欲望与文化在人们的思维习惯中是一组二元对立，分属肉与灵，二者处于一个此消彼长、彼消此长的过程中——当文化力量强大、强盛时，灵是这组二元对立的主导；而当文化力量不足或薄弱时，欲望则处于该二元对立的核心。欲望与文化永远处于一个颠覆与被颠覆、颠覆与反颠覆的关系里。

这似乎是常识，却未必正确。但它已成为人们思考今天文化难题的障碍。

本书要思考的问题是：一、文化与欲望究竟处于什么关系中？二、当下的文化难题究竟在哪里？这一难题给我们带来了什么？

一、欲望叙述与东西方文明

"文化"是一个太大的字眼。当今世界关于"文化"的定义有几百种之多，每一种定义都从各自不同的角度出发。尽管每一种都不同，但谈论的，都是"文化"。受本书的问题角度规定，在本书里，文化，特指社会的各种意识形态：哲学、道德伦理学、宗教、文学、艺术等等。当然，这只是就外延而言。而内涵，我以为，是要在关系中去理解的。本书把文化放在文化与欲望的关系之中设问，它的一个重要命题是：

文化，不是欲望的颠覆者，而是欲望的叙述者。

先得说说对"欲望"的理解。不知从什么时候起,"欲望"被当做了肉欲、物质欲望的同义词,甚至,干脆把欲望当成了本能。我们把"欲望"的构成简单化、狭义化了,把人的欲望动物化了。其实,人的欲望远不同于动物的欲望,它是由物质欲望(包括肉欲、本能等)与精神欲望共同构成的。或者说,精神欲望是人的欲望的重要组成部分。从一定角度讲,欲望与需要相关。美国著名心理学家马斯洛把人的需要分为多种层次,它们是:1. 生理需要,也是生存需要,这是人最基本的需要,但它并不是需要的全部,在它之上或之外还有其他需要;2. 安全需要;3. 归属与爱的需要(在马斯洛那儿,爱与性是有区别的);4. 尊重需要;5. 自我实现的需要,等等。这一点,在20世纪80年代几乎成了人们的常识,但到了20世纪90年代,人们却将这一常识忘记了。当然,马斯洛对人的需要的分析未必是不可讨论的。比如,在他的框架里,我们看不到人生境界、文化品位、优美德性、高尚修养等等的需要。但人的需要分为不同层次,是可以认定的。与此相关,人的欲望也是分层的,它包括物质欲望与精神欲望二者。这一点,几乎无需太多的理论论述,每个人只需反省一下自己的欲望就可得出结论。而且,精神欲望不只是文人的欲求。不同的人,在精神层面的欲求可能相差千里万里,但却同属于精神欲求。当年那个轰动一时的"漏斗户主"陈奂生,吃饱饭之后,不也产生了精神欲望,希望像会讲故事的陆龙飞一样,在人面前有些东西可以表现表现吗?

欲望,不论物质的,还是精神的,其最大特性是永远追求满足。这就使欲望成为这样一个怪物:首先,它是对生命的肯定。没有欲望就没有生命;没有人的欲望就没有人的生命。没有了人的生命,世上所有的一切都将失去对人而言的价值和意义。不仅如此,欲望还与创造力、活力紧密相连。欲望寻求满足的过程,就是创造力产生的过程。于是,有了欲望,生命与社会就有了活力,欲望越强,活力越大。但是,欲望的寻求满足也会走向自己的反面。它会给生命带来痛苦,会破坏社会秩序。它会让心灵不知所归,让社会无法正常发展。那么,人类能扼杀欲望吗?不能。于是,问题来了,对欲望,一杀,人与社会就必然死;一放,人与社会就可能乱。

面对欲望这个怪物,文化的要义就是要叙述一个"故事",一个关于欲望如何获得满足的故事。这里的关键不在于"满足",而在于"如何"。在对

"如何"的叙述过程中，文化创造一套价值、一种意义。这套价值、意义要解决这样一个难题：既要调动人的欲望，使人与社会具有活力，又要最大限度地防止欲望的破坏力；它要让人与社会在保持活力的状态下，使人的心灵有一个高境界的栖息地，使社会有一个稳定的发展环境。一句话，欲望的叙述要达到两个目的：给心灵以家园，给社会以秩序。

在这样的命题中，文化，或者说文化建构，首先必须面对欲望，然后才能去寻找有创造性的欲望叙述。逃避欲望、排斥欲望，是不可能有真正的文化创造的。当然，紧贴欲望、放纵欲望，也不可能有真正的欲望的叙述。

然而，这样一个命题符合人类文化史的实际吗？让我们进入人类文化创造的个案看看。

我们最容易想到的是孔子。他是对中国文化传统影响最大的人物之一。而在我看来，他的文化思想是"对欲望叙述"的经典个案。孔子用他的"礼"与"仁"创造了一套伟大的价值，一种深厚的意义。任继愈先生主编的《中国哲学发展史》认为，"仁"是"礼"的理论基础，是"礼"的精神支柱。也正因此，"仁"在中国思想发展史上，受到更多的关注。

那么，"仁"是如何建构的呢？首先是面对欲望的结果。众所周知，孔子生活的时代，礼崩乐坏，人欲横流，导致人心不安，天下无道。孔子不是逃避或者排斥这一社会现象，而是面对这一社会现象进行着自己的文化思考。他认为应该恢复周礼，使天下有道。但他认为，恢复周礼不是要扼杀人的欲望，而是要首先对人的欲望的满足给以某种许诺。这是"仁"的最重要的基础。一次樊迟"问仁"，孔子答曰："仁者，先难而后获，可谓仁矣。"[①] "获"，就是对欲望的满足。这是十分清楚的："难"是过程，"获"是目的。刘宝楠在给此处加注时引《左传》季梁的话说，"难谓事难也；获，得也。"紧接着，注者还引出孔子关于"治民"的观点为此作佐证："《春秋繁露·仁义法》篇，孔子谓冉子曰：治民者，先富而后加教。语樊迟曰：治身者，先难后获。以此之谓治身之与治民所先后者不同焉矣。诗曰，饮之食之，教之诲之。先饮食而后教诲，谓治人也。又曰：坎坎伐辐，彼君子兮，不素餐兮。

---

① 出自《论语·雍也》。

先其事，后其食，谓治身也。"①其实季梁所提到的孔子在春秋"仁义法篇"里的那段话，孔子在《论语》里再次提到："子适卫，冉有仆。子曰，'庶矣哉！'冉有曰，'既庶矣，以何加焉？'曰：'富之'。曰：'既富矣，又何加焉？'曰：'教之'。"②而注者在这里加注说："人不乐生，不可劝以善。故在上者，先丰民财以定其志。"③无论多么崇高的价值或意义，要"劝"人接受，首先要它能让人"乐生"。这是注者的颇有心得之言。

从"治身"到"治民"，二者在"获"的先后上尽管有所不同，但在孔子那儿，讲"仁"，终究要给人以"获"。"先难而后获，可谓仁矣"这一论断至少有两层意思。第一，"仁"要对人们追求欲望满足的心理有所认同。第二，从策略上说，它实际上是这样一个叙述：行"仁"吧，尽管会碰到艰难，但你一定可以得到某种欲望的满足！孔子关于"仁"说了不少话，学者们对他其他论断的注解、分析都十分热烈，对这一论述却表现着相对的冷淡。这不是没有原因的。它大概与我们将欲望与文化设定为二元对立的观念相关，使我们一般不会去注意孔子这个文化大哲对欲望的思考。

然而，"获"并不等于"仁"，它需从"难"到"获"的过程。那么孔子对这个过程是如何叙述的呢？或者问，在孔子的欲望叙述中，"获"是如何走向"仁"的呢？这是比"面对欲望"更为重要、更为关键的。它要叙述的是：欲望如何才能得到满足。正是在这个叙述里，孔子建立了他关于"仁"的价值、意义学说。

这就涉及孔子"欲望叙述"的最大策略之一：不是从本质主义的意义上去谈人、谈人的欲望，而是把人、把人的欲望满足放在与他人的关系之中去理解，去叙述。这从"仁"字的构成就可以看出，《说文解字》说："仁，亲也。从人从二"。④人，总生活在与他人的关系之中，生活在社会之中，人是不可能孤立存在的。人的欲望也不可能孤立地存在、孤立地获得满足。既然处在与他人的关系之中，自己的欲望与他人的欲望就有可能发生冲突，总有人的

---

① 参见《论语正义》，《诸子集成》，上海书店1986年版。
② 出自《论语·子路》。
③ 参见《论语正义》，《诸子集成》，上海书店1986年版。
④ 出自许慎：《说文解字》，中华书局1996年版。

欲望满足受到损害，不是你，就是他。怎么办？这时就要先将心比心，推己及人。孔子说，"己所不欲，勿施于人"。① 在我看来，这是一句闪闪发光的话。西方一些哲学家、思想家用多少本大书、讨论了多少世纪的问题，其实早包含在孔子的这八个字里面。

如果仅仅把这八个字看做是"己"对"人"的行为准则，我以为对这句话只理解了一半！它不仅谈的是行为准则，更谈的是"获""得"的奥妙。因为人同在关系中，"己"与"人"是相互的。我，对我而言是"己"，对人而言便是"人"。同样，"人"对我来说属于"人"，在他而言则属于"己"。我所不欲的，不施于人，人所不欲的，也不施于我。那么，我的欲望追求就可以较少受到不必要的阻碍，增加了欲望满足的机会。如果己与人所不欲的，都施于人，那结果只能是，任何人的欲望都无法得到满足。这就是在人与人关系中、在社会中人要追求欲望满足必须认识到的道理。这种道理便成为一种素质、一种修养。

需要指出的是，孔子的"己所不欲、勿施于人"并不是罗素所批判的西方功利主义者的"彼此帮衬"②，因为孔子的这一论断是与其另一论断紧密相连的：仁者"爱人"③。不只是推己及人，更要爱人，或者说，推己及人的题中之意就是"爱人"。因为人都爱己，爱己就要爱人。辜鸿铭曾将"仁"的"从人从二"理解为夫妻。他在谈到中国人的精神时说，"仁"的爱，"最初是起自夫妇"，"人类首先自男女之间学到了爱，但人类之爱并不仅限于男女之爱，它包括了人类所有纯真的感情，这里既有父母与孩子之间的那种亲情，也有人类对于万事万物所抱有的慈爱、怜悯、同情心和仁义之心。事实上，人类所有纯真的情感均可以容纳在一个中国字中，这就是'仁'。"④爱与被爱总是连在一起的。这就是说，孔子的"爱"也并不是架空的道德条文或伦理规范，它深深连着人的欲望，是从最基本的欲望追寻向博大的人类之爱、宇宙之爱的扩展。

---

① 出自《论语·颜渊》。
② 罗素：《西方哲学史》下册，商务印书馆1986年版，第332页。
③ 出自《论语·颜渊》。
④ 参见辜鸿铭：《中国人的精神》，海南出版社1996年版。

理解孔子用"仁"建构文化价值之奥妙还要理解他的"君子之道"。"仁"在面对人的物质追求之外，更重要的是调动着人的精神欲望。孔子用一系列精彩的叙述，把"仁"变成人们自我实现的目标之一，内化为人最高的精神追求。他把人分为君子与小人。做君子、当上等人，自然是人们的精神向往。而要当君子，就得行"仁"。"子曰：志士仁人，无求生以害仁，有杀身以成仁。"①当君子，行仁，都是高尚的，是一种荣誉，是一种悬在高处让人追求的"金苹果"。当人们都以吃到"金苹果"为荣时，人的心灵便得到了提升，社会秩序便得到了稳定，人与社会，便有了文化品位。而不仁，就成为最大的耻辱而至罪过。此后，在中国文化中，仁与不仁，成为一个高尚与卑下，文明与野蛮的分水岭。孟子就说："道二，仁与不仁而已矣。"②辜鸿铭曾对孔子的"君子之道"有过深入的论述。他说，孔子的书教导人们，"人类社会的所有关系之中，除了利害这种基本动机外，还有一种更为高尚的动机影响着人们的行为与选择，这就是责任。"而责任的基础是"名分"。名分与荣誉相连。儒学的"名分大义"就是"有关名誉与责任的重大原则"。也因此，辜氏以为，儒学有宗教之功用，可"称为名教——名誉的宗教"。③

　　用这样的篇幅讨论孔子与"仁"，自然只能道其万一。我们在这里要表达的是，孔子对"仁"的叙述，从对人最基本的欲望关注走向最高的精神追求，建构了他的博大精深的文化价值与意义，令后人作着不尽的解读。孔子的思想体现了人类古代的最高智慧。他被称为人类古代世界历史上三大圣哲之一，不是没有道理的。

　　让我们走到西方，看看苏格拉底的思想。苏格拉底同样被誉为人类古代三大圣哲之一。他的思想涉及政治、哲学、宗教、伦理等人类思想的诸多方面，但他的"主要关怀是伦理方面"。④甚至可以说，伦理问题是他思考其他一切问题的中心。在苏格拉底那儿，在所有理念之上的最高的理念是"善"。

---

① 出自《论语·卫灵公》。
② 出自《孟子·离娄章句上》。
③ 参见辜鸿铭：《中国人的精神》，海南出版社1996年版。
④ 罗素：《西方哲学史》，商务印书馆1986年版，第128页。

这一点深深地影响了他的学生柏拉图。①柏拉图"把善看作不仅是道德范畴，而且是本体论、认识论的范畴。善是最高的理念，也是认识和真理的源泉，是超乎一切之上的"②。可以说，在苏格拉底和柏拉图，文化的一切方面都是围绕着叙述欲望而进行的不同角度的工作。我们以为，苏格拉底正是用他毕生的精力，为人类留下了他叙述欲望的智慧。

对苏格拉底的误解、误读是由来已久的。最大误解或误读之一，是认为苏格拉底否定人的情欲。人们把苏格拉底对情欲的"叙述"当成了"否定"。而我以为，首先，苏格拉底是面对欲望的。他认为人人都有欲望，人人都有需要。而且，他认为，人类的文化要让欲望得到正当的、合理的满足。麦金太尔在从德性方面谈到柏拉图时说，柏拉图认为，"德性和善的概念与幸福、成功、欲望的满足等概念之间有着不可分解的联系。"③这话用在苏格拉底身上一样有效。他曾从"正义"的角度谈到这一点。他说："正义的心灵正义的人生活得好，不正义的人生活得坏"，而"生活得好的人必定快乐，幸福；生活得不好的人，必定相反"。因而，"痛苦不是利益，快乐才是利益"。④

苏格拉底与孔子，二人生活在人类的同一时期，但他们面对着中西不同的社会，因而他们对欲望的叙述也就有着不同。孔子面对的是中国的家、国同构的宗法社会，他叙述欲望的起点是家庭，是夫妻。苏格拉底则面对的是雅典时期的城邦社会，他是从城邦社会入手去叙述欲望的。他甚至认为，人的需要是城邦的起源："在我看来，之所以要建立一个城邦，是因为我们每一个人不能单靠自己达到自足，我们需要许多东西。""因此我们每个人为了各种需要，招来各种各样的人。由于需要许多东西，我们邀集许多人住在一起，作为

---

① 讨论苏格拉底，我们在很大程度上离不开他的学生色诺芬和柏拉图，特别是柏拉图。因为我们主要是靠柏拉图的著作来了解苏格拉底的。罗素甚至认为，"我们很难判断柏拉图究竟有意想描绘历史上的苏格拉底到什么程度，而他想把他的对话录中的那个叫苏格拉底的人仅仅当做他自己意见的传声筒又到什么程度"。罗素：《西方哲学史》，商务印书馆1986年版，第119页。
② 全增嘏主编：《西方哲学史》，上海人民出版社1985年版，第138页。
③ 麦金太尔：《德性之后》，中国社会科学出版社1997年版，第177页。
④ 柏拉图：《理想国》，商务印书馆1997年版，第42页。

伙伴和助手，这个公共住宅区，我们叫它作城邦。"①

但是，人走到了一块，不只是有互助。就个人而言，如果"不以所得为满足"而"无限制地追求财富"等的话，就会有争夺。就城邦而言，如果要扩大城邦，就会有战争。在这样的情况下，人的欲望如何才能不被自己或他人破坏而获得最大的满足呢？这个问题的另一个问法是：在城邦社会里如何安顿人的心灵与社会秩序呢？苏格拉底进行了一系列的欲望叙述。他与人讨论了智慧、勇敢、节制、正义等一系列美德。如他认为，"节制是一种好秩序或对某些快乐与欲望的控制"。如果一个国家的目标"不是为了某一个阶级的单独突出的幸福，而是为了全体公民的最大的幸福"，那我们"在这样的城邦里最有可能找到正义"。对一个城邦来说，"正义就是有自己的东西干自己的事情"。而对个人来说，正义的人"应当安排好真正自己的事情，首先达到自己主宰自己，自身内秩序井然，对自己友善。"他要人们将自己的欲望、激情和理性三个部分"合在一起加以协调"，让它们变成"一个有节制的和谐的整体"。他甚至把美德叙述为"一种心灵的健康"，因而"做正义的事、实践做好事、做正义的人"对自己是有利的。②苏格拉底同样是调动人的精神欲望的圣手。他的一系列美德不仅与具体的欲望满足相关，而且同样是悬在高处的"金苹果"，他吸引人一生都去追求美德，那是人们最大的精神满足。

我们的考察并不能到此结束。尽管通过对孔子与苏格拉底两位东西方大哲的思想考察，我们应该可以说，他们的学说是欲望叙述的伟大成果，但"文化是欲望的叙述"这一命题可能会遭到这样的诘难：第一，它是不是西方哲学史上爱尔维修、边沁等人的功利主义主张？第二，它如何处理理性问题？理性，显然是与"欲望"相对的一个词儿。对理性问题进行探讨的著述、学说，是否也是对欲望的叙述？

这是两个有着相关性的问题。首先我要说的是，我们的命题与功利主义是不同的。第一，在文化建构面对的基础上，功利主义强调的是"幸福""快乐"，而我们强调的则是"欲望"。这二者似乎联系紧密，实际上却有着微

---

① 柏拉图：《理想国》，商务印书馆1997年版，第58页。
② 参见柏拉图：《理想国》，商务印书馆1997年版。

妙的区别。罗素曾清楚地对二者进行了区分。他说，"如果我希求什么，我之所以希求它是因为它会给我快乐，这通常是不对的。我饿的时候希求食物，只要我的饥饿还继续存在，食物会给我快乐。然而，饥饿这种欲望是先有的；快乐是这种欲望的后果……每人的主要活动都是由先于算计快乐和痛苦的欲望决定的。"他说，快乐是由于欲望，"而不是倒过来讲"。"因为人们的欲望彼此冲突，伦理学是必要的。"①第二，功利主义认为，善就是快乐。而在我这里，"欲望"与"欲望的叙述"是两个概念。文化必须面对欲望，但重要的，是对欲望的叙述，是讲述欲望如何才能获得满足的故事，是在故事的讲述过程中建构一套价值和意义。

"功利主义"是无法涵盖"文化"的，而"文化"却可以涵盖"功利主义"。我的命题不否认功利主义是一种对欲望的叙述，而且是一种值得注意的叙述。尽管快乐与欲望是有区别的，但快乐毕竟来自欲望的满足。功利主义用将善与快乐联系起来的叙述策略，建构了一套道德体系和价值规则，尽管它有着独有的局限。

我们重点讨论一下理性问题。我们以为，理性不仅是人的理性，而且是为了人的理性。讨论理性最好的办法莫过于讨论康德。康德并不是一个理性主义者，他是深知理性的限度的。但也恰恰是他，在讨论理性的限度的同时，将理性哲学推向了一个顶峰。康德将理性分为思辨理性与实践理性。在思辨领域里，他的《纯粹理性批判》在认识论上做了十分伟大的工作，解决了数学如何可能、自然科学如何可能、哲学如何可能等诸多问题，对后世产生了巨大的影响。他自己对他的这一工作是十分满意的。他在书中这样写道："我可以自信地说，我对于这个问题已经穷尽其一切可能的答案了，并且最终发现了理性所不得不认为满意的答案。"②那么，这个穷尽了一切可能答案的《纯粹理性批判》是不是真的纯粹为了"纯粹理性"？不！康德说，"我们仍离纯粹理性全部努力所实际指向的两大目的很远。"他把"至善这个理想"作为纯粹理性的"最终目的"。③

---

① 罗素：《西方哲学史》，商务印书馆1986年版，第333页。
② 康德：《纯粹理性批判》，华中师范大学出版社2000年版，第669页。
③ 同上。

这就使康德走向了实践理性。在实践理性领域，康德是反对功利主义的，他认为不能将善、道德归结为幸福、快乐。康德并不是反对幸福、反对欲望的满足，更不是反对讨论如何才能获得欲望满足、获得幸福。他与功利主义者的区别不在于"要不要"欲望的叙述，而在于"如何"进行欲望的叙述，在于"如何"建立道德法规。康德说："道德学根本就不是我们如何谋得幸福的学说，而是关于我们如何配当幸福的学说。"①同样是关于"幸福的学说"，一个是"如何谋得"，一个是"如何配当"。这不是康德在与我们玩概念游戏。这里有一个重要的区别。康德认为，道德法则是不能用主观标准去制定的，道德具有绝对价值。道德法则应该是一个客观的命令，而且是"绝对命令"。只有满足了"绝对命令"的条件，你才"配"得到幸福。否则，你就不配！"如何谋得"与"如何配得"的区别在于，"前者规劝我们如何最能满足我们追求幸福的自然欲望；后者命令我们如何行动，好让我们配得幸福。"②道德法则为什么不能用主观的、用"谋得"的学说去制定呢？因为它缺乏一致性和客观性。康德说，"法则客观地在一切场合和对于一切理性存在者包含着意志的同一个决定根据。"而"每个人应该将他的幸福置于何处，取决于每个人自己独特的快乐与不快的情感，而且甚至在同一主体之中，也取决于随他的情感而变化的不同需求；因而一个主观的必然法则（作为自然法则）在客观上也就是一个完全偶然的实践原则，而且能够并也必然随着主体的不同而大相径庭，因而决不能充任一个法则。"③康德认为"有纯粹的道德律，它完全是以验前确定（而不管经验性的动机，即幸福）什么是应该做的，什么是不应该做的。"④

于是，康德给我们指出了他所说的道德律令。第一条，"我一定要这样行为，使得我能够立定意志要我行为的格准成为普遍规律"。第二条，"你须要这样行为，做到无论是你自己或别的什么人，你始终把人当目的，总不

---

① 康德：《实践理性批判》，商务印书馆1999年版，第142页。
② 康蒲·斯密：《康德〈纯粹理性批判〉解义》，华中师范大学出版社2000年版，第586—587页。
③ 康德：《实践理性批判》，商务印书馆1999年版，第24—25页。
④ 同上。

把他只当做工具"。第三条,"个个有理性者的意志都是颁布普遍规律的意志"。①

康德的道德律令其实只是一个普遍立法形式。康德以为它有了功利主义所没有的客观性和一致性。但康德的道德学说是不是一定比功利主义的道德学说更为有效?遗憾的是并非如此。康德道德学说的所谓客观性和一致性从来没少受到批判。黑格尔早就批判康德的道德学说是"空虚的形式主义","这种形式的同一排斥一切内容和规定。"②而20世纪的哲学家、伦理学家麦金太尔却更为残酷地指出,康德的道德律令其实不能作为道德法则,因为人们"可以轻易地看到,很多不道德的和无足轻重的非道德准则都可以被康德的检验证明得与他所要坚持的道德准则一样正确","比如,'除我之外,把每个人都作手段'可以是不道德的,但它并无前后不一致之处,即使在充满依据这种准则生活的利己主义者的世界,在意志中也毫无不一致。"③

尽管康德的道德律令受到诘难,但他用理性——从思辨理性到实践理性——进行欲望叙述这一点却是明确的。而且,我们不得不承认,将人叙述为理性主体,是康德欲望叙述的巨大成功。人是人自己的目的,而不是某种工具,这是启蒙理性时期最大的时代欲望,康德用他的理性批判让人们看到了满足这一时代欲望的路径。由于康德的杰出工作的参与,18世纪的西方人已经从许多重要方面用"理性"取代了"上帝"。人们用理性能满足认识世界的求知欲望,也能用理性满足"自由意志"的求善欲望。康德的欲望叙述为他的时代创造了一整套价值与意义,使他成为一个时代的标志。以至于后人,无论继承者还是反叛者,都绕不开对这个标志的谈论。

二、意义的敞亮:欲望作为一个故事

文化是如何在对欲望的叙述中创造一套价值与意义的?其主要策略是:话语转移——对欲望进行话语转移。

---

① 参见康德:《道德形而上学探本》,商务印书馆1957年版。
② 黑格尔:《康德哲学论述》,商务印书馆1962年版,第51页。
③ 麦金太尔:《德性之后》,中国社会科学出版社1995年版,第60、61页。

话语转移的基础在欲望本身的张力。如前所述，人，都有众多的欲望。欲望是有不同层次的，大的层次即有物质欲望与精神欲望。人的众多的、不同层次的欲望并不总是和谐并存的，它们更多的是相互矛盾、相互冲突。精神欲望与物质欲望之间，乃至物质欲望与物质欲望之间、精神欲望与精神欲望之间，冲突不断，伴随着人的终生，且千古不变。西门庆遇到的是肉欲与肉欲间的矛盾。本来，按中国人的说法，食色，性也。但人对食色的无限欲求与健康的需求有着冲突。西门庆一天到晚声色犬马，最终丢掉了小命儿。关云长在赤壁大战后的华容道上碰到过精神追求与精神追求间的冲突：是尽忠还是行义？电视连续剧《大雪无痕》里的周密经历过精神欲望与物质欲望——名与利的双重诱惑：仕途成功与钞票大把的轻重需要掂量。

欲望与欲望间发生冲突，就需要选择。文化对欲望的叙述，就是要用一套与欲望满足相关的价值与意义作用于人们的选择：在欲望与欲望之间，孰重孰轻？孰大孰小？如何选择才能最好地满足欲望？为什么进行这种选择是有利的、有价值的、有意义的，而进行另外的选择是不利的、无价值、无意义或价值意义较少的。

因而，所谓对欲望的话语转移，就是通过话语的叙述，用一套价值与意义引导人们，使其对欲望注意的重心发生转移，或者说，使其转移欲望发展的方向，使人、人群走向心灵具有家园、社会具有秩序的轨道。

在上几节的讨论中我们要看到，孔子用话语把欲望追求转移到"仁"，苏格拉底转移到"美德"，康德转移到"理性"。苏格拉底对话语的转移更有一段清醒的表白："当一个人的欲望被引导流向知识及一切这类事情上去时，我认为，他就会参与自身心灵的快乐，不去注意肉体的快乐。"①

中国古代荀子与孟子对人性善恶之不同见解是有意味的。荀子从人有欲望出发，主张性恶。他说，"饥而欲饱，寒而欲暖，劳而欲休"，"今人之性，生而有好利焉，顺是，故争夺生而辞让亡焉；生而有疾恶焉，顺是，故残贼生而忠信亡焉；生而有耳目之欲，有好声色焉，顺是，故淫乱生而礼义文理亡焉。"荀子认为人有欲望而性恶，故需有教化。紧接着上面的话，他说：

---

① 柏拉图：《理想国》，商务印书馆1997年版，第231页。

"然则从人之性，顺人之情，必出于争夺，合于犯分乱理，而归于暴。故必将有师法之化，礼义之道，然后出辞让，合于文理而归于治。"①

对于荀子讲的人而有欲，欲而相争，孟子何尝不知？他说，"人之有道也，饱食暖衣，逸居而无教，则近于禽兽。"②孟子又何尝不知道人需要教化，但他认为应该有更好的方式。因而他主张人性善："恻隐之心，人皆有之；羞恶之心，人皆有之；恭敬之心，人皆有之；是非之心，人皆有之。恻隐之心，仁也；羞恶之心，义也；恭敬之心，礼也；是非之心，智也。仁义礼智，非由外铄也，我固有之也。"③原来孟子发现，仁义礼智四端是人的精神追求。于是，孟子通过话语转移，把"善"植入人心中，植为人的本性，其目的，是将人的欲望、将人的欲望发展方向调整到对"善"、对仁义礼智的追求方向上来。于是，道德，就不是外在的规范，而是人的内在需求。这就是孟子的极端聪明的话语转移。

说"性本恶"，说出了真理。说"性本善"，说出了智慧！

在人类对欲望的话语转移中，蕴藏着许多有意味的机制。这里试举其二。第一，"抑制/激活"机制。无可否认，欲望叙述要通过话语策略抑制人的某些欲望，要通过这种抑制对心灵与社会进行某种调节。但这只是一个方面，欲望叙述必须同时激活人的某些欲望，否则，人的生命就会失去前进的方向，社会就会失去发展的动力。这是很可怕的。中国历史进入"新时期"之后，有一个全民皆知的词汇，叫"开放搞活"。"开放"是对外开放，"搞活"是将思想搞活、将社会搞活，其实，也是将欲望"搞活"。它的另一个说法可以叫"释放欲望"。从农村联产承包责任制，到城市个体工商业上马，从承认资本运作，到实行市场经济，每一步都与释放个人能量相关。

回到"抑制/激活"机制。它的两个方面是相辅相成的，失去或弱化任何一个方面都出问题。欲望叙述或者说文化的智慧，很大程度上就表现为对这一机制的如何运用。不同的思想家、哲学家正是从不同的角度运用了这一机制，表现了不同的智慧。儒家通过其"君子之道"，激活了人们的"君子"之欲。

---

① 参见《荀子·性恶》，《诸子集成》，上海书店1986年版。
② 参见《孟子·滕文公》，《诸子集成》，上海书店1986年版。
③ 参见《孟子·告子》，《诸子集成》，上海书店1986年版。

它引导人们入世，引导人们成为"劳心者"，调动了人们的功名利禄之心。同时，它又能抑制"小人"之欲，让人们在对"仁"的追求中施展才华。儒学被中国历代封建统治者看好不是没有道理的。道家则不同，它抑制人的功名利禄之心。认为功名利禄等欲望是一切社会灾难和心灵困惑的根源。老子主张"绝圣弃智"，鼓吹"无为""不争"。庄子更是认为："爱利出乎仁义，捐仁义者寡，利仁义者众。夫仁义之行，唯且无诚，且假手禽兽贪者器。"①庄子认为，人应该摆脱名利等等欲望的束缚，过恬静安适的生活。他说，"纯粹而不杂，静一而不变，淡而无为，动而以天行，此养神之道也。"②但人是不可能没有名利之欲的，你要人们摆脱它，人们凭什么跟你庄子走？庄子激活的是人另外的欲望——自由。他认为，人，只要陷于名利之中，就不自由，就"有所待"。而人应该进入自由自在，无所待的境地。"若夫乘天地之正，而御六气之辨，以游无穷者，彼且恶乎待哉？"③在天地间作逍遥游，这是何等诱人的境界！如果说儒家学说更多地作用于社会的话，道家学说则更多地作用于人的心灵，它让人在老庄思想里找到一种灵魂的栖息地。"儒道互补"是中国文化的常识。但如何"互补"？过去人们常爱说"穷独达兼"。"达"时用儒家学说兼济天下，"穷"时用道家思想独善其身。其实这并不准确。我以为，无论穷时达时，儒道在人身上都是同时需要的。难道人在"达"时就没有心灵困惑？就不需要心灵调节？就不需要逍遥游的心境？

对欲望进行话语转移的另一个机制是：揭示痛苦/许诺幸福。这个机制在宗教里更为常见。佛教讲"苦集灭道"四谛。何谓"苦"？人生就是痛苦。包括生老病死等等，共有"八苦"。其实，苦也并不限于此八者。苦，是人生、是世俗世界一切的本性。何谓"集"？集是人生及世间一切痛苦的根源，佛教把它称为"业"与"惑"。业、惑与轮回果报相关，而轮回果报的直接原因则是人的"五欲"，即色、声、香、味、触五种情欲。众生常为五欲所恼，又不得满足，故给此生和后世造成无尽痛苦。五欲给人生带来如此痛苦，怎么办？"灭"。要断灭产生一切痛苦的根源，走向涅槃。"道"则是从因果轮回走向

---

① 参见《庄子·徐无鬼》，《诸子集成》，上海书店1986年版。
② 参见《庄子·刻意》，《诸子集成》，上海书店1986年版。
③ 参见《庄子·逍遥遊》，《诸子集成》，上海书店1986年版。

涅槃的方法、正道。因而佛教要求人们无贪、无念、悟"空"、破"执"。在一般的理解中，学佛要修炼到"心如古井""心如止水"。其实，心如古井、心如止水也未必是修证佛法的最高境界。最高境界应该是"心无一物"。"证得诸幻灭影像故，尔时便得无方清净，无边虚空，觉所显发。觉圆明故，显心清净。"①也就是后来惠能的"菩提本无树，明镜亦非台"的境界。为什么要修炼到如此程度？因为修到了"五蕴皆空"，就可以"度一切苦厄"②，更可以修炼"成佛"，生活在一个至高的境界之中。从某种角度讲，佛教是禁欲的。但你会发现一个重大的悖论：它用以禁欲的，仍然是人的欲望：难道摆脱痛苦，修炼成佛、或者说活出境界，不是人最大的欲望？其实，说任何文化话语是绝对禁欲的，都不准确，都不懂文化对欲望进行叙述的真谛。

如果说佛教把人的欲望当做"恶"的话，犹太教、基督教则把人的欲望当做"罪"。《圣经》关于亚当夏娃偷吃禁果的故事是人所共知的。人因为有欲而有了"原罪"。人有了原罪当然就生活在痛苦之中。《旧约》中，上帝通过摩西与以色列人定约，要人按照上帝的立法戒除一切罪恶，上帝要把以色列人带到"流奶与蜜"的地方。《新约》中，基督耶稣用他的死洗去了世人的罪，让世人白白地得到清白之身。但人必须爱上帝、爱耶稣，信奉上帝、信奉耶稣。"神爱世人，甚至将他的独生子赐给他们，叫一切信他的，不至灭亡，反得永生。"你一直痛苦地在黑暗中寻找生命的真谛吗？主耶稣说"我就是道路、真理、生命"，"我就是生命的粮，到我这里来的，必定不饿；信我的，永远不渴。""跟从我的，就不在黑暗里走，必得着生命的光。"③

对欲望进行话语转移的机制让我们更清楚地窥视了文化创造价值与意义的奥秘。在那里，我们看到了被称为"智慧"的东西。

三、从西方到东方：当代中国的文化难题

每一个社会、每一个时代都有当时的文化难题。造成难题的原因至少有

---

① 出自《圆觉经》。
② 出自《心经》。
③ 出自《圣经·约翰福音》。

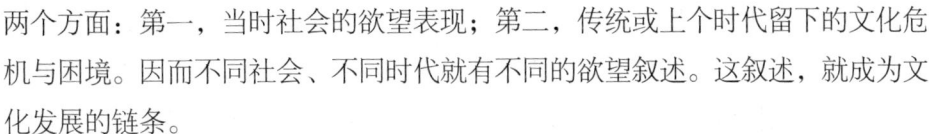

两个方面：第一，当时社会的欲望表现；第二，传统或上个时代留下的文化危机与困境。因而不同社会、不同时代就有不同的欲望叙述。这叙述，就成为文化发展的链条。

今日中国，正碰到巨大的文化难题。它呼唤时代的大智慧。

造成当下文化难题的当然有现实原因。今天的中国，欲望已进入高度活跃的时期，人们被不同的欲望驱使着以各种方式去追求着满足。不同的欲望在碰撞、摩擦与冲突。而人们的起点、机遇、资质、准备等等是不同的，差异不可避免。历史转型时期利益重新分配过程中的社会公正、道义问题所引发的人们心理上的震荡更加速、加剧了欲望的冲突。

但我们必须同时看到，在今天人们的欲望表现里，已经积淀着人类的各种欲望叙述和它们的陷阱。因而，当下的文化难题更源于文化困境。这困境极为特殊，同时也是全球化时代发展中民族与国家所普遍面临的。它具有双重性，除传统因素外，更主要的是，在经济上不得不向西方学习的民族与国家，在文化上却必须面对西方文化危机给自己的文化建构带来的挑战。

中国人向西方学习的时机是很具象征意味的。实际上，中国人从开始向西方学习起，就已经掉进了西方文化的陷阱之中。但那时的中国人并不太清楚别人的陷阱。中国人清楚的是自己的危机。早在19世纪下半叶，中国传统文化的有效性已经受到极大的冲击。儒家文化对欲望的叙述确实表现了极高的智慧，但从孔子开始，其建构"君子之道"的基础之一便是等级制：把人分为君子、小人。这一等级制终于演变成后来的纲常伦理，演变成严格的封建宗法制。在历史的里程中，儒家智慧终于从辉煌走向了反面，成为了桎梏人的话语形态。于是我们在19世纪下半叶便听到了龚自珍对"私欲"的呼唤、听到了李贽对"童心"的鼓吹，听到了百日维新变法的脚步，直到20世纪五四运动的爆发，变革的呐喊天崩地裂般地爆了出来。

于是中国人向西方学习。学什么？学科学、民主，学"人的文学"，一句话，学启蒙理性精神、学现代性。中国要学会把人当人、把人当目的。中国人知道，只有每个人强大起来，整个国家才会强大。

但此时的西方，启蒙理性已经受到猛烈的批判。也就是在19世纪下半叶，在中国人开始反叛自己的传统文化的时候，西方也出了一个人物，对西方的启蒙理性传统提出了质疑。他叫叔本华，曾十分喜爱康德，并受他极大的影响。但叔本华却发现，康德把人叙述为理性的人是不对的。他认为人不仅有理性，而且有欲望与情感，即意志。而且，人最本质的东西是意志。把理性当做人的本质是错误的。"意志就是真正的自在之物。任何人都能看到自己就是这意志，世界的内在本质就在这意志中。"①意志高于理性。叔本华还发现，意志"是一个无尽的追求"，"欲望总是把它们的满足当做（人的）欲求的最后目标来哄骗我们"。而"从愿望到满足又到新的愿望"是一个"不停的过程"②

但这一发现对叔本华来说，却是给自己找了一个难题：发现人的本质是欲望与情感之后怎么办？怎么安顿人心与社会秩序？叔本华令人意想不到地走向了禁欲。这似乎是一个悖论——从传统文化的迷雾中敞亮情欲是对生命意志的肯定，而禁欲却是对生命意志的否定。从肯定生命意志开始，以否定生命意志结束，叔本华到底要干什么？这是一个否定之否定的过程。他说："否定生命意志是完全认识了意志的本质，这认识又成为意志的清醒剂之后才出现的。"对意志本质的进一步研究，使叔本华看到一切生命"在本质上即是痛苦"，因为情欲无尽追求的本性，因为追求过程中的受阻与挣扎，"所以痛苦也是无法衡量的，没有终止的。"③我们在这里似乎听到了佛教的声音。叔本华确实受了印度宗教的影响，但他认为这绝不只是宗教的问题，对于意志的内在矛盾及其本质上的虚无性，教徒和哲学家都应该去认识。

叔本华的理论不仅是对启蒙理性的有力颠覆，而且是对西方的整个理性传统的无情打击。因为尽管他走向了禁欲，但他毕竟是从与理性不同的另外一个路向上，即从生命角度去叙述人、人的欲望。从他之后，西方哲学家大都从人的生命本身、从人的存在去思考哲学、文化问题。于是西方哲学从叔本华这儿转弯。

叔本华之后出现了尼采。他继承了叔本华的反理性主义和意志说。不过，与叔本华不同，"意志"在尼采那儿已经不只是生命意志而是权力意志。他认为生命本身就是权力意志。尼采与叔本华更为不同之处在于对于意志的

---

① 叔本华：《作为意志和表象的世界》，商务印书馆1997年版，第233页。
② 叔本华：《作为意志和表象的世界》，商务印书馆1997年版，第236页。
③ 叔本华：《作为意志和表象的世界》，商务印书馆1997年版，第424、425页。

态度。尼采坚决反对禁欲："禁欲对于一部分人是一种道德，对于另外许多人却几乎是一种罪恶。""如果禁欲引起痛苦，禁欲是应当被抛弃的；否则禁欲会变成地狱之路。"他认为"意志解放一切，这是意志与自由之真正学说。"因而要高度地发展意志。"美何在？美在我必得用整个意志去'意志'的地方。"①他讨论希腊悲剧是借艺术为入口进入权力意志。他喜欢希腊悲剧英雄"那充足的、青翠的、那丰富的生命力……他们的名字是希望、意志与悲痛。"②他认为人因为权力意志的优劣而分为强者、弱者，上等人与下等人。他呼唤"超人"而鄙视同情弱者的道德，"小道德，对于侏儒们是必要的"。③

那么，在超人意志横行的情况下，将建立一个什么样的社会秩序呢？尼采似乎别无选择，他回到古代社会的等级制：让"高贵"人统治"下等"人，强者统治弱者。他说，"古代是可祝福的，那时人民自己说：'我将做民族的支配者！'因此，我的兄弟们哟，优良者当支配，最优良者也意欲支配！有着与此不同的教言的地方，那里便缺乏优良者！"④

尼采是又一个悖论式的人物。他是那个时代对现代性最激烈的反叛者，又似乎是开历史倒车的人。历史好不容易从贵族政体、从等级制中走了出来，人们好不容易冲出了等级制的束缚，难道还要回去？

当谈到尼采的这些主张时，罗素说他确实想"找到一些反驳尼采伦理学和政治学的理由"，但是在找"理由"时这位分析哲学家却给我们讲了一个他虚构的故事。故事中，他设想如来佛与尼采当面对质，二人进行了一场激烈的交锋。如来佛说人生充满痛苦，"而超脱只有通过爱才能够达到"。尼采却突然叫道："我的天哪，老兄！你必须学得性格坚强些。……你的理想是个纯粹消极的理想——没有痛苦，那只有靠非存在才能完全达到。"而罗素之所以给我们讲故事，是因为他赞同他所想象的如来佛。但是"他不知道怎样用数学问题或科学问题里可以使用的那种论证来证明"如来佛的意见正确。而他厌恶尼

---

① 参见尼采：《查拉斯图拉如是说》，文化艺术出版社1987年版。
② 尼采：《悲剧的诞生》，湖南人民出版社1986年版，第157页。
③ 尼采：《查拉斯图拉如是说》，文化艺术出版社1987年版，第200页。
④ 尼采：《查拉斯图拉如是说》，文化艺术出版社1987年版，第252页。

采,却又"不在于诉诸事实,而在于诉诸感情"①。

看来尼采确实给文化出了一个大难题。尼采之后,哲人们作了各种探讨。他们循着叔本华、尼采开辟的路向——从生命本身、从存在出发,去寻找更智慧的结论。海德格尔发现了存在的烦畏死,但他却呼唤良知和诗意的栖住。萨特看到了存在的虚无,但他却呼唤自由与责任。他们的思考是否令人满意?不。后现代主义者们认为他们并没有摆脱现代性传统。福柯、德里达、拉康等人从不同角度对启蒙理性、本质主义、基础主义包括海德格尔们的"在场的形而上学"等等进行了无情的批判,揭示了现代性传统里面的种种陷阱。有人认为,后现代主义者解构了一切价值与意义。不对,他们只是解构了现代性传统所创造的价值与意义。当然,解构了他们对欲望的叙述,剩下的,就只是欲望了。有人认为,后现代主义者不追求自由、理想、幸福等等。也不对。但是,他们的力量都用在了解构上,到建构时,他们已经无能为力了。

对中国人来说,这真是一个戏剧性的事件:早在19世纪末、20世纪初中国人便已经面对着一个现代性的西方,一个反抗现代性的西方。但当时的中国迫切需要完成当时的历史给中国提出的任务。由这一语境决定,除少数人外,当时大多数中国人要么看不到反抗现代性的西方,要么对它进行误读。这是完全正常而可以理解的。一个世纪过去了,中国明白了,原来西方现代性传统对欲望的叙述,已经被西方人自己批判了一百多年!19世纪末,我们挣扎着走出中国文化的危机,20世纪末,我们却必须走出西方文化的危机。今天,当面对中国当下的种种欲望表现而进行文化思考时,我们却发现,处处是陷阱!中国的现代性远未建成,但现代性的陷阱却已经推到了中国人面前。

如何走出当下文化困境,是一个大的课题。本文不可能完成。但我想说的是,从另一角度讲,中国人当下的文化难题同时是一种难得的幸运。因为对真的文化思考者来说,无论是文化智慧还是困境、无论是洞见还是盲视、无论是陷阱的产生还是陷阱的发现,一经揭示,它们都同时变成了资源。我们已经拥有了前所未有的丰厚的文化资源,中国的、西方的。

而且,更重要的,是我们有着无比肥沃的现实土壤。在这个土壤里,有

---

① 罗素:《西方哲学史》,商务印书馆1986年版,第326页。

着文化积淀，更有着丰富的欲望表现：前现代的、现代的、后现代的。这是欲望叙述的难得的土壤。

今日中国的文化建设是一个十分有张力的任务：要建设与经济发展相适应的、推动中国现代性建设而又防止现代性陷阱的文化形态！这任务是双重的。任重而道远。问题在于，我们的文化思考要从"书本"里走出来。20世纪末以来，中国的各种文化思考一直进行着激烈的交锋。这交锋在很大的程度上，属于"书本"之战。因为论者往往只抓住我们有张力的文化任务的某一方面，有的，抓住了"现代性建设"的必然性，有的，抓住"防止现代性陷阱"的必要性，双方于是言之有据地进行论争，各执一词。书本，成了论争的"本本"，而不是建设的资源。

如果我们的文化思考能从"书本"里走出来，直接面对当下的欲望表现、直接面对现实问题与时代任务，然后把中外各种"书本"真正当成智慧资源去进行新的欲望叙述，我们一定能做一些我们可以做的工作。也只有直接面对当下的欲望表现，在前人智慧的基础上去进行新的欲望叙述，我们才会有真正属于我们自己的新的文化创造。

（原载于《花城》2003年第5期）

欲望的重新叙述

一

20世纪90年代中国大陆理论批评界各种话语的言说，或独白或对话，色彩缤纷，迥然相异。然而，走向各种话语的背后，却可以发现，它们其实隐藏着一个共同的潜台词：对欲望的态度。

按解构一路，价值没有了，意义没有了，终极关怀没有了。大千世界还剩下什么？欲望。尽管有人明说、有人暗说、有人不说，答案却呈现无疑。

另一部分学者则提醒人们注意人文精神的失落。他们忧患于欲望对于人文精神的冲击，呼唤人文精神的张扬。

对欲望的态度，成为一个问题。[①]

"问题"首先来自话语之外。与社会转型相伴随的是"潘多拉魔盒"的开启。与魔盒开启的同时获得释放感的，首先是欲望。它揉揉一下子不太适应光线的眼睛，活动活动有些发麻的手脚，迅速踢腾开来，进入狂欢，大有"横流"之势。它迫使任何严肃的人文学者都不得不面对它，对它作出回应——尽管不同的人文学者所具有的知识、思想、文化背景不同，言说的方式和内容不同。

"问题"更深植于文化之中。它从不同方面表现了人们文化建构的新努力。引出了一些需要思考的话题。

[①] 参见1994年以来《读书》《文论报》《作家报》等报刊发表的"人文"与"后学"讨论文章。

二

欲望是人类文化的千古话题。

生机与灾难是欲望的一体两面。宇宙诞生了欲望，也就诞生了灾难。如何既推动欲望以使人间充满活力又限制欲望以维持社会秩序，便是人类文明面对的永恒难题。由此展开了人类文明史的一个生动侧面。

在中外文化对"欲望"的诸多谈论中，我们不难发现，在我们自身的生命感受中真真切切的欲望，在各种话语里却莫衷一是，各执一词，或曰"恶"，或曰"魔鬼"，或曰"受压抑者"，或曰"能指"不一而足。我们在那里看到了对欲望的多种命名，那多种命名所带给我们的不是越来越深的把握，而是越来越多的言说。

如何理解各种话语对欲望的谈论是一个极为重要的问题。对欲望的谈论真的仅仅是为了切入对象，把欲望作为客体去把握吗？不。如果我们把对欲望的谈论仅仅作为指向对象的活动，我们便无法把握文化活动的真谛。欲望，在不同的文化言说者那里，与其说是一个客体、一个对象，不如说是一个故事。对欲望的言说，主要不是用言说的方式还原欲望，而是用言说的方式叙述欲望。叙述的目的不只是要你知道故事，更要你知道叙述者对故事的感受和思考。叙述者的视角不同，叙述方式不同，叙述的故事便不同。于是欲望成为一个叙事学的命题。欲望的叙述是意义的敞亮方式。文化思考的策略之一便是对欲望进行叙述。人文话语通过欲望叙述来思考人类难题，建构文化体系。东西方在欲望的叙述上采用了不同的策略，便产生了不同的文化体系。

不仅直接言说欲望的话语是欲望的叙述，而且，任何话语，只要是人文话语，或者说，只要关乎主体、生命的价值与意义，它都或明或暗、或远或近、或直接或间接地与欲望相关，都从广义上隐含着欲望的叙述。

把精神追求、人文话语理解成欲望的叙述，可以超越欲望/精神二元对立去把握文化现象。我们曾经将欲望／精神、肉／灵截然二分，与之相伴随还有一些二元对立：粗俗/高雅，低下／高尚、愚昧／文化。在"欲望的叙述"里，欲望与精神并非阵线分明、壁垒森严。"高雅"者不仅并非浑身脱俗，而且是对"粗俗"的叙述。当高雅者"高雅"到忘记"粗俗"时，他便会失去

"高雅",正如高雅者粗俗到只有粗俗一样。

把精神追求、人文话语理解成欲望的叙述还帮助我们消解话语的普遍性神话。欲望是人所共有的,这便决定不同人、不同话语有交流、对话的可能。然而,处于不同的历史语境之中,欲望的表现不尽相同。更重要的是,处于不同的语境,面对不同的欲望表现,不同的叙述者有着不同的欲望叙述。任何时代、任何社会、任何民族的成功的欲望叙述都是面对当时当地的欲望所表现出的智慧。一个人文知识分子无法外在于古人、他人的欲望叙述,但他首要的工作则是,必须面对此时此地的欲望表现,寻找自己的叙述。

三

20世纪的中国文化史是一部欲望的重新叙述史,其文化之旅从反叛欲望叙述的古典形态起步。新文化运动的先驱们对"存天理,灭人欲"的古训进行了激烈批判。这种批判早在鸦片战争之后便已被仁人志士们不屈地进行着。龚自珍曾作《论私》,鼓吹"天赋私欲",认为天有私,地有私,日月有私。[①]到"五四",国人终于大胆承认,人类是"从动物进化的"[②]。新文化运动的先驱认为中国古典文化通过扼杀欲望而"吃人",通过"吃人"而使中华民族走向衰亡。

在对古典文化危机的揭示里响起了一个时代的声音:中国需要新的欲望叙述。西方人的欲望叙述为我们打开了一片全新的天地。

比如,我们发现了启蒙理性的欲望叙述。其典型代表如康德,他以空前的天才建立了他巨大的理性体系。康德是一个杰出的欲望叙述者。人类认识自然、征服自然、改造自然的欲望,在他的叙述下,成为人的理性能力。他用他的理性建立了主体的人。由于适应了中国反封建的启蒙需要,由于用大写的人涂抹了古老帝国的天空,因而,从"五四"时期"个性解放""个人主义"的呐喊直到20世纪80年代的"文学主体性"的理论建构,理性主义的欲望叙述

---

① 出自龚自珍:《论私》。
② 参见周作人:《人的文学》,《中国新文学大系·建设理论集》,上海文艺出版社1980年影印本。

激动了中国20世纪的几代人。如果说"五四"时期人们的注意力主要还在用"人"去反叛传统文化的话,那么80年代,人们已经对康德的道德律令有了心领神会。在道德领域,康德给我们叙述了这样一个欲望的故事:个人欲望没有普遍必然性,康德反对经验论幸福主义的主张。在康德看来,个人欲望、个人利益、个人幸福追求都没有客观标准,不同的人有不同的欲求,不同的时代有不同的幸福观。而道德,却必须具有普遍必然性,不能讲任何条件。于是,康德建立了他的绝对命令——一个新的上帝。康德用理性/欲望、超验/经验、彼岸/此岸的二元对立,成功地将人叙述为理性的存在,用对超验、彼岸的追求去解决经验界、此岸的问题,为人建立了一个无限飞升的精神王国。这些,在中国20世纪80年代"文学主体性"的呼喊里,化成了"使命意识""忧患意识""爱的推移"和"超我性"原则。①中国文坛掀起了人道主义大潮。

20世纪80年代中期,启蒙理性的欲望叙述在中国进入鼎盛的时期,也是它受到质疑的时期。中国人由不自觉到自觉、由表及里地发现了现代主义的欲望叙述。比如尼采,正是针对道德领域的上帝,尼采高呼"上帝死了"。尼采反对通过认识论路向解决世界问题的理性派哲学家思路,他高举非理性的旗帜"重估一切价值"。尼采显然对欲望进行了完全不同于康德的叙述。在尼采那里,我们看到了关于欲望的另一个故事:欲望,特别是统治欲、权力欲,是生命的本质。在他看来,人为满足自己欲望而努力的利己主义是毫无疑义的,不如此,社会就会退化。尼采对启蒙理性和启蒙理性继承发扬的人道理想进行了猛烈抨击。他同叔本华等人一道,成为现代主义思考的开先河者。他们及其后的存在主义、精神分析等种种哲学思潮在中国20世纪80年代的一代青年中得到强烈反响是势所必然的。新一代的人们用自己的文本,抒发着自己的生命感受,出现了焦虑、荒诞、非理性、人的分裂感、孤独感等等现代情欲。他们的笔从再现、表现对象变为描绘人的生命之流,从"认识"世界变为关注"人本"。叙述对象、叙述视角的迁移,表现出人们重新叙述欲望的努力。

20世纪90年代后,西方后现代主义进入中国批评家的话语之中。欲望,被用前所未有的方式推上了话语前台——后现代主义的言说者们用解构方法对启

---

① 刘再复:《论文学的主体性》,《文学评论》1985年第6期。

蒙理性建立的真理、意义、本源、实体、逻各斯中心等进行了全面颠覆。当所有关于欲望的叙述都被消解之后，剩下的自然只有欲望。

当然，后现代主义言说者们并无意将"欲望"设定为一个实体，一个逻各斯，一个本源或者终极。西方后现代主义那里有一个颇有意味的关于欲望的故事：欲望就是能指。这一故事的典型叙述者如拉康。为了解构意义，拉康斩断了欲望的满足之路和寻求满足的内驱力。拉康不同意弗洛伊德的意识/潜意识结构图。在拉康看来，这种结构图谈论着意识对潜意识的压抑，却允诺着满足。按照弗洛伊德的叙述，潜意识既然受到压抑，便永远有满足的希望。而且，潜意识在压抑中的升华，也是一种满足。寻求升华，寻求满足便是欲望活动的极大的内驱力。而在拉康看来，欲望、无意识具有语言的结构，它从根本上无法找到满足。欲望只是一个能指，它永远达不到所指，能找到的，只是能指链上一系列空洞的位置，只是"满足"的替代在能指链上的滑动。欲望的满足，只是一种永无归期的流放。这给中国作家玩弄"叙述圈套"提供了充分的可能性和广阔的天地。

无需再回顾了。中国的20世纪是借西方欲望叙述的"火"煮自己的"肉"的世纪。从文艺复兴以来的人道主义直至20世纪的现代主义、后现代主义，西方几个世纪的人文话语都在20世纪中国的文化、文学舞台上得到了操练。伴随着激烈的冲突，古老的东方文化进入了现代形态，古老的东方文学焕发了现代精神。

又一个世纪之交来临，中国人却发现20世纪文学与文化辉煌背后的迷失：因为事实上对西方中心的肯定，我们的文学与文化既引进了西方的洞见，也引进了其盲视。"现代性"的雷区、西方文化的负面正在威胁着我们。中国文化走向了再次觉醒。如果说上个世纪之交中国人经历了从古典文化危机中觉醒的话，那么这个世纪之交的中国人则正经历着从现代性里的觉醒、从"西方中心"里的觉醒、从西方文化危机里的觉醒。人们意识到，一个世纪以来，寻找新的欲望叙述的中国人很大程度上一直被西方人叙述着。中国文化将以什么样的姿态走向21世纪？这是今天中国的文学工作者和其他人文学者无法回避的问题。

四

20世纪走近了它的尾声，寻求新的欲望叙述的中国人越来越强烈地喊出了一个呼声：我们不能一直被西方人叙述着，我们需要寻找自己的叙述。

这并不是走向另一个极端，并不是排斥西方话语。

寻找自己的欲望叙述首先要面对自己语境中的欲望表现。而我们今天的欲望表现恰恰是这样一个复杂的形态。它既被几千年的古人叙述塑造过，又被一百多年来西人的叙述塑造过。今天的叙述，命中注定既不能摆脱古人话语，又不能摆脱西方话语。它是与二者的对话，既是对二者盲视的批判，也是对二者智慧的继承与光大。

如何找到新的叙述是一个极大的命题，也许远非今天可以完成。

然而，我们至少可以选定今天"寻找"的基本态度：让自己从"欲望"与"精神"的各种遮蔽状态里走出来，既重视"欲望"又重视"叙述"。

我们必须承认，人作为主体，首先是欲望主体。欲望是对主体的基本肯定，因为欲望是对生命的肯定。没有欲望也就没有生命——无论人还是其他生命。生命与生机、活力相连。主体是这样，社会也是这样。没有欲望的地方便谈不上生机与活力。那里也没有任何议论、叙述的价值与意义。其实，那里首先没有"叙述""议论"，因为那里没有生命，没有主体，没有叙述者、议论者。宇宙间诞生了生命，也就诞生了欲望，死寂的世界变成了活力的人间，用咱们中国人的话说，"活了"。活了，是极富动感的叙述，它肯定着生命，更肯定着欲望。因而，从某种意义上讲，"搞活"的另一说法是"释放欲望"。释放欲望就是释放活力，释放能量。

宇宙诞生了欲望，也就诞生了一个难题，把欲望关进"魔盒"，世间平静了，却也"死"了。把欲望放出来，人间"活"了，却又可能人欲横流，道德沦丧。

更具奥妙的在于，上述"难题"只是另一难题的幻影，或者说，欲望在魔盒的"关"与"放"问题，只是个假问题：上帝"死了"之后，没有任何一个行动者可以把欲望关进魔盒。因为"把欲望关进魔盒"这一意愿本身也是一个欲望。实施这一行动——假如真有那么一个巨大的行动者——就是充满欲望的行动。于是,法官成为罪犯。放逐成为张扬。因而无论如何想"关",欲望仍在盒外以另外的形式存活着,或者说,无论多么扭曲,主体永远首先是作为欲望主体活动着。因而本文开头谈及欲望与魔盒时曾表述为,"与魔盒开启的同时获得解放的"是欲望,它包含着两层意思,其一,欲望的狂欢与魔盒的开启是相伴生的现象。然而,其二,欲望并不是从"魔盒"里放出来的。它从来都狡猾地躲在"魔盒"之外。

那么,在中外历史上都有过"关"的记录,那"关"进"魔盒"的是什么?是欲望存活的空间,是欲望行进的道路。"关"的作用充其量只是限制欲望的施展而已。然而,当广阔的空间被挤压,多条道路被斩断后,欲望的巨大能量便被迫在窄小的地盘上活动,在独木桥上行走,那扭曲的施展是不言而喻的。这一点中国人深有体会。中外历史都告诉我们,对欲望的禁锢、欲望主体的扭曲所带来的道德沦丧有时丝毫不亚于对欲望的释放。

既然欲望与生命同在,既然人与人都作为欲望主体同在,真正的难题便凸现出来了:如何面对欲望——不是否认它,回避它,或者监禁它。不!"面对",是人们无权选择的。人们可选择的只是:如何面对。

"如何面对"的问题便是叙述的问题。欲望的叙述是文化的建构。意义与欲望的关系不容忽视。人所追求的意义总与欲望相关。与欲望完全无关的言说,无论何等美好,都不能真正对人构成意义关系,或者说,不能成为对人而言的文化言说。然而,欲望自身并不能产生意义。欲望到意义的环节是叙述。不同的叙述为人呈现不同的意义,指示人不同的行为依据、行为准则和生存方式、生存价值。

欲望的叙述是叙述者各种对话的产物。首先是主体与自身的对话。所谓"面对欲望"并不全是面对一个主体外的客体,而首先是面对自身。这是一切其他对话的基础。没有自身的真切感受,没有与自身的认真对话,一个人文工作者便没有取得叙述欲望的最初资格。欲望,最真切地存在于我们的感受里,存在于我们的生命冲动中。

其次是主体与他人的对话,是一个欲望主体与另一个欲望主体的对话。当两个欲望主体碰到一起时,便出现了欲望与欲望的或互利、或冲突、或并行等诸种关系。这是一种欲望主体的主体性对话活动。

与他人对话的扩展，便是与社会的对话。社会是众多欲望主体的活动场，是一个有巨大能量的蓄电池，它可以给人带来光明，也可以将人电死。它呼唤一种智慧：如何最大限度地减少欲望主体间的冲突而满足最多的欲望。

作为欲望叙述基础的对话还包括欲望主体与自然的对话。人永远有征服自然、利用自然的欲望。如何最大限度地满足这一欲望而不受到自然的惩罚，是人类的大课题。

与自我、与他人、与社会、与自然对话必然包含与他人话语的对话。因为他人话语作为人类的文化精神，一般不外在于社会与自然，而内在于社会与自然之中。或者说，人们所接触的社会、自然，甚至包括自我，都已被他人话语叙述过，被叙述塑造过。他人话语的智慧与盲视都使人产生对话的冲动。自己的叙述正在与他人的对话中产生。

今天的中国，正呼唤着广泛、深入的认真对话，呼唤自己的叙述。

人文知识分子具有双重身份，既是欲望的承载者，又是欲望的叙述者。人文知识分子无可逃避的工作是，欲望的叙述——既是"欲望"叙述，又是欲望的"叙述"。

（原载于《当代人》1995年第6期）

第三辑

南国有风铃

欲海里的诗情守望
——我读张欣

一

与张欣初识于燕园。1988年夏秋之交，北京还热着，北京大学却已从未名湖吹起股股清风。清风中的张欣颇为引人注目，文文静静的。

那时张欣刚进北大读作家班，一读，便读得特认真。

再见张欣是在多年之后的广州。张欣正认真地用小说写着都市，或说用都市写着小说。一个偶然的机会，我发现中文系一批研究生和本科生正争相传阅张欣的作品，有的书已经翻乱了，仍然被他们抢着。始知张欣确有一些层次不低的欣赏者。赶紧找一批来读。一读，竟也放不下。仍然那么幽默，仍然那么智慧，闪耀着未名湖的灵气，绚丽着当下都市的风采。读着读着我不禁拍案：张欣是天生为当代都市写小说的。张欣不写都市，张欣便不是现在的张欣。都市无张欣的小说，都市便会失去一片五彩的精神天空。

二

张欣的名字常常与"都市文学"连在一起。用题材为文学命名的有限性显而易见。陷入题材角度的概念游戏更会令人难堪。然而在我看来，今天谈论"都市文学"，首先不是用它来指称一种文学题材，而是用它来描述一个文学现象：近年来，一批作家走进了当下都市。他们对都市风情、都市人生的书写，在读者面前打开了一片异彩纷呈的文学天地，一片发人深省的文化空间。

为什么都市突然吸引了众多作者与读者？为什么今天对中国都市的书写

成为一个受人关注的文学现象？这些显然不是无关紧要的问题。

如果把都市从"都市／乡村"这一空间坐标中移到历史演变这一时间坐标中观照，我们便会发现，世纪之交的中国都市是一个极有魅力的话题。从20世纪向21世纪的跨越，无论对东方人还是西方人都不是一个轻松的行动。20世纪以来，西方人对自己文化危机的反思和反叛已到了令人震惊的程度。后现代主义解构了自己文化史上创造的一切话语，剩下的只有欲望。当他们兴奋在自己解构的英雄豪气和建构的无能为力时，世界却需要运作。新历史主义等希望在解构的基础上从事某些建构的努力，但建构的是什么、如何建构等问题都在苦恼着世纪之交的西方人。

上个世纪末以来，中国人在向西方人学习的脚步中开始了自己的现代性追寻。到本世纪末，西方人对西方文化危机的反思却使中国人突然醒悟：西方之路并不是人类的必然之路。他人之"火"失去了既有光焰，自己的"肉"却仍需要煮。寻找自己话语的任务，无可奈何地落在本世纪末中国人的身上。当下都市正是在这样的时空背景上被推到了我们的眼前。中国人对中国未来道路的探寻和选择，中国人走向人类文明未来的脚步，在当下都市里得到了最集中、最鲜明、最敏感的表现。今天的中国都市既是文明的消费中心，又是文明的消解基地——那里活跃着人生的各种欲望。都市，那是欲望的百宝箱，欲望的焚化炉，欲望的驱动器。在这被驱动着、燃烧着的欲望里，一些属于文化的东西被烧毁了，一些属于文化的东西在火中生成着。很容易使人想起那句名言：一切都被颠了一个个儿，一切又都刚刚开始。这是太具诱惑的一块宝地，文学探寻的诱惑，文化思考的诱惑。

张欣无疑抓住了这块宝地。

三

张欣喜欢让她的人物失去公职。或者被迫害、或者不小心、或者不得已，突然间，"铁饭碗"没了。张欣用她的叙述一下子将她的人物抛进人类的最基本需求：生存。安妮（《伴你到黎明》）被迫辞职后，找工作到处碰钉子，不得不进了一家几近黑社会的"野鸡公司"：追债公司。可馨（《爱又如何》），另一位被迫辞职的女性，一位曾有过体面工作的办公室职员，不得不去某编辑部做编务。

这是南方都市对张欣的赐予。南方都市找工作相对自由，人们已经不把公职作为唯一的希望。然而张欣的笔并不止于展示这一新风貌，而是深入到里层，揭示这一现象背后的东西：自己承担自己的生存。安妮辞去公职后遭到母亲埋怨，安妮却理直气壮，"总之不用你养，你操什么心！"可馨不甘被迫害愤而辞职，她对丈夫说："我就不信离开出版局，就得去五星级酒店做厕所大婶？"

自己承担自己的生存，在中国当代史上并不是理所当然的。我们曾经不能自己承担自己的生存。我们的生存方式、生存状态、生存目的都不被自己掌握着。虽然生存得不好，我们却被告知，有比生存更崇高的事业要我们去做，有比生存更伟大的目标要我们去奔。我们被彼岸的灵光激动着。

自己承担自己的生存时，我们却一下子被甩到了地上，甩到了此岸。我们才真正发现了那个早被伟人揭示出来的最基本的道理：人首先要生存。这些对于可馨不只是道理，而首先是切肤之痛。可馨辞职后，接二连三受到经济的挤压。女儿天宜住院，公费医疗没了，医疗保险没买成，大把的钞票流向了医院。到编辑部打工后，进项少，只能靠写稿赚钱。把夜晚的时间交给了"爬格子"后，失去了许多良宵。偏偏在经济紧张之时，丈夫沈伟的父亲又脑溢血，只能让沈伟的父母搬来一起住。雪上加霜，浪里赶浪，家里积蓄花光，顷刻大乱。钱，无疑上升到一切问题的首位。

张欣的人物都爱钱，爱得直言不讳。我们却不能一概指责他们庸俗。确实，比钱高尚的东西多的是，然而，能承担人物的生存吗？《爱又如何》的故事有着隐喻性。可馨与沈伟多年来一直真心相爱着。生活艰难之中，可馨却没有时间为爱做出什么。慢慢地，她发现丈夫变了。他夜夜晚归，却不作任何解释。一天，可馨竟发现丈夫摩托车后带着姑娘在大街上疾驰。可馨为此气得手脚冰凉。又一个偶然的夜晚，可馨在宾馆门前发现，沈伟夜夜外出，原来是开出租摩托车赚钱。他宁愿被误会，宁愿背"十字架"，也不愿让可馨承担更大的生活压力。堂堂的市委宣传部干部，在夜色中与一帮车客砍价。看到这一幕，可馨流泪了。为爱情，还是为生活的艰难？恐怕连可馨自己也分不清。是的，爱情是美好的。是的，他们仍然相爱着。但是他们的生活却并不美好。爱，不仅未能增加他们生活的浪漫，反而增加着猜疑、误会。他们在爱中丢失着爱。没有起码的生存保障，爱又如何？原来爱也并不在空中楼阁，原来爱也要能首先承担生存。

爱，于是成为某种精神、某种精神性追求的隐喻。它迫使人们去想，任何美好的精神建构都要从人的生存出发。与生存无关，再美好的精神都会失去效用。这是生活的真理。生活的价值、意义首先在实实在在的生存之中。

我很佩服张欣的叙述策略。20世纪70年代末以来，思想文化界一直在反思传统，反思文化。人们寻找了十八般武器，而张欣只轻轻一笔，让人物失去公职，一切传统的价值、体系便都被消解了。这使我想起前几年深圳的一句口号："时间就是金钱。"那股摧枯拉朽的力量足以让任何空头理论家瞠目结舌。

四

张欣曾告诉我，她活得很感性。与所有女人一样，她喜欢逛街。一个一个商店逛过去，其乐无穷。偶有闲暇，她愿意到大排档坐坐。买小菜时，她甚至带着弹簧秤。我没见过张欣用弹簧秤钩着小菜复秤时的情形。我想她一定特享受，享受一份普通都市人的人生。张欣说她喜欢以一颗平常心去尽心尽意地生活。对于奔事业的人，特别是对那些稍有成就的人来说，这是一种难得的人生态度。对于一个搞创作的人来说，这种人生态度正是她灵感的"工厂"。

我更欣赏的是张欣把她的人生态度化进了她的叙事态度。这叙事态度首先表现在她叙述的视角选择上。张欣时而用第一人称、时而用第三人称叙述。张欣的第一人称叙述者大多是普通都市人。张欣在运用第三人称时，往往在表面全知全能的叙述里，把视角放在某一个或某几个人物身上。这些人物赚钱或有多少，地位或有高低，但他们无一例外的都是都市普通人。张欣正是用普通都市人去看都市，去叙说都市的故事。

普通都市人有着特殊而有意味的位置。他们生活在都市，生活在政治、经济、文化的中心，然而他们却并不掌握着话语权力，他们处在话语权力的边缘。因而，他们是生活在中心的边缘人。他们无需关心虚妄的彼岸、缥缈的终极、遥远的来世，他们的目光在此岸，在实实在在的人生过程。

这样的视角便决定了张欣对她的都市故事的情感态度。张欣摒弃了一切先入为主的评价尺度，以平常心对待都市。在她眼中，都市即是都市，活生生的都市。她对都市既不仰视，也不俯视。她写都市既不为发思古之幽情，也不为发思乡之雅情，而只想写出当下都市的实情。

当下的实情是每个人都燃烧着欲望。承担自己生存的过程也是燃烧自己欲望的过程。金钱只是欲望的一个方面。张欣的成就之一恰恰在这里：用都市人的眼睛穿行于都市之间，写出形形色色的都市欲望。《伴你到黎明》通过安妮在追债公司的工作经历，打开了都市欲望的百宝箱。安妮希望找到一个维持生存的职业。小职员梁俭平既希望赚钱也希望升官。章朝野生活在准"黑社会"里，自然为钱卖命，却希望过一种不负良心的生活。安妮的父亲想用女儿换钱，冬慧的朋友黄志民用情爱手段骗钱。安妮的母亲作为昨日明星，仍然做着辉煌梦，希望不被人忘记。方太太们一方面千方百计地刺激与消耗自己的生命，一方面希望所有的靓女都死于非命。张欣从不讳言人的欲望，她在一系列作品中将她的每个人物还原为欲望主体，而不是还原为某个意念的符号。千奇百怪的欲望导致千奇百怪的行为，千奇百怪的行为造出千奇百怪的人物。张欣用鲜活的都市欲望写出了鲜活的都市人生。

每个人都有欲望，无论你生活在城市、在农村，在古代还是在今天。我之所以把都市与欲望放在一起表述为"都市欲望"，是因为都市之于人的欲望有着更为值得一说的联系。现代都市给人们的欲望满足提供了更多的机会，给人们的欲望表现提供了更多的手段，给人们的欲望扩展提供了更多的路径。都市给欲望以疯狂的激素，欲望给都市以无尽的活力。欲望占领着都市、推进着都市。都市是欲望的"海"。都市的辉煌都市的堕落、都市的魅力都市的魔力、都市的善都市的恶，都在这"海"里，博大着、汹涌着。

人们常说都市是文化中心，人们往往有意无意地忘了，都市还是欲望的海。"中心"与"海"形成一种张力，这才是现代都市的内蕴。"中心"与"海"相反相成，永远处于相生相灭的过程之中。"中心"泡在"海"里。"中心"从"海"里产生，为对"海"发言而产生。"中心"理顺着"海"的滑流，防止着"海"的泛滥。然而当"中心"扼杀了"海"的生机时，海便会咆哮，便会颠覆旧有的"中心"，去寻找新的"中心"。社会转型期，欲望对既有文化的消解表现得尤其鲜明。所谓"开放"、所谓"搞活"，题中之义之一便是，把过分束缚人们欲望的锁链放开，给社会增加活力。

因而，在历史转型期，对欲望的书写便有了文化的意味，成为重要的文化行为。张欣用都市普通人——生活在中心的边缘人——的眼睛让彼岸性的价值、意义缺席，将都市欲望凸现出来，这一叙事态度恰恰是文化态度。

五

如果以为凸现了欲望你就可以放纵一把，你便整个儿错了。凸现欲望的叙事除了消解既往文化价值之外，其实还在告诉人们，任何文化建构，都必须首先直面当下的欲望表现，或者说，直面当下的欲望表现正是为了新的文化重构。张欣的叙事是有意味的：她在凸现都市欲望、把人们从彼岸拉回到此岸中来的同时，把人们推进了此岸的尴尬之中。

人，被扼杀了欲望不会幸福。有了欲望的自由就一定能幸福吗？张欣的人物都充满着欲望，张欣的人物又都充满着痛苦。欲望永远寻找着满足。欲望爱满足，满足却并不爱欲望。宇宙间诞生了欲望也就诞生了欲望对满足的单相思。读张欣的作品，你会发现，欲望在寻找满足的征途上奔波着，然而所找到的永远是空洞、永远是痛苦。《如戏》里的丰收，一个颇有才气的艺术家，因为穷困而下海，搞工程队、办工厂。按佳希的说法是，一个艺术家堕落成小业主。丰收却说，搞艺术需要相当华丽的经济基础。于是他放逐了艺术梦，做起了大款梦。他苦心经营，拼命实干。他抛弃以前的丰收，完全改变活法。为了讨好工人，他与工人一同打赤膊洒汗，一同大碗吃粗质面条，一同开下流玩笑。他曾经很有情趣很有情调，他曾在情人节给佳希送鲜花。可是现在，深夜一身臭汗回来，连洗一下的力气都没有，倒在地板上便呼呼大睡，更不用说与佳希有夫妻间的起码温存。张欣写丰收一类男人，有一份理解，一份心酸。商场上的男人，为了生存，为了成功，不拼命不行。作为人，他们失去的太多太多。然而他们得到了什么？正当丰收快走向成功时，突然因为专利问题破产了，只得落荒而逃。丰收的失败也许是个案，世间有成功者。是的，有。同是《如戏》里的人物，海之的男友哇哇成为拥有众多歌迷的歌星，应是成功者。可是某种程度的成功并不等于欲望的满足。哇哇的欲望是永远与众不同，永远比任何人都精彩，因而他的欲望永远无法满足。在一段豪吃、玩女人的无聊日子之后，哇哇终于卧轨自杀。

张欣写得更多的是女人。张欣善于写女人，善于写女人的欲望、女人的痛苦。情欲追求与失落在女人的欲望与痛苦里占着重要的地位。茵浓（《爱情奔袭》）为了爱可以献出一切。她曾有过丈夫，是她的同班同学。为了丈夫出国，她使出浑身解数。她一番深情得到的却是，送走了丈夫，也送走了关于丈夫的一切音讯，后来她有了俊康，一位有妇之夫。当她还在情深意浓之时，俊康却离开了她，弄得她在女友面前有诉不完的苦，流不完的泪。终于，她恋上了位既有才华又独身着的北京的词作者，掉了魂儿的恋。她以为她与他很相爱很和谐。然而当她与他讨论进一步的问题时，他退缩了。在他的天平上，利益比爱重得多。痴情的她被拒绝后，坐在火车上脑子里闪回的仍然是与他共浴爱河时的情景。茵浓清秀、聪明、活泼、多情可爱，是一等一的女孩，却一直苦苦的奔袭爱情而无所终。

《冬至》里的冰琦比《爱情奔袭》里的茵浓似乎要现实一些。她以如花似玉的相貌和胜花胜玉的青春去嫁一个五十多岁的秃头港商老杨。在感情上受到巨大创伤之后，她退而不求感情，只求有个依靠，不要太穷。她说她不贪，"有一两分幸福也就够了"。一位原文工团的美女，到了这个份上，该有几分辛酸。然而，旅行结婚之后，老杨却一去无音讯。一次婚姻骗局已如冰山出水，冰琦仍痴痴地不愿承认，不肯回头，每天六神无主地等老杨的电话。终于等来了老杨，终于去了香港。好友们以为冰琦终于找到了自己的所求。有一天好友们却突然发现，冰琦仍是一个人在广州过着凄惨的日子。原来老杨不仅有老婆，而且有四个孩子。事已至此，冰琦还不死心，只希望与老杨有个孩子，用孩子来拴住老杨。不想孩子又小产了。小产后的冰琦连照料的人都没有。

《爱情奔袭》与《冬至》里各有三个女人。六个女人六个情欲的梦，却没有一个是圆满的。茵浓的好友孟慧不小心未婚怀孕了，却只是一次错误的结果，而那位错误的参与者却连错误的后果都不与她一起分担。冰琦的好友婷如整天被男人围着,却没有一个要娶她。她苦苦地追求着、等待着,心中伤痕累累,却至今"连做女人是怎么回事都不知道"。只有景华、小米有婚姻,但景华的老公是位只会看上司的脸色其他什么也不会的男人,小米与丈夫也不好,正"吵得不可开交"。

如果说捕捉都市欲望是张欣的敏感的话,那么张欣的深刻处之一在于切入都市欲望的里层,写出欲望满足链的断裂与都市人的痛苦。是的,在虚妄的彼岸我们找不到幸福,我们只能回到此岸。然而在此岸碰到的,却又是欲望无法满足的尴尬。

张欣,你是不是残酷了点儿?

六

残酷吗?不,张欣与残酷无缘。只要与她谈上几分钟,你便会发现她一脸的善意、一脸的真诚,当然,还有一脸的幽默、一脸的智慧。

张欣用她的故事在叙述人类此岸的存在状态。她叙述的远远不止上述那些。

张欣的故事还让我们感到,欲望的无法满足,原因有时并不在外面,而在欲望本身,在欲望与欲望的互相颠覆。人的欲望是多样的、多层的,物质的、精神的,低级的、高级的。人,就被各种欲望包围着,燃烧着,推动着。然而,各种欲望并不是有序的,并不是齐心协力冒着敌人的炮火前进。人总生活在特定的情景中,当各种欲望同时向人涌来时,它们往往相互拆台,相互颠覆。《如戏》里的佳希曾被艺术家蔡丰收迷倒,她喜欢艺术家蔡丰收。丰收下海一身俗气之后,她厌恶了。然而,丰收的一席话却说到了佳希的下意识深处:

你不能这样叫人无所适从,你果然清心寡欲独进象牙塔吗?不,你想进"爱美"美容厅,想用姬仙蒂娜牌子的香水,穿华伦天奴的衣服,用沙驰手袋,看见别的女孩子用金卡消费你内心就失衡,海之办个大型的生日派对你回来讲了半个星期,你希望我优雅地赚钱,可我不是世袭家族的继承人,每一分钱都在臭汗里浸过。

我们的分歧正在于此，你不能接受的是这种下海的方式和代价，而不是下海本身，每个人的潜意识里都有发财梦，你也不例外……如果我发了，你会很潇洒地享受金钱带来的美好，反之你就会慷慨陈词，金钱诚可贵，艺术价更高。

佳希没话说了。她知道在她的心灵深处，她确实既想享受金钱的潇洒，又想享受艺术的优雅。而这些她不可能同时得到。以佳希的正统，竟走出了找情人的步伐，连她自己都吃了一惊。其实，佳希找情人是必然的：她能从丰收那里得到金钱的潇洒，从匡云浓那里得到艺术的优雅。一场意外的车祸结束了佳希的美梦。如果不是那场车祸呢？美梦仍然是要结束的，因为她与匡云浓的关系也同样要受到经济等问题的追问。

何止佳希？《无人倾诉》里悦心与围围两个女人的婚外恋都因为其他欲望——或为高尚的家庭、责任、道义，或为现实的利益——所包围、所缠绕，而最终走向悲剧。

女人如此，男人也如此。智雄（《仅有情爱是不能结婚的》）便进入这样一个有象喻意味的故事里。由于工作关系他遇到了商晓燕。她的聪明，她的新潮，她的热烈，她的性感，一下子使他的妻子失去光彩。他很快找到理由离开妻子与商晓燕同居了。与商晓燕在一起，他觉得无比的酣畅淋漓，妙不可言。然而与商晓燕一起他必须永远以强者的面目出现。商晓燕不喜欢弱者，不喜欢愁眉不展、焦头烂额的样子。更有，她太独立，她完全不可能被支配、被控制。这时，智雄才发现妻子遵义的柔顺与古典的价值。与商晓燕在一起，他必须永远是出征的战士。然而他有累的时候，他需要休息。妻子遵义却是战士的故园，航船的避风港。她善解人意，细心体贴。无论回家多晚，他都会发现，换洗的衣服已经清理好。洗完澡，该读的报纸又已放在了床头。两个女人，一个如火如荼，一个至情至性；一个催人上路，一个抚摸创伤；一个现代，一个古典；一个动，一个静。智雄能都要吗？他何尝不想都要！与其说他想同时要两个女人，不如说他想同时满足两种欲望。然而这两种欲望往往互相颠覆。同时满足的可能只在神话中存在。智雄最终与商晓燕分手而回到妻子身边是必然的。

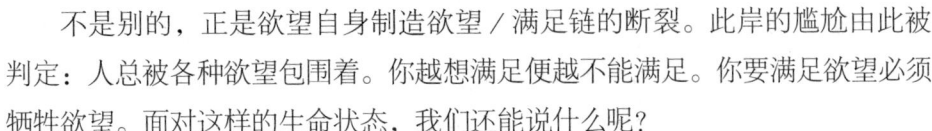

不是别的，正是欲望自身制造欲望/满足链的断裂。此岸的尴尬由此被判定：人总被各种欲望包围着。你越想满足便越不能满足。你要满足欲望必须牺牲欲望。面对这样的生命状态，我们还能说什么呢？

七

张欣的揭示还没有结束，或者说，在此岸尴尬的维度上，我们对张欣的解读还可以继续。

欲望不仅受到个人其他欲望的破坏，还受到他人欲望的破坏。每个人都想满足自己的欲望。然而我的欲望可能被他人欲望扼杀，我的欲望也可能扼杀他人的欲望。自我欲望与他人欲望就处于这样颠覆与被颠覆的关系之中。这种关系常被张欣化为耐人寻味的故事：两个好朋友，既互相帮助又互相争夺。飘雪与梦烟（《首席》）大学时期是密友。她们同时爱上了班长江祖扬，导致二人关系破裂却谁也没得到江。多年后，二人又各自为省、市玩具公司的业务员。二人都想有业绩，却又处于这样一个情景之中："现有的这块地盘，一家玩具公司拿到多少订单，就意味着另一家同行失去多少订单。"交易会上一番微妙的运作，飘雪客观上拉来了梦烟的客户。当飘雪不得不送醉酒的梦烟回家时，飘雪发现，一直被飘雪认为很强的梦烟，实际上生活得一塌糊涂。她早已与丈夫分居，家里乱得不能再乱。她曾当第三者被发现。现在她几乎只有业务成功这一点希望，那希望又被飘雪粉碎了。这次失败对梦烟的打击太大。可是飘雪转念一想，梦烟毕竟被情所困，在江祖扬之后毕竟还轰轰烈烈地发生过故事，她虽败犹荣。而飘雪自己呢？几乎被男同胞遗忘了。她除了业务上一点满足外还有什么？事实上飘雪的结局更惨，一次意外，使飘雪的客户又全部跑到梦烟手中。成功与失败、颠覆与被颠覆在时间的流程中没有界线与定论。有意味的是作者对二人关系的处理。她们恨过，但她们最终没有成为敌人。生意场外，她们曾互相救助。最后她们仍一起为友谊干杯。这使她们二人的故事成为一个隐喻。广义上讲，人与人都是朋友，他们共同生活在这个世界上，他们共同面对人类之外的世界。然而当他们为满足各自的欲望而奋斗时，其功效却似乎只是颠覆他人与被他人颠覆。

是的，这是竞争，世界正在这样的颠覆与被颠覆中前进。然而人生呢？世界的前进与人生的幸福绝对成正比吗？飘雪与梦烟恰好是两个强者，当客观上出现一个强者一个弱者时，人生境况如何？维沉与俐清（《亲情六处》）也是一对女友。也是在读大学的时候，维沉曾与一个叫阎为的小伙子恋爱，俐清在维沉面前对阎为打分很低，背地里却勾走了阎为。当然，俐清也没有得到阎为。阎为找了一个澳大利亚华侨出国了。历史翻过一页。维沉与俐清仍是好朋友。话剧团不景气，俐清甩了话剧团的男朋友焦跃平去傍大款、当包姐儿，患难中的焦跃平与维沉产生了爱情。谁知俐清"发"了之后又回来不择手段地抢焦跃平。俐清在生活中总是选择者，而维沉总是被选者。当然，由于焦跃平的态度，俐清最终没有如愿。维沉也许不是真正的弱者，她只是有自己的原则。俐清有大错吗？事实上我们很难指责她。俐清不自救，谁能救她？但是当俐清处于维沉的位置时，她该怎么办？在人生的长河中，谁能保证自己永远不处于维沉曾处于的位置？既然我能颠覆他人的欲望，我的欲望便永远有可能被他人颠覆。人生进入怪圈之中，对欲望的追逐与对欲望的放逐最终难以找到界线。

　　没有欲望，世间便没有生命，便陷于死寂。有了欲望呢？自我的欲望互相颠覆，自我与他人的欲望也互相颠覆。人啊，你该怎么办？

　　那次张欣请我和另外一个朋友喝咖啡。多年不见，一见面，张欣便侃北大。北大的人北大的事，北大的湖水北大的风，一切都那么有韵味。连一些小小的不愉快，也成了有趣的谈资。我发现，北大对张欣并不只是一次经历、一个场景，那是一幅画儿，那是一支歌儿，那是一片诗情。

　　侃了北大侃广州。那时我初到广州，对广州的好印象还没有挖掘出来。广州对我来说，是狭窄的街道、是拥挤的人群、是堵塞的车辆、是堵塞的车辆里乱冲乱窜的蝗虫般的摩托车。张欣对这些也怨不绝口。但谈着谈着，你发现在张欣对广州的怨里，仍有一丝东西飘出来，幽幽的，在空中荡着。你能感到它的美，它的魅力。

　　我终于明白，不是因为北大，或者是因为广州、诗，在张欣心里。无论谈什么，她都能谈出那股幽幽的诗情。

　　我在张欣作品里找到印证。张欣叙述的脚步坚决地走向了此岸，张欣对此岸的尴尬直言不讳。但如果只到这里，张欣绝不是张欣。

我想从张欣作品的细部谈起。

故事里，张欣常有令人意外处。张欣作品在令人意外的同时常令读者心灵震颤。《爱又如何》里，商界新星爱宛成功前曾与一供销员到了谈婚嫁之时。供销员当大款后甩了她。爱宛与浪漫诗人肖拜伦做了情人。她爱他的天才，爱他的事业。她出钱供他买衣服、供他去西藏、去甘肃。他到处游荡，只要一回到她身边，她便立刻把他侍候得舒舒服服，宝贝似的捧着。无意间，爱宛的朋友可馨发现，肖拜伦其实只是扮浪漫诗人的款给爱宛看，以骗她的情感骗她的钱，他根本没有出外，他根本不在写诗，只躲在一个地方用三流艳情小说混稿费，混不下去时便来找爱宛。可馨震惊了，立即打电话告诉爱宛。谁知爱宛却求可馨，"如果你知道拜伦发生了什么事，请不要告诉我"，她说，"人不可能活得那么纯粹"，她说她与过去的供销员其实也没有断。在此，读者与可馨一道再次被震惊了。爱宛是现实的，无论在金钱还是在情欲上，她都比可馨现实得多。以她的条件，她要找情人会有许多选择，有意味的是，她找了个"浪漫诗人"，或者说浪漫诗人可以打动她。爱宛在现实的人生中现实地拼搏着，然而在她潜意识的深层却有着对诗情的渴求，她要以某种方式找到满足，哪怕是以被骗的、变态的方式！

是啊，人内心的缝隙里都藏着一点诗情。可是人生碌碌，欲海无涯，诗情到哪儿找去？《伴你到黎明》给我们另一份惊讶。在社会混的朝野答应帮冬慧追一笔被骗的巨款，条件是事成后冬慧陪他睡觉。万般无奈的情况下，冬慧同意了。钱追回了，朝野竟没有去约定的地方睡觉——他只是说说而已。这番经历使冬慧真的爱上了朝野。但朝野不仅拒绝了冬慧，而且说出了如下一番话：

> 算了吧，人家是好人家的好女孩，我沾人家干啥，不把人坑了？人家是可以终身有靠的。我就跟阿樱一处混着吧，怎么过，还不是一辈子。

听到这话的安妮鼻子酸酸的，她觉得心中早已死去的某种东西正在一点点地复苏。

这是深刻的一笔意外。深刻的不在作者写出了杀人越货者的某种良知——这在当代文学作品里并不鲜见，深刻的在于写出了朝野身上那种上不去之后的人生凄凉，写出了这种凄凉里的善与美，更写出了作者对诗情的追求和追求诗情的可能路径。

安妮的"突发奇想"是一个极好的提示。安妮想，如果不是因历史原因使朝野变成现在这个样子，如果朝野是一个"力争上游的好青年"，"他还会随意地说出这么无私的话吗？"多么令人深思！力争上游的好青年未必能像朝野式思考，像朝野式思考的却是在社会底层生存的坏青年。因为朝野不可能成为力争上游的好青年，因为朝野的某些欲望永远不可能实现，他反而淡了，反而在人生里渗出了诗意。

是的，与诗反向的，是人的无尽的欲望。各种欲望可望满足的正人君子，最懂不择手段，最易忘记诗。朝野的故事是否告诉我们，只有砍去某些欲望才能产生诗？这使我想起庄子。庄子批判人对名利的追求，认为名、利、家等等，"名声异号，其于伤性以身为殉，一也。"（《骈拇》）他鼓吹"逍遥游"，鼓吹自由审美的人生。他以为泯灭了名利追求才能进入诗意境界。

值得注意的是，追求诗意也是人的一种欲望。因而追求诗意不是否定欲望，恰恰是利用欲望调动欲望，对欲望进行诗意的话语转移。用朝野的故事，张欣为我们打开了一个大的思维空间。

八

我还想特别提到张欣叙述里的小零碎儿。张欣常常在大的结构里，在故事的主干之外安排一些小零碎儿。不仅丰富着故事，而且泄露着作者内心的秘密。《绝非偶然》写商界的残酷竞争。为争一个看好的广告模特儿而爆发夫妻大战，为一点工作差错被"炒鱿鱼"……人们的身心都一直处于紧张的作战状态。而在叙述的细部，作者却反复渲染广告公司业务部职员间相濡以沫、相互慰藉的那份亲和、亲情。人际关系上，业务部外冰天雪地，业务部内和暖如春。作品结尾处，作者还特意安排了一场闲聊。当聊到国营单位好还是私营单位好时，丽英说，"只要是有真诚、有情感的地方就好"。满桌子的人都静了下来。业务部受尊敬的"雅痞先辈"说："我一向看重地位、利益、名望，可

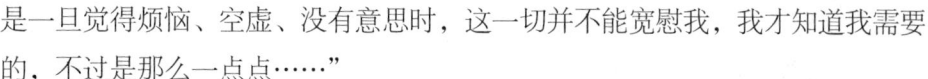

是一旦觉得烦恼、空虚、没有意思时,这一切并不能宽慰我,我才知道我需要的,不过是那么一点点……"

一点点什么?一点点真诚、一点点情感、一点点,诗情。张欣没有作无视社会现实的空谈。她把故事的大框架给竞争,只把小零碎交给诗情。然而当人物都静下来沉入内心的追问时,人生的价值、意义凸现了出来,小零碎的意蕴便弥散开去,小零碎吞食了大结构。

不错,人确实是欲望主体,但每一个欲望主体都是同另外的欲望主体同在的,或者说,欲望主体是在主体间存在的。欲望主体的存在本身便包含着主体间性。主体之间除了利益维系之外,还需要情感维系。如果多一份情感维系,人生是否多一份诗情?于是,《不系之舟》里,作者让彩琼在漫漫人海中去寻找依傍,"毕竟,人会同类相残,但也会同类相惜吧,就像走夜路,谁不想有个伴呢?"于是,《亲情六处》里,作者让焦跃平等办了个独特的"企业":亲情六处。最后让焦跃平与维沉在清贫中选择了爱情,在金钱的包围里选择了诗意的人生。

九

回头看张欣对此岸尴尬的叙述,似乎又产生了点醒悟。原来张欣对尴尬的提示正是为了导向对诗情的寻找。欲海茫茫,人生茫茫,伤痕累累的心灵需要诗情的慰蕴。张欣,一个当代都市人,就这样苦苦地守望着诗情。

值得注意的是,这里的诗情不在彼岸。张欣的任何叙述都不以上帝、理念等的名义给人生注入诗情,不乞求于人生之外的某个东西,而是寻找此岸之中的普普通通的人生情感,从这里去寻找人生的价值、意义。张欣用她对欲望的叙述放逐了虚妄的彼岸,张欣又没有在欲望的解构力量中流连徘徊,她走向了建构,诗情的建构。

张欣守望着此岸,守望着诗情。张欣是幸运的。转型期都市给了她灵感,21世纪给了她呼唤。无论自觉与否,她都站在世纪之交的坐标上写作。她用她的叙述告别着昨天、拥抱着明天。张欣在给我们艺术享受的同时,实际上用她的叙述在对文化问题发言。我无意对张欣发言的分量进行评估,但我想说，张欣的艺术探讨给了我们以重要的启示。

也许，走向此岸，守望诗情，是文化重构的一个方向？

（原载于《文学评论》1996年第3期）

南国有风铃

广州的几位"小女子""热"过，又冷了下来。她们被人赞过，又被似乎更多的人骂着。其实，读作品是自己的事，判断还得自己拿。给你推荐两本，你不妨读读。

《美丽到永远》

放下作品很长时间还在品咂这种阅读体验：都是短文，却像读长篇一样舍不得中断。一篇一篇读下去，不是为追踪那藏在迷雾中的故事情节，而是为享受已经领略到的审美愉悦。

这是一本述说女人心声的散文。作者宋晓琪是一位心态平和、不故作深沉的女人。她轻轻松松地谈着，像与你聊天。女人的工作，女人的家庭，女人的幸福，女人的痛苦，女人的自立，女人的自尊，更有女人眼中的男人，女人眼中的世界，天南地北、海阔天空地聊。你发现，文章不长，却处处在聊着人生的哲理。只不过那哲理被还原到日常生活乃至家长里短，便分外的亲切、平易。这里没有洪钟大吕、电闪雷鸣。读宋晓琪的散文，犹如于南国湖边，听那屋檐上的风铃。轻轻地、悠悠地，响得雅致，响得撩人。不知不觉，你便化在了铃声里。

其实使你想起风铃的，首先是作者文字的魅力。你弄不清楚作者哪儿来的那么多奇思妙想，只觉得她的灵感像风铃，叮叮，叮叮，一来便是一串，一串又一串就连成了一片。你的心便像春风吹皱湖面，唤醒层层涟漪。宋晓琪的散文文笔朴实、自然，意蕴却峰回路转、流金溢彩。她写得空灵。尽管篇幅短小，她却并不急于去阐述所要阐述的道理。像行路，并不急匆匆地往前赶，却往往停下步来，优哉游哉地欣赏四周景色，为情趣留下大的空间。作者善于抓住一个意象、一个词语，让想象在那儿出人意料地展开，"唰"地抖出一个妙趣横生的艺术景观。如写女人不该吊死在男人树上。作者没有按常规思路去说明为什么"不该"，却从"吊"字上打开了一片天地。她说想来想去，问题就出在"吊"字上，"好端端有手有脚，原该昂头走路，埋头干活，却情愿终日不得闲地将身体吊将起来，痛苦万分地绝不松手绝不落地绝不挪窝。难道女人生就细腰玉手软骨嫩肉，坐不稳立不起行不速？非得炼狱一般忍辱受屈，吊在男人臂膀上才能生存"？又用人物的口说，女人也应是一棵树，双木才能成林。而一人一木，则合成一个"休"字。女人要自立的道理在一个"吊"字上被层层推进，曲尽其妙（《我也是一棵树》）。

宋晓琪的空灵与她的幽默相映成趣。可以说，她营造空灵是为了表现幽默，她表现幽默是为了营造空灵。作者说她"钟情幽默"，她说"在我们这个古老的国度里，幽默向来是男人的专利"，而今天"女人幽默的时代已经到来"。"我一直在设法让幽默知道：我是多么钟情于它，而且一辈子不会改变"（《钟情幽默》）。她的文字讲究情调与情趣，能一落笔便进入幽默氛围，并运用虚实结合、改变词法句法常规、巧妙的比喻、对比、绘声绘色的描画等多种手法，不断制造幽默效果，使文章波澜起伏，一波一波地把情调推向极致。如写女人的魅力与修养，作者从"电"入手，从女人与"电"的关系谈到"电力"的获得，从"电力"的运用谈到"电力"的蓄养，令人在心荡神摇之中得到某种领悟（《养精蓄"电"做女人》）。读这样的文章，你会时时发出笑声，或会心一笑，或开心大笑，你在笑声中进入了作者的思考。

幽默是一种智慧。只有智者，只有对社会人生的哲理思考达到一定的制高点，笔下的文字才会跳动幽默的精灵。宋晓琪似乎永远站在一个高处谈论她的谈论对象。她谈女人的内心世界与外在世界，女人的为人与处世，女人对男人的态度与男人对女人的态度，似乎把一切都想通了想透了，达到了一种"悟"的境界。我想宋晓琪不只是悟了男人或者悟了女人，她是悟了人生。这使她的文字隐隐的有股禅意。在她的书里我们经常能读到这样的文字："这心儿又不像某些物件，空缺了人还能苟且活着。一旦它停止跳动，人也跟着仙逝，毫无通融的余地。人生本来苦短，若因为自己不慎，伤了拳拳之心，误了宝贵性命，岂不是后悔无门，补救乏术！"因而她"时时提醒自己，也希望普天下的好人们眼光放长远些，千万别让心儿太累"（《别让心儿太累》）。这种禅意不只表现在她谈论的"道理"里，更表现在她谈论的方式、谈论的态度上。再大再沉重的问题在她那儿都变成了一个轻松的话题，让别人痛苦难熬的人生铁笼子在她那儿往往变成一层薄薄的窗户纸，用她纤细的手指轻轻一捅即破。这使她的谈论具有一种不急不躁的风范和雍容的品位。她的写作态度本身透露出一种人生态度。

把人生想得较为通透却又未必一定淡化生活热情。通过宋晓琪对儿子、对爱情的谈论，甚至通过她对文艺界人物的访谈，我们都能看到谈论者是一个性情中人。这性情被她的人生陶冶又点染着她的人生。她的性情与她的空灵、她的幽默、她的智慧一起成就了她的散文，成就了那一只南国的风铃。

有这样的风铃听，人生多一份情趣，很好。

《夕阳下的小女人》

这世界很有趣儿。天地的舞台上曾经活跃着一些"大"：大明星、大作家、大学问家、大官儿、大款、大腕儿、江洋大盗。忽然一夜微风，送来了一个"小"：小女子、小散文。社会为之一动，文坛为之一热闹。小而小出了名堂、小出了"道道"，小而小出了力量、小出了气势。看来这"小"里有文章。

收在这本集子里的八个"小女子"，有的我认识，有的我见过，有的我既不认识也未见过。但从文字看，我觉得，她们的年龄和心态虽有差异，却又大致相仿：她们都还青春。但与更青春的青春比起来，她们又不只有青春。经历、阅历，更有灵性，使她们在青春之外，又多了一份对世事的洞穿，一份对人生的通透。这使她们的生命既有一种青春的光彩，又有一种成熟的魅力。写字楼、时装队里的那些妙龄少女，在她们的眼中已经成为一方风景、一幅带着悠闲的心情去品味的昨天的画。她们都有热血，然而却不再冲动；她们都经历过沧桑，然而却不再怨天尤人。她们不会去为昨天兴高采烈、痛哭流涕，也不会去为明天夜不能寐、热泪盈眶。她们对人生的领悟都落实在对今天的把握上。

她们显然都不是赵一曼、李铁梅、江水英,也不是居里夫人、斯皮瓦克。这些角色,她们曾经想当过。她们经历过"想"的年代和"想"的年龄。然而却终于发现,人都有属于自己的一份生活,都应寻找自己的那片人生天地。想想也是,这个世界没有江水英和斯皮瓦克不行,如果都是江水英和斯皮瓦克,见了面全说着巴掌山挡住了你的双眼、男人的符号遮蔽了女人的历史之类的高远与深刻,你说那世界不也单调了点儿不是?因而"小女子"的"小"是自认的,是在生活的路上走出来的。

"小"便没有负担,于是便生出"闲"。这"闲"不在物理与生理上,而在心理上。她们的工作或比较繁重或相对轻松,但她们都有一份悠闲的心。心,空着、滋润着。她们不会为某个事情让心儿发累,更不会为某个事情去拼命。让心流泪滴血的"活儿",那是她们昨天想玩而终于没玩的游戏。这一"闲"便生出些闲情,生出些逸致。她们都很会过日子,很讲究过日子的品位和质量。当然这"品位和质量"是按照自己的口味定位的,不管别人怎么看。逛街、购物,打扮自己、放松自己,女人该有的一切享受她们都不会放弃。她们决不会为某种"精神"的东西牺牲物质的东西,然而又竭力让世俗的日子过出味道。

把这"味道"形成文字,便成了她们的散文。她们的散文没有大篇幅,更没有常人所认为的大事件,多是些男男女女、花花草草、猫猫狗狗。写点日常的小事,抒点生活的小情,道点平日的小感受,谈点人世的小道理,乃至情不自禁地撒点漂亮女孩的小娇,发点敏感小姐的小牢骚。取材近,近便亲切。所咏所感,都摩擦着你的肌肤。别说这些谁都能写,可一到她们笔下,就特别有韵味,那里跳动着她们的幽默,闪耀着她们的智慧,浸透着她们的情致。读她们的散文,一般没有泰山的崇高,华山的天险,黄山的奇峻,却像游张家界的十里长廊,往往一步一景,一步一个快意,九曲十回,桃红李白,景象万千。

几位小女子写写自己的情致,纯是个人的事情。然而令这些小女子本人也没有想到的是,她们的小文字、小事件,却有许多人喜欢,被不少人争相传阅,蔓延成为一个"文学现象"。黄爱东西等人在上海更成为红了半边天的明星。这便颇有些超出"个人"范围的意味。事实上,凡文人,大都有些个人情调。有人写了,有人没写。写了,也不是什么时候都能产生反响。"五四"之后,周作人、林语堂等人都写过很有品位的闲适小品。当时有人读,但并没有什么"轰动效应"。几十年之后,却睡醒了一般,突然轰动起来。从这点说,马莉等广州的"小女子"们有着"周作人"们所没有的幸运。如果说"周作人"们的当年情调"生不逢时"的话,广州的小女子们却不经意地按到了时代的脉搏。中国人曾经在"大"里燃烧过,大革命、大理论、大字眼。却终于发现,无论是激情地谈论美好理想,还是深刻地谈论人类悲剧,都不过是为了人们过好日子。谈理想,美好到要人们只生活在未来,或者谈悲剧,深刻到每个人都只想自杀,总不是办法。生命之重、生命之轻,都首先要有生命,再谈"承受"。 与生命无关的高远或深刻,大可以任专家们去表现智慧,老百姓不必去凑热闹。过日子,便享受过日子的情趣,分享过日子的道理。也许可以说,我们的祖国、我们的时代也正告别青春期的躁动,而在走向一份通透,一份成熟。难怪既有青春又有通透的小女子散文获得如此广大的共鸣,小女子"文学现象"正揭示着时代文化现象的某些方面。

小女子里竟有了大时代,便一两句话说不完。还有一点想说的是,一个地方出一两个会写散文的小女子并不奇怪,广州却连出一批,就又有些令人惊奇。也许纯属偶然,但这"偶然",或许与这块土壤,这块人们正在寻找新的生活、新的生存方式的土壤有点关系?或许可以说,这块土壤上正在滋生一种值得注意、值得挖掘的新的文化现象?

(原载于《羊城晚报》1997年3月29日)

用生命书写

——走近李兰妮

去年七月下旬,我们去深圳参加李兰妮的作品讨论会。报到的第一天照例是休息。晚餐后,会议组织者带我们去深圳最高的地王大厦顶层观看夜景。那是一种难得的感受。百里都市,万家灯火。深南大道等主要干道上霓虹闪烁,姹紫嫣红,汇成一条条流动着光的江、流动着光的河。而这"江""河"纵横交错,织成一片光的海。那气势,有些夺人。细看高楼,大多窗户都亮着灯光,大多亮着灯光的窗户都拉着窗帘。人们在窗帘里干着他们该干的事儿。那窗帘勾起你的许多回忆。这回忆的瞬间闪过与眼前灯海的剪接,让你发现,站在地王大厦顶层与待在窗帘里面是两种不同的人生感觉。一种磅礴而大气,一种微妙而丰富。人生,这两种感觉大概都应该有。

思绪不知怎么走到了文学。文学,是不是也该这样,既需要小感觉,也需要大感觉?"个人化"写作已经被人谈论了很久了。我是个人化写作和"个人化写作"这一提法的支持者。在我看来,从阶级叙事到精英叙事再到个人化叙事的转型,是中国当代文学的重要足音。它表明文学真正成为"个人"的创造。文学,开始了自己的叙述,而不是被人叙述。而个人的感觉、个人的创造应该是丰富的——正如待在窗帘里面和站在地王大厦顶层时的感觉都是个人感觉一样。但近年的文学,写窗帘里面的感觉似乎多一些、集中一些。这没什么不好,因为我们每个人都有拉起窗帘的时候。但一个人如果永远只待在窗帘里面而没有站在高处看看窗帘外面的万家灯火,也应该是一种遗憾。

于是我想到了李兰妮。她的作品里流动着的,是时代的大感觉。她善于挥手抓来大的历史变迁、时代风云,把它变为自己精彩的人物与故事。《傍海人家》通过对深圳边境一个渔村故事的叙述,写出了改革开放20多年来深圳及祖国的巨大变化。开篇的一个偷渡场面便把我们带到了那个灾难深重的年代，使我们看到了改革不可不行的历史必然性。随后的波澜曲折，更艺术地写出了改革的艰难和历史前进脚步的不可阻挡。《澳门的故事》则通过许氏家族写出了澳门近一个世纪的历史风云，澳门实业界的奋斗，澳门儿女对祖国的深情，让人感佩不已。

而我所说的李兰妮的大感觉，并不只是指她创作题材的重大。更感动我的，是她对生命的大感悟。李兰妮不仅长于将历史长河里的波峰浪谷、社会舞台上的暴风骤雨，转化为人物的命运，更长于将人物放在命运的重大关头去表现生命的力量。《澳门的故事》里的露娃在得知自己身患重病、将不久于人世时，正是许氏企业遭遇重大危机之时。露娃的生命一下子面临着双重打击。她不加思考地撕毁了医院报告单，向亲人和世人隐瞒了自己的病情。然后，付出被误会、背骂名的代价，以结婚为由向哥哥讨走了许氏公司的一半财产，远去葡萄牙。正是生命需要亲人关照的时候，她不得不远离亲人；正是心情需要亲人理解的时候，她不得不承受亲人的误会。一个柔弱的女人，何以有这么巨大的生命力量！正是露娃的此举，挽救了许氏企业。在公司面临破产之时，露娃分走的一半家业使许氏家族得以化险为夷。许氏公司的重振旗鼓，再起东山，是露娃生命力量的展现。

揭示生命的巨大力量并不是李兰妮生命感悟的全部。更重要的，在于生命力量背后的那份淡然，那份举重若轻。露娃是悄悄去世的，没有任何张扬，没有任何豪迈，没有任何英雄般的豪言壮语。在轻轻地来去之中，她完成了生命的伟业。《傍海人家》里的阿娇一进入我们的眼帘就经受着命运的考验。在偷渡事件中，她失去了母亲，更失去了男朋友阿胜。在万分艰难的局面中，好不容易得到卢强的关心。阿娇与好心的卢强结为了夫妻。但好景不长，在他们的女儿出生之际，卢强却意外地在出海时生病而亡。人们说，阿娇红颜薄命，克夫克子，一生孤苦。在卢强去世的日子里，连阿娇也"不能不认自己命苦"。她哭干了眼泪，却没有向命运低头，而是开始了向命运的挑战。在以后的奋斗中，她经历了事业的种种艰难和情感的种种波澜。然而，在终于战胜了命运之后，她没有为自己的伟大而自豪，没有手之舞之、足之蹈之，相反，却显得那么平静。作品写道，"现在她只想放下重负，什么也不想，好好休养生息,活得单纯一些,自然一些,宁静一些。"

这里有着何等大气的生命感悟!不以物喜,不以己悲。当生命需要抗争时,你必须抗争。而当你对抗争所显现的那点儿力量太在乎时,那力量便有限了。正如风和日丽时的大海,海底波涛翻滚,海面却风平浪静,那才是力量。而既不把海底的波浪当回事儿,也不把海面的平静当回事儿,那才是生命!我一直觉得,《傍海人家》傍着自然之海,更傍着生命之海。

正因为这样的一份生命感悟,我读李兰妮的作品总跟她本人连在一起。我认识她其实很晚,那是在听说她生病之后。也是在那以后我才知道,在与生命的抗争过程中,她居然取得了丰硕的创作成果。李兰妮的生命本身就是一个故事,一个对每个珍爱生命的人来说,都具有震撼力和吸引力的故事。我曾想,李兰妮应该有豪放的一面,应该有着岩石般的坚强。

与李兰妮接触多了,我发现,她的心灵异常细腻、异常敏感。这在她的作品里也可以看出来。从景物描写到心理刻画,都细腻而深入、微妙而引人入胜。

心太细腻、太敏感的人应该是最容易受到伤害、最容易走向柔弱的人。而李兰妮却将敏感与坚强集于一身。那苗条、纤细的身材是如何容下这么特殊的心灵的?

而李兰妮的生命感悟,是远远超出"坚强"这类字眼的。记得有天傍晚,我与她在中山大学一家小商店碰到。她关心地询问我的身体、真心地赞扬我的气色。一阵谈笑风生后,她爽爽地说了声再见。看着她飘逸、轻快的背影消融在夜色之中,我才记起,她不正在与生命搏斗吗?她不正需要别人的关心吗?而她却什么事儿也没有一般。

那一刻,我真的有一种触动。那背影使我再次体会到了李兰妮的生命感悟和生命力量。我似乎明白了她所写的一切。她不是在用笔,而是在用生命书写着她的作品。她笔下的细腻与敏锐,是她生命的细腻与敏锐;她的人物的生命力量,是她本人生命力量的投射。于是,她的生命与作品都充满着情调与大气。于是,她的生命与作品都将创造更大的辉煌。我这样想,也这样祝福。

(原载于《文艺报》2001年7月10日)

挑战时尚的时尚书写
——我读黄咏梅的小说

这个题目也许有点儿矛盾，而我更愿意把它看做一种张力——黄咏梅的小说把我带进了这样的叙事张力之中。

黄咏梅似乎是突然冒出来的。其实此前她写了不少诗和散文，有影响，不大。一不小心，她写起了小说，才几篇，就引起了人们的注意。

黄咏梅出生于20世纪70年代。按时下流行的划分，她应该属于"70后"作家群。她的创作与这一代作家有着天然的血缘关系，比如，从叙述语言到人物、故事都很时尚。但她又有某些属于个人的东西。这东西很独特：欣然投入时尚却又在时尚里挣扎。这"投入"和"挣扎" 使黄咏梅不多的几篇小说有了被关注的价值和被解读的意义。

一

我想从《将爱传出去》谈起。这部中篇表层讲了一个"恋父"的故事。小时，一个漂亮可爱的姑娘，爱上了她的爸爸柳其。她甚至多次趁爸爸熟睡之机，睡到爸爸的床上、躺在爸爸的臂弯下。她的爸爸却假装不知，不给她以她所希望的回应。

然而，小时的"恋父"并不是乱伦。爸爸柳其对女儿小时只有养育之恩而无血缘之亲。因为小时只是她妈妈艾尔的一个克隆。艾尔当年读大学时，其"美丽和能力"都"前无古人后无来者"，她爱上了学生命科学的同学李仪。李仪对生命科学钻得很深，对爱情却好像一无所知。艾尔决定在大学毕业前主动找李仪，让他明白爱。但李仪却提前办理毕业手续出国留学了。在这样的情况下,艾尔认识了柳其,并将自己的命运与他的命运连在了一起。但艾尔并不能忘记李仪。她借口为保持身材不愿与柳其生孩子。直到李仪从国外留学回来,艾尔让李仪为自己克隆了一个生命。这个生命就是小时。她与柳其把小时当女儿养着。

实际上,小时不是艾尔的女儿,她只是另一个艾尔。叙事让我们看到了同一个艾尔在不同时代的表现。有意味的是,第一个艾尔不爱柳其,哪怕一起生活几十年也无法产生爱,最终只能离婚。而另一个艾尔却对柳其产生不可遏制的爱。于是,在艾尔与柳其的关系上,我们发现了一个词汇:改变。

这也许是一个一般的词汇,但在黄咏梅的小说里却特别重要。它是以不同方式贯穿在黄咏梅多部小说中的重要主题之一。或者说,改变,是黄咏梅深刻的生命体验。它已内化为黄咏梅的叙事动力之一。在她关于"改变"的叙事里,蕴含着丰富的时代内容。

被"改变"着的,首先是人物的命运,然后是她们的生活方式、价值观念等。这种改变的重要标志就是,连她们的欲望和欲望满足方式都带着时尚色彩。人,都有欲望,古今中外没有不同,但在不同时尚的语境之中,人的欲望表现却有不同。欲望的时尚色彩是时尚的旗帜。黄咏梅好几部小说的主人公都是从小城市来到现代大都市的青春女性。现代大都市曾经是她们如饥似渴的向往。当这个"向往"梦一般地变为现实的时候,她们便迅速地接受着现代大都市对她们的改变。更重要的是,不同于打工一族,她们有着大学本科或者研究生文凭。命运一把她们送进大都市,她们就成为都市白领阶层。时尚自然而然地向她们淹没了过来。她们走进了现代时尚。她们的时尚故事也走进了我们的眼帘。

《路过春天》里的"我"原本生活在一个离广州不远的小城。"我"的母亲在"我"很小的时候就为"我"订购广州的燕塘牛奶,以培养广州情结。终于,在一个夏天"我"来到广州。"我"迅速产生时尚消费的欲望。所逛商场的等级越来越高,手上装衣物的塑料袋越来越精美,塑料袋上的洋文"醒目地招摇过我们有质量的生活"。广州已使"我"无法想象再像母亲那一代人那样过日子。"我"在一家媚俗的杂志社工作,靠编造情仇、二奶、死亡等迎合大众口味的隐私故事挣工资和稿费。当然,欲望的时尚化是全方位的。

"我"和"我"的朋友阿莳,一个当人情人,一个做人二奶,出入于商场、酒吧,在传统道德之外涂抹着自己日子的色彩。

长篇《一本正经》里的陈夕同样出生于一个小城,研究生毕业后来到了广州。广州的生活方式很快对她产生了吸引力。自由、无人管的生活成为她的生活欲望。"广州这个城市,总是很容易让人找到自己感觉的,就是因为它宽容"。于是陈夕找到了成为"我自己"的人生感觉。除工作之外,她还在报纸杂志四处开专栏,什么都写,只要编辑、读者喜欢。陈夕先与远在江西的男友袁林享受着性爱,后又与袁林分手与在广州有金钱有地位的金天同居。住在金天为她买的豪宅里,她享受着生活所能给予她的一切。

在黄咏梅的故事里,我们看到,人无法选择时尚,时尚在选择人。一个时代有一个时代的时尚。时尚一旦形成,它就成为一张网,人一旦进入网中,网就将改变你的人生观念和生活方式,就将提供你在这个时尚中的人生欲望与满足方式。

二

通过"改变",黄咏梅的叙事力图给我们讲述的,是她所感受的这一代人的生存状态。

"改变"里同时含着两个时态,一是被改变之后的现在时,一是被改变之前的过去时。黄咏梅作品中的"改变"正是将这两个时态艺术地包含在她的叙事之中。叙事者不仅让我们看到了主人公的被改变,也让我们看到了被改变之由来。于是,历史,这一代人的历史、这一代人的人生脚印进入了黄咏梅的叙事。

对于她的同代人,黄咏梅的认识也许与其他人有所不同。她并不认为20世纪70年代出生的人天生就在今天的时尚之中。相反,她恰恰认为,她们/他们是生活在传统与时尚之夹缝中的一代。他们生存状态中的丰富与生动、高兴与无奈,都与这一夹缝相关。

《路过春天》里的"我"在进入广州之前,生活在对人生的诗意的追寻之中。那时,她给广州一家报社投稿,除了诗之外,信封里还夹着两片红棉花瓣。到了广州后,她知道,"作为这个城市一员的标志,就是在商店里听到自己的呼机响起"。但是,"诗歌在这个城市没有自己的呼机"。刚到单位,一位领导就告诉她:"让诗歌见鬼去吧!"然而,我的"历史"却被我的脚步带到了"今天"——"我"走进了时尚,却忘不了诗。"我"就生活在时尚与诗之中。

《一本正经》里的陈夕从小受着理想与规范的教育。九岁时,她写了一篇命题作文:《我的2000年》。作文写道,到了2000年,她要带着老师,坐着宇宙飞船到月球上采风,到月球上领略大自然的奥妙。

九岁!理想乘着想象的翅膀在飞翔。而在同时,她们也在教育中知道,通往理想的道路是由"规范"铺成的。就像必须就着描红本写生字,每一个字都必须写在格子里,并按上下左右的结构比例写好。"弄错了比例就要被拉出来,在老师用红笔写的一个正规的示范字后边补写三行。"

真的走到了2000年,陈夕却发现:"2000年对于我们这一拨人来说,就像遗失了描红本和命题作文一样,遗失了规范和标准,规范变成了恐惧和麻木,标准变成了无格调。我们隐约还会对这些遗失而忐忑和郁闷,毕竟这跟语文老师要求我们理想的2000年不太一样。"

在黄咏梅笔下,或者干脆说,在黄咏梅的生命感受中,20世纪70年代出生的人,与上一代人不同,与下一代人也不同。上一代人,完全生活在理想与规范之中;下一代人,完全生活在无规范的时尚之中。从某种角度讲,这上、下两代人都有他们的幸运——因为他们的生活有着一致性。而20世纪70年代出生的人,从小受着理想与规范的教育,成人后,却生活在理想失落和人生失范的年代。她们/他们迎接着新的生活,却又不能完全忘记过去的记忆。

这一点,不能不引起人们的思索。不是吗?20世纪70年代出生的人,在他们出生的年代,中国刚完成一次伟大的历史变动,中国结束了一个时代,开辟了一个时代。到了80年代,他们受教育的年代,碰到的是中国进入再次启蒙、热情激昂的年代。90年代,他们20多岁,进入工作、进入社会,中国历史却再次转型,进入商业社会,大众文化、白领阶层、中产阶级等夹着时尚席卷而来。尽管70年代出生的人没有经历过战争、战乱,但他们的人生,也经历过并正在经历着裂变。

于是，黄咏梅笔下的20世纪70年代出生的人，在某种程度上成为历史转型的一个标志或象征。与把70年代出生的人仅仅写成时尚人生不同，黄咏梅笔下的人物有着别样的分量。

这分量首先表现在她们面对新时代生活时欣然与痛苦的交织。她们/他们的思想与时代一起有过痛苦的转型，她们是带着痛苦走进新时代生活的一代。那个曾经夹着红棉花给报社写诗的"我"到了广州后丢了诗歌却又不忘诗歌，"我"在爱情里找到了诗情。然而，"我"的诗情却遇到了一次更致命的打击。一次"我"很崇拜的一位诗人到了广州，"我"拜访了诗人，想请教几个问题。诗人把"我"带到宾馆房间，告诉"我""不少女人都跟着他红了起来，接着数了几个耳熟能详的女作家。然后他用手轻轻碰触了我的臀部"。诗人做得太明显、太过分。"我"拒绝了诗人一再的诱惑。诗人很生气地说了句"你不识抬举"放走了"我"。"我"所崇拜的诗人一定写出过我所喜欢的美好的诗。那美好的诗与眼前龌龊的行为形成了这么鲜明的对比！这一幕几乎轰毁了"我"的诗的理想和对诗的神圣的追求。"我"感到"有一种恐惧随着夜的黑爬上来"。"我"流下了"绝望"的泪水。

这是一个极富象征性的事件。它形象而深刻地写出了这一代人思想转型所承受的痛苦：这还是一个有诗的时代吗？或者问，这个时代还有诗吗？在诗的追求里泡过的一代人在今天的时代里该如何立足？在一个没有诗的时代，还要不要追求诗？

《一本正经》里的陈夕，在丢失了"描红本"的时代来到了广州，或者说，在来到广州后丢失了"描红本"。来到广州后，首先进入她眼帘的，是一个女人，李平。50岁了，仍然独身，李平身上便有各种与男人相关的故事。生活在人们为她编织的各种故事之中，她的生活便有了点儿传奇色彩。陈夕是在未见到李平便已听说过一些她的故事的，第一眼见到她时，却惊奇地发现，更传奇的，不是关于她的那些故事，而是一个50岁女人的生活现实。作者为陈夕的第一眼作了这样的详细描写：

> 这个50岁的女人，还有着令人刮目的少女的胸脯。李平穿着一条碎花无袖连衣裙，人很白，头发梳得光溜溜的，在后边很顺地挽

了个髻,看得出有多年的功底了,这个发髻纯熟得可以左顾右盼,臂膀不算太圆,锁骨不是太突,一字的领口深挖下去,就是遐想的余地了。腰部还是正常的圆润,花裙妥帖的效果使她的小腹极为风情,随着呼吸好像在说话,只有胸部以上修长的脖子,才看出了岁月的端倪,但也是被李平识相地用一根淡绿丝巾隐瞒了一些。脸是略微长的尖脸,下巴是兜出来的那种美人下巴,五官却不是特别美丽,但凑在一起还算是不错。皱纹是不可避免的,已经是很努力地在抗拒必然性了。

这绝不是一般的人物素描。一个20多岁的女人如此细致地观察一个50岁的女人,这观察里包含着一个女人对美的理解,更包含着对自己50岁时的想象。在以后的交往中,陈夕发现,李平不仅没有被人们为她编的故事压倒,反而生活得十分坦然,十分有质量,十分有气质。50岁了,她仍然生活在潮流之中,但又有一份世俗所没有的高雅与品位。

陈夕与李平成了朋友。李平向"我"讲述了她自己的故事。不同于人们传播的流言,李平的故事那么凄美、纯情而有震撼性。李平为了一双难忘的脚丫,一等等了20多年!这爱情本身就是诗!

李平是陈夕的一个梦。她希望自己活出李平那样的品位和质量。

没想到的是,单位领导丁Sir的受贿案曝光,带出了李平。李平竟是丁Sir的情妇。是李平交出了丁Sir受贿的证据,她一直帮他受贿。而她之所以供出他,是因为她发现丁Sir除了她之外还有别的情人。

李平那个凄美、纯情的爱情故事完全是她编的。

陈夕的梦碎了。

梦碎了之后还要不要追求梦?正如对诗的理想轰毁了还要不要追求诗?黄咏梅的作品里总有这样的追问。这是一个时代性的难题。黄咏梅举重若轻,把它放在一个个小故事里彰显了出来。小故事于是有了大意义。我们每一个人,我们的时代,难道没有面临这样的追问?

三

面对这样的追问,我们再一次看到了黄咏梅笔下人物的分量:轰毁了诗、破灭了梦,但追寻还在。"改变"是欣然的,发现"失落"又心痛。于是她们/他们便在接受改变的同时,不断地追寻。

这"追寻"渗透在她的整个叙事里。她的叙事,是改变与追寻的交响。

黄咏梅的叙事很有特色。首先,她不太追求统一的贯穿的故事,却十分讲究语言。黄咏梅的叙述语言有着极强的情绪性、氛围性。它始终浸泡在一种有张力的情绪之中,这情绪能一下子把你带入某种氛围里。她的叙事里往往有着很多内心独白。但这独白又不仅仅是心理描写式的,它往往有讲故事的因素。而她的故事讲述里,却又夹着某些内心的感受。黄咏梅善于把叙事讲述与内心景观巧妙地结合起来,使之成为一种虚实相生的艺术语言。故事的流动与内心的流动交融在她的叙述语言里,成为一种内心流动中的故事、故事流动中的内心:

> 我从小就感到自己总是缺少一样东西,因此我总是在没人管的时候发呆,世界在变得模糊的那一瞬里,我仿佛触摸自己。(《将爱传出去》)
>
> 如果需要一面镜子,照向未来,我但愿镜子里出现李平。实际上我成不了那样的女人。照我这样无节无制地生活,到了那个岁数,也许早就跟这个物质世界说再见了,或者就干脆成为了一个肥胖的更年期满脸潮红的女人。没有人再会把这样的女人当女人了。如果没有人把我当女人,会怎么样?不可思议。我喜欢当女人,尤其在今天。(《一本正经》)

而在这流动的故事与内心中,我们始终看到的是,"改变"与追寻并存的张力:

> 一年又一年,我在和阿蒯逛街的同时,把诗歌也走丢失了。

(《路过春天》)

　　这是一个典型的黄咏梅式的叙述语言。它是故事的，又是内心的。于是作者把故事浸透在一种情绪之中。而在这种情绪里，我们看到的是：改变、失落、痛苦与追寻。

　　因此，黄咏梅的叙事便有了一种特有的魅力。也因此，黄咏梅的追寻便有了一种特有的表现方式。

　　说黄咏梅不太追求统一的贯穿的故事，不是说她不讲故事。相反，她的故事很时尚、很好看。但推动情节进展的力，不只是外在的事件，更是内在的情绪。在那里，我们看到了黄咏梅特有的"改变"与"追寻"。

　　《将爱传出去》题目有点别样。看完了，你不得不感叹：要将爱传出去，真难！用一个"克隆"手段，叙述者让我们看到了同一个艾尔的两个不同故事。如上所述，我们在两个不同故事里看到了"改变"。但在这"改变"里，却又有着相同之处：爱的失落与追寻。第一个艾尔嫁给了柳其，但她爱的却是李仪。她苦苦地追寻着爱，却一直无法实现。第二个艾尔、克隆人小时赶走了吴舟，爱上了柳其。小时也是苦苦追求，甚至煞费苦心。但柳其拒绝了小时的爱，迅速住到一个阿姨家去了。爱，就是这样阴错阳差。人与人的沟通，就这样困难。人与人不像海与礁石。"海与礁石也是爱情，一来一回地把爱传出到看不见的海平线那端，那么无边那么纯蓝"。

　　但叙述者在讲述"失落"的同时，讲述着"并不放弃"。在两个艾尔，或者说在艾尔与小时的故事之间，叙事者插进了小平的故事，它告诉人们，人，要把命运放在自己的手中，"别人始终无法跟自己担当命运"。

　　在《将爱传出去》里，我们已经看到，黄咏梅较善于组织人物关系，她的故事往往在一组组人物关系的交替中推进。这一特点，在其长篇《一本正经》里表现得尤其明显。

　　在《一本正经》里，我们最初看到的一组人物关系是陈夕、李平、袁林。故事在李平与袁林、陈夕与李平、陈夕与袁林间穿行。陈夕与高中同学、江西小经理袁林享受着愉快的性爱，又向往着过李平一样有质量、有品位的生活。袁林是陈夕的欲，李平是陈夕的梦。通过袁林，陈夕能走向李平吗？

不能。于是，陈夕与袁林分手，投向了外企公司职员、有钱有地位的金天的怀抱。这时，我们看到了第二组人物关系：陈夕、金天、宁可。宁可是金天的前女友。或者说，陈夕与宁可在不同时间爱过同一个男人。她们偶然相识。在并不知道她们之间已经发生和正在发生的故事的情况下，她们成了朋友。金天在抛弃宁可后，终于又抛弃了陈夕。陈夕十分痛苦。她离不开金天，她在金天的爱情里失去了自我。而曾经狂热地爱过金天的宁可在失去金天后，也曾痛苦过、寂寞过，但她却只身远走西部，寻找自我。终于，她在痛苦中站起来了。爱，首先要有自己。这是一组意象性很强的人物关系。叙事者在这样的人物设置中讲述着自己对爱的理解。

后来的陈夕，为了出名，用肉体取悦了某编辑突突，但她又为自己的这种关系在肖一飞面前流泪。她仍然在寻找爱。

小说的后部，作者故意安排了两处小事件。它们几乎在情节的边缘，但在叙事的整体构架里，却起着举足轻重的作用。第一，一对摆地摊的夫妇，他们靠帮人织补为生，活得十分艰难。但我们却发现了这样的叙述：

　　当我走到一个立交桥，夜色朦胧中看到一对情侣坐在石级上拥吻，我尽量小心地掠过他们，可是那个女人还是敏感地察觉到了外人的存在，害羞地把头埋进男人的怀里。我满怀歉意地望了那男人一眼，才发现，这就是那对织补的夫妇。我的心里一阵激动，这一对灰头土脸、为着糊口而埋头工作的夫妇，在我看来仿佛与浪漫绝缘，可是在一天的辛苦之后，也在享受着人类最能传情达意的基本方式，夜色是温柔的毯子笼罩着他们。

　　经过他们的那一刹那，我真的很想念爱情。

这里的爱情已经不只有"爱情"的含义了。它是一种人间的浪漫，它是一种人生的诗情。人，可能一时忘却它，但却绝不是不需要它！连织补夫妇都没有丢失这种浪漫、都没有丢失这种诗情，人生，就是有希望的！

另一个细节同样意味深长。陈夕的第一部长篇《不仅限于亲吻》出版了。站在购书中心那自己并不畅销的作品面前，陈夕有些怅然。从购书中心向外走出时，她却看到张海迪在那儿为她的长篇新作《绝顶》签名售书。这一场景使陈夕想了很多。张海迪"用想象飞跃绝顶"让陈夕很感动。"一个残疾人写登山，是想象中的山，是理想的绝顶，也是战胜困境的信念。"于是陈夕从张海迪的笑里看到了"飞跃痛苦的绝顶而豁然出的一种力量"。

张海迪显然不只是作为某种榜样在作品中出现的。她作为"飞跃痛苦的力量"而进入了叙事！叙事者在强力地推进着"追寻"的主题。

我们曾经对20世纪70年代出生的人有过误会。我们一直以为他们活得很轻松。他们似乎不需要考虑其他，只需要考虑在时尚里"酷"着。而在黄咏梅的作品里，我们看到了另一种20世纪70年代人形象。原来，"时尚"并不是他们的一切。他们时尚着，却又在时尚里痛苦着、反抗着、追寻着。他们是属于今天的。他们不像一些"老传统"，无法走近今天的时代。他们是时尚中的弄潮儿，他们的笑容，是这个时代的色彩。他们更是属于未来的。他们在时尚里追寻诗情、寻找着飞跃痛苦的绝顶的力量！在他们的人生里，"过去"，在"未来"里不会消失，只会以更新的面目出现。

于是，黄咏梅笔下的这些形象便有了更为普遍的意义。当前，中国的人生和中国的文化正在经受时尚的考验。我们的人生和文化有没有接受时尚的容受力？而在接受时尚的同时，我们又能不能保持人生、文化的批判力量和创新活力？我们能否走出我们时代的新的人生、找到我们时代的新的文化？

黄咏梅的叙事是否在作着她的思考？

（原载于《南方文坛》2003年第2期）

放逐"谜底"之后

——1993年度《花城》小说综述

一

首先提到这篇作品——《没有谜底》,不是出于任何其他原因,而是因为它引出了一个我所感兴趣的话题。

鞠护士的死是个谜。叙述为谜底提供了某些朦胧的线索,却又刻意制造了断裂,并从文本里砍去了命案结尾。而且,鞠与白夜浪漫史之开始,作品也没有提及。于是,我们只看到了故事的中间一段,正如作品所写,"一条手臂与一段腰身构成的月下小品"。作者宋海年显然不准备将故事作"爱情+侦探"处理。成功地放逐了谜底,文本便将阅读兴趣从"结局"引向了"过程":鞠护士不满足丈夫又敢于追求,于是与护士长的丈夫白夜有了"月下小品",有了"林荫深处或窗帘下"的"缠绵故事"。漫长的等待之后,当白夜终于回国,终于有了约会之时,鞠却从浴缸里再也没有起来。而且,对鞠来说最需要隐瞒的两个人——自己的丈夫和护士长,是否恰恰在暗笑着看她与白夜的拙劣表演?短短一个故事,成为人生"过程"的隐喻。在这里,我们感受到了人生的欲望与追求、人生的乐趣与遗憾。人生正是这样一个"过程",这个"过程"才是永无谜底的谜。

千百年来,中外多少哲学家、思想家、文学家为寻找人生的谜底毫不吝惜地献出了自己的心智和生命,却越寻找越走进痛苦的深渊。人们终于从寻找"谜底"的梦里清醒过来,看到了"过程"。人生,不在谜底的意义里,而在过程中。一代人对"谜底"的放逐,是对意义的放逐、对价值的放逐、对终极关怀的放逐,是对文明陷阱的认真反思。

在被人称为"后新时期"的时期里，《花城》一直是先锋作家的摇篮和重要阵地之一。在商业性几乎渗透进社会的每一个细胞里时，在商品经济的"皇宫"里，《花城》却以它先锋性的高品位文学追求赢得了众多的读者。1993年，《花城》继续保持和发扬了它的先锋姿态。通过某种断裂，扭转我们的阅读方式，突出对作为过程的人生的书写，是《花城》1993年里一批小说作品给我的突出印象。

我压抑不住立即谈《锦瑟》的欲望。制造断裂的高手格非在这个中篇里更潇洒地玩了一回断裂。当然，故事表面看起来是一个圆环，因为最后一个故事的结尾正是第一个故事。作者让几个小故事逆时针运行构成圆环，圆环里每个故事的主人公都是同一介入。这并不奇特。奇特的是，每个小故事的结尾，主人公冯子存都以死亡告终。也就是说，如果第二个故事里的冯子存真的死亡，第一个故事就不可能发生。以此类推，每个故事的存在都受到下一个死亡的消解。死亡，斩断了圆环。对于冯子存不断地死而复活并让故事首尾相接，你可以读解成生死轮回的隐喻，我却更感兴趣于另一角度：断裂圆环对人生的读解。当阅读在多次断裂的圆环里行进时，我们意识到，冯子存不是一个"人"，而只是一个"类"，只是作为类的人的形象的符号。作者通过文本要叙述的也不真是冯子存的经历，而是叙述者对类的人的思考。四个小故事里的冯子存分别做着不同的事，或者说这是四个冯子存，分别展示了人类四种有代表性的活法儿：求名、求利、求官、隐居。穷独达兼。然而，任何一种活法里，冯子存都不是走向成功而是走向死亡。求名的冯子存因乡试落第而上吊；做茶商的冯子存几乎受到皇帝的召见，却在辉煌到来之前病死；当皇帝的冯子存更惨，守不住江山落荒而走，后被太子诛杀；连隐居的冯子存也不能如愿以偿地寿终正寝，被人拉出去砍了头。圆环的断裂实际上是人生意义的断裂。既然每一种活法都得死——终点都是死亡，那么做什么，追求什么价值便不太重要，重要的是人生过程。

在"过程"里我们看到了什么？欲望。有意味的是在文本的微妙处。隐居的冯子存本应清心寡欲，却为一个女人姣好的身影乱了方寸。考功名的冯子存在紧张的复习中竟用姐姐的玉佩去玩了妓女。茶商冯子存病入膏肓却不忘吃醋，怀疑妻子与医生有染。皇帝冯子存在向敌国进献美女时，不为亡国而伤心却为与这些佳丽失之交臂以致虚度年华而遗憾。好玩儿。我似乎看到作者在边写边笑。

在这一节里我自然要谈鲁羊的《洞酌》。当我把鲁羊在《花城》1993年的作品全部读完后，我毫不怀疑鲁羊是当代文坛又一值得注意的作家，并产生一个冲动：与《花城》"同谋"，向读者郑重地推荐鲁羊。

《洞酌》似乎在讲一个颇为顺畅的故事。到第十章却出现了故事与阅读的双重断裂。故事中的三个主要人物，龙薇、鹿、作家鲁羊，此时在一起聚会。龙薇、鹿却突然从故事里跳出来，对鲁羊关于他们的故事写作评头论足。这一场景、这一场景里的人物，瞬间产生了能量的"核裂变"，它"爆"出了太繁复的话题。此时的人物究竟是在故事之中还是在故事之外？人物分裂了，其一在故事里，其一却冒失地闯入了元故事。而"故事之外""元故事"又恰恰构成了故事的内容。那么，在故事的语境之中，此前发生的一切，到底是现实中的故事，还是作家的虚构？一切都坍塌了。坍塌的还有故事中小青楼的楼板。龙薇跳舞跳穿了楼板，下半截身子顺着楼板的窟窿陷下去。鹿要鲁羊到地下室去把龙薇往上托，而在此前的故事中，小青楼是没有地下室的。于是人物再次从故事中跳出来，跳进故事，与鲁羊一起虚构故事：

> 鹿说："鲁羊你个子高，到地下室去，往上托，往上托！"我惊奇地问："小青楼还有地下室，小青楼还有地下室？"鹿喝道："少哆嗦，现在这样，没有也得有！"

虚构抑或非虚构？如果不是虚构，怎么没有的能生出有来？如果人物们正在虚构，鹿又何必那么急，好像鲁羊慢了一步，龙薇就有生命危险似的。有趣。有趣的背后却是对现实与虚构界线的消解。

在这个无所谓现实与虚构的文本里，"写"着这么一个故事：小青楼原是龙薇祖母的，后被鹿的家人得到。龙薇为夺回小青楼而接近鹿。是现实虚构了故事还是故事虚构了现实？不知道，却更像一部没有时间的人类史缩影：人世的夺与被夺，阴谋与爱情。种种剧情都被欲望点燃。龙薇的舞蹈从祖母处继承。祖母的舞蹈是欲望的符号，它"归结于永恒放荡、永恒幽玄、永恒肉欲、永恒酸甜"，"无情冲刷着肉体的河床"。一代一代，欲望之河汹涌不竭。小青楼承担祖母的"舞蹈"，龙薇却将楼底跳穿。

我突然意识到我似乎上了作家们的（也许我自己的？）当。我竟被他们引到欲望这个最难谈论的话题。古今中外的大哲学家、思想家在他们伟大的或不甚伟大的、成体系或不成体系的话语里或话语背后，哪一个离得开欲望？当然，我理解欲望在今天进入众多文学文本的不可避免性：当一切意义都被消解、一切价值都失落之后，人的一切都失去了，只剩下欲望是自己的。当人从文化里剥离出来后，便被还原为欲望。不同的文化只是对欲望的不同观照和思考罢了。如此而已。文化问题同人类的一切艰深问题一样，说起来太过复杂。说穿了，又太过简单。因而，反叛文化危机、跳出文化陷阱的最简捷途径便是：直接回到对欲望的观照。

然而，欲望还原便能真的走出危机与陷阱，找到称之为"幸福"的东西吗？问题看来并不如此轻而易举。上述几部作品的另一奥妙大概正在于此：作者在文本中通过断裂凸现了欲望，而在凸现的同时，又制造了欲望的断裂。正如黑色天幕上的焰火，爆裂的瞬间，是它闪现的瞬间，也是它消失的瞬间。《锦瑟》里的冯子存，在不同的活法里都走向了死亡，欲望难道不也同冯子存一起在死亡里停止了骚动？《洞酌》里现实与虚构的界线被消解了。欲望是属于现实还是属于虚构？当它在文本里找不到定位时，也就在文本中被消解。

在欲望与断裂的话题里，我们还需提到两部作品。陈染的短篇《巫女与她的梦中之门》写一位16岁的女子在悲惨之中主动委身于一个父辈的男人，而那男人却因性自缢而死。人追求欲望的发泄与满足。发泄是可能的，满足却未必。作品用一个非常年代的偶然事件告诉人们，人能在发泄中丧生。欲望的断裂正是欲望/满足链的断裂。周梅森的中篇《孽海》叙述了一个历史故事。朱明安与小姨于婉真乱伦并一起开远东交易所，这一情节设计是一个典型的象征：一性二钱。人生的故事就是欲望引发的故事。可以说没有欲望便没有生机勃勃的人生。然而欲望之海却不一定是普度众生的希望之海，在周梅森的笔下，恰是作孽之海。一些人在孽海中被淹死，朱明安便用跳楼身亡为他的欲望之旅画上了句号。清醒的周梅森同时看到，朱明安的句号是画了，孽海却并未因断裂而画了句号。于婉真擦干了脸上的泪珠，掩埋了情人的尸体，又继续向

"海"中游去。

人生的过程是充满欲望的过程。如果不存偏见，人们会承认，欲海在任何年代都澎湃着。今天对欲望的谈论已经是文化思考者一个不易回避的课题。从某种意义上说，欲望，是我们文化反思的一个终点，又是文化重构的起点。对欲望的重新观照与思考，同反文化行为一样，正是一种文化行为。

二

放逐谜底、消解意义、注重人生过程的难点之一是，我们无法回避死亡。因为死亡是"过程"的终点。而恰恰因为有这一终点，"过程"才特别值得珍惜。死对生的追问、终点对过程的追问，更是对作家有着诱惑。

最初促使我从这一角度进行讨论的，是顾城的《英儿》。

对于《英儿》，我注目的重心在文本，顾城在砍去那致命的一斧之前已经完成的文本。麻烦的是，《英儿》里的男主人公也叫顾城。我需要声明，以下我所谈论的顾城，是作为作品中人物的顾城。即使能考证出作品有自传成分，我这里所谈的仍是人物顾城，而不是作者顾城，是语言里的顾城，而不是历史上的顾城。

让我们回到《英儿》，回到死对生的追问。这是一个多少有点独特的小说文本，它不仅有着诗的跳跃，而且笼罩着诗的情绪。它的笔力似乎不在叙述故事，而在叙述情绪。在对情绪的感受中，你了解了故事，更捕捉了那斩不断、挥不去的诗思：爱与死。在主人公顾城给英儿的信件中，第一封出现在文本里的，便是"遗嘱"。尾声里，叙述人又告诉我们，决定死的顾城对世人之生问道："你们活什么劲啊？"顾城为什么对生发出追问，为什么坦然地走向死亡？男主人公并不住在大观园，却生活在纯情纯爱的内心天地里。他生命的依据只有爱，"我是为那件事活着的。"他同时爱着两个女人，妻子雷、英儿。在爱中，他如醉如痴。对爱与做爱的体验之细，令人惊叹。那体验，是诗。然而，爱的欲望并不能总是得到满足。英儿离开了他。当爱的满足链断裂之后，还活什么劲？爱。不能爱便死。在给英儿的遗嘱中，他写道，"在爱的时候，死是平常的事"。他决定将死作为最后的礼物，送给他所爱的人。他享受过欲望，也深知欲望对人的折磨，"由于不可抑灭的愿望和火焰，我永无得救的可能"。在死对生的追问里，我们再次看到了人生过程中的欲望与断裂。顾城也许不知道或者说不愿意接受；欲望，注定不是在满足中完成，而只是在断裂中成长，在满足的空框中滑动。他还追求满足，他为这追求付出代价。

人其实不仅仅只有爱欲。顾城的欲望为什么只有爱？《英儿》文本的引子和尾声有着重要作用。在文本的主体部分，人物几乎活动在纯情欲的纠葛里。引子和尾声却把那片纯情的蓝天白云送入了社会、环境之中。我们看到，顾城的单一情欲是他的欲望整体已经经过了一次断裂的结果。顾城在国内曾是"一个诗歌流派的重要诗人"，后来出国了，过起了无衣食之忧、离群索居的生活。这不奇怪。作为诗人，他的生命是语言中的存在，在语言中展开和丰富。当他进入另一片语言天地之后，他的精神生命便进入了孤岛。这使他的日常生活也几乎砍断了与外界的联系。这时，除了身边有心爱的女人、能有爱欲之外，其他的欲望则连产生的可能都没有。顾城的孤独是可以想见的。他身边读的书便是《一个孤独者的散步》。只有爱欲，正是一个孤独者的生命的诗。"我爱是因为我渴望，也是因为我恐惧"，他说。只有爱欲，写出了人生的困境，一种无处可逃的困境。因而只有爱欲，也写出了对现存话语／权力和周围世界的不满和抗议，写出了他无法与周围的价值／意义系统认同。"尾声"里，叙述者指出，顾城是用死去反抗那个世界。也许死是作为诗人的顾城的最后完成，是他书写的对爱人、对世界的含意双关的诗。我想说，《英儿》是《花城》在1993年对读者的贡献之一。

同样笼罩在一种情绪之中，同样写爱与死的，有海男的《横断山脉的秋祭》。作品在一个死亡的过程中写爱情的过程，留给人们关于生与死的无限情思。

鲁羊的短篇《风和水》用另一种方式发出了死对生的追问。打开作品你觉得有点残雪味儿。作者用大不敬的文笔写"父亲"。病中的"父亲大小便失禁，用可乐瓶接尿，满床的脏污、满屋的味道。"一切叙述在结尾处得到了点亮：作品用死之安宁写生之烦、生之畏。看来，海德格尔等存在主义的光照在中国仍然有着幸运。

吕新则用一个长篇的容量展开描写人生过程的荒诞。《抚摸》开篇便让你觉得怪诞。一场大风，把战马吹得"团团打转"，战车纷纷"坠入水中"，而军需官的小便却仍能在风中拉出"一条弯曲如弓的弧线"。从微小细节到生命底里，一切都不正常。作品分三卷，第一卷写主人公的军人时期，第二卷回溯少年时期，第三卷再写退伍之后。似乎是在讲一次战争期间和之前之后的故事，实际上只是一次"时间"的展开，一次走向死亡的全过程。在时间中存在的人生的荒诞于是进入了文本。请看父亲与"我"的一段对话：

"你的身体是怎么致残的？"
"是战争。"
"不，是时间，"父亲的目光从书页上离开，"只有时间才具有这种力量。一切的一切全都是故作姿态，都会在时间中腐烂。"

作者的思绪并未就此打住。在如此浓重的荒诞之中，生命该如何展开？黑胭脂说，"生命其实是一种抚摸"。何等轻松！"抚摸"是对荒诞的挑战，是从荒诞里生长出来的对荒诞的解构力量。"我"有两种爱好，女人与铜器——性与钱。因而我有了情人黑胭脂和一些铜器，承受着黑胭脂与铜器的双重抚摸。复杂之处在于，"抚摸"并不是常态。当黑胭脂的丈夫回来把"我"与黑胭脂从床上双双抓住时，黑胭脂竟指责我最初"强奸"了她。铜器也成了黑胭脂丈夫打"我"的凶器。性与钱同时失落。《抚摸》描绘的世界同《抚摸》的叙述给我们的阅读经验一样，是无法潇洒的。因而作者用一长串"天问"作为文本的结尾。人，如何从一堆错综复杂的问号中走出来？作者看来无意寻找简单、透明的答案。

因为生与死为人生划定了不可逾越的界限，人在世界中永远只是来去匆匆。老作家林斤澜的《过客》引起了我的注意——有意思的是，不是因为它的新奇或陌生化效果，相反，正是题目的熟悉引发了我的好奇心。林斤澜的《过客》与其说是创作了一部作品，不如说是创造了一次行为艺术。林斤澜采用了一个大胆的策略，把鲁迅的同名原作基本上照搬过来，只在个别地方作些变动，然后在几处嵌进自己的几段文字。真正的作品，在这一搬、一改、一嵌之中。"搬"者，表明今天的语境与鲁迅创作《过客》时的语境有相通之处。改动小，却妙。如人物介绍，将老人的"约七十岁"改为"不计年岁"，过客的"约三四十岁"改为"不明年代"。作者立意于将过客的孤独、过客的虚妄与过客的前行都从具体时空里拔出来，进行形上观照。而所嵌文字更集中写出了作者的形上形下思考。也许，更重要的不是林斤澜为我们的思考增加了多少新的内容，而是行为艺术的"行为"本身。行动、活着，这是一切思考的最终指归。既然人在世界中命中注定了过客的角色，我们还能说什么呢？

三

另一部分作家似乎更愿意关注人生过程中的无奈与尴尬。既然看到了人的"命中注定"在劫难逃，咱们也就可以少谈点生死，省下那份心把"过程"过好。但要"过好"谈何容易！

我想把人生的无奈与尴尬同当代都市生活两个话题结合一起谈。原因有二：其一，书写当代都市生活，包括改革大潮中心的人和事，是《花城》1993年作品的一大特色，不专节讨论，不足以表示这些作品在我眼中的分量。其二，当代都市是欲望与文明都高度集中的地方，因而也"集中"着更多的人生无奈与尴尬。

张欣是近年来注意勾勒都市人生、都市心态的重要作家。敏锐的眼光、开阔的视野、独有的视点和鲜活的文笔使她的作品拥有不少读者。《无人倾诉》也许不是她的代表作，却可能是她的倾心之作。作品设计了一个颇有象喻意味的场景：两个女人、一板之隔、各自孤冷各自思。终于相碰了，却发现相隔得更远。一横一竖、轻轻两笔，作者用一个卡座画出了都市人的生存状态和心态。这里的故事并不复杂，两对婚外恋各自运作。参与其恋的两位女性——卡座两边的两位，或雅或俗，都不得不与所爱的人或曾爱的人分手，到西餐厅来消费剩余的回忆与思绪、凄清与痛苦。人物心态被作者刻写得细腻、微妙、有趣。从拉手到分手的过程展示了人生的无奈。悦心与杜启明的爱，是心心相印、灵肉相通的爱，然而他们中间有家庭、责任与道义。彭海洋为一个更有能耐的女人抛弃围围，固然可气，围围之爱彭海洋，不也希望：建立一个更可心的家？人，时时被各种欲望包围着，不可能同时满足多种欲望，你必须有所选择。选择之时也许就是付出代价之时。不同的人根据不同的情况进行选择之后，他们便可能造成伤害并把自己送进"卡座"。人都在无形的卡座之中。人的无奈不仅在于找不到满足，更在于无人倾诉。正如悦心的感叹：

哪一个都市人没有一颗伤痕累累的心，等待着倾诉和抚慰？！
可哪一个都市人能够真正尽情倾诉和得到抚慰？！

这是都市人生，又不只是都市人生。其实《无人倾诉》的倾诉已跳出"爱"与"都市"而进入大"人生"。

商河的短篇《忧郁之年》推出了一份尴尬。男女主人公夏夜约会。似乎无话找话，却充满性挑逗。他谈起了夜来香。然后谈泳装女人，谈仙人球。挑逗着、欲望着，却又掩饰着。除了话题在象征、暗示领域滑行之外，连用词也有挑选。因而说"猫啼"不说"猫叫春"。更重要的是心灵的难以交融，连约会是谁采取主动，谁先打电话都在计较之列，遑论其他。约会的过程就在这样的氛围中开端、发展、结局。到"一切都已发生"后，他仍然强调，"是你先给我挂电话"。于是"一种黏稠的物质沿着我的眼眶慢慢涌流向脸颊"。男女之间除了肉体，或者毋宁说除了相同的肉欲之外，其他的一切都那么隔膜，那么难以沟通。而他们又互相需要。这份尴尬，能用斤两衡量吗？作品把约会过程写得微妙，写得谜一样朦胧而又富于暗示。模糊"他"与"我"姓名的手法当然并不新鲜，作者希望将阅读从具体的人、事里拉出来的企图也是明显的。整部作品构成一个象征，在那一次具体的约会里，我们看到了人类男女的大"约会"。

叶兆言的《爱情规则》也写了男女问题，也让我们品尝到一份男女之爱的尴尬。家庭、离婚问题、离婚后的子女问题。爱你的，你不爱。你爱的，不爱你。有爱的，不能结合。无爱的，却组成家庭。于是这个世界上便丰富了词汇，妻子、情人、第三者、单身父亲、单身母亲、后爹、后妈、前妻、前夫。有时，妻子情人较着劲，要爱，都爱了；不爱，都不爱。阴错阳差，这世界总有什么地方出了毛病。

在近几年的先锋作家中，叶兆言算是里外得好的一个。人们谈先锋时忘不了他，谈现实主义手法、谈回归传统时也以他为重点对象。这与他的策略有关。他往往在人们熟悉的手法上暗藏"先锋"的机关。当然也有失手时。此篇运用平淡的手法，淡淡的语言、淡淡的故事，似乎不讲究，不讲究到不惜运用在传统手法中也名声不佳的过于巧合的小安排。然而，除了淡之外，似乎没有更多的特别的味道。读着读着，隐隐地觉得与叶兆言这个名字的响亮程度不太般配。

从阅读角度将《忧郁之年》与《爱情规则》作一比较也许有点意思。前者写得浓，浓得化不开，浓得近于涩。密集的技巧，深藏的手法，使阅读变得艰难，你享受着艰难的乐趣。然而说实话，如果不是迫于"职业读者"的工作，我也不会耐着性子把它读完，在字缝里去寻找微言大义。后者写得淡，淡得如走平地、如喝白开水。你品咂着淡的韵味。然而真淡到无味，或味太熟悉，就又失去读下去的兴趣。

读者不太好伺候，我承认。也许，作者与读者的关系也是一份人生的尴尬？

写都市生活的作品还有蒋子丹的中篇《老M死后》、林白的中篇《飘散》和砚侠的中篇《情这东西》等。《老M死后》用主人公从内地到海南的行动，连接了内地与开放地区的两个城市，写出了变革时期都市人的骚动与拼搏、打小算盘与拿大主意、成功与失败、苦与乐。作者有一支画漫画的良笔，作品写得幽默、有趣而不乏讽刺，显示了叙述者居高临下观世事的智商。但作者似乎太注意"智"而有意无意地忽视了"文"。《飘散》则把笔力集中在海南，描写为阔佬当暗妾的女郎们。金钱与姿色交换，随之而来的却是金钱与空虚并存。女郎们寻找幸福却失落了幸福，甚至有的自杀、有的被杀。作品展示了在内地尚少为人知的一角里的无奈的人生。

《情这东西》是一场调侃与真情的游戏。两个女人。一个为钱与人偷情，情人被车碰死，她成了富婆。一个为爱充当第三者，东窗事发。一个有钱看穿一切，一个为情所累。经历不同、个性不同，一个水、一个火。作者却安排她们住在一起，于是便有了戏。在调侃与真情的天平两边，戴丽斯调侃一切，对怀抱真情的于洁的"下贱"很不以为然。田望的出现，意外地增加了真情的分量，调侃渐渐失色。到戴丽斯也真情爱了一回的时候，作品重心完全偏了过来——戴丽斯也"下贱"了。然而,真情要得回报难,心心相印更难。人总在错过。戴丽斯把自己送进了真情也就把自己送进了痛苦。那么,人到底该真情还是该调侃?作者留下一个无奈的话题。

四

人生在欲望、荒诞、无奈与尴尬的河流之中,永无得救或逃逸的可能吗?我想我该谈谈长篇《施洗的河》,谈谈北村的思考。

《施洗的河》的故事里人欲横流、鬼魅满地、怪事迭出。主人公刘浪一生行过、碰到过诸多怪异。在欲海之中他可算欲魔,欲海难填便痛苦难当。所行与所见的一切怪异都与此相关。比如早早为自己修墓,且住进墓穴、守住财宝。接过父亲传给他的家业,刘浪在樟坂当了以贩卖烟土为主的一个帮派首领,与马大为首的另一帮明争暗斗,杀人打劫,为非作歹,心狠手毒。金钱美女他样样不缺,可就是找不到称之为"满足"的东西。围绕着刘浪,作者安排了学者唐松、管家董云等人物。通过刘浪和他周围人物的故事,作品展开了各种欲望追求:金钱、美女、学问、书画乃至气功,但一切欲望都得不到满足。作品将一切欲望追求都推进了痛苦的深渊。

作者并不着意展示欲海,而在寻求救赎。终于,刘浪认识了传道人,找到了痛苦之源和希望之光。传道人对刘浪说了一段精彩的话:"你的痛苦叫你要败亡了,你有一个可怜的光景,不认识自己的罪。你为何生在这地上?金钱无法满足,学问无法满足,享乐无法满足,成就无法满足,因为你不认识神。"而神,"他要进到人的灵里,作为人的内容,成为人的满足。"

刘浪信了神,耳边常有个声音对他的言行给予提醒。到刘浪与已经和好的马大同回霍童的那一场景中,我们看到了作者构造的新神话:上帝使两个最大恶人的灵魂获救。而一旦信了上帝,满目疮痍的大地便一切和谐。

北村显然把探寻的眼光投向了西方。如果仅此而已,似乎不值得为北村书写一笔。因为向西方寻求真理、寻求智慧,是自上个世纪末以来中华民族的大事。然而,同是寻求,北村的着眼点与西风主潮却有着微妙的差异。对西方思潮的借鉴,在人文科学方面,尽管形形色色,但在反对封建禁欲的统一战线上，都是同一战壕的战友。北村《施洗的河》却从宗教精神切入，提出欲海救赎问题。无论结论如何，问题的提出，却是有文化战略意义的。

当然，在《施洗的河》里横行作恶的，都是中国的鬼。他们与西方的上帝不属于一个部队——他们的上司是阎王和玉皇。西方的上帝如何能管理、能惩治、能拯救中国的、东方的鬼？中国的欲海救赎、文化重构问题已是今天的文化工作者不能不考虑的问题。但正如西方的现代性话语不能挽救中国文化危机一样，西方的基督教文化能否解决中国的信仰问题、文化问题，大概也不是一个不言自明的前提。作者也曾让刘浪对神产生过怀疑："那为什么他不救被日本人杀掉的中国人呢？他为什么那么残酷无情呢？你让神为此向我道歉，我就信他。"神当然不会道歉，传道士也无法回答刘浪的问题。作者还是让刘浪义无反顾地走向了上帝。但他在这里留下的漏洞却成为自己构造的新神话的自我解构力量。

涉及宗教的作品还有吕志青的《时光在握》等。《时光在握》描写教会在中国的兴衰，其中暗藏情史、抒发时光"一闪而逝"的感慨，写得颇为认真。不过我不想在宗教这里过久地滞足，而想把目光转入在我看来属于另一个侧面的向西方寻求的作品——洪峰的长篇《和平年代》。

《和平年代》打开了一幅新中国的历史画卷，书写了自抗美援朝直至20世纪90年代几十年间中国大陆的风云变幻、世事沧桑、人心起伏、情感向背。但作者并不企图写一部百科全书式的当代史诗，只着力从一个侧面勾勒中国当代史。作者通过他的故事表现了这样的思考：人类能不能少一点血腥——从斗争到战争、从泪到血、从伤害心灵到伤害生命？作品通过两代人写了1949年后"和平年代"里的各种"战争"，看得见的、看不见的。作者以十分强烈的情绪希望人们、人类结束这样的历史。曾在先锋文学中颇领风骚的洪峰，对爱、同情、和平等字眼，似乎庄重而深沉地投去了一个回眸之笑。

这个"回眸之笑"在文本里自然有着西方人眼光的浸润，比如作者用互文本手法，大篇幅地编制美国人爱德华的著作片断，《湮没的幻想》——一本思考战争的书。然而我要强调的不在这里，而在那个使整个叙述得以展开的"结"。长篇的叙述是在段和平与妻子的微妙情感关系中展开的。妻子明明年轻、聪明、漂亮、体贴，不问青红皂白地无以复加地爱着丈夫。但和平却并不幸福，永远心事重重、郁郁寡欢，并似乎总有什么事瞒着妻子、缺乏"透明度"。和平是争斗、战争在情感上的受害者。过多的血腥、太残酷的情感伤害，成为和平精神、意识深处的一个死"结"，使他心灵破碎，陷入永远的伤感、负疚、痛苦之中。定期去看望盼盼，不能使他的情"结"缓解，与王明英在床上或草地的疯狂发泄也不能排遣。和平的痛苦更增加了明明的关心，却于事无补。记忆，把和平压得太实，"人的全部意义在于他有记忆，生命存在而记忆存在"，他说。

段和平显然需要心理治疗。于是他碰到了精神病主治大夫倪敬之并与她成为好朋友。倪大夫知道使和平摆脱痛苦的办法：

> 和平，你只能接受这种事实，你是一个国家一个民族的成员之一，你不可能选择力所不及的命运。你完全可以为杀死一个人而充满负罪感，但是你活着绝不意味着负疚。如果你为此不能原谅自己，你就把你的想法告诉所有活着的人。你是作家，你最好的忏悔方式就是把你自己所感受到的和理解的，还包括不理解的讲述给人们。

其实和平不止有杀人的负疚，还有父亲的血、盼盼的比血更浓的泪。作品的发展过程，也就是不断"讲"的过程，从父亲讲到母亲讲到越境者。最后，和平把关于盼盼的秘密"讲"给了妻子明明，讲给了读者。当压在和平心中的一切都"讲"完之后，和平便在一次纯属偶然的事件中放心地死去了——他彻底解脱了。这里的寓意是明确的，人的一生是忏悔的一生，"讲"的一生。生命的终结也即是忏悔的终结，"讲"的终结。只有在忏悔中，在"讲"中，人才能摆脱痛苦，包括血在心灵的创伤。

从忏悔、"讲"中寻求对痛苦的超越，是典型的西方方式。从基督教的"忏悔"到心理治疗的"坦白"，都是要与某个对象"讲"，以达到疏导、释放、净化、平衡。中国文化的方式不同，不是"讲"，而是"忘"，心斋坐忘、宁静淡泊，然后悟"道"。中国人的道不在外面，而在心中，"我心即佛"。对中国方式作何评价，不是这里论述的任务。对此，《和平年代》也并未涉及，只用它对西方方式的选择作了无声的"发言"。洪峰聪明的叙述角度和思考的认真，给人以深刻印象。

当然也有遗憾。从文化根源与文化精神角度看，西方人之所以要忏悔、要讲，是因为他们有"原罪"。西方人是偷吃禁果的亚当、夏娃的后代。而中国人没有原罪，造中国人的是女娲，她与伏羲本来是蛇身缠绕、恩恩爱爱、如胶似漆。用西方人的方式解决中国人心灵中的苦痛，尽管不乏效果，但能否从根上产生灵验，恐怕也是个问题。

在结束对《和平年代》的讨论之前，我还想说一点题外话。看《和平年代》有时脑袋里会冒出《废都》。段和平虽然并不幸福，却同庄之蝶一样，艳福不浅。我突然产生一点疑问：怎么当下作品中的作家形象都如此幸运？几乎所有的漂亮女人都对他钟情。商业大潮起来后，作家多少受到些冷落。让作为人物的"作家"在文本里风光那么几回，引起人们对"当年勇"的追忆，多少捡回一些心理补偿，本属可理解行为。但补偿过多，是否也该担心"经济的过热增长"？

我们还是把目光从"经济"拉回文化。让我们再看看一些作品中对中国文化的思考。《抚摸》里已涉及中国文化，只可惜在《抚摸》的语境中，葛洪与《抱朴子》都是更多地指向长寿，至多指向亚文化。对此我不想多谈。我这里想谈一个中篇、一个短篇。

周大新的中篇《银饰》写了个奇特的悲剧。知府吕敬仁之子吕道景想当女人。表面看来，作品只写了一个反封建主题，写了对传统文化"存天理，灭人欲"的控诉，其实作品还有可细究之处。吕敬仁所体现的中国传统文化，不仅存天理，也存人欲。吕敬仁的"欲望"是要保住声誉。这欲望是那样强烈，以致他不惜扼杀儿子做女人的欲望，不惜用卑鄙手段杀人。吕敬仁表面敬"仁"，骨子里却既奸且毒。其实他早知道碧兰与小银匠的私通，但他却只掩盖，不行动。到碧兰怀孕之后害死小银匠乃一箭双雕：既能让人以为碧兰怀了道景的儿子，掩盖道景的丑闻，又掩盖碧兰与人私通的家门不幸。既除隐患，又得孙子。一切，都是为了知府的"声誉"。其实"人欲"也可杀"人欲"。《银饰》的讲述让我们体会到传统文化巧妙地利用人欲扼杀人欲的一面。

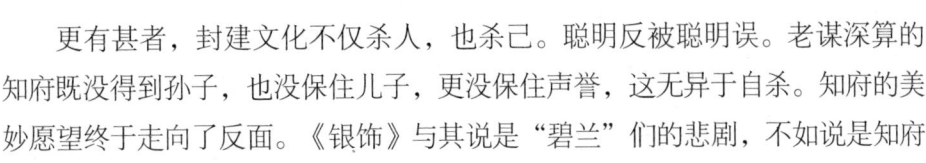

更有甚者，封建文化不仅杀人，也杀己。聪明反被聪明误。老谋深算的知府既没得到孙子，也没保住儿子，更没保住声誉，这无异于自杀。知府的美妙愿望终于走向了反面。《银饰》与其说是"碧兰"们的悲剧，不如说是知府们的悲剧。作品促使我们从欲望角度对传统文化进行认真的清理。

鲁羊的短篇《夏末的局面》写了一个象喻故事。宝光和尚为救紫檀佛像找来的船只，水灾中竟被灾民夺走。六碗为自己活命，抢了一个寡妇的救命发糕。人欲可怕。然而，欲望永远无法满足。六碗抢来60块发糕本为活命，却被撑死。真乃人为财死，鸟为食亡。欲海无涯，这也许是需要我佛的依据。然而，佛却既救不了刘寡妇与六碗，也救不了自己。作者为此安排了一系列象征。智慧的信园法师死在树梢上，那是悬在半空的智慧的结局。紫檀佛像被大水冲走，不知去向，无边的佛法成了无边的逃逸。宝光找佛像却找到撑死的六碗，是我佛失败的见证还是需要我佛的见证？不同于周大新对儒家文化的反思，鲁羊几乎对佛教文化进行了消解。

行文至此，我们发现今天中国文化重构的艰巨性已被尖锐地提出来。他山之石，可以攻玉，却终归不是自己之玉。自己之玉一个个却又只是瓦砾。中国人该怎么办？

在结束本节的论述之前，我想提一提韩东的《乃东》。乃东因病大学肄业。大小伙子当了妇女队长，因而生出一些好玩的事儿。作者把故事背景放在十年"文革"之中，知识和知识分子都下地了，半个读书人乃东只有在女人堆中自得其乐。这个短篇并没有直接进入文化，我之所以在这里谈它是因为我喜欢作品的情调。作品写得轻松幽默。我把它作为一种文化精神去读。当然，《乃东》作为一个短篇，读来好玩而已，并没能给我们更多的东西，我们也无权对它提出更多的要求。而我自觉不自觉地对它进行了一种文化思绪的投射。它促使我想得更多，甚至想到了庄禅——我意识到所读作品中还没有涉及道家文化、禅宗文化。我并不想说这里一定有今天文化重构的希望，而只想表达这么一点意思：我们的文化里还有可供思考、清理的东西，包括已经清理过的地方。

还有很多作品来不及提及，包括苏童制造神秘又消解神秘的《烧伤》，戴厚英写人生晚景的《老尧》等一批我喜爱的作品。《花城》1993年作品的迷人风姿实在令人不忍离去。但现在不得不结束这次漫长的漫评了。作为结束语,我将新的祝愿献给《花城》1994年和支持、关心《花城》的作者、读者朋友。

(原载于《花城》1994年第2期)

第四辑

走向彼岸后叙事

"残花"开过之后

——现代性语境与冯乃超的前后诗风

一

回视20世纪中国文学中的现代性问题，从中心词入手很有意思。

"五四"之后中国文学中心词的两次转变颇有戏剧性：先是由"个人"转向"阶级"，后是由"阶级"转向"国防"。前者导致了史称的"文学革命"向"革命文学"的转变，后者导致了"左联"的解散。

戏剧性首先表现在，鼓吹"革命文学"的主要社团创造社在其早期恰恰是提倡张扬个性、表现自我的，但不久他们就自己宣告了"个人主义艺术的死亡"。为了走向"阶级"的文学，他们花了何等的力气！他们说鲁迅"老了""不行了"[①]，"阿Q时代""死去了"[②]，他们认为"文学革命"是"小资产阶级的意识形态"，而"资本主义已经到了他的最后的一日，世界形成了两个战垒，一边是资本主义的余毒法西斯斯蒂的孤城，一边是全世界农工大众的联合战线。各个细胞在为战斗的目的组织起来，文艺的工人应当担任一个分野。"[③]到"左联"成立，"阶级"终于成为文学的中心词。"左联"总纲领的第一条便是："我们文学运动的目的在求新阶级的解放。"[④]

但如果真的把"阶级话语"当做当时理论界、文艺界追求的终极目标，或者说当做他们追求的不可移易的主题，那便错了。"左联"成立不几年，历

[①] 参见《郑伯奇谈"创造社""左联"的一些情况》，《创造社资料》，福建人民出版社1985年版。

[②] 钱杏邨：《死去了的阿Q时代》，《太阳月刊》1928年3月号。

[③] 参见成仿吾：《从文学革命到革命文学》，《创造社资料》。

[④] 《中国左翼作家联盟的成立》，《拓荒者》1930年第1卷第3期。

史出现了又一次戏剧性的局面：曾亲手把"阶级"送上文学舞台中心的革命文艺工作者又亲手把它请出了中心，而代之以"国防文学"。这次，"阶级"话语甚至被明里暗里当作了"狭窄的宗派思想和意气"。①

于是，我们在"个人""阶级""国防"所有这些中心词之外，看到了一个更大、更根本的中心词：民族主义。不同于各个阶段的中心词之可以被另外一个阶段的中心词所取代，"民族主义"是贯穿始终的中心词，是作用于一切中心词的中心词。"五四"鼓吹"个人"是为了"救治中国"，"个人"是救治中国的武器。转向"阶级"，是因为有了"十月革命"，人们发现"阶级"才是解放中国、振兴民族的"最良的武器"。②也正因为在"阶级"背后、制约着人们对"阶级"进行选择的词汇是"民族"，所以人们才能一时鼓吹"阶级"，一时用"国防"取代"阶级"。之所以"民族主义"是一个贯穿始终的中心词，周扬对此有过清醒的认识："自从鸦片战争以后，中华民族不断地遭受了帝国主义的经济、政治、文化种种侵略，这构成了中国人民大涨的苦难的源泉，引起了他们的要求民族解放的无止境的运动。"③

要求民族解放的"民族主义"并不是中国的"国货"，也不是"五四"的产物。它是19世纪下半夜中国人从西方引进的。我在《1903：前夜的涌动》一书里曾论述过这一点，并认为梁启超是"民族主义"的重要的引介者。梁启超揭示了中国人"忠君爱国"的实质："爱国"只是为了"忠君"。因为普天之下，莫非王土。他批判中国人只有忠君观念而无家国观念，介绍了西方人实行民族主义而强大的经验，认为中国要想不受欺凌，只有向西方学习，实行"民族主义"，建立强大的民族国家。④

民族主义成为中国上个世纪末以来中国人摆脱古典、反抗传统、向西方学习、走向现代的核心环节，是中国现代性追求的重要内容。20世纪的中国文学，命中注定地出生、生长在这样的语境之中。

---

① 参见周立波：《关于国防文学》，《文学界》创刊号。
② 冯乃超：《中国无产阶级文学运动及左联产生之历史的意义》，《萌芽月刊》第1卷第6期。
③ 周扬：《现阶段的文学》，《光明》1936年第1卷第2号。
④ 见拙著《1903：前夜的涌动》，山东教育出版社1998年版。

今天，现代性已经进入了人们反思的话题。民族主义自然也不可避免地要进入反思的视野。我并不认为中国搞民族主义本身有什么值得反思的地方。弱小民族反抗凌辱、争取独立与富强的"民族主义"与强大民族的以优等人自居、欺压他人、称王称霸的"民族主义"是不可混为一谈的。相反，弱小民族的"民族主义"正是霸权的"民族主义"的抗衡力量。同样，我认为，中国的现代性远远没有完成，中国的现代性现在仍然需要建设。

但这并不能说明中国的民族主义、中国的现代性就无需反思。在今天的语境之中，反思，正是为了建设，在反思中建设。

具体到文学，具体到文学中的民族主义，我想首先做的工作，不是反思20世纪中国文学中的民族主义这一"现代性"本身，而是反思文学在现代性中的运作。

二

在这一"运作"里，文学留给了我们多少荣光与遗憾！

我想看一个"个案"。我找到了冯乃超。

冯乃超的诗歌创作生涯并不长，但在不长的创作生涯里其诗作却经历了巨大的变化。他1926年开始发表诗歌，至1927年9月，编了诗集《红纱灯》，1928年4月由创造社出版部出版。《红纱灯》是一个句号，也是一个冒号。它是冯乃超以前诗作的一个总结，也是对新诗作的一个呼唤。诗人在其《序》中说诗集是一个"畸形的小生命"，是一次"蝉蜕"的纪念。以1928年1月在《文化批判》上发表《上海》与《与街上人》两首诗为标志，冯乃超的诗风大变，出现了明显不同的两个时期。

最突出的变化是前后抒情主人公的不同。在前期的诗作里，我们看到的是一个有着强烈个人化色彩的抒情主人公，而后期的抒情主人公却是"革命""阶级"的代言人。早期的冯乃超吟咏爱情、咀嚼青春、伤怀四季、感叹人生。他的诗作里充满着爱情的失意和人生的苦闷。

　　冰凉的夜深 月影寂寥的浮光中

> 拨开了雾霭的苍白的轻纱 游泳古梦中
> 怀念的情思吸啜了霜华冷露 不胜倦疲地沉重
> 爱人哟 飘来森林的幽阴里 我烦闷的心胸
> 纺你底忧郁 我为你织成缥致的霓裳
> 摘你底泪珠 我为你串成精致的胸饰
> 永远地 你为我忭舞在沉寂的睡眠之上
> 不绝地 我为你展开缥缈的梦幻仙乡
>
> （《月光下》）

在这样的人生里，诗人积郁着难言的悲凉。作为一个个体，对笼罩社会人生的巨大悲凉，除了面对之外，还能做什么呢？于是诗人不断地吟咏那"天死的情爱"、那"伤心的眼泪"。他愿意沉入自己的内心，他寄情于酒，希望酒来"浇我的旧梦"，甚至在他内心深处响起过出世的声音，因而在他的诗作里，常能看到修道院的身影，常能听到寺庙的钟声。

1928年以后，我们看到了另一个抒情主人公。他不是用个体的方式去体味个体的人生，不是用个体的方式去面对人生的悲凉，而是面对大众的痛苦。站在与他一样痛苦的大众面前，他发出反抗的号召：

> 街上的人们哟，
> 你们永世不能不像牛马一般劳役么？
> 你们子孙永世不能不加倍的辛苦么？
> 你们妻女菜色的颜脸有一刻的光彩么？
> 自晨至昏你们有一刻安息的睡眠么？
> 街上的人们哟，
> 你们生处在实在的地狱里，地狱的现世里。
>
> （《与街上人》）

这时候的诗作里，个人的情感已为阶级的情感所取代。诗人寻找的已不是个人的独特体验，而是阶级的共同利益。诗，是在代阶级立言，代革命立言。

在抒情主人公发生变化的同时，诗作在意象的运用上明显不同。在前期，冯乃超受象征主义的影响较深。他不喜欢自然主义、现实主义的东西，左拉、托尔斯泰、莫泊桑都是他讨厌的。那时，他常与穆木天讨论诗歌问题。在理论上，他们意见比较一致，主张诗要暗示，反对用直白的明说。而在创作上，冯乃超则被认为更好地实现了其理论主张。

冯乃超善于运用意象营造象征。打开他的诗，迎面向你扑来的是那极具艺术魅力的一排排意象。他深浓的诗情与诗思都隐藏在那密集的意象里。而冯乃超前期诗歌中的意象是有鲜明特色的。他总是远离亮丽与昂扬，极力捕捉着幽暗、冷肃的意象。他常常迷恋的意象是：严冬、暗夜、月光、枯枝、落叶、残花。它书写着社会的黑暗与腐败，寄寓着抒情主人公的忧伤与痛苦：

> 冬天来到疲乏的草根头
> 静悄悄地杀着苍白的微笑
> 阳光隐在轻盈的烟绡
> 不照树阴影里的哀愁
> 怠倦的枯枝愁诉
> 黄金的新秋也衰老
> 银白的长发浸池中
> 轻轻拂扫浪纹的懊恼
> 　　　　（《默》）

偶尔，也有例外。但那例外出现的带点亮色的意象肯定只是其他意象的衬托。在冯乃超的意象运用里，起重要作用的是他的意象体系，而不是偶尔出现的个别意象。在诗人的笔下，所有的意象都用不同的方式进入了意象体系，形成一个幽暗、冷肃的诗场。比如，蔷薇，应是一个令人开心的意象。冯乃超喜欢引蔷薇入诗，他常常用蔷薇来写爱情。但那蔷薇却始终是凋残的。"我手上的蔷薇凋谢了/我心头的小鸟飞走了/我不怨紧急的东风太无情/也不伤空笼的心头太幽静"（《哀唱》）

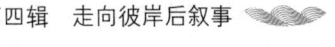

不只是蔷薇，在诗人笔下，所有的花都是"残花"。"拨开过去的尘埃/刮去忘却的苍苔/里面眠着夭死的情爱/存淀伤心的眼泪的酒杯/残花哟 你为何不再开。"（《我愿看你苍白的花开》）。这里，更有他的名句：

> 青春是瓶里的残花
> 爱情是黄昏的云霞
> 幸福是沉醉的春风
> 苦恼是人生的栖家
> 　　　（《哀唱》）

青春、爱情，都只是残花。只因为它们生长在那特定的时间和空间。如果用一句话来概括冯乃超的前期诗情，我以为，应该是：严冬暗夜里的残花。这正是前期抒情主人公潜藏在心底的诗。或者干脆说，在冯乃超的前期诗作里，那抒情主人公本身就是一朵严冬暗夜里的残花。

"残花"开过之后，冯乃超进入了后期，进入了火的荣华：

> 这是过去的残花，
> 人类前史最后一页的插画，
> 同志哟，点火的人哟，
> 我们的火创造人类真正的荣华。
> 　　　（《红灯》）

这时的诗已经离开了象征主义，走向了明白晓畅。诗里的意象已经不是那么密集。更重要的是，这时诗里的意象是明亮的雄性的，甚至是刀光剑影、铁马金戈：战场、炮舰、武器、剑枪、雷鸣、赤血、熔岩、铁石……还有大量的并非昔日意象的词汇：阶级、大众、人类、革命、明日、解放……

> 上海——简直一个战场！
> 阶级争斗的战场！

>明天的飙风将到了，
>今天的静寂可怕地凄凉。
>看吧！
>红毛泥的马路上，
>只有夜寒飒飒地反响，
>——我们底明日快到了，
>听！解放的晨钟在响。
>
>（《上海》）

冯乃超的诗作讲究用光用色，外在的光与色与内在的诗情一致，构成了其诗的整体色彩。而抒情主人公与意象使用的变化，使其诗作的色彩随之产生了变化。前期诗作笼罩在阴沉的色彩之中。所有的画面都是冷色调，后期诗作则一下子变为暖色调。我们进入了一个光线强烈、色彩浓烈的天地。一切阴幽的东西都随着抒情主人公的转变而消失了。阳光取代了月色，春雷取代了冬雪，金色波浪取代了氤氲之气。这时，"赤热的熔炉中烧我们的黑铁/铸造我们的锤和刀当在铁赤热/听吧！地球的各隅发出同样的欢声/太平洋的东方，昆仑山的彼方/然而，只有'赤色的广场'/才有自由的美丽的青空。"（《纪念我们的纪念日！》）

与此相应，前后期诗作的情调出现了大幅度的变化。前期的诗，朱自清说他"歌咏的是颓废，阴影，梦幻，仙乡"。[①]苏联汉学家契尔卡斯基谈到冯乃超时也用了"颓废"这一字眼。"颓废"二字下得似乎过重，但浓重的感伤却是确实的。而到了后期，这种感伤之情一扫而尽了。替代的，是高昂的情调。岂止"高昂"，完全是战斗。他批判黑暗的社会，他痛斥统治的阶级，他预言明天的胜利属于无产阶级，他号召人民起来战斗。"暗夜虽黑，有灿烂的明星，暴压虽急，有同志的呼声——明日是我们的！明日是我们的！"（《与街上人》）

甚至在形式上，其诗前后期也发生了变化。前期，诗人主要面对自己的

[①] 参见朱自清：《中国新文学大系·诗集导言》，上海文艺出版社1981年影印本。

内心，诗歌讲究内在的韵律，因而诗作是不用标点符号的。而且，诗人喜欢用长诗行，以抒写情与理的复杂的流动。而后期，诗人面对的是大众，诗需要明白易懂。诗人便在诗作中启用了标点符号，以明白显示诗作的情感与情绪，而且，使用惊叹号的频率十分高。诗行也相对简短通畅了。

总之，冯乃超前后期变化是显著的。如果说，在他前期的笔下开出的，是"残花"的话，那么，在后期，他笔下开出的则是战斗的烟花、革命的火花。

三

冯乃超诗风前后变化的首要原因是马克思主义理论的影响。1926年，在冯乃超有两件大事是值得一说的。一件是他受象征主义影响的诗情的勃发；一件是他参加了日本革命学生组织的马克思主义读书会和艺术研究会。在读书会里，他们读日本福本主义者的著作，也通过日文和德文读马列的著作。这两件事并不完全协调，但在1926年却在他身上同时运作着。诗情按照惯性在发展，马克思主义理论在头脑中迅速占领地盘。后者对前者当然不无影响，比如，他于1927年发表的《红纱灯》，便已经出现了某些变化的微妙痕迹。

　　森严的黑暗的深奥的深奥的殿堂之中央
　　红纱的古灯微明地玲珑地点在午夜之心

　　苦恼的沉默呻吟在夜影的睡眠之中
　　我听得鬼魅魍魉的跫声舞蹈在半空

仍然是用密集的意象诅咒黑暗，仍然有抒情主人公"我"。但"我"已成为一个身份不明的抒情主人公：他不只是抒"我"的个人之情，而是在抒发一种更趋向普遍性的情感。"我"的个人性身份已开始隐匿，代言人身份已经在向水面浮起。这首诗是转折的一个信号。在编诗集时，冯乃超以这首诗的题目作为诗集的题目，也可看出他对这首诗的偏爱。

当然，在这时，马克思主义理论对其诗歌创作的影响还只是潜在的。而1927年国内的"四一二"反革命政变，迅猛地推进了这种影响。"四一二"反革命政变首先促使了冯乃超对于马克思主义的态度从理论学习阶段向实际斗争阶段的转变。他和一批热血青年觉得必须用马克思主义来推动国内的文化革命。于是冯乃超回到了国内，参与了革命文学的论争，也开始了他的诗的"蝉蜕"。

冯乃超的诗之所以在接受了马克思主义理论后能发生变化，与他诗作与心灵中的"不变"是有关的。不管前期后期，冯乃超的诗在根子上有些东西是一致的。其中一个重要的"不变"的因素是：民族情感。冯乃超出身于华侨资本家，出生于也旅住于日本。祖父冯德明是一位热情的爱国人士，曾任横滨大同学校的校董，当过梁启超《新民丛报》的发行人，也赞助过孙中山的革命。冯乃超"从小在这种家庭环境熏陶下，孕育着爱国思想"。[①]1909年冯乃超九岁时，曾随母亲回到广东南海，在那里念私塾。故乡的一切给他留下了深刻的印象。1911年，他又随祖父回到了日本。异国他乡、寄人篱下的感受无疑加深了他对故国故土的思念。而对故土的思念又是他对所居住的环境感到黑暗的重要原因。冯乃超的感伤不是一般的对社会不满的感伤，而是一个异国人的感伤。这是冯乃超诗作的一个浓重的底色，一个无须言说的前提：

> （幽影森森）
> 细腻的鸟声吐异国的清音
> 阳春的序曲奏来世的哀韵
> 甜美的感伤的面绡罩深深
> 荏弱的苍白若含愁又若带恨
> 　　　（《阴影之花》）

在异国他乡，他永远有着"乡愁"，永远过着"苍白"又含愁带恨的生活。但一想到故乡，他便特别高兴。他的弟弟们要回国，他特意写诗送给他

[①] 参见李江：《冯乃超传略》，《冯乃超研究资料》，陕西人民出版社1992年版。

们。这是他前期情绪最高昂、色彩最明丽的诗：

> 南海去
> 我的故乡在南海里
> 恨不生翼作飞鸥
> 逍遥自在海天里
> 　　　（《南海去》）

诗作写出了对故乡的思念，写出了回故乡的欢快情怀，当然也从反面写出了异乡的愁苦。正是对祖国、民族深深的情与爱，才使他决心献身于祖国的革命。马克思主义是他找到的革命武器。而马克思主义与民族情感这一双重因素在他诗风的转变中是缺一不可的。仅仅强调马克思主义的影响不足以解释他为什么要回国，为什么要在国内来搞"革命文学"，因为马克思主义是没有国界的，他完全可以在日本从事无产阶级革命。是民族革命的内在要求，使他找到了马克思主义；是民族革命的现实要求，使他弃学回国；是民族革命的历史呼唤，使他从一位个体抒情者变为一个阶级、革命的代言人。20世纪的最大中心词是他诗风转变的内在驱动力。

正是这样的内在驱动力，使冯乃超诗作在出现第一次变化之后，于20世纪30年代又发生了一次变化。当然，这次变化在整体上仍然属于后期，因为诗风没变。但歌唱的内容却变了。诗人已经隐藏了对"阶级"的执着呐喊而代之以"民族"。昨天他还在用热血书写"阶级斗争"，今天，他却在诗作里号召人们放弃阶级间和人与人间的一切隔阂，在民族抗战的大旗下统一起来，为民族的命运而战：

> 昨夜里我们千万人有千万颗心，
> 今天大家只知道一个民族的命运。
> 钢铁般的意志已经铸成，
> 除掉了它我们还有什么可以歌咏？
> 　　　（《诗歌的宣言》）

冯乃超是中华民族的儿子，对民族的爱是贯穿他诗作的不变的基因，也是促使其"变"的机制。

四

冯乃超前后诗风的转变付出了巨大代价：诗作的革命性增强了，文学味、诗味却大大地失落了。

冯乃超是一个有着极高的写诗天赋，有着独特的诗歌情怀的杰出诗人。他的诗一出手就达到了很高的艺术水准。他是踩着不凡的脚步登上诗坛的。在早期诗作中，其象征与意象都具有很强的艺术冲击力。当时的论者曾把冯乃超称为"轻绡诗人"①。稍后也有论者把他称为"忧郁的诗人"。②我以为，"轻绡诗人"太过轻飘，描绘不出冯乃超沉甸甸的分量。称为"忧郁的诗人"又太过片面，不足以描画出诗人的完整面目。我愿意把他称为"幽梦诗人"。

他的"幽梦"建立在他的意象上。他善于营造意象的张力。这不仅与他的感伤有关，更与他对光明的追求有关。在冯乃超感伤的骨子里不是消沉情绪，而有着对光明、美好、幸福、未来的痴心向往。他并没有走向颓唐。他抒发着人生的苦痛，那苦痛的背后却满是对人生的热爱。我在前面说冯乃超的意象幽暗、冷肃，这只是从外表把握了冯乃超诗的整体面目，但并没有把握到其诗的内在生命。其实在冯乃超幽暗、冷肃意象所形成的语境里，另一种意象一直倔强地存在着。那是一些有点儿亮色、能给人以慰藉的意象。这些意象并不一定那么固定，但在一定的语境之中，你能发现它们是这一语境里的"另类"："沉默的阴影投射在少女底穿上白衣的心头"，"少女底缠上白衣的心儿睡眠在消沉的阴影中/悲哀脱了霓裳满斟甘露的泪水盈盅"（《悲哀》）少女的"心头"为什么一定是穿上"白衣"？看来诗人是要配制与浓重的阴影和悲哀不同的色彩与情调。在那整体幽暗的语境里，诗人在寻找一丝亮点。意象的张力使冯乃超的诗句具有了颇耐咀嚼的韵味。

---

① 参见卜蒙龙：《冯乃超与穆木天》，《冯乃超研究资料》，陕西人民出版社1992年版。

② 参见宋琴心：《论创造社诗人》，《冯乃超研究资料》，陕西人民出版社1992年版。

冯乃超早期的诗多写爱情。他很少就爱情写爱情，而是善于将爱情放在冷肃的环境之中。对爱情的追求与冷肃的环境，成为他爱情诗里的两大要素。在哀愁的时代，只有在爱情里才能找到人生的慰藉。但爱情也在哀愁之中。然而，在哀愁之中也要矢志不移地爱着：

> 屏息地梦在月痕之中 任情地抱着哀愁底玉体
> 从闪灼的霜华底眼珠 淘出颗颗银光的眼泪
> 　　　　　　　　　　（《梦》）

"任情地抱着哀愁的玉体"，这是冯乃超的典型诗句。不管多么哀愁，也没有丧失对美好的追求，也仍然要去拥抱玉体。玉体是哀愁的，也仍然要任情地拥抱。这一典型诗句之所以"典型"，就在于它典型地表现了冯乃超的内在诗情。当我们欣赏冯乃超笔下爱情的时候，时时不能忘了他的象征手法。冯乃超的爱情不只是男女之情。孙玉石曾指出：冯乃超"所写的并非全是真实的爱情，有许多是表现作者对于一种象征美好和幸福的目标的追求"。[①]这是中的之言。对爱情的追求与对光明的追求同在。正是在这样的内在诗情里，我们读到了这样优美的诗：

> 青烧的瓶中梦魂残
> 红纱的灯下影珊珊
> 遗香残影成追忆
> 零零的白露洒人间
> 　　　　（《凋残的蔷薇》）

感伤是感伤了点儿，但追求还在。在那感伤的追求、追求的感伤里，给人何等的回味！我更喜欢这一首——《现在》，请允许我将它全部引在下面：

---

① 参见孙玉石：《冯乃超和他的〈红纱灯〉》，《冯乃超研究资料》，陕西人民出版社1992年版。

> 我看得在幻影之中
> 苍白的微光颤动
> 一朵枯凋无力的蔷薇
> 深深吻着过去的残梦
> 我听得在微风之中
> 破琴的古调——琤琤
> 一条干涸无水的河床
> 紧紧抱着沉默的虚空
> 我嗅得在空谷之中
> 馥郁的兰香沉重
> 一个晶莹玉琢的美人
> 无端地飘到我底心胸

  仍然是枯凋的蔷薇、苍白的微光，仍然是虚空与残梦，但这些都不能阻挡"我"的幻想。全诗给我们的，是多么轻快的节律、多么流畅的诗行！这里，伤感，已成为背景。诗人勇敢地面对伤感，但诗行却从伤感处起步。它蕴涵着广阔的生活面和复杂的情感。读着这样的诗，你不能不醉在那沉重的轻松、复杂的隽永里。

  然而，在后期，这种醉人的诗味退隐了。更多的只是激情的宣泄和战斗的呐喊。如"革命文学"时期的《诗人们》：

> 诗人们，
> 制作你们的诗歌，
> 一如写我们的口号！
> 我们的口号：
> 要把帝国主义打倒！
> 要把封建制度遗毒清扫！
> 要把列强的走狗屠宰！

又如,抗战时期的《杀死法西斯》:

> 希特勒,
> 你们干么的?
> 你们,杀人的凶手!
> 我们找不出第二句话,
> 发泄我们的愤恨,
> "杀死法西斯!"

这时,冯乃超从一个诗人变成了一个游行队伍中带领喊口号的人。这当然与创造社的人们对文艺本质的认识有关。李初梨说,什么是文学?既不是自我的表现,也不是社会生活的描写,"一切的文学,都是宣传。普遍地,而且不可逃避地是宣传;有时无意识地,然而常时故意地是宣传"。①这认识是有一定代表性的。冯乃超在《艺术与社会生活》一文里曾肯定性地谈到李初梨的文章。②他1928年以后的诗明显地带着宣传的性质。他用他的诗为革命呐喊、为阶级鼓吹。

然而,冯乃超毕竟是一位有很好艺术品位的诗人,革命者用艺术可以做宣传,而艺术宣传首先应该是艺术这个道理他应该明白。在他的《文艺理论讲座》《艺术概论》等专论阶级艺术的文章中,他对艺术本身并没有完全忽略。只要他能稍微从容一些,将他的象征技巧和本已有的诗歌品位融进一些到他的革命、阶级话语中去,他就能写出一两首不错的诗。如1928年以后他写的《红灯》:

> 干枯的草丛在斜阳,

---

① 参见李初梨:《怎样地建设革命文学》,《创造社资料》,福建人民出版社1982年版。

② 李初梨的文章发于《文化月刊》第2号,冯乃超的文章发于《文化月刊》第1号。但李初梨的文章是早在日本时就已经开始写的。这在上文里已经提到。

> 白日的烧晒是秋伤，
> 同志哟，点火的人哟，
> 使燎原的火光压倒沉落的夕阳！

诗人用火象征革命，讲述"星星之火可以燎原"的道理。但诗人并不急于直白地宣传，而是把注意力放在对"火""点火"与"点火的人"的咏叹上，把发展革命这一行动写得富有诗情画意。可见，即使在1928年以后，冯乃超也有能力写出好诗。然而，在更多的时候，冯乃超并没有把"诗"放在第一位，而是把宣传作为了主要的目的。

五

作为诗人，冯乃超的前后变化是可惜的。不然，冯乃超会创造出更多更优秀的艺术品。

然而，本文的主要目的不是要去咀嚼冯乃超个人的"可惜"，而是想首先回到历史，"是"历史之所"是"，看看冯乃超变到了哪儿，又是为什么和怎样变的。我们看到，文学与"现代性"过于紧贴的关系，使文学一定程度上失去了自主性。从那时开始，就埋下了后来"文学为政治服务"的根苗。把文学作"宣传"，并非当代的特权，它是20世纪的"共享""资源"。我们同时看到，文学碰到了一个急剧变革的时代。说白了，那是一个文学不能自足的时代。不是它不愿意自足，而是它不太可能自足。它必然要受到其他东西的冲击。冯乃超作为有着杰出才能的诗人，自觉放弃诗味而为民族的革命和反抗而呼喊，那就是说，他当时认为，后者更有价值。我们在这里把握到的是一种时代潮流。它是所向无敌的。因为，它是一代杰出青年的自觉选择。同时，我们也看到了这种潮流在其运作过程中付出的代价。这是历史的代价。遗憾的是，冯乃超的"可惜"不是代价的结束，而只是代价的开始。

（原载于《南方文坛》2000年第3期）

文人心灵的巨大浮雕

——读刘斯奋长篇《白门柳》

阅读《白门柳》我时时体验着震颤，面对博大时的震颤：博大的历史、博大的文化、博大的人心。作品以宏大的结构、精妙的文笔书写了明末清初那场"天崩地解"式的历史巨变，揭示了当时广阔的社会生活画面。它在思想艺术的多方面都取得了巨大的成就，将中国当代历史小说的创作推向了一个新的里程碑。而我所特别感兴趣的一点是，它以一群文人作为"历史"的载体。它通过当时文人心灵里的"天崩地解"写出历史的天崩地解。而对文人心灵的深刻解读，又使作品从历史走进了更大的思想艺术空间。

将文人作为历史题材的主人公，不只是一个选择写作对象的问题，它标志着中国当代文学中历史思维的拓展。中国当代历史小说一直存在着一个二元的摇摆：是写起义农民，还是写帝王将相。这个二元摇摆的背后是一个历史观的冲突：是主张"英雄"创造历史，还是主张"奴隶"创造历史。从"十七年"到"文革"，英雄史观受到了批判，历史小说中的主人公基本上都是起义农民，从李自成到洪秀全、黄巢等等都作为历史的创造者成为引人注目的文学人物。新时期，单一的史观得到了突破，"英雄"在历史上的作用也得到了相应的承认，于是帝王将相又粉墨登场。乾隆、雍正、武则天，直到曾国藩、杨度，成为众多作家施展才华的对象。

然而，无论是写"奴隶"还是写"英雄"，有一点是共同的：寻找历史的"创造者"。中国当代的历史小说就一直这样寻找着。这是应该的，但却不能是唯一的。历史是一个有机体，对历史的艺术思考应该多维度多角度地进行。单一的思维，使历史在"创造者"的战歌声中被限制了文学表现的广度和深度。《白门柳》则成功地突破了这一思维格局，它写了一批文人，一批历史的"思考者"。于是历史写作展开了它更大的丰富性。

这是一次视野的拓宽,也是一次深度的掘进。它将文学的钻头更深地掘进了历史的文化岩层。以前,因为既不是"英雄",也不是"奴隶",与"创造者"无缘,因而作为一个群体的文人,在文学的历史文本中只能成为配角。作为文学人物,他们在作品中没有获得言说历史的资格。在《白门柳》里,我们发现,文人不仅可以作为历史的载体,而且可以极有特色、极有深度地承载历史。

是的,要理解历史,必须理解文化。而文人形象则是帮助我们理解文化的一个重要方面。自然不能说文化是文人创造的,但文化与文人的关系却无法割断。在作品中,文人可以作为一个民族文化的天然载体。但《白门柳》高超的艺术成就之一在于,它不是一般地写历史,不是一般地写文人,而是进入文人的心灵,写出这些"思考者"思考的动机,画出这些思考者的灵魂。作者的笔是一把精巧的雕刻刀,能惟妙惟肖地雕出心灵的各个侧面。在这样的刀下,人物心灵深处最隐秘的东西被凸现了出来,呈现为一个复杂而又可见的立体雕塑。

钱谦益是作者着力刻画的有深度的形象之一。他是传统中国政治文化体制里必然要产生的一种文人。中国传统社会只给文人准备了一条出路:由"士"而"仕"。作为"士",传统文人讲究人格、品位。有人格、有品位者便有崇高的声誉,受到人们的尊敬。作为"仕",当然有着权力、地位和一切作为"士"所得不到的东西。既追求"士"的人格,又追求"仕"的权力,这正是传统文化的产物。钱谦益这位早期东林党的领袖,为文为官都颇不平常,曾在士林中享有极高的声誉。但他后来却被革了职。作品从他被革职十三年后开始写起。这时钱谦益极力谋求复官。为了复官,他竟然背叛东林党的利益,密谋策划,要为阮大铖开脱,于是在东林党内引起轩然大波。但作者并没有将钱谦益简单地写成反面人物,而是将笔触深入到其内心,写出作用于人物言行的隐秘动机:他既想维护自己在东林党的地位,又想得到为官的好处。钱谦益曾是中国文人中十分成功的人物,"士"和"仕"该得到的,他都得到过。现在他仍然想重新得到。但因为替阮大铖开脱被作为他复官的条件之一,摆在他面前的难题就是,如果想得到"仕",就有可能在"士"林中遗臭万年,而如果想保住在"士"中的威望，就不可能捞到"仕"。如果他只想得到其中之一，那就十分简单。但他却二者都想要。于是他便算尽机关，绞尽脑汁，但仍然时时左右为难，顾虑重重。因此对他的行动，你不能简单地从政治上去判断对错好坏。他有时也为正义事业奔波，并且不一定是虚假的。一切都源自他的心灵，源自他心灵隐秘的追求。作者写出了这个人物性格中极大的丰富性。读这个人物，你在为这个复杂性格而拍案时，思考的，却是中国文化的某些本质方面。

其他的文人则与钱谦益形成对比和对照。冒襄也有私欲，他也为了老父能离开前线而求人营私、打通关节。他风度翩翩、才气过人，在名士与美人中都有极好的口碑。但他却不太得志。家庭负担过重，个人前途渺茫，使他苦闷不安。为了奔前程、求幸福，他也会玩些小手腕，但在大是大非面前，他却能保持人格操守。面对阮大铖的拉拢，他表现得正义凛然。更有黄宗羲，他也想入仕，也进京赶考。但他却一身正气，嫉恶如仇。他不仅为反清复明斗争，而且直接对传统文化提出了尖锐的批判。他是时代的思想家，是从传统文化里生长出来的传统文化的反思者、反叛者。

我还要提到董小宛、柳如是等女性形象。她们是妓女，似乎不在本文的论述之列。但我以为她们做妓女本已是社会不公平的产物，这个不公平不应该延续到今天。这是些琴棋书画样样俱佳的一等一的人才。她们有才有识、灵气过人。只因为她们是女人，便连做"士"的资格也没有，因为"士"是男人的权利，是"仕"的预备队。其实她们本来就是古代社会的文人。文人的特征、文人身上所承载的文化内涵，她们一点儿也不缺少。也正因为她们没有做"仕"的希望，她们往往是更为纯粹的文人，是受污辱、受损害的文人。作家将这些女性形象刻画得感人至深。董小宛以凄婉的爱情而令人动容。她身上体现着一种真情、不屈的追求和忍辱负重的品格。而她之所以苦苦地追求冒襄，除了冒襄的才貌之外，很大原因是对冒襄文化人格的认同，是对复社人格的痴迷。柳如是的塑造则更为成功。她才色两全，因从小受尽凌辱而决心改变命运和地位。于是她对自己的人生进行了精心的安排和筹划，嫁给钱谦益就是这筹划的结果之一。进了钱门之后，她又千方百计地为成为"相国夫人"而努力。她既有文人的才华，又有女人的虚荣。她的行动往往妙趣横生。然而，柳如是不只是有改变人生的欲望，更有坚守人格的气节。她爱谦钱益，但当钱谦益不择手段以求复官时，她轻视他。她爱生命，但当异族入侵之时，她不惜以死殉国。她的美貌、她的情愫、她的文采、她的心计、她的操守，使这个形象多姿态多彩。她实际上是中国文化的产物，也鲜明地体现了中国文化的某个侧面。因为她是不能成为"仕"的文人，她身上便有一些文人身上更为宝贵的东西。

为了更好地书写人物的心灵，作者精心安排一种灵魂展示式的宏大结构。在漫长而复杂的历史中，作者颇具匠心地选择一些大的历史事件，用这一事件把众多人物扭结在一起，让不同的人物面对同一事物进行不同的表演，让不同的心灵在鲜明对比中凸现出来。如第一部《夕阳芳草》里的虎丘大会，第二部《秋露危城》里的拥立新君。作者会写故事，他的故事总是精彩绝伦。但写故事却不是他的最终目的，在复杂尖锐的矛盾冲突里，作者倾全力的，是人物的心灵。这就使明末清初这场变故成为文人灵魂展示的舞台。在这里，我们看到了一幅文人队伍的大裂变。正是这一裂变，透露了中国文化裂变的先声。那里演奏着中国文化之所来和之所去。这部作品于是在美妙的审美愉悦里生出了它无以言说的厚重。

我以为，《白门柳》是今天的文人与历史的文人进行心灵与心灵的对话的产物。作家是以一个今天文人的心灵去体察古代文人的心灵，用古代文人的心灵来反照今天文人的心灵。没有深厚的学者素养，不是一个对古代文化有着深刻研究的文人，无法进行这种对话。不是今天心灵塑造的需要，这种对话也不会进行得如此透彻入微。作者在这里表现了作家、学者、思想家的多重品格。今天文化思考该如何进入现实，该用何种心灵显示今天时代的文化品格，这是今天的文人们无法回避的问题。《白门柳》给人们提供了一面镜子。镜子属于历史，镜中之像却属于现实。因而作为文人心灵的巨大艺术浮雕，《白门柳》立在那里，不仅有永远的历史意义，更有永远的现实意义。

（原载于广东省文艺批评家协会编《名家评说〈白门柳〉》，广东教育出版社2000年版）

走向彼岸后叙事

——何继青的小说世界

一种好奇把我引向何继青的小说世界。近年来，文坛寂寞得颇为热闹，"说法儿"不断：先锋小说、新写实主义、新历史主义、新体验、新状态……何继青在这些"说法儿"的大潮之外，没有被任何"说法儿"说过。然而，何继青的作品却又广为人们所注意。选登、转载不断之外，何继青还似乎被各种文学奖看好，比如，1993年他发了三个中篇，竟得了八项各种文学奖。是他真的被各种"说法儿"忘记了还是他有某种不能归于任何"说法儿"，或者不能被任何"说法儿"说尽的东西？

一种希冀把我引向何继青的小说世界。这希冀源于对文坛目前困境的感受。毋庸讳言，近年的文学探索受到西方后现代主义的影响和启迪。无论受到多少非议，更多清醒的人们还是乐于承认，这些文学探索对于颠覆陈旧的中心意识形态，揭示20世纪潜藏的文化危机，指出我们前进路上的陷阱有着重要的作用。然而，文学——创作和批评、理论——真能在解构游戏里流连忘返、乐不思蜀吗？文学现在遇到了最大的敌人——自己。我们能战胜自己，超越自己已经达到的对文学、对人生的感受、把握而向新的境地走去吗？或者说，中国文学能否既不回到既有的迷途，又走出后现代主义？

文学的困难源自人生的困难。是的，我们为人生创造的价值、意义都被颠覆了，但是我们却必须活下去。我们必须为活下去重新寻找依据。当然，我们无权在何继青那儿索取这样的答案，因为，这不是一两个人可以完成的思考。

然而，何继青能给我们某些启迪吗？

于是，我走进了何继青的小说世界。

办公室·异常·叙事策略

何继青善于讲故事。他从容不迫，把故事讲得错综复杂，异彩纷呈。在他的不少故事里，有一个微妙的共同点：办公室里出了异常。中校袁海韵（《军营里的股民》）刚在办公室里坐下，便有"一种朦胧而模糊的感觉：今天早晨一定发生了非同寻常的事情"。赵浪（《人路》）怎么也不会想到，他带到办公室的不仅仅是一部书稿，而是一系列意外。直到赵浪一页页烧掉书稿，意外的故事才降下帷幕。宗脉（《深刻》）还在军分区大门便已发现了"某种变化"，到了办公室，更发现小钟的"眼光里别有用心"。而在《无奈今朝》里，何继青则给研究自然环境保护的办公室派去了一个不懂科研为何物的罗淑香。

在一段时间里，何继青似乎对办公室有些偏爱，但他毕竟讲了更多的不在办公室发生的故事。然而，如果把"办公室"不只理解为几间房子，而理解为一个特定的时空，一个特定的语境，那么，我们则发现，"办公室"里出了异常，正是何继青的叙事策略：何继青善于在一个独特的语境里安排一个异常事件，让人物在异常事件里，钻出伪装，抹去面纱，进行充分本真的表演。

《军营里的股民》里，作者让"炒股风"刮进了军营。办公室一下子失去了往日的平静。我们看到，"历来含蓄温和"的李文斌再也顾不上用温和来掩藏其用在心里的"劲道"，他一反常态，"抱着电话机不停地拨号，样子像拼命，眼睛里血红血红的，嘴唇不住声地骂着，所用的词都挺狠。显然他始终没有拨通，却又丝毫没有放弃的打算"。炒股，赚钱，成为压倒一切的话题。这个"异常"是一个精彩的安排，一次类似于摄影的漂亮的"抓拍"。那些肩上扛着"星星杠杠"的军官们平日里不是不想赚钱，只是你上哪赚去？总不能去偷去抢！炒股，把一个发财机会送到了每个人面前，不需伤害任何人，没有任何明显的对手，自己却能赚大笔钱，岂不是"天上掉下个林妹妹"么？上！

既然炒股发财成为集体梦，那么能为这个集体的圆梦行为出点力的，就可能得到比金钱更多的东西。因而，吴社会、斯独白使出浑身解数，在炒股中大显身手，不为个人，而为集体。他们在帮别人圆梦的同时，做着自己的另外的梦。袁海韵的感觉是对的，"炒股风"一刮，军营里"奔突着""惊人的欲

第四辑 走向彼岸后叙事

望"。炒股作为一个异常事件、一个突发机会,其实是作者为人们的欲望表现提供的一个契机、一个舞台。每个人在炒股风中都做着自己的梦,那梦便五彩缤纷。

如果说《军营里的股民》还只是给人们一个梦的话,《终曲》里的异常事件则将一群人推向命运的转折关头:军队整编,某大军区歌舞团可能被撤销,一批与团相依为命的艺术家们面临着"树倒猢狲散"的危险。为了保住这个团,军区决定借一位中央领导到该市考察的机会,搞一次高水平演出,以促使首长回北京为保住这个团说句话。这是全团的整体利益,尽管艺术家们争争夺夺,毕竟群情激昂,日夜赶排。一台高水平的艺术品令审查晚会的军区文化部长热泪盈眶。歌舞团整个儿被自己创造的艺术激动了,人们高呼艺术万岁。在人们以为"保团"可望成功时,故事发展急转直下:中央首长决定不看这台演出。撤团势在必行,工作组进驻歌舞团,当然,撤团并不意味着所有的艺术家们都要离开部队,大部分转业,一部分还可以转到其他军区团体。整体利益破碎了,转化为每个人的个人命运。在这样的过程中,每个人都进行着充分表演。正直的,为自己谋划;奸猾的,拆他人的台。当红歌星、半老徐娘,各有所谋,各有所资。一张张漂亮的或曾经漂亮的脸,一个个精明的或不甚精明的脑,一颗颗热乎乎或冷冰冰的心,都抹去了油彩,打开了本真。许晓星争上舞台并非为一两次出场,而是与青春、生命的搏斗,其行为里透着红颜易老的悲凉和留住青春的强大欲望。施琪琪从艺术到生命都处在摄人魂魄的黄金岁月,却在艰难地寻找着爱。邹学海何尝没有爱,何尝不能感受到爱?然而人生艰难,是一门大学问。命运,为自己创造更好的命运,成为对人们最大的诱惑,特别在转折关头。欧阳兰投入徐可望的怀抱,不是为了一个人生的幻影?一心想当乐队队长的高国华,连与妻子做爱,也是为了讨好妻子以从她口中套出有关消息。你发现,人们的本真面目与表层面貌之间,只不过薄薄一层纸,一到人生转折关头,那纸便不捅自破。人,高尚的、卑鄙的、有才的、无能的,谁都有那么一个"本真"。

何继青笔下有多姿多彩的"异常事件"。除了大的突发事件,人生转折关头等"巨型"异常之外,一些"小型"异常,也能被作者巧妙地利用以画出各色人物。《人路》里只是赵浪出人意外地写了本专业之外的闲书,便引出一连串故事，围绕着书的评价和不同评价的后果，人们绞尽了脑汁。要一点办公室的小聪明，为一点远非惊心动魄的小欲望。杀鸡，不惜动用牛刀，原来一切都与人们的利益相连，故而小契机引出大动作。尽管那欲求并不宏大，离乱石穿空、惊涛拍岸实在太远。用作品中孙小红的话说，人们表现的，只是一点儿"可怜的卑鄙"。细小归细小，可怜归可怜，局内的人可不能不在乎。乔主任因此丧了命，龚森也因此生了病。《深刻》的异常也属"小型"类：利用一次不同于日常秩序的人物出场——省军区和省政府的首长要来检查工作。其实省军区和省政府的首长在作品中只是晃动了一下而已，更多的情况下，他们在作品中只是一个缺席的在场。然而，这个缺席的在场却给宗脉、小钟和朱祥福的各种表现提供了理由。易冲动的，存城府的，有机会的，有本领的，有暗劲的，大家都在"琢磨"着。终于琢磨出一些被琢磨的故事，琢磨出一些意外结局。于是，你知道作者"深刻"的用意。

通过异常事件让人物表现出本真，这种叙事策略本身构成一种对社会、人生的评价。人，往往只在非常态情况才表露出真实面目。我们可以在这种叙述策略里体悟到一种设问：人，为什么不能在常态情况下本真地活着？

回答这样的设问可能要走到何继青文本之外的某些地方。我们也许可以追溯到人类最初的美好追求。人类不满足甚或不满意于自己的本真，希望在追求中丰富自己的本真，希望给自己本真的生活注入某种价值的意义，希望以此使自己的生活更加幸福。然而，在追求中，所追求的价值和意义往往变成人们的面具。一般情况下，人们在私下场合以本真出现，在非私下场合以面具出现。古代中国，人们有仁义、纲常作面具。终于，人们发现，那面具不仅掩盖本真，而且扼杀本真——它"吃人"。于是，人们前赴后继去砸碎那面具。同时，中国人从西方找到了一种新的价值、意义：彼岸性。那是神圣领地，是绝对理念，是终极关怀。它与此岸决然隔离，君临于此岸之上，提升此岸精神，赋予世俗人生以意义，指给苦难人生以幸福，于是，彼岸成为人们新的面具。一个世纪过去了，人们又终于发现，这种以二元对立为基础的幸福的追求，不仅不能真给人们带来幸福，反而会扼杀人的感性生命，给人类未来潜藏下无底深渊。西方人自己半个世纪以前已经开始拆除"彼岸"，或者说，拆除追寻彼岸的思路。而对中国人来讲，这一拆除是双重的：既拆除了彼岸，又拆除了西方中心。

无可否认，拆除彼岸，至今仍是中国人需要做的工作。当我们从这里再回到何继青的文本时，我们发现，不管有心还是无意，何继青的叙事策略恰恰在进行拆除彼岸的工作，在他的叙事策略里，彼岸、绝对理念、终极关怀，都成为缺席，而他用异常情况推向前台的，是丢掉面具之后人们的本真。

拆除彼岸之后，那种远离人间烟火的与欲望无关的高雅"精神"被叙事放逐，在何继青笔下人们形形色色的"本真"里，我们看到一个共同的东西：欲望。从李文斌到吴社会，从许晓星到施琪琪，从乔主任到龚森，从宗脉到朱祥福，人人充满欲望。何继青的小说世界是一个充满欲望的世界。

让我们暂且按捺住对欲望进行评判的冲动。既然无论好坏善恶，高低大小，人人都有欲望，那么，我们首先得承认一个基本点：人，不仅是认识主体，而且，首先是欲望主体。欲望是对生命的基本肯定。没有欲望便没有生命。遑论其他？没有欲望的世界是一片死寂、了无活力的世界。欲望给世界带来生机。不错，凡生命都有欲望，动物也有欲望。人与动物有许多区别，而首先一个区别不是别的，是人比低级动物有更多、更丰富的欲望，例如精神欲望。正因为人的欲望比动物更丰富、层次更多，人的世界便比动物的世界更多生机、更多活力、更丰富多彩。遗憾的是，我们往往对欲望理解得过于狭窄，似乎欲望只是肉欲，似乎精神追求不是一种欲望。似乎精神只能在彼岸圣光之中，而与此岸欲望无关。

何继青的叙述策略令我们感兴趣的一点在于，他巧妙地悬置了种种文化、文明假象，首先把人还原为欲望主体。而且，在他那里，欲望并不是简单的肉欲。《终贡》里的艺术家们一方面要为自己的人生打算，一方面又狂热地追求着艺术，有着艺术创造欲，有着成功欲。这些，都是实实在在的此岸的人生欲求。

官场·情场·叙事动机

我们主张拆除彼岸，但拆除彼岸并不是我们的最终目的。我们更关心的问题是走出彼岸之后，我们怎么办？西方后现代主义在解构时是英雄，但对建构却无能为力。没有他们的工作，我们不能更清楚地认识到文化危机的许多方面。然而，我们却不能在他们面前止步。

把人还原为欲望主体是走出彼岸追求文化危机的重要一步。然而毋庸讳言，欲望既与活力相连，也与破坏乃至死亡相通。彼岸追求不能找到幸福。把人推进欲海后撒手而去，人就能幸福吗？不！没有欲望诚然没有生命，欲海横流却又会带来灾难。人，欲望不是单一的，作为欲望主体，也不能单个存在，他永远与其他的欲望主体构成主体间。只有认识到欲望主体间性才能充分认识欲望主体。认识不到欲望的多样性和欲望主体间性，人，便找不到欲望满足和幸福。因而走出彼岸之后，我们还得做点什么。

正是在这里，何继青再次吸引了我们的注意。何继青的叙事策略把人还原为欲望主体，同时，他要人们感受到的是：欲望给人带来的尴尬。叙事策略之外，他的几乎所有故事，都贯穿于一个总的叙事动机：摆脱尴尬，寻找风流与潇洒。当然，关键在于，这寻找不在彼岸，而在此岸，在人生之中。

在何继青的欲望世界里，最强烈的欲望集中在两点：官欲、情欲。或者说何继青的故事大多是官场、情场的故事。写官场与情场，是何继青欲望叙事的基本定位，因而也是他的基本特色。

何继青的官场是一个官欲如火，钩心斗角，尔虞我诈的舞台。在讲述官场故事时，叙述者是一个智性叙述者，他站在一个稍高的视点上，悠然地看着一个个充满官欲又企图掩饰却欲盖弥彰的人物表演。他用冷冷的语气，略带讥讽的文笔，讲述着他们的故事演进。《文戏》写某军区话剧团下部队演出。故事的表面进行的是部队文艺团体对基层官兵的慰问、军地关系、军人情感等等，内里却进行着对一个官位的激烈争夺。军区干部部长空缺，副部长郑中国是顶替这一位置的重要人选。在这样的微妙时刻，带话剧团下基层演出，就成为郑中国争夺部长位置的可资利用的牌。于是，他利用职权，改变计划，让话剧团去地方某县慰问演出。公开的理由堂皇漂亮：那个县是革命老区。现在，当地县委县政府又给驻军诸多支持、关怀，子弟兵不能忘了人民。暗里的主意却是另外一套：军区对干部升迁有重要发言权的刘政委是从那个县出来的。郑中国要不露痕迹地讨好刘政委。为了达到这一目的，他以种种方式与部队干部、地方官员周旋。他知道，这一着的成败对他至为重要。因为被慰问部队的

师政委管子剑大校也是干部部长的候选人之一。据郑中国观察，管子剑尚不知道这一消息。这便对郑中国十分有利，郑中国可以利用话剧团的这次行动和与管子剑的接触，在不知不觉之中，为自己增加筹码。几番聪明的心计之后，结局却是，管子剑调任部长，郑中国接替管子剑到基层任政委，强中更有强中手。郑中国的武器是精明。管子剑的武器是"忠厚"，他时时给人以愚笨的表象，却不动声色地打败了自以为精于谋略的对手。

何继青的一些重要主人公都在"官道"上拥挤着。在我们已经提及的作品里，吴社会费尽心力炒股票，用起人来"如此有计谋如此刻毒，还不留痕迹"，斯独白夜以继日，苦心经营弄股票，都不为赚钱为升官。乔主任出乎意料赞扬赵浪的书，其他人背地里造谣生事整赵浪，不外是为了副局长、主任之类的官位。小钟精心布置军区大门，宗脉下足功夫准备精彩材料，朱祥福早有伏笔地讨好上级，都为了争一个政治部副主任。

何继青的多篇作品里都出现过这样一类现象：从最穷的深山老林出来的农村兵，他们忍受常人难以忍受的屈辱，付出难以付出的努力，爬上了官道。朱祥福是一个代表。他外表老实，毫无光彩，却从饲养员、炊事员干起，直混到副团级。朱祥福们在人们看不起的目光中成长，在官场竞争中却有人们看不见的拼劲。他们是何继青表现官道竞争的重要载体。因为对于他们来说，登高之路只有一条——提干。不当官，则回到最苦的山村。要么天堂，要么地狱，没有中间地带。其实，其他人物也都认准了这条天堂之路。何继青的人物大多精明能干而神经兮兮，往往相互间为了一点微不足道的言行而十倍敏感，百倍警觉，千倍用力。读着读着，你为他们觉着累。何继青手中似乎总拿着一个放大镜，对准人物的官场钻营。放大镜的作用是框内的东西被放大，框外的东西被排除。你不难体会到作者的用心。是的，人的欲望是强烈的，而欲望表现、欲望实现的路却并不宽畅。为了在这条路上挤出更大的名堂，人们使出浑身解数，甚至不惜扭曲自己，不惜阳奉阴违，不惜阴险毒辣，不惜低三下四，不惜装疯卖傻，不惜付出人格、尊严乃至生命的代价。

情场在何继青的故事中占着显著位置，他的人物都有着强烈的情欲，都有着爱和被爱的故事。《意外死亡》里的冯司令，妻子夏铅华之外，还拥有傅媛媛、曾琳等多个女人。《兵道》里的宋天明手里牵着司令千金，心里藏着美女谭婕。然而，在更多的情况下，何继青人物的情欲是服从官欲的。其表现有二：

其一，利用情欲作为满足官欲的手段。军营里的"股民"斯独白多次约会情人丁楠，他颇费心机地制造情调，别具匠心地表达自己对丁楠的爱，常常令对斯独白一往情深的丁楠感动得无以复加，"把自己整个地投进了斯独白的深情之中"，而斯独白却只是利用丁楠的帮助弄到他所需要的股票，为他升官增加分量。《深刻》里的宗脉含蓄而又不失明确地向女上尉传递着情感信息，不是为了爱，而是希望利用女上尉的爱为自己的升官之途铺路。

情欲服从官欲的表现之二，发生在人物的情欲与官欲发生矛盾之时。这是何继青更为深刻的地方。不是人人都把情欲作为手段，也不是时时都把情欲作为手段。人，总有真情时！《遥望风流》里的刘怀天认识了刚刚大学毕业的漂亮姑娘任平平。作者精心为他们安排了一场优美的情爱戏。春天，郊外，池塘边，绿树中，二人把酒谈人生，谈到情深处，美人落泪，刘怀天轻吮香腮。他感到了一种"不受理性支配没有因果关系的快乐，它无边无际是瞬间也是永远"。在写男女真情时，何继青总是极力渲染，把它写得很美，很动人，很令人心醉。然而，只要情欲与官欲一发生冲突，我们得到的便是美的毁灭。当刘怀天被告知他有可能升任副部长时，他便连见任平平的勇气都没有了。任平平主动来找他，竟把他吓得心惊胆跳，因为一旦他与任平平的私情被暴露，他的仕途梦便可能破灭。为了一点小小可怜的官欲，刘怀天一直这么拘拘谨谨、委委琐琐、可怜巴巴地活着。在任平平之前，苏杏曾对他表示过爱恋，他曾与苏杏一起海边散步，感受到苏杏的情谊和挑逗，他的内心"隐隐感动"。然而，关键时刻，他退缩了，逃离了。他宁愿让一个爱他的女人伤心失望，却不愿毁了自己的前程——因为部长喜欢苏杏。他刘怀天混到今天这一步不容易，他要抵抗住诱惑。《终曲》里的邹学海也是如此。施琪琪对他何其深情！然而关键时刻，邹学海为了保住自己，却不惜牺牲施琪琪的利益。一个小小官位，让他活得多么卑微！

情爱是一种诱惑，官位是一种诱惑，当两种诱惑发生冲突时，当只能在两种诱惑中选择其一时，刘怀天们都为官弃情。人们为了某种欲望竟能如此果断地委琐，如此坚定地战战兢兢，如此满怀希望地扭曲。人，怎么是这么个尴尬的动物！当然，能让人委曲求全，牺牲其他欲望以确保的欲望，一定是有着更大诱惑力的欲望。作者在文本中就曾自觉不自觉地给予"官"们许多"好处"。比如，每个当官的都有一个乃至几个漂亮姑娘爱着，无论年龄和其他条件相差多么悬殊，美女们就是义无反顾地爱着他们，你们有什么办法？官中自有黄金屋，官中自有颜如玉。没有巨大的诱惑，何以千百万人为它赴汤蹈火，在所不辞！

然而，作者却认为，人不能如此委琐，如此扭曲，如此尴尬地活着。人应该摆脱尴尬，活得更为潇洒，更为自由，更为风流！他对官场与情场故事的叙述态度已清楚地表明这一点。他在叙述中始终与官场角逐者保持着一个叙事夹角。这夹角是一个评判的位置，它给了叙述者一个评判的权力。不仅如此，何继青还用专门的故事去寻找在现实中难以找到的风流。《遥望风流》是老少两代人、两种人生的剪接，作者用对比手法，以儿子刘怀天的委琐去衬托父亲的风流。父亲曾是一家大国防企业的厂长，他有才干、有能力，仕途一片光明。然而父亲是一个至情至性的人。他活着，不是因为他是厂长，而首先因为他是一个人，一个男人。他从来不会因为"厂长"而去隐藏自己的情爱。因而"父亲是创造浪漫故事的大师"，他活得洒脱活得无拘无束。为了情爱，他丢了厂长，下放劳改，不仅无怨无悔，而且仍然怀着那份至情至性，仍然创造着浪漫。父亲将官场看得很透，他把官场比作中山陵，"一级一级往上爬，爬完三百六十五级到顶一看不过是一座孤坟"。他告诉儿子："人在官场拼搏，一辈子小心谨慎地一级一级往上爬，熬到老了看看属于自己的原来只是一座坟墓。爬高爬低最终都一样，既然如此何不活得洒脱一点！"父亲是刘怀天的一种仰望，是作者为现实人生创造的一种境界。

那么，风流与潇洒就是舍弃官欲而追求情欲？只有"父亲"式的人物才风流，才潇洒？不！《田园风情》里女主人公邵玫坦诚坚毅，敢作敢为，愿怎样生活就怎样生活，是潇洒。《兵道》里的宋天明在商场中斗智斗勇，在取得最大成功的一刹那，放弃了成功，选择了失败；放弃了赚钱，选择了道义，是潇洒。《终曲》里，当艺术家们明知撤团不可挽回，人生命运难测，却在撤团之前到基层进行了一场闪耀艺术光彩、生命火焰的演出，更是潇洒！在我看来，何继青寻找风流与潇洒的总叙事动机里，官场与情场都不能做过于具体、狭义的理解：它们都不过是完成作者叙事动机的材料。抽象出来，宽泛点理解，官欲与情欲只表示两种欲望，而不一定确指某两种具体的欲望。"官欲"，可理解为某种强烈诱惑着人的欲望，"情欲"，可以看作人类某种必不可少却又往往被压抑的欲望。作者写出官场与情场的冲突，意义在于，他将笔深入到人的本真内部，进入到人的欲望本身，通过欲望与欲望的冲突去思考人生：在没有外界压力，完全进入自己欲望满足选择的情况下，人该怎样展示自己的人生？这已远远超出了政治、道德等层次，而进入到对个人生存、个人自律的探讨，进入到对每个人人生追求的反思。它实际上提出了这么一个问题：在多种欲望的包围中，潇洒的人生如何成为可能？走出彼岸之后，此岸的幸福如何成为可能？

这是人生的一大难题！然而，我们却不能不面对它，或者说，我们不能不面对自己。

我们有别的选择吗？

苦难·乐园·隐藏叙述人

寻找风流与潇洒，就因为在我们的现实生活中，风流与潇洒的难得。寻找风流与潇洒，需要我们重新理解人生。这个话题把我们引向何继青的长篇《生命乐园》。

《生命乐园》为重新理解人生提供了一个独特的叙事角度：重新理解父母辈。

作品表面有一个全知全能的第三人称叙述人，暗里却隐藏着另一个叙述者：纪远与章秀竹的儿子纪平安。作品在情感与心智上，基本上以纪平安为视点，所叙述的人和事都渗透着纪平安的眼光、纪平安的情感、纪平安的理解。第三人称叙述，只不过为避免第一人称叙述在故事层面的局限性。解读《人生乐园》，我们需要首先看到那个隐藏的叙述者。只有这样，我们才能在作品中感到更为强烈的心灵震动；我们可以领悟到儿子辈对父母辈的复杂情思，可以在貌似冷冷的文笔里看到情感燃烧，在貌似轻轻的言说中听到深远的思绪。

纪平安的母亲章秀竹是叙述人着意刻画的一个人物。这是一位在苦难中

"走着人生"的女性。章秀竹出生于富商之家。三岁生日时,把银元糕团满世界洒去。她的二姑妈说:"女人把欢乐幸福洒给了别人,到头来只苦了自己呢。"果然,章秀竹五岁时死了妈,受着继母的暗气。十五岁,她跟着纪远参加了革命。新中国成立后,作为工厂领导干部的章秀竹,本该享受她亲手参与创造的新生活,不料1957年,纪远被打成"右派",去西北劳改。章秀竹不仅政治上受到牵连,生活上也独自带着儿子苦熬岁月。纪远劳改回家,章秀竹的生活本该展现稍许希望,然而,一个又一个事件把她推向更深的苦难之中。

章秀竹有着承受苦难的惊人意志,纪远被打成"右派"后,吴笑人劝她离婚,改嫁势高权重的副军长,她拒绝了。默默地送走了丈夫,她用一个青年女性柔弱的双手,默默地拨动着艰难的生活。儿子因父亲问题受气,这是比生活穷困更为沉重的心灵伤害,她又用一个母亲的肩膀,为儿子扛着屈辱,扛着欺压。她为丈夫贡献了一切,丈夫却与别的女人发生了故事。她承受着多方面常人难以承受的苦难,却从没有趴下,没有撒手,没有停下"走"人生的脚步。

章秀竹承受苦难的意志源于她包容苦难的阔大心胸。她家最初的灾难,与吴笑人有关。"文革"中,当吴笑人面临被杀、关、管的危险时,她不仅没有落井下石,而且在极端难以言说的艰难情景中给吴笑人夫妇报信,让他们逃走,并主动领养吴的两个孩子。于是她开始用微薄的收入养着自己的和吴家的共四个小孩。给她制造苦难的,有她生死同命的朋友,有她相依为命的丈夫,更有曾靠她活命的儿女辈的后人。她忍辱负重,一切苦难都在她一个女性的胸膛里化作了生活的脚步。她的胸膛像大海,任何大江大河的苦难,到她那里,都失去了常人眼中的波澜。

对于章秀竹的承受与包容苦难,叙述者在叙述时始终怀着儿子般的感激、感佩之情。叙述者一直与章秀竹一起承受、理解着苦难,因而平淡的文笔中往往有不平淡的效果。作品第八章,儿子纪平安在农村遭磨难、走投无路之时,章秀竹决定不顾一切去找当年的战友、现在的大军区参谋长武先勇,为儿子当兵开后门。她居然办成了。离开军区大院时,作者自描式地写道:"武先勇站在路边目送章秀竹。章秀竹在宽阔的林荫道上显得从未有过的矮小。武先勇在心里想:她过去好像不是这么矮小的啊?"其实,目送章秀竹的,还有隐藏叙述人、儿子纪平安的目光。纪平安知道，章秀竹此时岂止是身材的矮小？她还处在社会最底层，一个劳改释放犯的老婆。而她却不顾尊严，不管见面时是否尴尬，去求一位大人物，一位曾经对她有"那点意思"而被她拒绝的人，为了儿子。这需要多大的勇气，多么博大的母亲胸怀！我们知道，儿子的眼中在流泪，母亲在儿子的泪眼中也无比高大起来。寥寥数笔，写得简洁，写得动情，似乎在不带色彩的文字上能听到激情的涛声。

儿子当兵了。第十一章，叙述者用了一整章讲述儿子在战场的故事。结构上，这一章似乎是个破绽，是个余赘，因为其他章节不管是提及儿子还是专写儿子，都为了烘托章秀竹的苦难故事。而这一篇却偏离整体叙述角度，专写儿子的战绩。恰恰是这个"余赘"，泄露了隐藏叙述人对母亲掩抑不住的深情。母亲，儿子没有给你丢脸，儿子在战场上立功了，成长了！

更让叙述人难忘的，是章秀竹对苦难的理解。章秀竹承受苦难的意志和包容苦难的胸怀，盖出于此，作品第十四章，章秀竹已经承受了够多的苦难，去看望将死的娄田地。娄田地谈起"好人命苦"，章秀竹随口说了一句话："想开了，苦和不苦也差不到哪里，活着便是个趣。"平平常常，没有深思熟虑，然而，却是用她一生的生命写就，章秀竹这样理解着人生，这样行走着人生！这也正是隐藏叙述人从作为母亲的章秀竹的生命里找到的理解。这个理解甚至被化在作品的结构里。

《生命乐园》有个颇有意味的开篇和结局。开篇为，章家女人生下小孩后去坐马桶，沉闷一记重响之后，人们在马桶里看见了另一个孩子，一个死孩子。结局为，吴笑人死了，纪远随江而去了，章秀竹活着，她身边许许多多的人在"走着人生"。作品首尾都将生与死相连，而首尾的两种死亡却都将人生过程、将"活着"的重要性推到了显著地位。吴笑人、纪远都死了，带着人生的甜酸苦辣。开篇马桶里的孩子也死了，但他（或她）一步跨过了从生到死的历程，或者说，尚未生，却已死。人生五味都与其没有关系，对其没有任何意义。没有过程，便没有人生。作者对生死之间人生过程的重视是显而易见的，他曾借其他人物之口作过表白，付义轩在章秀竹等人的婚礼上说：

这个世界上，每一刻都会有生命诞生，同样每一刻都会有生命

死亡。有些人认为诞生是幸福，死亡是痛苦。另一些人则认为诞生是痛苦，死亡才是幸福。实际上，他们都错了。诞生和死亡都不值得在意，真正的幸福是生活。

是的，活着，是一份权利，是一份福气。活着，便是个趣。活着，逃不脱苦难。既然"逃不脱"，苦难就成为生活本身。幸福只能在生活中去创造，只能在承受苦难的过程中去寻找。离开现实人生去谈幸福，只能是空谈。生命之重、生命之轻都只能放在生命的肩膀上。因为它是寻找幸福的前提和基础，它给人提供了"活着"的权利。于是，我们开始理解，为什么作者把一部叙述了众多苦难的作品名之为《生命乐园》。

对于章秀竹，从女性主义角度，人们将会有另外的谈论，那将是作者意识不到的。然而，从隐藏叙述人的视点出发，我们能体会作者的良苦用心，从一个母亲的胸怀里体悟到一种对人生的理解，一种超出具体性别的普遍的人生理解。

于苦难中寻找乐园，纪远，纪平安的父亲，是从另一角度切近这一"理解"的迹象。对于纪远，隐藏叙述人有着复杂的感情。作为故事中的人物，纪平安对父亲远没有对母亲的情感，他甚至恨他，恨他给母亲给自己带来的诸多苦难。作为叙述人，他又对作为一个人，一个男人对父亲感到骄傲。纪远历经磨难，却能在任何情况下都有滋有味地活着。一如《遥望风流》中的"父亲"，身处苦难中却一身潇洒，一世风流。他的聪明才智，他的敢作敢为，他的生命活力，使他成为一个有魅力的男人，有魅力的生命。叙述过程中，叙述者常常情不自禁地突出乃至炫耀纪远的男性魅力，比如让吴秋叶去追求属于父辈的纪远，去与纪远一起创造生命的灿烂。

《生命乐园》是一次儿子辈对父母辈生活的精神旅游，一次儿子辈对父母辈的心灵对话。纪平安一辈，与他们的父辈有不同的生活经历，不同的人生理解。《生命乐园》文本之外的纪平安们，曾经十分不理解他们的父母辈。两代人曾经有着难以交流的"代沟"。《生命乐园》对父母辈的理解，其意义远远超出两代人的沟通，它是一种在更宽泛意义上对人生理解的沟通。纪平安的父母一辈，经历了20世纪以来各种最激烈的风风雨雨，他们走过来了，且仍在走着,他们的人生,在中华民族的生命史上,应该有着某种代表性。《生命乐园》既是对父母辈人生的重读,也是对整个人生的重读。作为作者的第一个长篇,我们并不认为它有多高的艺术成就,然而,我们却应该说,它参与了一件很重要的工作。走出彼岸之后,我们需要用新的眼光重读人生,通过重读人生去重新理解人生,通过重新理解人生去赋予人生以新的意义。这太重要了,不是吗?

我们匆匆浏览了何继青的小说世界。我们未必尽情领略了这世界的风景,但我们却得到一点启示:我们的文学在拆除"彼岸"时没有什么需要犹豫,我们的文学在拆除"彼岸"之后也不会无能为力。世纪之交,一个新的时代正在向我们招手,我们的文学正在走向彼岸后叙事。

(原载于《文学评论》1995年第4期)

论陈国凯长篇《一方水土》的跨文体写作

优秀的作家艺术家总是一些文体的高手,同时,总希望通过文体的解放获得更大的艺术表现空间。当某一文体不能让艺术达到完全的表现时,突破它,就是艺术的题中之义。

当然,寻求文体解放之途上具有风险。1957年7月,《茶馆》的剧本在《收获》创刊号上刊出后,专家、学者对其艺术性并不是没有担心的。如李健吾说:"毛病就在这一点:本身精致,像一串珠子,然而一颗又一颗,少不了单粒的感觉。"他觉得,戏剧的个个场面应"成为一种动力,形成前浪赶后浪的气势。"陈白尘也认为"假设能有一些内在的联系,更好"。他明白,"老舍同志写过很多剧本,不是不懂舞台,看来他是有意打破的"。但这种有意打破效果如何?老舍的一些朋友觉得没有把握。没想到《茶馆》一公演,空前成功!二十多年后,人艺将《茶馆》再度搬上舞台,仍然大受欢迎。不仅在国内屡演不衰,而且轰动欧洲、日本等地,被西方文艺界称为"东方来的奇迹"。

《茶馆》的成功告诉人们,戏剧是可以有多种写法的。贯穿始终的冲突不等于戏剧本身。人们终于明白,老舍之为大师,是与他那不"叫老套子捆住"的精神连在一起的。

让我们回到小说。新时期以来,作家们对小说文体的探讨有着持续的热情。从意识流的突破情节走向心理结构,到要不要塑造典型之争,到马原的叙述圈套,到余华、格非等人制造故事的断裂。这些招数都取得了显著的成绩——尽管你可以说出它的诸多不足。

如果说此前的探讨还是在小说范围的话,那么最近,情况不同了。一个新的话题已经被提了出来:跨文体写作。一些作家、批评家在思考如何通过文体的交融来完成特定的艺术创造问题。陈国凯是其大胆的探索者。《一方水土》正是跨文体写作的一个重要文本。

　　陈国凯在生活中也是一位"跨文体"的人。他不仅写小说,而且是古典音乐的"发烧友","烧"得很专业。《一方水土》里陈国凯写过一间高档听音室,那真是一处美的所在。在那里听音乐,"美妙的感觉简直不可言传"。正是在对音乐的欣赏里,陈国凯有了解放小说文体的灵感,使他得以完成《一方水土》这部早在计划中的作品。陈国凯早在20世纪80年代中期就在深圳某工业区生活过一段时间,早想为那里写点什么,但一直未动笔。"其中一个原因,是知道近距离写作开放改革题材的长篇小说难度之大,成功之例不多。"(《后记》)显然,陈国凯并不想按别人的模样儿来处理开放改革题材。后来他又如何动笔写了?陈国凯曾对此作了透露:"有一天,我听英国现代著名作曲家埃尔加的曲目《谜的变奏曲》,忽然心有所动。埃尔加这部交响作品中有十四段变奏,每一段代表一个人物。由一个主题导入,没有经典式的曲式结构。着意于情感渲染。听这部交响变奏,启发了我的思路。我想,能不能采取散点透视的写法,不着急结构完整的故事,让一个主题导入,把工业区改革开放初期的情景写成'交响变奏'?"(见左夫《国凯和他的〈一方水土〉》,《一方水土》附录)

　　原来陈国凯从埃尔加交响作品里得到的、也是他一直寻找的灵感,竟然是"不着急结构完整的故事"!这想法不能不说有点儿"怪"。小说是要有故事的,特别是长篇小说。要有矛盾冲突,可以说是长篇这种文体的基本要求之一。不然何以结构作品,何以抓住读者?陈国凯偏偏从这里寻找突破。《一方水土》中的虹口工业区是改革开放以来我国的第一个工业区。在无路的地方走出一条路来的艰难可想而知。按说,这一题材可以写成情节尖锐曲折、惊心动魄的故事,可以写成一部十分符合既往小说文体要求和读者阅读期待的小说。陈国凯是讲故事的高手。早在新时期之初,他就以一篇故事曲折感人的《我应该怎么办》轰动全国。但这次,陈国凯不仅没有着力去写故事,反而努力去淡化故事。作品一没有设置统摄全局的人物关系,二没有布置人物尖锐复杂的斗争较量,一句话,没有安排贯穿始终的矛盾冲突。

　　不独如此,甚至对于一些局部的冲突,陈国凯有时也尽量不去作正面表现,而把它放在背景上处理。如工业区要建立微波通讯站,遇到了重重困难,矛盾异常尖锐。正面叙述，可以让它波澜起伏。但作家却将这些放在了幕后，展示给我们的，只是主人公方辛与大记者欧阳的一次谈话。我们从他们的谈话中知道了有关矛盾，但我们在阅读中却不能与这些冲突正面相遇。

当然，"淡化"故事并不是"完全不写"故事——《一方水土》也写了工业区兴建、工程招标、用人原则、建微波通讯站、搞民主选举等事件。淡化故事是要突破"结构完整的故事"那过于严密的故事链。陈国凯的叙述有着更为高蹈的追求：把工业区改革开放初期的情景写成"交响变奏"！如果着力于故事，你就要集中力量去营造矛盾冲突、制造起伏波澜、设置悬念机关。你要一环扣一环，丝毫不能懈怠，因而你的笔不能不被故事捆住。这时，你很难抽出大量的"闲笔"，从容地进行与冲突双方关系不大的讲述。正如一场紧张的足球赛，电视转播的镜头除了对准那只球和争夺球的比赛双方之外，很难大量地对准观众。过于集中，便无法"交响"。

陈国凯就是要从小说文体里适当避开那只"球"。这一避开，小说就从完整故事里获得了解放。笔力无需紧张地集中于矛盾冲突，大量的叙事空间便被释放了出来。原本属故事之外的"闲笔"，现在反客为主，天上地下、古往今来地任意驰骋。漂亮的"交响变奏"景观出现了！稍一留心，你就会发现，在《一方水土》里，作家是将小说的叙述与散文的笔调溶化为一体了。溶化得那么巧妙、那么优美！

散文，是最自由的文体。说什么、如何说，全无障碍。宋代散文理论家苏轼曾将散文视为"行云流水"，可谓精彩之论。散文里既有艺术流动之美，更有心灵流动之美。散文写作，你得到的是心灵的自由与解放。20世纪90年代以来，思想随笔迅猛发展，我想更深层的原因在这里。它既没有学术文章的拘泥与学究气，也没有其他文体的诸多限制。怎么想、怎么说，天高海阔，何等畅快！而读者也在这样的散文、随笔里得到了别样的思想、艺术享受。

正是这一自由文体的诱惑，吸引了陈国凯。很难说是他有意为之，但突破文体、寻找叙述自由的冲动，使他的文笔不由自主地走向了散文。

小说叙事与散文笔调"溶化"在《一方水土》文本里，表现为实与虚的结合。我说的"实"指故事发生时间里的人和事，"虚"指故事发生时间之外的人和事。二者组成和谐整体。虚的东西信手拈来，实的东西似断实连。陈国凯巧妙地用人物作"经"组成各章,大致每章都以人物为中心。人物出场,大多有两个功能。第一,行动。第二,唤醒。第一功能属"实"的一面。它是故事发生时间里的事,如方辛带着凌娜等到深圳考察、罗一民接待、董子元出任大华公司董事长、倪文清离开北京投奔工业区、杨飞翔到广州看望堂姐等等。这些行动演示着故事,结构着作品。

  但这并不是全部。陈国凯安排人物出场的另一个重要功能是,唤醒一段回忆!这回忆的内容五彩缤纷:或历史故事、或风俗人情、或人物命运,或有形、或无形。每个人物都有与其相关的一片天空。陈国凯的叙述策略很聪明:每一章都以人物为中心,但叙事并不着力于渲染其当下矛盾冲突的一面,而是舒展笔墨,优哉游哉地进入那片天空。

  那片天空的"唤醒"方式是多种多样的。有时,一个人物本身的经历、命运和家族史要分多次、在不同的出场中唤醒。如方辛,他的革命经历、浪漫史、家族史和家乡风情等等,是在不同的场合下被点燃的。有时,一个人物出场,却又能唤醒与他相关的许多别的画面。如第三章,开章第一句话是:"董子元从北京秦城监狱出来,好像做了一场梦。"一句话,抓住了多个"唤醒"的契机。董子元因为曾毕业于广东军阀陈济棠的军校,后来参加共产党成为东江纵队的团长。"文化大革命"中,东江纵队被打成"反革命别动队",董子元这个老共产党人因此坐了共产党的牢。他一出场就打开了东江纵队的历史、"文革"的画面,还有当年陈济棠的故事。

  在"虚"的天地里,作家"闲笔"般地写着,从容不迫。在"实"的世界,作家也自觉不自觉地用了散文笔调。而"实"与"虚"两个世界并不是决然分开的,你触发我,我唤醒你。如第六章,第一句就写道:"知道杨飞翔明天要回来,麦玉珠就忙开了。"一个于自己有恩的堂弟从香港回来,麦玉珠自然要好好招待。但有什么可以作为招待的呢?无鱼无肉无鸡无蛋,更不用说海鲜。"文革"后、改革开放前的广州,就是这样!杨飞翔原住广州东山,后来到香港。他的回来,自然又打开了东山一带历史上的风俗人情、文化氛围。杨飞翔的"回"与玉珠的"忙"同时打开了"实"与"虚"两个天地。两个天地用蒙太奇的方式穿插剪辑、相互映照。叙述轻松地作用于你的情智。叙述者像你的一位朋友,智慧,而平易亲近。你与他好像在月光下喝着小酒,借着微风,吃着花生米,谈着古往今来。你听着,人文掌故、风土人情、人物命运等颇有魅力地吸引着你,故事发生时的"现实"也拉拽着你。你的情智在实与虚之间穿行。

在这貌似悠闲的叙谈里,你会突然被感动了、被震动了!你清清楚楚地感受到了那"轻松"底里的惊涛骇浪——历史的与情感的。你发现,那"虚"或为背景、或为隐喻,原来都是为你感受"实"而精心制造的阔大氛围和多角度参照!那貌似"闲笔"所释放出来的叙事空间里,竟暗藏着作家深沉的思考。那"虚"在不动声色地作用于你的情感与理智!

《一方水土》用很多的笔墨环顾左右,但大华公司的历史、陈济棠的故事、汪志杰和张沪生的命运等"虚"写,却编织出了一个大的情感场、一个大的理解视界。在这样一个"场"中,在这样一个视界里,是一个意味深长的隐喻:改革,对中华民族而言具有起死回生的意义。

《一方水土》进行跨文体写作的最深层动因,在于作家面对改革时的那种高远立意。

工业区启动后,按一般写法,参与工业区建设的关键人物之间会出现种种矛盾,构成改革与不改革、反改革的冲突,故事有了,主题也有了。但在《一方水土》里,工业区领导都是改革派。其他人物之间也几乎没有在改革的问题上发生太大的冲突。作者故意让贯穿始终的人物冲突在故事里缺席,通过这种叙事本身告诉人们,改革实际上是一场不知道具体对手的斗争。作家关注的是问题的根本所在:体制问题。于是他将笔从人物与人物间的小矛盾里解放出来,写的是旧体制包围下一个新工业区的生成。那是工业区与整个旧体制的冲突。一段三百米的道路修建,竟然惊动到当时的总书记亲自签字才能完成。因为四分钱的奖金,差点影响了码头建设的速度。一个小小的通讯站问题居然成为天大的难题。工业区之外有一张旧体制的网。而那些历史故事、人文风情和心灵画面,则把工业区放在了历史与现实、中国与世界、经济与文化等多种维度之中,形成"网"之外一个阔大的参照系,用以观照这两张"网"里的工业区。

感受到这一点,你的心灵,能不震撼!

不过,作品的不足也不难看到。比如,在"虚"的层面,有时作者多少有些偏爱枝蔓横生的畅快；在"实"的层面，有时也有点过于漫不经心。这些都涉及如何为小说里的散文笔调设限的问题。但我以为，这些都不是重要的。我想说的是，写如此有内涵的时代惊涛、作如此重大的历史思考，却并不将声调抬高八度，而是那么舒缓、那么雍容；不是众人皆醉我独醒的自得，不是居高临下的训导，而是一种与读者交谈的方式、对话的方式。这是一种新的心态、新的姿态。

（原载于《学术研究》2001年第2期）

令人灵魂颤栗的人生过程
——萧殷的文学创作

与其理论、批评文字相比,萧殷的创作并不多,在文学史上也没有获得专章专节论述的荣幸。然而,萧殷的创作文字却是他文学追求乃至其整个血肉人生的重要组成部分,表现了他几十年对文学与革命的追求与思考。今天重读,不禁令人怦然心动、不能自已。究其实,我们在这里读到了一种人生过程,读到了我们对自己、对时代的人生思考。

一

刚刚步出少年之乡时,萧殷便获得了不低的创作起点。处女作《乌龟》及其后的《疯子》①都创作于1932年。给人突出印象的是,17岁时的萧殷便已经不仅知道"讲故事",而且注意到"如何讲"故事。

两篇作品都写了悲惨小人物。陆伯(《乌龟》)之妻被富商强奸至孕而自杀。陆伯为报妻仇上法庭告状,自己却被抓起来坐了大牢,出狱后在穷困中死去。"疯子"(《疯子》)因还不起债,年关被曾乡长抢走了爱女玉姐。玉姐不愿受辱竟被杀害。"疯子"最终摔下深谷而走完了疯癫的历程。

可贵的是,两篇作品的叙述都通过一个孩子的视角。悲惨小人物的故事不是被直露地描写出来,它被推到了另一个故事的背后。我们首先看到的是悲惨小人物与孩子——"我"的邂逅、交往。《乌龟》里"我"对"乌龟"开始并无好感,为蚂蚁事件"我"还大为光火,游泳落水被"乌龟"救起后,"乌

---

① 本文所谈作品,均见《萧殷自选集》(花城出版社1984年版),并将小说、散文、特写等创作范围的文字统一谈论,不作文体上的区分。

龟"在我眼中才变成陆伯。"我"于是知道了陆伯的善良,进而知道善良的陆伯的贫穷。在陆伯离开人世之前,我终于知道了善良而贫穷的陆伯的悲惨的一生,知道了世界之黑暗与陆伯之悲惨的关系。《疯子》里的"我",从对疯子好奇,到救疯子,到亲眼看到疯子摔下深谷,最后从疯子弟弟口中听到疯子的伤心故事。"我"了解疯子的过程正是"我"认知世界的过程。在这样的叙述方式里,孩子的纯真与世界之脏污之间形成了极富表现力的艺术张力,孩子的纯真显得更加可爱、可贵,世界的脏污则显得更加丑恶、更令人发指。孩子幼小的心灵被世界震撼着、伤害着。孩子视角的运用,使叙述不仅限于对社会的揭露,它引人作更多的思考。

二

处女作奠定了萧殷1949年之前创作的基调。写悲惨人生是萧殷这一时期创作的主要着力点。善于写小人物的悲剧是萧殷创作的一大艺术特色。

作家长于用巧合手法,把社会上的众多悲惨故事在一个人的一生乃至一个人的一件事上集中表现出来。祸不单行、雪上加霜,造成一种惨而又惨、悲上加悲的强烈艺术效果。狗运(《狗运的一生》)短暂的一生便是集苦难于一身的一生。他出生才一年,母亲便病故。穷扛夫的爹爹把他寄养在叔母家。无娘的孩子从小受尽了叔母的虐待和其他小孩的欺侮。读书,老师诬他偷手表;扛工,主人栽他偷钻戒。他不仅一生贫穷,而且人格和尊严受到肆意践踏。他反抗过,但终于不堪忍受而悬梁自尽。阿荣(《生路》)家境贫寒却又失了业。这已经够他受的了,偏偏这时心爱的儿子又摔伤至死。最后他连卖苦力都没人要,断了"生路"。阿瑛(《父与女》)的父亲病重,无钱医治。万般无奈,阿瑛瞒着父亲外出,希望用自己的肉体换一点药费,却不幸被抓。消息登报,父亲连病带气,一命归天。通过这些小人物的命运,萧殷有力地鞭挞了那个社会。

这些悲惨小人物的故事,萧殷写得动情,我们不能不提及阿毛(《除夕之前》)的故事。快过年了,不仅一身债无法还,更无米下锅,家里仅剩一匹布,原准备将一家人的破烂衣服换换,没办法,阿毛忍痛将布拿去当了一块六角钱。本以为一家人可以过一个有饭吃的除夕，却在路上碰到了债主汪大爷，尽数搜去了那一块六角钱。作家颇具匠心地将故事时间设置在除夕之前，设置在有钱人灯红酒绿、尽享天伦之乐的日子里，而阿毛一家竟连最可怜的一点希望也无法满足。作家更通过妻儿在家对阿毛的等待，等待那一年中唯一可能的一丝欢笑，而等来的却是又一个失望，这一情节渲染着气氛的悲凉。作家显然动情了。读到最后，那文本里流的是人物的泪、是作家的泪、抑或是读者的泪？大概谁也分不清了。

萧殷之所以如此深情地写小人物的悲惨故事，与他的贫苦出身密切相关。萧殷出身于贫穷家庭，幼年丧父，母亲长年病卧在床，萧殷从小便尝遍世态炎凉。在回顾童年时，萧殷说"这种人压迫人，人剥削人的黑暗社会，在我幼小的心灵中埋下仇恨的种子，我有一肚子不平、有一肚子愤怒，想向世界控诉。"[1]因而，萧殷笔下的那些故事、那些故事的"魂儿"，从根本上说，不只是他看来的，更是他经历过的、体验到的。也因此他才写得真切，写得入木。

三

萧殷并不为悲惨写悲惨。要理解这一点，我们需要先了解萧殷的双重情结。

20世纪30年代，在佗城小学教书期间，萧殷写过一篇散文《第一次颤栗》[2]。这篇散文艺术成就不算太高，连作者的自选集也未曾收入。但它对理解萧殷的创作却十分重要。作品剪接着两个意象。其一，两个天真烂漫的小姑娘在森林里跳舞。幽美的环境、美丽的人物、愉快的活动，它成为高度抽象的具象图画，成为美好的象征。其二，一恶魔冲出来莫名其妙地把两个小姑娘痛打一顿，美被摧残，这是邪恶的象征。作品用象喻笔法集中而鲜明地"泄露"了作者的双重情结：对美好的憧憬与追求，对邪恶的抨击与控诉。

---

① 萧殷：《萧殷自选集·附录》，花城出版社1984年版，第955页。
② 萧殷：《萧殷自选集·附录》，花城出版社1984年版，第964页。

双重情结在萧殷幼小时便已被置入心中并逐渐孕育成写作的强大动因。萧殷十岁时发生了一件对他影响至关重要的事件：1925年北伐军第二次东征。萧殷曾回忆道：

> 记得我上小学的时候，刚好遇上东征军过境。他们当时的口号："有田耕、有工做、有饭吃、有书读！"深深地打动了我；我开始受到革命理想的鼓励，产生了对未来社会的憧憬，但我的故乡，我周围的社会现实，却是那样黑暗，贪官污吏横行霸道，人民群众饥寒交迫。以后我读了鲁迅、蒋光慈和其他人的小说，便很自然地引起了共鸣。于是我深感社会的不平，觉得有许多话憋在心里，要倾吐，要发泄，要喊。[1]

幼小时的心灵震撼是强烈的，这使萧殷很早便有了创作冲动和创作欲望，中学时代便已提笔为文，随着经历的丰富、阅历的广泛、思考的深入，双重情结不断成熟，创作便逐渐丰厚。萧殷不否认双重情结与他创作的关系。他说："我之所以走上文学的道路，原因就是我很早就对新的社会制度有朦胧的理想，因之对剥削阶级的所作所为，怀着强烈的憎恨。"[2]双重情结一而二、二而一，不可分割。正因为有"朦胧的理想"，萧殷才揭露社会黑暗、描写悲惨人生，而揭露社会黑暗、描写悲惨人生正是为了追求"朦胧的理想"。因而，在作家所有悲惨故事的背后，我们似乎都听到一个沉重而有力的潜台词：这日子过不下去了，反了吧，人们！

这在当时无异是革命的呼号。在整体革命氛围中成长并受鲁迅、蒋光慈影响的萧殷，自觉地用创作为革命呐喊。1936年再到广州后，他更直接参加我党领导的革命文艺活动，成为进步文艺团体的骨干，用笔从事革命斗争。萧殷的双重情结表现在人生上便是追求文学与追求革命的二位一体。他追求文学便是追求革命，他追求革命便是追求文学；他的文学便是他的革命，他的革命

---

[1] 萧殷：《萧殷自选集·序言》，花城出版社1984年版，第6页。
[2] 萧殷：《萧殷自选集·序言》，花城出版社1984年版，第963页。

便是他的文学。文学与革命构成了萧殷的生命，他在这里倾注了全部热情和热血、所有精力和才华。

这便是萧殷的前半生，憧憬理想、向往未来、献身革命的人生。

四

了解了萧殷的双重情结，我们便能理解，1949年后，萧殷为什么一改揭露、批判的文笔，而唱起了热情的赞歌。表面看来，萧殷在新中国成立前和成立后的创作迥然不同，实际上，那只是表现对象和写作手法的某些调整。萧殷创作的"魂儿"没变，他的人生态度没变。两种不同的写作都由其双重情结派生，并由双重情结一以贯之。对旧世界的无比憎恨和对新生活的热切憧憬对萧殷不仅是一种理论认识，更因缘于切肤之痛，当他亲身参加的摧毁旧世界的战斗取得了胜利，当他亲手迎来了他憧憬已久的新曙光时，他怎能不欢欣鼓舞，怎能不激动不已，怎能不歌之舞之颂之！

于是，他用一系列作品歌颂农业合作社建社运动。他塑造了刘桂荃（《在深山里》）、骆火狗、阿德、苏雪娥（《五月间》）等农业合作社新人形象；他渲染了齐心协力、与天奋斗的热气腾腾、朝气蓬勃的农业合作社气氛（《天旱的时候》）；他批评了苏发旺（《五月间》）等人物在农业合作社的社会主义建设中的落后言行。他歌颂了"三反""五反"等城市社会政治运动，塑造并抨击了性格较为丰富的不法奸商高鸿茂形象（《高经理》）。

他不仅对当时的生活与奋斗热情讴歌，而且对更美好的未来充满了憧憬。他经常借人物之口，将这憧憬溢于言表：

> 社主任给我们传达了全区农业建设远景规划以后，我兴奋得几乎好几夜没睡着，你想想呀，再过十年八年，我们这地方会变成什么样子呀？那简直是大粮仓大油库啦！你看……（《在深山里》）

写悲惨人生的萧殷变成了写憧憬人生的萧殷。他自己的具有双重情结的人生，也在憧憬中燃烧着。

如何评价农业合作社运动及表现农业合作社运动的作品诸问题，不是本文的任务。我们这里只想指出，萧殷当时对新生活的拥抱和对理想的憧憬、对未来的向往是真诚的，是他生命的真切表现，是他人生的必然路径。

五

然而，"未来"的发展，却并不如憧憬的那般"理想"。萧殷后来回忆道："自从全国解放以后，政治运动不断出现。几乎每次都一样，每进行一场运动，随之而来的总是向'左'转。愈是向'左'转，实事求是的传统作风便愈来愈遭到破坏，客观规律就愈被否定，主观主义和形而上学便愈益泛滥，复杂的事物被看得越来越简单。""左的倾向持续越久，影响越大，其后果就越严重"。①

当理想被以激进的方式向"左"的方向不断地极端推移时，理想倾斜了，失落了。不难想象，一个人把生命放在憧憬里拼搏与奔驰，当憧憬在手中一点点变异、迷失、耗尽时，他所承受的心灵重击。

对"左倾"苗头，萧殷早就有所觉察与思考。早在1956年，萧殷便创作了《月夜》，对不顾农民利益的高超理论和做法提出了质疑。作品塑造了两个可作为象征形象去读的人物。区委书记黄狄，是当时流行的"社会主义"理论的发言人，他熟读理论，肚子里一套一套大道理，作起报告来长篇大论，平时与同事讨论起来也是雄辩滔滔，把其他干部唬得一愣一愣。区委副书记叶道民是农村实际情况的言说者。他理论水平不高，常常不明白黄狄理论的精妙，辩论起来更不是黄狄的对手。但他却熟悉农民，了解农村的实际情况。区委书记和副书记，一对工作搭档，在如何对待农民分配上发生了分歧。"理论"与"实际"出现了不一致与摩擦。

"理论"主张分配时多扣公积金，少给社员分配。他教训"实际"，"嗨！怎么连这么简单的理论都不懂！这叫做先公后私嘛！不先把社的基金很快地积累起来，还有什么社会主义？""实际"没有能力驳倒"理论"，却又

---

① 萧殷：《萧殷自选集·序言》，花城出版社1984年版，第1—2页。

忘不了实际，"我的文化水平很低、理论懂得太少，这是我的缺点；不过，我想的是一些乡里的实际问题，要是照你的意思，农民在建设社会主义的时候，是不是不要改善他们的生活？""实际"没有大道理，但他有"实际"的担忧，"要是这样下去，我们拿什么来证明合作社的好处？拿什么来提高他们的生产热情？生产情绪这样低落，又能拿什么来支援工业建设？许多农民愿意走合作化的路子，就是认定合作社会使他们增加收入。像现在这样，合作社就会垮台……"

"理论"却急了。"垮台？"他说，"谁要退出，任他退出去好了！等将来机械化了，他来磕头也不许他进来！"

在这个冲突故事里，作家对"实际"给予了大胆的理解和支持，并通过"实际"的言行对"理论"进行不乏分量的反思。这种反思绝不能仅仅理解为是否照顾农民利益这一具体问题，它传递出对"左倾"思潮的敏锐捕捉和及时思索的讯号。

萧殷对悲惨人生有着难忘的记忆，对未来有着真切的憧憬。当允诺憧憬的"理论"发展与"实际"发生不一致现象时，萧殷的感受自然是敏感的。仅仅在创作《月夜》的前一年，即1955年，萧殷《五月间》里的人物苏发旺说了与"实际"叶道民大致相同的话："我不晓得我有什么错误，我不会讲大道理，但我懂得怎样使农民兄弟得到好处。满足农民兄弟的要求，有什么不好呢？难道不照顾群众的利益才正确吗？"萧殷那时让苏发旺受到了骆火狗、苏雪娥、阿德等人接二连三的批评，而萧殷1955年时的情感态度显然是站在骆火狗等人一边的。一年之后，萧殷却转向了苏发旺、叶道民等"实际"们。

这一微妙转变十分重要。憧憬理想，但萧殷并不盲从。而从热情憧憬到冷静思索之间的某种失落感与人生悲凉感是每一个有过类似经历的人都不难体验的。

六

遗憾的是，在当时的历史语境中，萧殷的思考与他同时的思想者的忧虑加在一起，也只不过是微弱的声音，它无法改变大潮的涌进。也许因为在这种语境中创作的艰难，也许因为希望唤醒更多的人与他一同思考，当然也由于作为文艺编辑的工作需要，萧殷以后更多地用理论、批评对文学青年发言，他苦口婆心、不厌其烦地阐述创作规律，要求创作亲密与"实际"的关系。他寄希望于青年。此时萧殷的人生在痛苦的思考中艰难地跋涉。

萧殷早年作品《疯子》里，有一个颇有意味的情节：弟弟追哥哥，为把他从疯癫之中救出来。这一情节的关键动作是：追。追的目的是得而救之，其结果却是：失去。因哥哥摔下了悬崖而使他彻底失去了哥哥。在追逐中失去，这一意象被青年萧殷为渲染悲惨而写了下来，不想却成了某种人生和文化问题的隐喻。

在无可回避的特定历史、文化过程中，作为一个文学工作者，萧殷是杰出的，也是平凡的。重要的是，他思考过。他在思考中同祖国和人民一道，迎来了新的历史时期。思考，作为一个行动，是萧殷真正意义上的人生完成。对他来说，这就够了。对我们来说，更是一笔宝贵财富。这笔财富给我们诸多启示。

拂去表层观照，今天重读萧殷的创作和萧殷的人生，更使我们从具体的人生过程去思考广博的文化过程。因为文化与人生、人生与文化是无法分割的。中外文化的发展，不是一再上演在追逐中失去的故事吗？对于追求现代人生与现代文化的我们来说，如何考虑我们的文化重构以真正光大中华文化，该是一个紧迫的大课题。

（原载于《中山大学学报》1994年第3期）

第五辑

走出夹缝天地宽

中国流行文化中的权力关系

中国流行文化引起了学界的讨论。肯定者有之。否定者有之。我属于第三种意见。我以为，对中国流行文化，既不能简单肯定，也不能简单否定。重要的是，无论持何种看法，你的判断都不能依据某种外在的标准，而应该首先深入到对象之中，看看中国流行文化中的权力关系。

一

当我试图解读某种对象时，服装使我产生了兴趣。近年来，街上流行时装。当你从大街上走过的时候，时装伸出梦幻般的手抚摸着你的眼睛。那温柔的抚摸使你的耳边似乎演奏着轻音乐、嘴里仿佛嚼着口香糖。你得承认，真舒服。那么五彩缤纷、那么风姿绰约！

你不由得想起当年满街的蓝布中山装。统一、单调，人们的鼻眼都淹没在那无变化的色调之中。没有个人、没有个性。走在大街上，你只能昏昏欲睡。

于是你发现，服装不仅仅是服装，服装也不只有"现在"。美国西东大学梁伯华教授把流行文化分为八类，以服装为重要内容的时尚文化被排在第一。[1]霍克海默曾说过，"必须搞清楚，口香糖并不消灭形而上学，而就是形而上学。"[2]中国的服装，布料与款式之外的含义是颇有意味的。曾几何时，蓝布中山装将数亿人统一包裹着，本来是千姿百态、无法一致的个性被强制性地一体化了。不是人们愿意，而是某种力量使然。与蓝布中山装相对着的，是

---

[1] 见梁伯华教授在2001年6月武汉"当代流行文化国际学术研讨会"上的发言。
[2] 转引自马丁·杰伊：《法兰克福学派史》，广东人民出版社1996年版。

资产阶级生活方式。蓝布中山装里,隐藏着你无法逃脱的政治权力关系。

时装走上街头后,情况不同了。没有人强迫你穿时装,也没有人强迫你不穿时装。然而,这里却有另一种权力关系——并不是每个人都穿得起时装,你需要口袋里有大把的钞票。一套时装往往是一个农民一年的总收入、甚至多少年的总收入。有钱人有权支配时装,可以在时装的大海里畅游,一天换三套乃至多套;穷苦农民却连时装的边也摸不着。时装里,隐藏着金钱权力关系。你也许意识不到,但没有一个人不生活在这种权力关系之中。

我之所以解读服装,不仅因为它是流行文化之一类,而且因为,新中国五十年的服装史向我们凸现的两种权力关系,可以作为中国整个流行文化的隐喻。或者说,在中国的流行文化里,我们看到了政治权力关系与金钱权力关系。只看到某一种权力关系,便不能真正理解中国当下的流行文化,便不能对它做出正确的判断。

二

近年来对中国当下流行文化持批判态度的观点,大多受法兰克福学派霍克海默、阿多诺等人的影响。但这里却潜藏着危险。陶东风先生曾对这一危险进行过认真的学理性的分析。陶东风先生批评某些中国论者在借用法兰克福学派对大众文化进行批判的理论框架时,说这些论者"没有对这种框架在中国的适用性与有效性进行认真的质疑与反省。"除了"适用性"问题之外,对法兰克福学派部分学者的理论本身,陶东风也提出了质疑。他认为,阿多诺等人"混淆了法西斯极权统治和商品经济制度与社会主体的关系的极重要的区别","没有清晰地分辨资本主义的不同形态,如极权式的国家资本主义(法西斯主义是其典型)与自由民主的资本主义;所以常常把极权主义、资本主义以及法西斯主义简单地等同起来。"①

这些论述是很精彩的,我十分赞同。而我想进一步指出的是,即使在当时的法兰克福学派内部,阿多诺等人对大众文化的观点,也并未得到普遍认

---

① 陶东风:《批判理论与中国大众文化批评》,《东方文化》2000年第5期。

同。本雅明与阿多诺等人的看法就有很大不同。本雅明对电影艺术进行了深入研究。他把电影作为机械复制时代艺术作品的典型代表。本雅明对传统艺术作品是有留恋的。他认为，传统艺术作品有着"即时即地性，即它在问世地点的独一无二性"，这种即时即地性组成了它的"原真性"。原真性作品的一个重要概念是它的"韵味"。而"艺术作品的机械复制时代凋谢的东西就是艺术作品的韵味。"①

增长的展开和紧张的强度有最密切的关联。但本雅明并不认为这有什么不好。相反，他认为这是艺术的一次"解放"。本雅明在他的论述中多次用到"解放"这一词汇。他说，"复制技术把所复制的东西从传统领域中解脱了出来"。"把一件东西从它的外壳中撬出来，摧毁它的韵味，这是感知的标志所在。它那'世间万物皆平等的意识'增强到了这般地步，以至它甚至用复制的方法从独一无二的物体中去提取这种感觉。"②

明明知道艺术作品的机械复制与大众文化密切相关，而大众文化遭到阿多诺等人的严厉批判，本雅明还是把它视为一种"解放"。本雅明与阿多诺等人的分歧就是不可避免的。对本雅明的这一研究，阿多诺十分不赞同，他对艺术作品的机械复制持否定态度。阿多诺认为"机械复制时代的艺术致力于调和广大观众和现存秩序"。他说，艺术作品应该是对"被当代环境否定了的'彼岸'世界的暗示"，而大众艺术却是与这一"否定"功能对立的。③

阿多诺等人的反对，并没有改变本雅明的思考。他在给阿多诺的信中解释二人分歧的原因时说："在我的研究中我追求开发肯定的因素，而你显然是揭示否定的东西。"④

这一区别是重要的，为什么产生了这一区别？美国学者、《法兰克福学派史》的作者马丁·杰伊认为，这是因为阿多诺以研究音乐为主，而本雅明"对音乐不感兴趣，特别是他无意将它作为批判的潜在媒介"。⑤这里有着两

---

① 参见本雅明：《机械复制时代的艺术作品》，浙江摄影出版社1993年版。
② 同上。
③ 参见马丁·杰伊：《法兰克福学派史》，广东人民出版社1996年版。
④ 同上。
⑤ 同上。

个方面,其一是研究对象问题,其二是对研究进路问题。马丁·杰伊敏锐地看到了两点,但却都没有说到位。

把思想的义愤和研究的重心始终聚焦在研究对象上,我以为,除了本雅明对音乐不感兴趣外,更重要的,是本雅明对电影感兴趣。这绝不是玩文字游戏。电影是当时一种新兴的艺术形式。它尽管幼小,却展示了强大的生命力。这种研究对象的不同里,隐藏着本雅明和阿多诺等人最深刻的不同之一。

而在研究进路上,本雅明对我们的最大启发,在于他对艺术进行的历史思考。本雅明不否认他对传统艺术作品"韵味"的喜爱。但"韵味"意味着什么呢?正是从这里,他走进了历史的思考,他说:

> 艺术作品在传统联系中的存在最初体现在膜拜中。我们知道,最早的艺术品起源于某种礼仪——起初是巫术礼仪,后来是宗教礼仪。在此,具有决定意义的是艺术作品那种具有韵味的存在方式从未完全与它的利益功能分开,换言之,"原真"的艺术作品所具有的独一无二的价值植根于神学。①

因而本雅明说,"艺术作品的可机械复制性在世界历史上第一次把艺术品从它对礼仪的寄生中解放了出来。"他把艺术作品分为两种价值:膜拜价值与展示价值。传统艺术属于前者,复制艺术属于后者。"膜拜价值要求人们隐匿艺术作品:有些神像只有庙宇中的高级神职人员才能接近,有些圣母像几乎全被遮盖着,中世纪大教堂中的有些雕像就无法为地上的观赏者所见。"随着时代与历史的进展,对艺术作品展示性的要求越来越大。"能够送来送去的半身像就比固定在庙宇中的神像具有更大的可展示性,绘画的可展示性就要比先于此的马赛克或湿壁画的可展示性来的大。"②

本雅明指出,"随着单个艺术活动从膜拜这个母腹中的解放,其新产品便增加了展示机会"。"艺术品通过对其展示价值的绝对推重变成了一种具有

---

① 参见本雅明:《机械复制时代的艺术作品》,浙江摄影出版社1993年版。
② 同上。

全新功能的创造物。"而电影达到了当时"最出色的途径"。①

研究者说了什么,是重要的。如何说,也是重要的。本雅明关注新艺术现象的敏锐、他对艺术作品的进行历史思考的研究进路,在这里向我们显示了它特别的意义。

三

对中国的流行文化、对中国流行文化中的权力关系,也不能只作现实的理解,应作历史的理解,应该看到当下流行文化从历史中走来的足迹。当我们试图去做这种理解的时候,我们就会发现,中国流行文化对原有的的政治权力关系、原有的价值观念都是一种巨大冲击。它曾经起过并仍在起着重要的历史作用。

比如本文开头提到的时装。时装是对蓝布中山装的巨大冲击。时装一上街,"蓝布"的服装大堤便哗啦啦溃决了。个性在时装的天地里被唤醒、被展示。时装在新时空里翩翩起舞,街面美了、生活美了、生命美了!于时装上街同时发生的,是文艺的异样之风劲吹。

从港台地区吹过来的流行歌曲和其他丰富的文艺样式迅速占领中国大地,是一种巨大的冲击。20世纪80年代的流行文化与精英文化一起,对中国走出"文革"的阴影,立过汗马功劳。②

看不到这一历史过程,简单地套用某种理论,对中国整体的流行文化进行整体的批判与否定,是有欠公允的。比如,霍克海默与阿多诺在《启蒙辩证法》中曾对流行文化中的"娱乐消遣性"进行了严厉的批判。他们认为,"享乐是一种逃避,但是不像人们所主张的逃避恶劣的现实,而是逃避对现实的恶劣思想进行反抗。娱乐消遣作品所许诺的解放,是摆脱思想的解放,而不是摆脱消极东西的解放。"他们说,"欢笑在娱乐工业中成了骗取幸福的工具",娱乐活动是"进行公开的欺骗"。它的意义是"为社会进行辩护",因为"欢

---

① 参见本雅明:《机械复制时代的艺术作品》,浙江摄影出版社1993年版。
② 陈晓明在《钟山》1994年第2期《文化控制与文化大众》一文中对此进行了精辟的分析。

乐意味着满意"。因而他们认为"文化工业破坏了文艺作品的反叛性"。①

这些分析是深刻的。但运用于中国,就要看历史语境了。它显然不适用于对中国20世纪80年代前后的流行文化进行讨论。

人们无法忘记,某天早晨醒来,突然听到李谷一等不同于常人的演唱法时的兴奋。就在那样的早晨,你觉得传送歌曲的空气特别清新,手伸出被窝的感觉特别美妙。推开窗户,你发现天特别蓝、云分外白。那感觉是真实的,绝对没有一点"欺骗"。也正是在那样的日子里,娱乐、消遣,成为中国人的一个重要发现!人们发现,人除了是政治的、阶级的人之外,还可以是个人的、自己的。人除了为革命工作拼命之外,还可以有娱乐、还可以有消遣。这也是人生的权力(权利)!中国人通过对娱乐、消遣的发现,发现了人生的真正含义和人生的丰富性。人,正是从那个时候开始走向自觉的。对娱乐和消遣的发现与进行着娱乐和消遣的人生本身,就是一种批判与反叛!它不仅没有逃避思想,而且本身就是思想。

正是这样的"发现""自觉"与"思想",成了商品经济的文化基础,并适应了商品社会的运作。流行文化,在某种意义上说,是推动商品经济发展的一种文化力量。

自然,中国社会进入了商品经济之后,语境也发生了变化。但即使在今天,也不能对中国流行文化的娱乐性进行全盘否定。因为中国的文化消费者是多层次的,娱乐性的文化产品不同程度地满足了某些层面人群文化消费的需要,甚至,成了他们的精神寄托。我曾到过珠江三角地区的打工仔、打工妹居住地区。那里街道的地摊上几乎全部是娱乐性的读物。看到成百上千的少有文化的打工仔、打工妹从工厂里走出来,围在地摊前翻阅时兴高采烈的情形,你该说些什么?那些娱乐性的读物自然并不高雅。但是,霍克海默、阿多诺、福柯、德里达、包括詹明信,他们是读不懂的,乔伊斯、普鲁斯特,包括鲁迅,他们大概也不大读。你让他们读什么?他们也需要自己的精神文化生活。当然,他们的精神文化生活也要提高。但那"提高"在过程之中,而不是空话里。

---

① 参见霍克海默、阿多尔诺:《启蒙辩证法》,重庆出版社1990年版。

四

然而，问题是复杂的。我们同时要看到在今天流行文化背后新的权力关系：金钱权力关系。那些打工仔、打工妹们只花得起几块钱看一本流行杂志，他们有钱走进几百上千一张票的演唱会吗？他们买得起高档的时装吗？

在商业社会中，金钱对文化乃至人生的左右是显而易见的。人们从政治权力关系中摆脱出来获得的自由，有可能不由自主地丢失在金钱权力关系之中。表面看来，今天，有钱，你就在享乐的海洋里如鱼得水；没钱，你就在生活的艰难中寸步难行。但其实，有钱也未必真有自由。在金钱权力关系中，最大的权力拥有者不是个人，而是金钱。任何个人，在金钱权力关系中都是受制者。比如，人与广告。当中国大地初出现广告时，你觉得广告给你提供了购物的指引，是一种方便。但现在，当你走在大街上一睁眼，就有几十条乃至上百条广告涌进你的眼帘时，当你开启信箱就有一叠花花绿绿的广告与报纸放在一起时，当你打开电视在频道上换来换去就只有广告时，"方便"便被"左右"所取代了。不管你愿不愿意、不管你有没有时间和心境，你不得不被动地阅读大量的广告。而当你购买商品时，你会自觉不自觉地受着广告的指引。你选择的自由消失在广告的左右之中了。

而且，商品社会有强大的吸附力，能把一切从属于金钱权力关系的东西吸归于其权力之下。网络写作最初是不为金钱、只为发表的。但金钱却能使最优秀的网络写手投入金钱权力的怀中。目前，网而优则"纸"。优秀网络写手都以能出传统纸质图书为荣。越优秀的网络写手所出的纸质图书卖价越高。

在经济、文化全球化的时代，在发展中国家从事的商品经济建设，实际上伴随着西方国家现代性的全球性扩张。因而，在今天中国的金钱权力关系中，实际上隐藏着中西权力关系。在流行文化的观念中，西方的东西就是好的。即使不是西方的东西，叫一个洋名儿，身价也就不同了。比如，汗衫不叫汗衫了，要叫"T恤"（T-shirt）；出租车不叫出租车了，要叫"的士"（taxi）；高档次的球鞋不叫球鞋了，而要叫"波（ball）鞋"。现在有谁穿汗衫吗？没有了，都穿T恤。后者比前者高雅。但人们忘记了，T恤就是汗衫。

只不过一是英文名儿、一是中文名儿罢了。我们在这里看出了西/中、好/坏、时髦/落伍等一组二元。二元中的一项对另外一项具有极大的优势和威权。

让我们来看一个广告。麦当劳有一则广告是做得极为精彩、成功的。一个婴儿坐在秋千式的摇篮中。摇篮在一扇窗户旁边。摇篮摆起，看到窗外的麦当劳标志"M"，婴儿就甜甜地笑；摇篮摆下，看不到窗外的"M"了，婴儿就伤心地哭。很逗、很好玩儿、很有诱惑力。

把这则广告作为文化隐喻来读是意味深长的。首先我们看到，它是那样的好，以至于婴儿一刻也不能离开它。第二，这个"好"是在窗外的，是窗外的世界。第三，那窗外的是什么？"M"，那是一扇门，一扇通往西方世界的门。第四，婴儿，祖国的未来，向往的，是那窗外的世界，是通往西方世界的门。

金钱权力关系里隐藏着中西权力关系正是中国乃至其他发展中国家的现实。金钱与西方在这里结成了友好联盟。在现阶段，它正推动着发展中国家的经济建设，我们需要它。但它埋伏的陷阱却又是不能不令人警醒的。

五

对中国流行文化的历史理解需要我们同时看到其关涉的两种权力关系。从历史发展的角度看，只看到一种权力关系是没有历史眼光、不符合历史与现实的。看不到极左思潮的存在，对中国流行文化进行简单的批判，会走进理论陷阱；只看到中国流行文化对极左思潮的反叛而看不到其金钱权力关系，从而对其进行全盘肯定，同样是危险的。

更重要的是，从目前中国的现实看，两种权力关系仍然同时存在。中西权力关系、或者说金钱权力关系对政治权力关系形成过冲击，但并没有使之完全消失。而且两种权力关系正在联手运作。这就是我们常说的权钱交易。它使我们的社会进入了十分复杂的状况之中。

我们怎么办？我们首先得发展商品经济，因而我们无法阻拦流行文化的浪潮。同时，对新的金钱权力关系和权钱交易，必须作有力的"解毒"工作。或者说，我们一方面不得不借助流行文化的力量，推动商品经济的发展，另一方面,又不得不在金钱等权力关系中争得一个空间。这是一个严峻的课题,但我们无法逃避,无法简单化。面对复杂的历史与现实,需要复杂的思考。我们别无选择。

(原载于《文艺研究》2001年第5期)

雅俗之间

作品有雅有俗，似乎泾渭分明，其实却似是而非。自有文学文学史以来，作品便没有绝对的雅俗之分。有的，只是关于"雅"与"俗"的标准。不同时代、不同历史语境之中有不同的标准。标准变了，对作品的评价就变了。从文体而言，宋词原本是下里巴人的艳词小调，成为文学正宗之后，雅得不能再雅。小说原本不入流，今天已成为文学里的贵族，正站在一个制高点上，俯视着电视剧等其他文艺样式。从具体作品而言，谈雅谈俗也暗含着不同的标准。金庸是雅是俗，各人见仁见智。如果从读者的角度看，就更难说了。"俗"人未必没有"雅"趣，"雅"人未必不读"俗"作品。况且在今天这社会，谁雅谁俗怎么说得清楚？

于是，信手拿来几部被人说雅说俗的作品，让它们"拼贴"一下。"拼贴"的意思也只是模拟一回当下的文学语境：雅俗共处于一个空间。在这样的空间里，见雅见俗就是你自己的事了。

《黄金时代》：王二的智性叙事

《黄金时代》的作者王小波被人称为"文坛外高手"，这说法多少点奇怪。因为当人们发现他是高手时，他实际上已经进入了文坛。然而如果把这一说法作为对王小波的动态描述倒是颇为准确。1952年出生于北京的王小波当过知青、工人、民办教师，人民大学工科毕业，却又跑到美国匹兹堡大学戴了顶文科硕士帽。一直在文坛外活着的王小波，20世纪90年代初带着他的主人公王二突然闯进文坛，一下子便令文坛为之一震。

这本书便是"王二"们的故事。它由《黄金时代》《革命时期的爱情》

《我的阴阳两界》三部小说构成。其中《黄金时代》又分为独立成章三辑："黄金时代""三十而立""似水流年"。可以说这本书实际上包含着五部中篇。主人公都叫王二。"王二"们是知青的一代,作者把他们的故事放在众所周知的十年"革命时期"之中和之后。那是知青一代人生路上的"黄金时代"。作者便通过他们的故事追问人生。"王二"们的故事都是王二自己讲述的。作为主人公,王二有多个故事、多种形象。王二曾是北京知青,在云南与某建设兵团医生陈清扬在难以言喻的环境里共写了一段曲折的爱情故事。王二曾是"文革"中某豆腐厂青工,因被疑与一"淫画"有关而被"帮教",却与来实施帮教的团支书X海鹰发生了恋情。王二曾是线条的情人。王二也曾在大学教书,任生物室主任,却生活得别别扭扭。王二还当过某医院仪修组工程师,与妇科大夫小孙一场由假而真的恋爱婚姻,治好了他十年的阳痿病。

作为叙述者,王二却有统一而鲜明的特征:他是一个智性叙述者。作为主人公和叙事人,王二是一位智者。称他为"智者"不因为他是哲学家或思想家,不,他只是王二,不仅是普通人,而且常常被打入另册,被侮辱、被损害。然而他却显出智商的优越,身处卑微的地位却能以俯视的视角去审视社会人生。作为社会的一只智性的眼睛,他的叙述轻松而深刻地揭示着怪诞年代和灰色人生:王二、陈清扬们的私生活被兴师动众地批判着,而批判者却在批判中满足着窥春癖。取道香港回国参加"文革"的左派李先生却被打成龟头血肿,不堪承受怪诞的贺先生只能跳楼自杀……

王二的智性叙述不仅表现在故事里,更直接表现在叙述语气中。他似乎客观地、冷静地在叙述着一切,却充满着幽默、反讽和北京人的调侃。他的叙述不煽情,叙述者把人们奉为文学作品最基本因素的情感压到了最隐蔽的角落,却调动全部手段去凸现"智"。智力与故事便形成一个夹角、一个落差、一个对故事的评判角度。叙述为我们讲述了故事却又超越了故事。我们看到叙述者把故事推到了我们眼前,结果却是推到了远方。故事退后了,留下了叙述,留下了叙述者对人生的观照、审视与思考。故事成为叙述的载体。在这里我们看到了一个以吊儿郎当形态出现的与世不合的姿态,一个处于边缘位置的挑战文化中心的言说。

王小波智性叙述的才能在对性的描写中得到了最充分的表现。作者对性作了至今为止最为别致的叙述：几乎摒弃了对性的一切情感态度而把性描写作了近于学术化的处理，有时甚至用学术推理去写性行为。而恰恰是这种"客观"的描写突出了人的原生态，突出了人对性的追求。性于是超出了性的范畴，成为一种文化隐喻。王小波的作品便也成为一种独特的文本，调动着人们对创作潜能的多种想象。

《镇长之死》：这一个癞痢头

陈世旭的小镇出"人物"。多年前有一个大人物，这回是一个小人物。

与将军相比，这个人物小得可怜。小到死都没人收尸，小到那不像坟的坟头上人们可以随便撒尿。可是读完作品后，小人物却在你头脑中久久挥之不去。你发现，这个小人物的文学价值丝毫不亚于那个将军。

小人物一生最大的辉煌是当了镇长。这"辉煌"是不长的。不长的辉煌却葬送了他的生命。他的生命便与那"辉煌"连在一起。作家把人物放在了一个特殊的年代，写出了这个人物复杂的内涵和深刻的内蕴。

小人物混到一个镇长不容易。大小是个官，官场的一套自然也学到一些。他有手腕，有时甚至用一些不正当的手腕。在副镇长下马威似的欢迎会上，他只几句话就控制了局面，掌握了会议的主动权。更厉害的是紧接着的两级干部会。他用变相监禁的办法逼每一个干部写交代。他将每一个人的把柄抓在手里，然后又当面把各自的交代烧掉，以此不光明的手段控制干部，并拔掉了副镇长这颗钉子，夺得了镇上的实权。从此，谁也不敢在他面前说个"不"字。

在那个年代，他坐在那个位子上，自然干不了什么好事儿，如劳民伤财、扒房拆屋建"新村"。但镇长内心却是善良的。白天强行拆了寡妇的房，晚上却跑去跪在她面前，诉说内心的难处，请她原谅，并不惜个人背黑锅，实实在在地解决寡妇的住房、口粮等问题。更为有点英雄气概的是与省革委会主任的一场智斗。省革委会主任要与镇广播站女播音员、上海下乡知青"谈谈"，老狼向小羊张开了血盆大口。但"吃"的动作要经过镇长才能完成。镇长于是成了玩火者：要么把小羊送进狼口，要么自己被老狼吃掉。镇长当着省革委会主任的面一副受宠若惊的样子，满口答应，立即照办；背后却旋即弄来一张假电报，迅速安排好一切，顺利地把女知青送回了上海。为了救一个弱者，他几乎是不要命了。而他救人只是为了良心和正义，不图丝毫回报——被救者一直不知道怎么回事儿。

但这个人物不只是"魔鬼"与"天使"的简单相加。"魔鬼"加"天使"曾经是我们文学创作中十分推崇的一种复杂人物模式。这种模式确实可以写出人物的"复杂"，但只是一种可操作的简单的"复杂"。人的复杂不只是在于既有天使的一面也有魔鬼的一面。有时，你根本分不清他是天使还是魔鬼。人就是人。人的复杂更在于"天使"与"魔鬼"结合的内在依据和人与社会的复杂关联。把握这种"复杂"靠操作不行，要靠作家的灵性和深刻。

这部作品在塑造人物上最深刻的"复杂"在于，它写出了特殊年代人们对生存与发展的思考。

其实，问题不只这么简单。人，只要来到世间，都要寻求生存，寻求发展，总想找到自己的幸福和前途。这是人之常情。但这个人之常情碰到特殊年代就出现了复杂的情况。这部作品里的镇长既不是林彪、"四人帮"里的大人物，也不是有政治头脑、政治远见的革命者，他并不能看到那个畸形的时期终究是要结束的。他只是一个不太笨的小人物。于是，他那求生存、求发展的本能就借助他的不太笨的大脑施展了开来。在那个年代里，他不是斗士。他不仅想当官，而且想把官当好。如果说大搞"八字头上一口塘"的新村运动真如他所说的是不得已，不干不行，他就没有必要夺先进。只要拖着，到非干不可时，应付着干就行了。但是，不。他运用自己的手腕、自己的魄力一举成为了典范。他办的新村开了现场会。他当了全省劳模、全国劳模，红得发紫。对这样一些行动，你很难说它是"魔鬼"，你至多可说人物"糊涂"。其实你连"糊涂"也很难指责他，因为他只是个小人物。

人们求生存、求发展的本性像一株小苗，在任何条件下都会曲折地生长出来。它可能长出一些令人后来难以入目的形象，但你却不能不正视它，你不能简单地用"天使"或"魔鬼"去评判人的求生存、求发展的本性。

可就是这样一位拼命奔前程的镇长，却能冒丢官乃至丢命的危险去救一个弱小的女子，可见他内心良知的力量。当然，良知也是小人物的良知。

第五辑　走出夹缝天地宽

镇长身上集中着特殊时期小人物的奋斗与小人物的良知，一句话，小人物的生存状态。这样的人物其实有着很为深广的历史内容。仅仅用斗士与走狗，我们并不能真正解释"文革"现象。在历史上活动着的，大概更多的是如镇长这样的人物。他们有良知，但他们在特殊的年代仍然在寻求着生存与发展。否则，"文革"如何能支撑十年之久？承认这一点，也许是痛苦的，但却比任何简单的对待来得真实。

镇长被批斗时有一段对话是有意思的。批斗者问："你有几个脑袋？"镇长咕哝说："我有几个脑袋！我要有几个脑袋，还会有这个癞痢头么！"是的，他不仅只有一个脑袋，而且是个癞痢头，在历史的大潮中，实在是一个不足道的人物。可作者恰恰用这样一个不足道的小人物，写出了历史的某些本质方面。我们通过这个人物再次看到了那个特殊的年代，反思那个年代的人和事，并从而更深刻地去思考人性，把握人与历史的关系。

这是作者的功力。

《往伤口上撒把盐》：寻找生命的感觉

挺厉害的一个题目——伤口已经赫然在目，还往上面撒把盐，不由得你不"哆嗦"一下。

骨子里却透着禅味。这禅味隐藏在叙述里，要你细心地去品。品到了，你会会心地一笑。品不到，你也读了故事。故事挺精彩的，不亏。

故事的物质层面，既没有伤口也没有盐，既没有撒盐者，也没有撒盐对象。怎么用了这个题目？

细一看，伤口确实有，内在的。叙述首先是对伤口的展示。背景应该是20世纪90年代。这是一群与公司、电脑、BP机、VCD打交道的都市青年。没有生存环境的烦恼，也没有政治环境的烦恼。他们本可以自在地走自己的人生，奔自己的前程。然而，他们找到了生命的感觉吗？叙述的视点透过政治、经济等表层的纠缠，直接对准人生的生命。

作品中的几个主要人物都失落了生命的感觉。龚清与卫敏曾有过"似乎整个中国都在为他们俩而欢呼"的热烈爱情。他们仍然爱着，但夫妻生活越来越没有激情了。卫敏开始移情另一男性赵文萍。宋歌不停地制造绯闻，却并不真爱任何一个男性，只在背后得意地欣赏他们的失落。

都是受伤害者。伤害他们的，不是别人，正是他们自己。凡人，都有外在人生与内在生命两个部分。外在人生只是人走向内在生命的通道。只有内在生命才真正属于人自己。活，就活个生命的感觉。可是，人往往为外在的东西所累，忘记了内在生命，甚至用外在的去损害内在的。人的生命于是便伤痕累累。龚清与卫敏，两个大学毕业生，一个是前途无量的舞蹈演员，一个是中央大机关工作人员。事业顺利时，两人相亲相爱。结婚三年后，作为公司经理的龚清，在一次三合板生意中赔了钱，损害了名誉。卫敏也在一次演出时摔断了脚，断送了舞蹈生涯。两人的爱情突然冷淡了起来。从此龚清一直为身外之物所累——地位、名声、金钱等等，那东西生不带来，死不带去，可龚清就是离不开它。他把全部精力放在与对手伍国栋的较量上。卫敏也想恢复激情，但她除了事业受挫之外，还多一份男女之别的传统心态，在需要激情的时候，她总希望男人占主动，以维护传统文化对她女性身份的要求。她的关于赵文萍与她亲热的梦是颇有意味的。她梦中都希望得到赵文萍，却又恨死了他，因为他不愿意强迫她。宋歌则为一种病态的报复所累。她与丈夫也曾相爱，但丈夫出国后抛弃了她，于是她要报复所有的男人。她压抑生命的冲动，把报复男人作为她生命的乐趣。他们都有伤。伤口的位置不同，性质却一样。

特别要说的是，作者不仅展示了伤口，更用叙述在伤口上撒一把盐。撒盐的作用有二，一是让人们意识到伤口的所在，二是帮助伤口的愈合。对龚清、卫敏二人，这"盐"是卫敏主动找赵文萍并怀上了他的孩子。对宋歌来说，这"盐"是她报复男人报复到了她深深爱着的赵文萍身上并伤害了他。"盐"一撒，他们都从外在的东西清醒过来，意识到了内在生命的存在。他们寻回了生命的感觉。龚清与卫敏和好了："我爱你，卫敏。我过去太注意我的那个形象了。我太累了。""我也爱你，龚清。我明白你爱我。可我总是想让你主动点。"宋歌与赵文萍结婚了。宋歌不再为报复而伤害自己心爱的男人，连卫敏都给予了宽恕。

结尾是有深意的。那是排除外在东西，找回内在生命感觉的抒情的旋律：

"明天要不要擦玻璃?"

其实这是个简单的问题。想擦就擦。不想擦就不擦。

是的,擦不擦玻璃不重要,只要内在的东西有了。

作者马驼是位并不大红大紫的作家,感觉和思维却十分敏锐。我想他的叙述不仅是给人物身上的伤口撒了盐,也给读者撒了盐。其实大多数人身上都有类似的伤口。只是麻木了,把不正常当作了正常。

撒把盐好。

《广州教父》:在黑白中穿行的历史与人性

从一定角度讲,《广州教父》是一部地地道道的通俗小说:从题材、写法到书籍的包装。小说出版后,书刊市场的"热"与读书界的"冷"形成鲜明对比。1995年该小说一出版,立即在一些书店进入十大畅销书排行榜,并于1995年一年之内连印两版。据此书改编的四十集电视连续剧也正在赶制之中。读书界却对这小说少有评论。作为一个现象,《广州教父》的出版既表现了大陆书刊市场里读者的继续分流,也向读书界提出了一个问题;大众喜欢的作品究竟在发生什么变化?

这是一部描写民国初年广州"黑社会"人生的长篇小说。辛亥革命前夜,16岁的兰州青年金城逃乱到广州。为谋生,他混迹于黑道,受到广龙堂龙头大哥林风平的赏识,成为林风平手下的得力干将之一。林风平之后,金城又全力辅佐第一任堂主江全,立下了汗马功劳,得到广龙堂上下的敬佩。终于在江全死于非命之后成为广龙堂新堂主。但金城并不轻松。广龙堂此时已是债台高筑、危机重重。在黑白两道的多种倾轧之中,广龙堂随时可能被铲平或者被其他堂口吞掉。金城用他在艰难人生中培养出来的大智大勇,左右开弓、连出怪招,不仅使广龙堂在不长的时间里摆脱债务,克尽仇敌,而且使广龙堂生意日益兴隆,势力迅速扩充,成为称霸广州黑道的大堂口。

作为一部通俗小说,《广州教父》具有通俗小说该有的长处:故事精彩。小说情节波澜起伏、惊心动魄。主人公周围险象丛生、杀机四伏。打开书本你便不由自主地跟着主人公在刀尖上走过一回人生。然而作者显然又不满足于这些。作者冯沛祖是广州花城出版社的编辑,曾著长篇小说《侠义英雄传》,并有译著多种。在《广州教父》里,他似乎努力在拆除雅俗之墙。他力图把故事放在一个大的历史背景之上。通过人物之间的复杂关系,作者巧妙地沟通了黑白两道,于是我们便在一个黑道人物的故事里,看到了民国初年广州乃至全国的政治风云:孙中山的革命,陈炯明的叛变,孙中山的回师和全国对陈炯明的讨伐。故事之外,作者常用史家笔法叙述一些真实的历史事件,在作品中构成一种真实的历史氛围。在这样的氛围之中,作者力图将人物的言行烙上历史的印记。这便使作品从一个侧面描绘了民国初年、陈炯明叛变自立前后这一时期的历史画卷,让读者从一个角度看到了那一重要历史时期中国的社会人生。

当然作者的艺术着力点不是历史而是人,他要通过那一时代的历史去写那一时代的人,又通过那一时代的人去表现那一时代的历史。金城是作者着力刻画的形象。作为黑道中的堂主,他有着其他黑道人物共有的特征,心狠手辣、杀人如麻。但他又具有他的对手们不具有的机智和狡猾。他不仅善于用黑道手段,也善于用"白"道手段。广州八甫大火之后,他别出心裁地搞赈灾,不仅为自己捞得了政治资本,而且发了一笔财。在历史的关键时刻,他更能表现出对"大义"的不糊涂。他曾冒险给孙中山送书,为孙中山战胜陈炯明作出过贡献。他同样是血肉之躯,有着人之亲情。对父母亲人,他爱得刻骨铭心。对共患难的朋友,他重交情、讲义气。当然,由于作者对他倾注了过多的同情,因而往往着意突出他性格中的某些方面而有意无意中疏漏了他性格中的另一些方面,这便限制了他性格中的丰富性,致使后半部他的"事业"发展着,性格却静止了。

(本文选自《反叛之路》,中山大学出版社1999年版)

曲与直、今与昔：90年代的影视诉说

20世纪90年代，影视向人们日常生活的进军几乎是不可阻挡的。说"影视"有些笼统。其实一般人今天已经很少进电影院。谁进？恋人们、情人们。电影院几乎成了他们表情达意的专有场所。你只要看看各影院的座位都纷纷改成了情人座便明白。不过，非恋爱者也不是完全不进电影院。一有好片子，火爆的场面也时常见到。这情形在电视机前也一样。人们常与电视打交道，但不是什么节目都看。一不满意，就换个频道。碰到好节目，则满街空巷。

选择，是十分残酷的。这选择，正是大众对艺术无声的评价。其中更透露着世道人心的曲线。

这里所写的，是平日看影视的零星感受。在那里，我听到了90年代的影视诉说。

万古千秋说曲直

先得说说电视剧《宰相刘罗锅》。这个刘罗锅如此的好玩儿！一举手、一投足，都让你捧腹喷饭。或嬉笑，或怒骂，皆令人忍俊不禁。几个文人不知怎么掰出一个主意来，弄得满街争说刘罗锅！

不得不佩服编导们那支幽默的笔。它曲尽其妙地写出了刘墉的智慧。生活在那样的时代，如果你既不想当"反贼"又想做一些事情，你便只能斗智。刘墉的智慧是多么解渴、多么痛快！刘墉是和珅等人的眼中钉、肉中刺。他的存在本身就使他们不舒服。他们整他、治他，欲置他于死地而后快。而刘墉却一次次使和珅们的阴谋破产，使和珅们难堪，乃至自食其果。就说"参皇帝"那一次，和珅本来以为已经稳操杀刘墉之刀，没想到偷鸡不成反蚀一把米，皇帝不仅硬逼和珅给刘墉叩了三个响头，而且以"流放"的名义微服私访，使和珅损失了一帮死党和爪牙。

别说和珅，连皇帝也常常上了刘墉的圈，着了刘墉的套。一帮鸟官用讳"明"的借口搞起了语言文字狱，无论文人还是百姓，一不小心，便成为反清复明的"逆党"。弄得人心惶惶、怨声载道，却又敢怒不敢言。刘墉先是掀起了一股装聋作哑风，全国人民一夜之间全变成了哑巴，后来又利用"正大光明"匾把皇帝绕了进去，终于使皇帝认识到语言文字狱的荒谬可笑。皇帝嫖妓不理朝政，和珅弄个假皇帝坐朝。刘墉巧妙地利用一桩风流案抓捕了假皇上，使真皇帝妓院逛不成，却又有苦难言。

刘墉的智慧在作品中成为一个成功的艺术机制。通过刘墉的智慧，作品有力地揭露了当时官场的腐败、社会的黑暗，使作品具有了一定的广度和深度。又通过刘墉的智慧，为作品的阅读掘出一条宣泄渠道。人们指责贪官、调侃皇帝，使八辈子冤屈、一肚子鸟气在三声大笑中得以表达。

而刘墉的智慧之所以成为这样的机制，更在于其机智背后的正直和良知。刘墉身在官场，心在民间。对贪官污吏，他同老百姓一样深恶痛绝。对那顶乌纱，他并不讨厌，却也并不特别在意。因而尽管被一贬再贬，他仍然我行我素。到官复原职，也不见丝毫改变。他之为官，是要为老百姓谋福利；他之忠君，是要助君振兴天下。不管当宰相还是为"草民"，刘墉骨子里是一个有良知和正义感的读书人。他认的是良知告诉他的死理。因而他有时显得固执、不圆滑，乃至六根不全。也正因此，他与另一个正直文人郑板桥心心相印。他们二人交往的一段戏被编导写得感人至深。

饶有兴味的是，刘墉天生一个"罗锅"。他背是弯的，然而心却是直着。这真是绝妙的幽默：刘墉腰弓背驼，在人们心目中，他却是七尺男儿、铁打的汉子。有的人，膀大腰圆，仪表堂堂，在人们心目中，他却是罗锅、爬虫！

中华民族，万古千秋，都把正直、良知作为一种人格理想。故事中的刘墉，尽管生活在清朝，却体现着一种超出一朝一代的文化追求。或问，历史上的刘墉真是这样吗？这个问题最好不问。因为编导明确告诉我们"不是历史"，而是"民间故事"。这便使我们走出了对史实的纠缠而走向了艺术。而一个已经逝去近两百年的人物，其所谓"民间故事"仍被挖掘出来，将其"好故事""讲给后人听"，我们便看到了这个故事与现实的某种关联，或者说编导对现实的某种思考。

当然，电视剧并没有摆脱书写这类故事时的忠奸模式，刘墉也多少给人以"青天"的某种许诺。这些地方都可以商讨，又未必一定要较真儿。人们喜欢刘墉的智慧，人们在刘墉的故事里得到发泄，恰恰是今天人心的某种展露。

只要世间有曲直，关于曲直的故事就还会说下去。我想，这是一定的。

苍天与"青天"

市里连续两个重要人物死亡，自杀现场被"保护"起来后却变成了他杀现场。勇敢揭发官员贪污受贿罪行的好干部竟被警车追击、被罢官。教育经费被挪用，小学教师已连续数月未发工资。案情扑朔迷离，问题惊心动魄。危难之中代理市长黄江北走马上任了。他能搞清楚这个市的问题、能改变这个市的面貌吗？什么样的命运将等待着黄江北？电视连续剧《苍天在上》就这样用一系列悬念将观众带进了它的剧情之中。

这个黄江北，在清华读完本科、北大读完研究生，自愿回故乡工作。实践中，他成长了，但在政坛上显然还是个新手。虽然有时他也想表现出一点从政的手腕儿，但一上阵便露了底，表现出冲动、不老练、经验不足。照说新官上任该有三把火，但他不仅一把火也没有烧起来，而且指挥整个儿失灵。市委书记把他捆得紧紧的，却又似乎一切都是为了他好，为了能真解决问题，为了能把这个市真搞上去。有热血、有雄心、有能力、有素质的黄江北在异常复杂的局面面前陷入了困惑之中。这个市长当得窝囊！然而他抗争着、努力着。

十多年之前，曾经出了一个李向南，他同电视剧《新星》一起在全国颇为轰动了一阵。这个李向南敢作敢为、英姿勃发，他惩治腐败、严肃党纪，为人民伸冤、为人民办事，大刀阔斧搞改革。虽有阻力，毫不畏缩。被人称为"青天"。"青天"没有什么不好，干部里有"青天"，我们没有理由不欢迎。问题在于电视剧《新星》用李向南来呼唤一种"青天意识"，似乎"青天"一出现，一切问题都会迎刃而解。更主要的是，20世纪80年代的中国人解决社会问题还只能等待"青天"的出现，岂不可悲？

时代毕竟进步了。黄江北不是李青天。《苍天在上》也不呼唤"青天"。我不想说这个电视剧如何完美。不，它的一些粗糙之处有时甚至很败坏胃口。但它却用一种正义感动着每一个不傻等"青天"的人们。黄江北一上任便举步维艰的故事，恰恰充分揭示了问题的尖锐性、复杂性，以引起人们的警醒和奋争。

是的，只要有苍天，只要有天理，人间的丑恶终会得到其应有的下场。然而苍天和天理应在人民之中。

书写时代与心灵的张力

离炮火硝烟的时代似乎已经很远了。没想到的是，军人的情怀仍然能如此强烈地震撼着我们。看电视连续剧《和平年代》的过程是一个灵魂唤醒的过程。它将我们在霓虹灯下、在卡拉OK厅里沉醉得太久以至于有些麻木的灵魂一步步唤醒，它让我们去体味那灵魂被唤醒后的震颤。

《和平年代》是当代文艺史上军事题材的新开拓、新贡献。它以巨大的篇幅描写了和平时期的军人生活，揭示了和平时期军人特有的艰辛、特有的苦恼、特有的奋斗、特有的奉献，艺术地展现了和平时期军人的风采。但《和平年代》更大的开拓在于，它打通了军营与社会间的围墙，为军事题材的创作开辟了一个大的天地。它塑造了历史转型期的军人形象，也通过军人的故事写出了历史的转型，提出了历史转型期叩问着每一个人心灵的重大问题。它的着眼点，不仅在军营，更在社会；它的立意，不仅在昨天和今天，更在未来。

电视剧浓墨重彩地书写了开始于20世纪70年代末的那场伟大的历史转型。这个转型的启动被编导艺术地转化为一场有声有色的戏剧冲突：砸掉纪念碑。对于某军官兵来说，075高地上的烈士纪念碑是这个军的历史，是这个军的传统，是这个军的精神和灵魂，是他们的情感之所系。在骤然到来的特区经济建设高潮中，075高地因被划进深水港建设的范围之内而要被炸平。某侦察连官兵在不明白炸碑意义的情况下，自发地出来保卫纪念碑。从保碑到炸碑的过程中，官兵们终于明白，一场伟大的历史转型到来了。这是一场颇具象征意味的戏。在过去的日子里，纪念碑所在地不仅是军人，也是全城人民心中的圣地。谁也不敢、谁也不能动它一根毫毛。而这样一块昔日的圣地，今天也要为经济建设让路。军人的地位、军人的角色发生了微妙而又巨大的变化：在和平的经济建设时期，军人已经不是社会的主角，而成为配角。在历史转型期，军人其实比战时作着更大的承担与奉献。

为了表现这场伟大的变革，编导特意安排了杜鹃女这一角色。我们初与杜鹃女见面时，就看到了"兔肉"一场戏。这场戏有情有理，催人泪下。为招待慕容青，杜鹃女瞒着小孩将他心爱的兔子杀了。当不明就里的慕容青脱口说出"兔肉"时，小孩"哇"地哭了起来。这场戏写出了杜鹃女的善良、坚韧，也写出了令人揪心的"穷"。它比任何语言都更加有力地揭示了变革的必要性。杜鹃女终于由勤劳、纯朴的村姑变成了精明、不乏手腕的都市老板娘。她变得合情合理。这一形象的前后大跨度变化，演奏的是时代的足音。

然而，编导要问的是，历史转型期，除了经济生活，人们是否还需要点儿别的？秦子雄向我们走来。这是一名新时代的军人。侦察连长出身的秦子雄，有一身过硬的军事本领，有一套全新的知识结构。他一只眼睛注视着军事训练，一只眼睛注视着国际军事研究的动态，时时能提出符合新的时代要求的军事构想。更为重要的是，他身上有着一种魔力般的军人精神。这军人精神表现为一腔豪气，更表现为对自己人生选择的执着追求。秦子雄认定，他这辈子是为当兵而生的。军人，对秦子雄来说，不是他的职业，而是他的生命。秦子雄的执着首先便表现在他对那身军装的痴迷的爱上。世界可以千变万化，但在他的心中，他是一个军人，这一点永远不会变化。他运用聪明才智，创建了一支自己理想的红箭部队。在百万大裁军中，为了保住红箭部队，他费尽心机。他坚信，只要这个世界上还有一名军官，那就是他秦子雄。为了保住身上的军装，他宁愿离开心爱的恋人、放弃优越的都市生活，降级到海岛去当基层干部。

不可否认秦子雄身上的英雄情怀。准备上前线那场戏是颇有意味的。红箭部队接到了准备上前线的命令。这对秦子雄来说，是梦寐以求的机会。动员期间，文工团来做慰问演出。舞台上唱着专为红箭部队谱写的歌曲，伴随着雄壮的旋律，演员们唱着：不上战场算什么军人？不打一仗白当一回兵。喂，士兵，注意口令，准备冲锋，你听老兵们已经喊起杀声……听着听着，秦子雄突然站了起来。这一笔，把秦子雄的英雄精神写到了骨子里：他的突然站立完全是不由自主的。歌声调动了他潜意识里燃烧着的血。闻勇，这位秦子雄的战友和对手，对秦子雄深有了解。在一次阅兵式前夕，为检查准备工作，秦子雄与闻勇二人站在阅兵场的观礼台上，闻勇道出了秦子雄当时的心声：你在想若干年后，你肩上将星闪亮，下面的方阵排山倒海般走过来，脚步声震得大地频频颤抖……是的，这就是秦子雄！这场戏被编导安排在特定场景之中。夜空寥廓，一种激动人心的英雄情怀随着人物的手势，在夜空里无限伸展着。

秦子雄的英雄情怀在日常岁月里便表现为一种永不认输的拼搏劲头，一种为自己的追求不惜一切的献身精神。部队训练，他对部下铁一般的要求。抗洪抗灾，他在困难面前钢般的坚强。他可以做任何事情，但在任何事情里，我们都能看到那样一种英雄气概。他可以到任何地方，但在任何地方，他都可以把"杰出、漂亮"等字样写在蓝天。是的，和平时期，军人已成为配角，但成为配角的军人仍然是军人。如果说，20世纪上半叶，在战争年代，在美国，出了一个巴顿的话，那么，在20世纪下半叶，在和平时期，在中国，我们则看到了一个秦子雄。秦子雄是和平时期中国的巴顿。

编导们对秦子雄的精神是偏爱的，偏爱到有时不惜以牺牲常情和形象的丰富性为代价。而在一些局部的缺失里，凸显的却是编导的总体追求。这种追求在慕容青身上同样体现着。慕容青有闪光的军事思想，却过着暗淡的日常生活。在市场经济的条件下，在多种诱惑之中，慕容青守着一份清贫，当着他的军事教员。他并不是不需要钱，不是不需要世俗社会的一切。他穷得连复印一篇论文的钱都没有。他有的是聪明才智，如果他愿意，他完全可以过得更好些。但一提到军事理论，他就来神儿，他就看不见世上的其他万物。钱只是钱，军事理论却是他的命。在这样的人面前，你还能说什么呢？慕容青，是秦子雄精神的一个补充。

在历史转型、经济建设的大背景中塑造秦子雄、慕容青形象，其精神便具有了超出军人身份的普通意义。如何既肯定世俗欲望对推动历史变革的积极作用，又坚守一份精神，正是今天社会的重要课题。有坚守精神者，那坚守却建立在与今天的时代格格不入的基础上；也有肯定世俗者，但在走向世俗时，

又把精神当成了怪物。《和平年代》在肯定改革开放大搞物质建设的前提下，呼唤着一种精神。那呼唤是艺术而深情的。电视剧让我们更清楚地认识到，今天的社会，既需要金钱，又需要精神。这就是我们这个时代的张力。人心、人的灵魂也是这样。每个人都不留恋贫穷。但秦子雄、慕容青之所以能够催人泪下，就在于他们与人们心灵深处的精神追求产生了强烈共鸣。我们的眼泪告诉我们，在我们每一个人心灵的最隐蔽处，都藏着一个秦子雄。在我们民族精神的深处，永远焕发着活力的，也是那个秦子雄！

是为秦子雄激动的时候了。

面对那点烛光

全黑的银幕上一支小小的蜡烛燃烧着。于是点燃了一个仪式，点燃了一个故事。当帷幕降下时，我们发现，那蜡烛点燃的，更有我们心灵深处的震颤。电影《辛德勒的名单》把每一个观众抛进关于战争、文学、人等问题的思考。

如果把战争和文学放在面前，人们一般会声称自己喜欢文学，讨厌战争。然而，由人来写和人来读的文学却与战争结下了不解之缘。古今中外文学名著中，写战争的作品一直坐着显赫的交椅。似乎是，战争为文学打开了一大片天地，实际则是人们在文学中通过战争打开着自己。这种打开是多层次的。每个层面都有各自的价值。最深层或者说对我最有魅力的是对生命的打开。战争直接联系着死亡。当人被抛进战争中时，人们便不得不直接面对死亡，面对死对生的拷问，面对生命终点对生命过程的拷问。

首先淹没你的感觉是，生命何等美好！我永远忘不了电影《这里的黎明静悄悄》里这样一个镜头：一位女战士牺牲前的唯一愿望是请男战士吻一下她。男战士轻轻俯下身去。多么美妙的一吻！那一吻，吻出了战士生命的全部丰富性，吻出了生命的全部意义和价值。那是对生命的伟大礼赞。具有了生命便是人最巨大的财富。只有面对死亡人们才能真正知道生命之为生命。只有认识了死本能才能更深刻地认识生本能。有幸活着的人们，珍惜吧。

然而，战争却把人们生的过程放在死的展开之中。面对死亡的态度成为对生命方式选择的最好显示。梁山泊英雄把死亡只当成武松手中的一碗酒,随时可以喝下去,展示的是他们对自由的拼死追求和侠义反骨。关羽通过死亡表现忠肝义胆,诸葛亮利用死亡表现智慧。江姐在死前整整衣襟……在死的光照中,生的图案五彩缤纷。生的价值,生的意义,生的力度,在死的黑幕上,被惊心动魄地凸显了出来。

生命中的另一个角色在战争的描写和欣赏中偷偷地得到宣泄:攻击本能。用极端美好的文笔书写和掩藏攻击本能的大概要算《巴顿将军》。巴顿为战争而生。他的才智、他的勇猛、他的风度,他的一切,都在战争中得以表现。只有战争才能创造他生命的辉煌。战争使他找到他生命的所有感觉和意义。战争结束,他便一下子被抛入失落之中。他失去了他的事业甚至他生命的感觉。巴顿是正义的,他的男儿伟力,他的生命伟岸,他的并非悲剧的悲剧结局激起人们的同情、理解和崇拜。在对巴顿的崇拜中,人们宣泄、净化着攻击本能,调动、燃烧着生命的伟岸情怀。

然而,如何区分正义与非正义并非一个简单的问题。当邪恶以正义的名义煽起人的攻击本能的时候呢?一个个体生命卷入这种行为便会对其他生命造成危害。一个民族、一个国家乃至几个民族、几个国家卷入这种行为之中呢?

辛德勒便碰到了这样一个难题。当他的民族的攻击本能被推向疯狂的燃烧时,他却冒着死亡的危险挽救一个个生命。对于他的民族,他是叛徒;对于被挽救者,他却是英雄。因为他的行为是秘密的,因而战后作为战败方一员的他又成为受审的战犯。一场战争使他背上了双重十字架。然而,辛德勒的价值在于,他不仅用向死亡挑战展示其生命的光亮,更用他的行为促使人们从另一角度去思考人的生命,思考人,思考人类。

人们为辛德勒点燃了蜡烛。那烛光应该在人类的生命中不灭地燃烧。

人类,如何承当自己的创造物

任何一部文艺作品都是由读者、观众最后完成的。一部电影的成功与否,主要或者说首先不在于它给观众讲述了一个多么精彩、多么深刻的故事,而在于它是否通过优美的电影语言给观众提供了一个漂亮的、便于填充的"空框"。这个"空框"调动观众的参与，激活观众的灵感，使观众无可抗拒地把自己的经历、情感、思考，自己的血肉乃至整个生命投进去。因而一部好的作品往往在不同的观众那儿有不同的完成。

我以为电影《兰陵王》正是用象喻的笔法，提供了一个让观众有着创造天地的艺术"空框"。我所感兴趣的填充内容是：人类该如何承担自己的创造物？

面具是兰陵或者说是凤雀族的创造物。这创造物体现了创造者的智慧，被创造者所利用，给创造者带来强大。从水底怪石上得到的灵感，使兰陵摆脱了自己不被当做男子汉的耻辱，不仅一举成为威武无比的将领，而且拯救了整个凤雀族。

这种创造是"兰陵"们不得不进行的创造。有趣的是，这种由人创造的东西，一旦被人创造出来之后，就不是一个外在于人的"物"品，而成为人的生命的一部分。当英英不愿意与面具完成婚礼时，兰陵惊奇地发现，他怎么也摘不下那面具。他们勉强去完成婚礼、"面具"却使英英痛苦难当。

一个人们意料不到却不得不面对的问题，痛苦而严重地摆在了人类面前：人类自己的创造物不仅能给人们带来幸福，也能反过来阻碍人的幸福。值得一提的是，兰陵的面具不是一般的面具，他是兰陵在母亲和婆婆的帮助下，用神木制作的。面具是人与神的沟通，它不是一个简单的"物"，而是一种精神性的图腾，是人的精神文化创造物的隐喻。它把观众反思的脚步一下子引到人创造的精神文化本身。你可以在面具上强调神的力量。但不可忘记的是，神，恰恰是人的文化创造。

"兰陵"们能取下面具、摆脱困境吗？影片在这里再次引人深思。母亲第一次想办法帮兰陵摘下面具——摘下那个精神文化创造物之后，兰陵竟变成了动物，他一身兽性，连母亲都不认。在追求幸福的轨道上，人的精神文化创造并不尽如人意，然而没有它，人却失去人性，人不成为人，当然更无人的幸福可言。人的创造给人自己出了多么大的一个难题！

谁离开了雷锋

　　说来不怕你笑话,我是流着泪看完电影《离开雷锋的日子》的。学雷锋的故事能让当代人感动得流泪,那"感动"里便绝不只是感动。

　　影片深情地呼唤着雷锋精神。然而我以为,影片的深刻在于,它没有停留于一般的呼唤,而是提出了一个十分重要的问题:雷锋精神在今天如何才能得到新的光大?或者把话说白了:对雷锋精神,我们今天需要进行一些什么样的新的开掘?这是我们每一个人都必须面对的一道难题——今天的人们需要雷锋精神,但今天的社会却不是雷锋时的社会。

　　影片的题目是有深意的。谁离开了雷锋?仅仅是乔安山吗?不。是社会。乔安山只是离开了雷锋的身体,社会却离开了雷锋的精神。于是,乔安山这个人物安排在影片主题上成为一个重要隐喻:把五六十年代的雷锋精神放在八九十年代,看看它遭遇到了什么?

　　他遭遇到了什么?他遭遇到的是,这个社会,这个社会风气实在已经不是五六十年代了。风气之坏首先表现在我党的一些领导干部身上。作品把车站站长搞特权的故事放在第一恐怕不是偶然的。当然,又岂止是领导干部?你救了人,被救者的家属却千方百计地故意把你诬为肇事者,因为他要找到人出那份医疗费。你看到一个人浑身血淋淋像是受了伤,他却是化了妆的车匪路霸。你需要帮助,他也能够给你帮助,但开口的第一句话却是:钱。影片没有回避现实矛盾,这使它与观众产生了强烈的共鸣。

　　编导对乔安山这个人物的选择和开掘是别具匠心的。因为他与雷锋、与雷锋之死的特殊关系,他心中永远忘不了雷锋,他刻骨铭心的是雷锋精神。因而他便成了五六十年代的精神在八九十年代的有效载体。

　　然而在某种程度上,他比雷锋更加艰难。雷锋做好事的时候,无须害怕被人误会、被人陷害。而乔安山和观众都发现,在今天学雷锋,你还得有自我保护意识,你要帮他人,却要注意不要把帮助他人变成了损害自己。你还得有法治观念,对罪犯,你不是要不要帮助他的问题,而是要能敏锐地剥其伪装,勇敢地与其斗争。

　　影片主题的开掘还得力于其人物关系的设置。代表五十年代精神的乔安山面对的是他的儿子：八九十年代精神的代表。他的自我保护意识和对罪犯的警惕性比他的爸爸高得多。他的学雷锋的观念实在是很淡薄的。但他有时又恰恰对了，比如遇到车匪路霸那次，如果不是他及时提醒，其后果将是难以想象的。透过这个人物，编导又给了八九十年代的人们一份理解。

于是父亲与儿子在观念上的冲突是不可避免的，这正是五六十年代与八九十年代的冲突。而他们的冲突却告诉我们，儿子需要爸爸的精神，而爸爸的精神又需要补充进儿子的某些现代人必须具有的观念。

今天太需要光大雷锋精神了，但问题不在于"需要"，而在于"如何"。如何对传统精神、传统美德进行适合今天时代的新开掘，以创造适应时代需要的新精神。

正因为艰难，才需要我们去做。正是在这里，影片表现了它最为可贵的精神，一种明知艰难却执着追求的精神。这精神催人泪下。影片最后给了我们以希望，那是人们心中的呼唤。

希望，总是有的。

诗的发现与表现

这是一个失落诗情的时代，这是一个呼唤诗情的时代。善良的人们一直在担心，人们的物欲被充分调动起来以后，诗，还有存在的空间吗？

广州电视台最近推出的六集电视片《地铁诗篇》给我们以警醒：今天缺的，不是诗，而是诗的发现。

广州地铁建设是广州市改革开放以来的重大事件之一，它牵动着千万人民的心。艺术家们敏锐地捕捉到这一事件。大量珍贵的历史镜头被收进了摄影机里，许多稍纵即逝的灵感被融入了画面中，于是，在地铁第一期工程刚刚完工的时候，表现地铁建设的电视片便与观众见面了。这不能不说是艺术家们对诗的发现。

地铁建设的决策与建造涉及的生活面之广，碰到问题的难度之大，都是按常情难以想象的。把握这样的事件需要驾驭大结构的才能。这个才能，编导们让我们看到了。更可贵的是，电视片并没有将目光局限于地铁建设这一事件，而是将地铁作为新时代的一个窗口，透过窗口，他们要表现的是改革前沿的新事物、新人生、新风貌，他们要寻找的是我们时代前沿地带的诗。

编导们的摄影机镜头主要对准的是人。他们不仅关注人们做了什么，更关注人们想了什么。电视片采用夹叙夹议的办法娓娓道来，在夹叙夹议中与观众进行着心灵的对话。于是我们不由自主地思考着市场经济与文化精神之关系的方方面面。于是我们看到了在一些人"物欲横流"的时候，另一些人的奉献精神、牺牲精神、拼搏精神、民族精神正闪耀着异彩。电视片还让我们看到了市场经济条件下人们的某些观念变革，如人们对竞争的适应。竞争里，当然有利益之争。但这里，人们比的是实力，更是情操。于是竞争形成了一种良性机制，促进着物质和精神同时向文明进发。这"地铁精神"，正是今天的诗。

在六集电视片中，我们时时感受到情感的冲击。在艺术处理上，被编导们写得张弛结合、起落有致。比如大拆迁里的一些场面。我忘不了那个老太婆，一个未出画面的老太婆。地铁建设要搬迁她的房屋。她是多么舍不得！拆房屋时，她站在旁边默默地流泪，以致拆房的工人们都不忍下手。但老太婆却流着泪说，拆吧拆吧，拆了好建地铁。老太婆处于情与理的纠葛之中，唯其对老房子的感情之深，她对地铁建设的理解与支持才特别感人。正是在千千万万个这样的人物身上，才体现了改革开放前沿人们的情怀。大掘进中，工人们在极端困难的情况下追赶工期，而按时交给日本工程队的情节，则更表现了工人们可歌可泣的民族精神。这些地方都有着催人泪下的艺术力量。它是市场经济条件下人们谱写的动人诗篇。

是的，不可否认，我们正走向市场经济。但如果认为在今天的社会里只有物欲，而没有精神，没有诗，或者认为诗只在田园风光里，那无疑是一种偏见。《地铁诗篇》迫使我们再次思考一个问题：在社会急剧变化的转型期，诗，究竟在哪里？

"夜晚"在哪儿

命名真是一种技巧。往往有这种情况，一部作品本身并没有什么特别让你激动之处，那篇名儿却令你痴迷半天、遐思半天。电视连续剧《商城没有夜

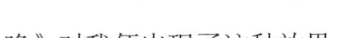

晚》对我便出现了这种效果。

一位漂亮有才干的小姐，进了一家外资公司。这家公司因此而连连获得成功，令其他外企老板眼红不已。商战暗转成为对人才的争夺战。商场加情场，各色人等在这里作着充分的表演，一幕幕悲喜剧便被制造了出来。剧情并不是没有俗套，抓住我看下去的是片名，是片名激起我的思考。是啊，钩心斗角、尔虞我诈，忙得没有白天黑夜。有时人是睡着了，灵魂却醒着，在那里盘算，在那里焦虑，在那里恐惧。这是何苦来？人活着，究竟是为了什么？

没有夜晚的日子是可怕的。我似乎从小便对夜晚抱有好感。印象中最喜欢夏夜。早早地吃完饭，搬个小板凳到门前树下。一条小河在树影中静静地淌着，不时送来阵阵清风。就在这暮色里听爷爷、奶奶、叔叔、阿姨讲故事。有时被逗得大笑，有时被吓得大哭，有时也在叔叔阿姨的膝头上睡进了那听不大懂的故事里。长大了，当了知青，就更盼夜晚了。几盆热水，洗去一身臭汗，灯下一本书，懒懒散散地坐在床上或躺在椅子里，那份享受甭提了，日间的一切腰酸背痛都早已忘在了那如醉如痴的文字中。后来读了大学，夜晚带来的回忆便是文字难以表述。常常一群男女，月光下、草地上，操着各自的乐器，弹唱着自己心爱的歌曲，解除着在书海里穿行一天的疲劳。有时则干脆什么也不干，一群人围成一圈瞎侃，操练嘴皮子。当然，不乏一对男女单独操练的时候。夜色里、树林中，演出了多少年轻人该演的故事！演完了，再去做一个甜甜的梦。

夜晚，那是人生之旅中每日的驿站，那是诗与情的乐园。假如人生没有夜晚，人永远在疲惫中消耗着没有诗的生命，人生该多么没有意思，多么不可想象。

然而，不知从何时开始，我们已经失落了夜晚。世界把人都投入了商城，商城把人都变成了货币的符号。符号在那里没日没夜地运行着，没有了悠闲，更没有诗。

那个漂亮的艳艳终于走了，不知她今后能否找到夜晚找到诗。

是的，我们的社会无法不在商城里走一遭。但在商城里走着的人们，千万别忘了，有空时，去找找夜晚找找诗。

玩绝了：趣与情、虚与实

《综艺大观》第119期是1995年的告别演出，自然不能不看。可也有几分出于好奇：一个节目办到一百多期，要出新意，真太难了。倪萍和她的同党们用什么为1995年画一个句号？一看提示，更为她们捏一把汗。你说他们怎么挑这么一个主题？表现军人退伍，明显具有点儿宣传性质，能搞出好玩儿的节目？

看完节目，我惊愕了。没想到是这么棒的一台精品！我甚至现在还不知如何下笔，不知如何写出我强烈的感受。每一个节目都被精心编导，着力抓住一个"趣"字。特别是小品，一个一个铺开去，妙趣横生，令人开怀大笑。而这种笑，又绝不让你一笑了之。每一声笑都作用于"情"，让你在笑声里受到感动，让你在笑声里心潮难平。当一位即将退伍的老班长给新战士当"马"的时候，当另一位班长脱下军帽露出光头的时候，你笑了，但那笑是同着热泪一起往外洒的。表现退伍军人，晚会从人生角度切入。这便一下子把独特的表现对象与普遍的观众心理融为了一体。不同的人会有不同的职业，不同的经历，但有一点却是相同的：每个人都会经历一个乃至几个人生转折关头。在这样的关头，人生的情感是可以相通的，可以共鸣的。于是你不仅在舞台上看到了一批可爱的军人，更情不自禁地与他们一起笑、一起流泪，为他们，也为你的人生。

这种趣与情的渲染，还得力于编导在整体上对虚与实手法的运用。这一次，编导把倪萍搬到了部队，或者说把一个部队搬到了舞台。倪萍竟然把一辆真格儿的吉普车开到了台上。特邀嘉宾主持吕晓禾、郭冬临、孙涛都成为部队干部——剧中人物。于是整场晚会便成为话剧般的颇有特色的专题晚会，而不是零散的节目拼盘儿。你为舞台独特的虚拟性而叫好。而在整体的虚拟氛围之中，编导却突然推给你一个真，一个生活的真，一个被艺术精心设计而搬上舞台的生活的真。最绝的是对潘国有的采访场面。开始时，你心中暗暗称赞：这演员挑得好，演得多像一个小战士！突然你发现，这不是一个演员，他是一位真的退伍的战士。你被他纯真的表情和倪萍炉火纯青的主持艺术一下子带进了他的人生之中。这小青年，家乡还很穷，而他当兵三年，学了不少本领、拿了大学文凭,要回家了。此时的他,留恋部队,又思念家乡,真是百感交集。他的爹娘如果现在在电视机前一定会很高兴。然而他不敢奢望,因为他的家乡现在连电视都没有。突然,倪萍告诉他,你的父母现在正在北京、在《综艺大观》现场,来接你回家!当一对地地道道的农村夫妇走上舞台的时候,观众和战士一起惊愕了。此情此景,你还能控制得住你的眼泪吗?一份真实的人生情感被本真地搬到了台上,被现实地送到了你的心中,产生了强烈的艺术效果。艺术之道,虚虚实实。近年的晚会艺术不少都注意打破艺术与生活、台上与台下、演员与观众的界限。这一招,用得不算少了,却很少见到用得如此精彩的。

(本文选自《反叛之路》,中山大学出版社1999年版)

疏离与叙事：广东文学创作之我见

一

广东文学创作与中国整体文学思潮的疏离化是我感兴趣的一个思考的入口。

近来，不少人对广东的文学创作现状持悲观态度。认为广东文学创作落伍了，没有产生在全国有影响的作家作品。有人在分析原因时认为，这一现象源于经济对文学的冲击。一个时髦的说法是，经济上去了，创作下来了。

这一判断基本符合人们的大致印象。然而一做具体分析，却又发现问题。什么叫"全国有影响的"作家作品？如果以鲁迅或者托尔斯泰为参照，广东确实没有产生大作家大作品。与北京、陕西等地相比，广东的创作近年来被人言说的也确实太少了。然而在一般意义而言，广东近年来并不是没有产生具有全国影响的作家作品。比如张欣、张梅的小说。近几年来，张欣绝大多数作品的发表都伴随着热烈的关注：被各种选刊选本选入，被改编成电影电视，有的作品还未出版，其改编权已被买断。在不少大学中文系，大学生、研究生们争相传阅张欣作品。张梅的创作已开始受到外界的关注，其作品已不断进入选本和批评家的言说之中。如果突破狭义的"广东作家"概念，把生活在广东的作家都算上，则可举出何继青、赵琪、杨克等更多的在文坛产生了影响的名字。

然而广东为什么会给人创作上不去的印象？一个重要的原因恐怕是，广东作家与文学思潮的疏离化。"伤痕文学"之后，任何一个文学思潮的代表人物都与广东无缘。被人关注和作为某种焦点被人关注是不同的概念。文学思潮往往是人们关注的焦点。而与文学思潮的疏离又有两种情况：其一，属于创作没有"跟上"文学运行的脚步;其二,属于创作中出现了一种无法被任何文学思潮言说的新质。如果说以前广东的创作更多属于前一种情况的话,那么今天,则已经明显地出现了第二种情况。以张欣为例。就"影响"而言,张欣毫无疑问已进入今天中国最有影响的作家行列。然而张欣却一直奇怪地"孤军奋战"着,先锋实验、新历史自然与她无关,新写实、新体验、新状态也没有把她"排"上。不是张欣没有实绩,恰恰因为她的创作中出现了一种无法被"排"进任何概括的新质。

这种新质与广东或说广东这块沃土有关。不可否认经济对文学的冲击。更不能不看到另一面:在经济变革中产生的新的文化现象给文学创作带来了新的天地。这便是产生张欣创作新质的沃土。而这块沃土对文学创作的进入,正是广东文学创作的巨大潜力之所在。

二

我以为需要在大的文化格局中去认识处于广东沃土之中的广东文学创作的潜力。纵横两个方面的文化态势织就了今天中国的文化格局。纵的方面,我们看到了中国文化的百年追寻。上个世纪之交,国人发现了传统文化的危机,开始借他人之火煮自己的"肉",希望从西方文化里找到中国文化的出路。又一个世纪之交来临,中国人发现西方之路并不是人类的必然之路。反叛"西方中心"成为国人的又一次自觉。于是中国文化何处去,成为一个越来越严峻的课题。这一课题化为近两年在横向成为对话态势的两大理论热点:"解构主义"与"人文精神"。前者主张对一个世纪以来文化追寻的迷失进行清理;后者呼吁抵抗物质主义,建立人文精神。一个主张解构,一个主张建构,各有其针对对象,各有其精彩论述。然而各自的弱点也是鲜明的:一个正确地主张清理,对新的建构却无能为力;一个敏锐地提出建构,却忽视了建构应建立在清理的基础之上。在这样的格局中,广东的经济变革所带来的新的文化现象做着无声的发言:它既冲击着一切传统观念,又有着属于文化的新的生长。张欣正抓住这一"新的生长"。她创作的特色之一是通过对"都市欲望"的书写去追求此岸诗情。她通过都市欲望去颠覆一切陈旧观念,她通过此岸诗情去寄寓自己的文化追寻。

广东文学创作与流行的文学思潮仍然处于疏离状态。这是一次完全不同意义的疏离。挖掘广东创作的潜力，那里有广东文学创作与文化思考的未来。而要能真正挖出这块土地上的创作潜力，对广东作家来说，扩大文化视野，把握文化格局，深化文化思考，看来是必要的。

三

我还想从叙事的角度谈谈。应该承认，不少广东作家特别是新起作家越来越自觉地把笔触深入到广东当下这块热土之中，着力表现现实的社会人生。这块热土上的热汗与热泪搅动着他们的创作激情，拍打着他们的创作灵感，追赶着他们手中的笔，他们有一种不吐不快的冲动。这冲动便带来一片不可小看的文学景观。

然而同样不得不承认，有价值的社会人生如何进入文学叙事，或者说，如何在文学叙事里得以完成，仍然是广东作家面临的一个重要问题。不可否认一些作家拥有丰富的创作资源。特别是一些新起作家，他们有的刚从"海"里上来，有的则仍在"海"中。"海"给了他们不凡的社会阅历、复杂的人生感受和不乏见地的思考。然而他们却缺乏叙事意识。写小说时他们往往忘记了自己是在叙事，只是把他们的所见、所感、所思一股脑儿地堆给他的读者。读完作品，你直为作者可惜：多好的材料！但叙事却没有特色。

纵观中国当下文坛，凡产生影响的作品，大都是叙事有特色的作品。仅以王安忆的《长恨歌》为例。它一发表便引起了文坛广泛注意，褒之者称王琦瑶写得有深意，说作品写出了上海近代历史、上海文化、上海精神。贬之者说它既无张爱玲的文笔，又无张爱玲的韵味。然而，无论褒者贬者，都不否认，它的叙事是有特色、有追求的。真说起来，王琦瑶的故事不仅没有多少奇异、令人耳目一新之处，甚至可以说是平淡、普通的。而就是这平淡、普通的故事，作者写出了不平淡、不普通的韵味。与其说是王琦瑶的故事吸引了人们，不如说是王安忆的叙述吸引了人们。

广东文坛的成功与不太成功都与叙事有关。张欣、张梅、何继青等作家的创作之所以引起外界关注，与他们各自有其叙事特色关系极大。张欣把视点落在都市丽人身上，写她们的奋斗经历与人生追求。张梅从都市里舀一勺闲适人生，写她们的苦乐与情志。何继青则放眼军营内外，书写着官场与情场。因写丽人的奋斗，张欣的叙事便在复杂精彩的故事里浸透着诗情；因写闲适女性，张梅的叙事便直入内心，在细腻的心理描写里显出情感的波澜；因写官场与情场，何继青的叙事便阔大而有张力，在多少有些苦涩的情节里揭示较深的人生思考。

然而即使是他们，也面临着寻找更有突破、更有冲击力的叙事特色这一任务。他们急需解决的难题是，能否像王安忆一样，让其叙事一步一道新风景，永远刺激着人们的审美疲劳。而没有找到自己叙事特色的作家，其路便更长、更艰难。

广东的生活是有特色的。这是广东对作家的厚赐。然而生活的特色并不能自然地化为艺术的特色。广东要使创作有更大的繁荣，急需呼唤的是：作家的叙事意识与作品的叙事特色。

（本文选自《反叛之路》，中山大学出版社1999年版）

足球与文学

写下这个题目多少有点冒充球迷的嫌疑。其实我看球只是凑热闹，并不真懂，更谈不上"迷"。但说实话，世界杯赛期间，我确实被"镇"住了——不只是被足球、更被对足球的"迷"所镇。近期《讽刺与幽默》上有一幅漫画，说的是茫茫太空上多了一个球——足球，四年出现一次。地球成了它的卫星——整个地球围着它转。画得真棒！

面对这一"天文"现象，我很有些为从中央到地方各电视台播出的电视剧遗憾。这期间，你从学校走到街道，从城市走到农村，每一个窗口的灯光都发送出同一种声音。那声音在夜空里将不同年龄、不同职业的人交织成一个整体。还在观看电视剧的人大概比地球的卫星多不了多少。

只要看几场球，你不得不承认，人们没有理由不选择足球而去选择电视剧——我想用电视剧借代文学。因为足球往往比文学更加"文学"。一场精彩的球赛，其文学水平远远超过一本三流的小说。文学所具备的诸多要素，足球都有。比如人物。足球人物风采各异、魅力无穷，是球迷们关注的重心之一。比如主旨，人们在看足球时常常谈到民族性格、国家尊严、生命意志等等。然而，在所有这些里面，最精彩的是情节。足球比赛的情节是太抓人了。波澜起伏、变化万千。丝毫不亚于文学，唯一不同的是，一般作品中的情节，在人们的想象力之内。而球赛的情节，却更多地超出人们的想象力。谁能预料比赛在什么时候以什么方式进球？谁能预料德国以零比三败北？

迷恋足球是社会发展的一个表征。越发达的国家，人们关注体育的程度越高。在中国，足球成为话题，至少有两个因素不可忽视：一是一部分人吃饱了肚子；二是电视等大众传媒得到了大发展。

由此我想到了一个问题：随着社会经济、文化发展而来的文学"文本"的破裂。

在既往的日子里，文学文本给读者提供了多种享受：欣赏精彩的故事，迷恋有魅力的人物，分享有深度的思考，等等。多种享受凝聚在短暂的审美阅读里，那是一种经济、有品位的获得愉悦的方式。因而，在那时，一篇稍微可看的作品便可搅动整个社会。

然而今天，那个统一的、能给人多种享受的文本正在走向破裂。要欣赏精彩的情节，人们走向球场。要寻找思考，也不一定去读作家的创作，而去读思想文化等方面的著作和学者的散文、随笔。于是我们发现了近几年的另一重要现象：思想理论著作、学者散文随笔在书市不断走红，"读书"报刊成批涌现，书评的火爆部分地取代了昔日文学评论的火爆，昔日紧追着作家的部分读者正在一群群地转向那些思想敏锐的学者，作家们经营的地盘正在部分地向学者转移。你不得不承认，在知识面的广博、思考的深入和文笔的精彩上，有时一部大部头作品比不上一篇学者随笔。

而要欣赏人物，人们也并非一定要走进虚构的天地，大量的人物传记、评传更加吸引读者的注意力。

昔日统一由虚构的文学文本完成的任务，今天已经被不同的文本所分裂。它们从不同的方面同时向文学进行了挑战，与文学争夺接受者，这是社会发展的产物。日益紧张的生活，人们更加要求舒适的放松；日益复杂的社会，人们更加要求深刻的思考；日益机械复制式的人生，人们更加要求对传奇的窥视。各种欣赏的要求都提高了，作家的写作已经不能满足人们无尽的欣赏欲求。

这一叙述对文学似乎有些悲观。但我要问的恰恰是：在文学文本破裂的时代，文学何为？

我想说，文学是无法取代的。它毕竟是一种独特的艺术手段，毕竟能同时满足人们的多种欣赏欲求。但"文本"的破裂却促使文学思考自己的生存与发展。用一点小波澜冒充大故事、用一点小感悟冒充大智慧、用一点小技巧冒充大艺术去搪塞读者的时代过去了。

文学该打破文本的疆界,向其他的文本吸取资源、寻求启迪。这也许是一句绕口令:只有当文学认识到"文学"不止在文学文本里时,文学文本才会有更多的文学性。

(原载于《南方日报》1998年7月29日)

好书论方圆

——读一正的《西窗法雨》

一正的"西窗法雨"曾在《南方周末》以专栏形式连载。开的是"西窗",下的是"法雨"。"窗"小,"雨"也不大。一期千余字,挺低调的。开办者大约有使它"随风潜入夜,润物细无声"的意思。可那"雨"不仅潜入了"夜",也潜入了"心"。读者心里就掀起了波澜。结果,雨仍然是"细"的,雨声却大了起来,颇有些轰动效应。常有外地朋友问我,一正何许人,能写此等好文章?

今天,"此等好文章"汇成了书,"雨"便成了"湖"。在这湖里畅游一通,自是别一番情致。

总觉得文学与法律相隔很远。其实是没碰到高手。读《西窗法雨》才知道文学与法律是可以联姻的。一正要讲的是法律。法律自然枯燥。但一正却有化枯燥为有趣的本事。用文学的手法讲法律的道理是一正的一大创造。他善讲故事。用文学的眼光看,他有较高的叙述策略。一,他的叙述短小、精彩,且语言幽默风趣,往往几句话便能抓住人;二,他有明确的叙述目的,能将故事在不知不觉中引向他要讲述的道理。读者还在故事的享受里,却已经开始了对道理的领悟。一正有涉笔成趣的本事,古今中外的事件,被他信手拈来,皆成文章。如一正讲到了电视剧《宰相刘罗锅》里刘墉参皇帝一场戏。这显然是当时看电视之后的产物。这场戏一般人看了也就看了,一正却随手抓到了文章里,讲了一通法律内外的平等与不平等这一较深层面的道理。巧妙的故事使一正的道理有着亲切感,而不是瞪起的眼睛、板起的面孔。

且一正讲的道理正是中国社会所需要的。新时期以来,中国社会急需加强法制建设,人民急需加强法制观念。因而人们都希望了解西方的法制知识。

一正的"雨"便有些解渴，有点启蒙的意思，在中国人面前打开了一片全新的天地。而一正又不是一般地介绍西方的法律，他的文字都有着现实性和针对性。他时时讲着西方的法律，却又像时时在讲着中国的现状。让人时时思考中国的问题。如他讲西方"政府旁边的法院"、讲西方"政府的承诺"、讲"上下关系"与"契约关系"、讲公法与私法等等。读一正的文字，你常常会想起"好雨知时节"之类的古诗，觉得他这"雨"下得正当时。你会体会到在轻松潇洒的文字背后，作者那强烈的责任感、使命感。一正说，"人们要法律，就是想要社会有个方圆，有个秩序"①。中国正以前所未有的速度在发展。发展得越快，越要有方圆，这是不言而喻的。一正就是要寻找一种参照，让人们反观中国法制的过去与今天，让人们去思考中国社会的方圆。

而一正的高超之处还在于，在大多情况下，他并不一般地塞给你一些法律的道理，而是力争用他的讲述，调动你的一种智慧。在一正的文字里你懂了，法律不只是刑、不只是铁，法律是人类的一种智慧。于是，你得到的，就不只是一些法律条文，而是如何智慧地思考法律问题。如一正讲法律与人性善恶观念的关系，作者并不纠缠于人性的善恶本身，而是进入到这一观念的背后，看看东西方人的文化差异，看看东西方人为什么要对人性进行不同的假设。一进入问题的背后，就把问题看透了。问题一被看透，就简单了。一些被人们津津乐道地讨论着的问题，就显得没有必要甚至可笑。如人性是善是恶的问题，作者轻松地告诉我们，其实并不重要，那都是人们为了某种目的的"假设前提"。"既然我们喜欢上了法治，假设一下人性的不完善或许就是必要的"。②诸如此类的问题，一正往往简单几句话，能顶迂腐学者几十年的钻研。在这样的论说里，你进入了法律的智慧天地，你享受着智慧的乐趣。

一正讲述法律之所以能从一般的道理进入到智慧层面，是因为《西窗法雨》其实不只是一般的法律知识介绍，那里溶化着作者颇为尖端、颇为前沿的研究心得。一正是研究西方法理学的学者，有着开阔的视野和深厚的功底。他不仅对西方传统法理学有着精深的研究，而且对法理学的后现代演变有着准确

---

① 一正著：《西窗法雨》，花城出版社1998年版，第2页。
② 一正著：《西窗法雨》，花城出版社1998年版，第11页。

的把握。对法律问题，他不仅讨论其"然"，更讨论其"所以然"；他不仅讨论法律的制定，而且讨论"为什么""凭什么"制定这些法律。如他讲述法律权利与自然权利间的关系，指出法律的"双刃性"，讨论法律"公正"的背后与"公正"的难题，论述法律内容与形式的"正义"问题……在这些文字里，一些关于法律的神话被解构了。人们对法律的认识得到了真正深层的推进。也正是在这里，人们才发现，社会确实需要方圆，但不同的社会、不同的时代却有不同的方圆，因而什么是方、什么是圆，凭什么方、凭什么圆，如何方、如何圆等等都不是简单的问题，那里需要大智慧。

读《西窗法雨》，你会悟到，中国正在呼唤大智慧。而你不会怀疑，大智慧，中国人会有的。

(《西窗法雨》序，花城出版社1998年版)

澳门：文化多元的价值

澳门给我印象最深刻的是文化多元。中国文化与西方文化、文人文化与商业文化、高雅文化与通俗文化同时存在。这里，中文与西文并用；大三巴牌坊、妈祖庙与葡京大酒店并存；文人雅士与赌客闲人和平共处；魔鬼与上帝同在。走进澳门，你会被这里巨大的文化容量所震撼。这里没有被某一种文化所规范、所拘限。它有海一样的宽容，没有小河沟似的褊狭。因而它给人的感觉是繁华而雍容，轻松而有内力。它的文化的开放性、包容性、共生性是很典型的。

一个很鲜明的特征是其文化的"拼贴"。为说明这种"拼贴"，我想提到两个文本。一个是画家郭桓的作品。1996年12月的一天，郭桓很热情地将我带到他的画室参观他的创作。我在这里受到了一种强大的艺术冲击。郭桓是艺术领域里一位永不停息的探索者。他热衷于多中心多诠释的现代艺术现象，着迷于现代艺术的特质。而他创作的重要主题之一，是探讨中国文化的精髓。他用颇具西方后现代特征的手法，用大胆的拼贴去表现奥秘的中国文化和中国文化的奥秘。他的一本画集就名为《东西方理念汇流》，其中的一章为："奥秘的东方"。面对他具有极高艺术性的作品，我真的有些惊讶：他对西方艺术如此痴迷，对中国文化又如此热爱！于是我在这里看到了双重"拼贴"：技法的与精神的。我想到了郭桓与澳门的关系。可以说，郭桓从澳门得到了灵感，而澳门一定会产生郭桓这样的艺术家。

这一认识与我对澳门另外一些文本的解读有关。比如教堂与寺庙。我注意到，大三巴牌坊上写着中文："鬼是诱人犯罪"。这个拼贴很有意思。基督教是西方的宗教，其教堂上却印中国字。教堂的重心是指向天堂，入口处的一句话却将重心指向地狱。不只是西方的教堂里有这种中西拼贴，中国自己的寺庙也由拼贴而成。妈祖庙里的崇拜对象不只是妈祖，它有佛有道还有"土地"。无论何方神圣，灵则拜，且不管它们是否相互冲突，不管它们是否会相互吃醋。这种文化拼贴不是二元对立的。它们往往不是二元而是多元，"主"与"次"、"中心"与"边缘"往往不是分明而是模糊的。

而这种拼贴并没有造成文化的分裂，并没有影响社会经济与各方面的发展。相反，文化"拼贴"的各方共同生成一种新的文化景观，一种新的文化秩序，成为维持澳门经济发展、社会繁荣的重要文化机制。

在庆祝澳门回归的大喜日子里，我们不能不看到澳门这一独特文化现象的巨大价值。中国已经全面进入了商品社会。随着"入世"的到来，中国面向西方文化的大门将更大地敞开。中国已无疑进入了一个多元社会，多元文化——传统文化、文人精英文化与西方文化、商品文化正以前所未有的力度相互冲撞着。近年来，面对中西文化冲突，激进的学习西方的观念不断有人言说，而"新传统主义""新保守主义"也不断被人谈论；面对雅俗之辩，知识精英正在奋力坚守，而主张面对世俗、建构精神的人们也在力陈己见。有人在担忧西方文化的大量涌入会使人们丢弃传统文化，有人在担心对传统文化的回视会使中国失去西方优秀的精神资源。有人认为世俗文化会带来堕落，有人以为精英言说只能建立空中楼阁……观点见仁见智，但有一点却是共同的：高度的使命感、责任感里燃烧着文化建构的焦虑。

正是在这样的焦虑之中，我们迎来了澳门的回归。澳门文化以一个有别于中原文化的重要成员，融入了重构中华文化大进军的行列之中。澳门回归，是20世纪中华民族的一个重要政治事件，也是一个重要的文化事件。我并不认为澳门文化是一个有普遍意义的文化模式，整个中华民族的文化重构问题当然是一个更为复杂、更为艰巨的任务。但我想说的是，澳门文化是一个有重大探讨价值的个案。对澳门文化及其发展机制的深入研究，对未来中华民族的文化建设应该具有不可忽视的启迪作用。

我看理论创新

理论创新问题是一个已经被人们谈旧了的话题。从20世纪80年代起，人们就一直谈论着。今天之所以旧话重提，就因为它还有被谈论的价值。

随着时间的变化，人们对"创新"的理解也在不断变化。我对20世纪80年代以来中国的文艺理论工作持完全肯定的态度。但冷静地分析，这一工作里有多少真正属于我们自己的理论"创新"？站在今天回望那段历史，我们不得不面临这样的尴尬：我们一直在强调理论创新，但实际上却没有"创"出多少属于我们自己的"新"来。

在20世纪80年代，"理论创新"几乎可以与"向西方学习"画等号。这是可以理解的。闭关锁国几十年，骤然打开国门，西方的一切对我们都是新鲜的。从西方人的书里随便弄一点什么拿过来，在当时都有"创新"的意义。这些"新"东西对文艺领域里"左"的东西形成了巨大的冲击，对解放人们的思想、活跃人们的思维起了巨大的推动作用。于是，从接触意识流开始，中国人的文艺理论思维便一发不可收地在西方人的理论之河里流动着。从新批评、形式主义流到了叙事学，从叔本华、尼采流到萨特、海德格尔，再流到德里达、福柯、拉康、哈贝马斯，从霍克海默、阿多诺流到杰姆逊……这是一个了不起的历史过程。在这一过程中，中国人对西方从不了解到基本了解，从仰视到平视，从一个聆听者变为一个对话者。谁否定了这一过程的历史功绩，谁就没有历史眼光。

然而我们必须承认，仅仅有这些是不够的。学习西方的理论资源是我们理论创新的重要步骤，但它不能取代理论创新本身。将海德格尔、福柯、杰姆逊学得再好、学到极致，我们也只能作海德格尔第二、福柯第二、杰姆逊第二。它并不能给理论提供一种被称为"新"的东西。

我的反思是从我自己开始的。我的思维也曾一度在西方理论之河里流动着，也一度以为只要拿来西方的东西就是创新。但越到后来我越发现，西方理论并不能完全解释中国的历史与现实，更不能完全解决中国人面临的问题。言必称西方，衡量任何东西都以西方理论为标尺，只能使中国的理论永远在现实面前隔靴搔痒。

今天，我以为，理论创新只能是面对自己的土地、面对自己的历史文化传统、面对自己的问题的富有新意的思考。这里的关键是"面对自己"，而不是面对别人；面对自己的问题，解决自己的问题。

这是由理论的品格所决定的。我以为，有价值的理论，总是面对现实的思考。我们曾经将"新"当做一个普适性的玩意儿。似乎在一个地方是新的东西，就可以放之四海而皆"新"。我们自觉不自觉地剥离了新理论背后的价值论与目的论，使其变为一个"新"的空壳。其实，理论，无论多么高超，总有它的现实品格、实践品格，总不能摆脱价值论与目的论。离开了人的需要，理论只是无用的废话，至多，只是漂亮的废话。而人的需要总是与一定的语境相连的，总在一定的民族、时代、社会中产生。

有人会说，太阳底下无新事物。人的需要是相通的。这话没错，太阳底下确实无新事物，但是太阳底下的"旧"事物却在因时因地而变化。如果没有这个变化，人类便省事了：永远无需理论创新。

人的新的需要的产生有两点是应该受到重视的。第一，它在新的语境中产生；第二，同时它又有着与民族、文化等相关的传承性。新的需要带来新的问题、新的挑战。理论，要对一定民族、时代、社会的问题进行思考。这就是思想。

有人说，思想是不受"一定"时空限制的。思想从事的是终极关怀。其实，没有空洞的终极关怀。它总与"一定"的民族、文化、时代、社会相连。因而西方历史上，不同的时代产生了不同的终极关怀。如果不与"一定"的时空相关，就不会有苏格拉底与黑格尔与海德格尔等等的区别。而他们，有哪一个没有终极关怀？又有哪一个的终极关怀不带着时代的色彩？只有思考一定民族、时代、社会的问题并把这一思考与对人类的终极关怀结合起来的理论才是创新的理论。时代总在变化，一定民族、社会的问题总在变化，因而就需要创新的思考。

古今中外先贤大哲的理论创新，无一例外不是首先面对自己时代与社会的思想产品。而今天的我们，却在西方的理论中流连得太久。西方理论确实是不断在"新"着，但那些理论创新者关注的，是他们自己的问题。那"新"，是他们脚下的土壤里生出来的。我们从他们那里寻找启发是应该的，但我们完全进入他人的语境，谈论着他人的话题，就有些凑热闹了。因为中国的问题与西方的问题不完全一样。中国的学者也没有必要只关注西方的问题，因为我们首先要关注自己的问题。

而20世纪以来的中国社会有着异常的复杂性，这是一个特殊的时空。比如，中国现在正在建设自己的"现代"。这现代远未建成，因而，在中国的现代社会里，仍然有着许多前现代的东西存在着。而同时，由于信息化时代的到来，由于"地球村"的出现，后现代的东西也早已在中国出现了。从现实时间来看，中国就是现在的中国，21世纪的中国；但从文化时间上看，中国却同时运转着前现代、现代、后现代等几个世纪的时钟。从空间角度看，中国也是独特的。20世纪以来，中国的文化空间远比地理空间博大，它既装着传统，也装着西方。这一点，在文学理论上表现得特别明显。今天，离开了中国古代文论，并不影响大多数人对文艺问题的谈论，但如果离开了西方文论，恐怕很多人对文艺问题就无法开口了。

复杂的社会形态带来复杂的社会问题。今天的中国，后工业社会里的问题已经产生，比如，跨国资本问题、话语霸权问题、生态平衡问题等等。但同时，前现代的问题仍然尖锐地存在。媒体已经多次报道有的工厂把工人只当奴隶不当人的事件；一些妇女儿童还在被人拐卖着；西北还存在着大片待开发的土地，一部分人还在为温饱而奋斗，很多学校的经费还要靠希望工程来解决……

面对复杂的社会形态和社会问题，简单地引用西方理论，甚至仅仅运用西方的某一理论，是难以切入中国现实的。你说中国问题已经同时是世界资本主义市场的问题，你如何面对那些足未出乡社乃至村庄的农民的痛苦？你如何面对大量的社会腐败？你说中国就是要建设现代化，后工业化社会的问题离中国还很遥远，你如何面对跨国资本的霸权？你如何面对人生意义的消解？你如何解释"卡通一族"的甜酸苦辣？

复杂的社会形态和社会问题也给文学创作带来广阔的叙事空间。20世纪90

年代以来，不同的作家关注不同的社会现象、不同的问题，用不同的创作手法写出不同的作品，现实主义冲击波、女性主义、都市文学、打工文学，创作在多样化地发展着，叙事空间在拓展着。从某种意义上说，中国的理论家们碰到了一个千古难寻的天赐良机。从古至今，我们的先辈们什么时候遇到过这样丰富的创新土壤、这么丰富的思想资源？

我想起了巴赫金。苏俄能出现巴赫金绝不是偶然的。十月革命之后的苏俄，社会形态与社会问题也处于十分复杂的状态之中。正是在这块复杂而丰富的土壤上，诞生了巴赫金的复调小说理论、狂欢节理论、对话理论，产生了他的小说创作诗学和小说历史诗学。刘康把巴赫金的理论概括为"转型期的文化理论"是十分有道理的。刘康认为，"各类语言与文化的转型时期只有通过互相对话与交流，才能同时共存"，"巴赫金思想的核心是如何透过语言和话语的变迁来审视文化转型问题"。[1]巴赫金对自己土地上的创新资源与理论资源是极为珍惜的。他分析的重要对象是陀思妥耶夫斯基。他与俄国形式主义的关系也极有深意。对形式主义，巴赫金既不排斥，也不完全认同，而是与它形成一种对话关系。巴赫金从形式主义那里吸取了很多，以至于有人将巴赫金认定为"后形式主义"。但巴赫金与形式主义是不同的。形式主义强调语言文学体系的自足，巴赫金却注重意识形态性，强调语言的社会性与开放性。正是那片特殊的土地，玉成了巴赫金的理论创新。巴赫金给我们的启迪是多方面的。

中国未必一定要出巴赫金。但中国需要自己的理论创新。我们现在首先要做的是，走出原有的关于"创新"的思维误区，面向自己的土壤、面对自己的现实问题。否则，我们将会与当下中国这么丰富的思维资源失之交臂。

面对复杂的现实，需要复杂的思维，单向度的思维方式是无法面对复杂事物的。我们曾经用简单的方法分析20世纪以来的思想文化现象、分析20世纪以来的历史与现实，得出了不少简单的结论。今天是重新思考这些问题的时候了。我相信，在这个"重新思考"里，有一片迷人的理论创新的空间。

（原载于《文艺报》2001年12月23日）

---

[1] 参见刘康：《对话的喧声》，中国人民大学出版社1995年版。

修辞、支点、诗与成熟

——广东理论写作三题

这里要谈的是广东理论批评家的三部书：杨苗燕的《别等我在老地方》、钟晓毅的《在南方的阅读》、梁云的《中国当代新诗潮论》。三部书各有特色，引来三个关于理论写作的话题。

修辞

打开《别等我在老地方》便醉在了那繁花似锦的排比里。你发现杨苗燕一上情绪便情不自禁地涌出排比，而她写作总是很投入，一投入便来情绪。于是她的排比就如春风剪绿枝，层层推进，挡都挡不住，一下子把你包围在满园春色里。

从某种角度讲，创作、批评与其写作对象之间的关系是一种修辞关系。这种认定的价值在于，既不否认写作与其对象间的联系，又肯定了主体的审美和思辨介入。这里的"修辞"便不只是一般修辞学意义上的修辞，不只是一种技巧，而更是写作主体对写作对象的一种态度，或者说是写作者面对世界的一种写作姿态。不同的写作者具有不同的写作姿态，其作品，无论创作的还是理论的，便会有不同的修辞特色。

杨苗燕是一位有着醒目的修辞特色的写作者。排比对于她，不只是一种浅层的写作技巧，尤其是一种生命里的写作姿态。那里，昭示着她理论批评追求的诸多方面。

在杨苗燕的排比里，洋溢着一种青春活力。一开始，你几乎弄不清楚她那如珠的妙语是从哪里来的，一来便江河水般流淌。在那句式里，你感觉到生命的跳动、青春的燃烧。读着读着，你开始明白，除了灵气和语言才能之外，其语言的活力还来自她理论的活力。作者理论视野开阔。对于世界最新哲学文化理论，对于国内学科前沿的进展，她都有着敏锐的了解和个性化的解读。这无疑给她的研究带来新的参照、新的视角，使她得以迎接八面来风，融汇新知，以从事自己的理论思考和理论创造。在她的文字里，我们可以看到，对西方的后现代主义、新历史主义，中国的新人文精神、新状态、新体验等等"名堂"，她都有过思考，都有自己的见解。作者的理论活力又来源于她对现实的热情关注。尽管她对理论有着浓厚的兴趣，但并不是一味钻故纸堆的人，不是绕进概念里出不来的人。她既不食古不化，更不食洋不化。她始终关注着现实的文学文化运作。作为广东的一名文学工作者，她对广东的文学与文化现象更倾注着全部热情。评张欣，评兰妮，访刘斯奋，访何继青，谈粤剧，谈流行音乐，她用宽阔的理论视野去观照现实文艺现象，又从现实文艺现象里寻求理论思维的活的源头。这使她的理论批评少有学究气，而多有鲜活的理论品性。

因为其理论、批评具有青春活力而少有暮气，她的文笔便活泼、潇洒。不论是评论某个评论对象，还是谈论某种理论问题，抑或研究某个文艺现象，她从不拘泥于某种一定的文笔。或描述，或叙述，或说理，或议论，往往旁征博引，谈笑风生。故事笑话、传闻轶事，信手拈来，涉笔成趣。各种材料，稍加点染，便成文章。看得出来，她写得很轻松，是她生命状态的自然流露。

在杨苗燕的排比里，还有她思维的特色。其一是清晰。一个问题，几个侧面，"排比"下来，一目了然，清清楚楚。思维的清晰表现大脑的清醒。她的脑袋瓜儿好使，这毫无疑问。其二是散点透视。她的思维具有跳跃性。她并不是从一个点去观察问题，而是跳动着，从不同的点去审视，并把她的审视结果排在一个平面上。好比绘画，她的思维不是西洋画式的焦点透视，而是中国画式的散点透视。如她谈广东文化变革问题，从历史角度的新旧交替谈到现时的市场，从市场谈到体制之变，从体制谈到人们的心态，从心态谈到政府职能，再谈到文化的新规则与新挑战。视点纵横驰骋，笔墨挥洒自如。这使她的文章具有开放性的结构。

散点透视还带来她对谈论对象的独到谈论。众所周知，焦点透视能将对象还原为符合透视比例的逼真图案，散点透视则不然。它所描绘的图形既像对象又不完全像对象，总有某些超出对象的东西。杨苗燕谈论问题喜欢追求这种效果。如评论张欣。她谈张欣的结构，谈张欣的人物，谈张欣从"历史歌手"到"生命鼓手"的变化，在每一个视点上她都看到张欣的一个侧面。而她描述的对张欣的总的印象却是"一份温文尔雅，一副柔肠侠骨，一阵阵率真可爱的笑声以及蓝天白云般清爽的个性与外表"，这样一位作家"轻叩重门"，"以其独特而令人钟爱与陶醉的方式，向世俗社会投射着一束束闪烁着新文化精神的光芒"。评李兰妮，一部部作品读过去，读出的结果却是"兰妮，她活得真滋润！"你感到她似乎处处在谈她的谈论对象，又似乎处处在谈论她自己的某种思考、某种人生感受。因而她的描画与她的谈论对象既相似，又不似。妙就妙在这似与不似之间。似与不似之间给作者辟出了一块空间，使她得以既谈出一个"对象"，又谈出一个"自己"。

用散点透视形成排比式的思维、谈论方式谈出一个自己来，正是杨苗燕修辞的最内在的追求。多年来，她一直在苦苦寻找着自己的角度、自己的方式、自己的风格、自己的理论思考。面对转型期纷繁复杂的社会现实和理论图景，她并不随波逐流，并不人云亦云，她深深地思考着理论与现实，思考着过去、现在与未来。今天的中国思想文化界出现了这样一种格局：一部分人在清除着既往文化之路上的陷阱，一部分人在感叹着人文精神的失落。杨苗燕似乎不愿意进入这个格局，她在思考着另外一种可能性。为了文学艺术的发展和新的文化建构，她既主张对既往理论话语进行清理，又反对在解构游戏里乐不思归。她希望在反思的基础上寻找适合时代需要的新的文化精神。也就是说，对于今天的文化运作，既反对没有解构的建构，又反对没有建构的解构，她主张在认真解构的基础上从事新的建构，于是投入极大的精力关注广东的文化现实。她认为广东的新文化现象既反叛了陈旧观念，又孕育着一种新的文化精神。"它是走出彼岸，关注现实的；它是不喜欢追随，崇尚创造的；它是不会清谈与调侃，重视行动与实践的；它是不擅怀旧，全力向前的；它是拒绝逃避，追求进取的。"对这一"新文化精神"，她反复进行着研究和谈论，为张扬它，为促进它的生长，她努力贡献着自己的力量。于是我们发现，杨苗燕的修辞与这个时代有着密切关系，她献身于时代，时代冶炼了她的修辞。

自然，杨苗燕的探索和思考有一个成长和成熟的过程。这在这本书里亦能看出。可贵的是，在前进的路上，她一直在揣摩着脚步的迈法。路漫漫，真的，尤其是文化思考之路。然而，杨苗燕在义无反顾地前行。书名叫《别等我在老地方》，是的，老地方等不到她，她总在前行，总在新地方等你。一个新地方就是她人生与创造的新的一站。一站一站铺开去，便铺出一个才女的辉煌。

愿她有更多的新地方。

支点

《在南方的阅读》是钟晓毅的又一本理论批评集。记得我被钟晓毅的"又"所震动已经不是第一回了。在我的印象中，似乎你刚读完她的一本书，她的另一本书就又出来了。

于是，你便不得不佩服她的勤奋，不得不佩服她的才气。而我更佩服她的写作态度。这便要把话扯得远一点儿。

认识钟晓毅，是到了广东后。我先是报上看到一篇文章，谈20世纪90年代文学的，其中有专门一段谈论"后现代主义"文学现象，署名钟晓毅。那时谈这个话题的人还不多。我便有些吃惊，觉着了这人的敏锐。那年春节，作协在广东大厦搞新春茶话会。因为我刚到广东，朋友们便在席间指点着为我介绍一些广东文坛的"人物"。一条红连衣裙从大门进来，穿过大厅。红袖子一直举着，几次想放却放不下来，忙着与人打招呼。朋友说，这位小姐是钟晓毅，搞批评的。

正式与钟晓毅认识，是在一次聊天的场合。在我的经验中，与女青年学者聊天往往比与男青年学者聊天更加具有"学术"色彩。有些女青年学者，哪怕是聊家常，也聊得很学问。她们往往聪慧过人、谈锋锐利。一开口，空气都被划得"哗啦啦"地响。与她们聊天有一种智慧的享受，但也得留点儿神，一不小心，容易被划拉一下。钟晓毅聊天却很"家常"，很随意，很生活化，给你带来一股纯真。只见她一开口便笑，一笑身子便倒。如果身边是位女士，她便会倒在你的身上，继续她那没有笑完的笑。如果不巧身边是位男士，她倒的动作便会在中途停下来，手则顺势抬起，捋一捋头发。笑声，也就被捋进头发里了。你发现,作为才女的钟晓毅,并不隐藏自己很"日常"的一面。你同时发现,钟晓毅是一位没有"学者"负担的女性。作为女性,她活得很率真、很率性。

多读一些钟晓毅的文字,却又从她的文字里读出她的人来。原来,率真、率性不仅是作为女性的钟晓毅的行为特色,也是作为批评家的钟晓毅的文字特色。她的文字,似乎不是"写"出来的,而是从她的生命里自然"流"出来的。

作为同行,我知道这深为不易。我自己的和许多其他人的理论批评文字,不仅是要"写",且往往要靠"挤"。这年头,搞理论批评不易。你得考虑你的理论深不深,见解新不新,文字美不美,等等。总之,要让自己的东西出来后是个"东西"。不要说放个"响"炮,至少也不像在河里打水漂,毫无声息,总要引起人们的注意才好,于是就"挤"。往往从肚子里一挤半天挤出一个字来,又觉不妥,抹掉,白白浪费许多生命的细胞。

钟晓毅不同。对身外之物,她考虑得不多。她写,是因为她有话说。她写,是因为写作是她的生存方式。她的生命是与写作连在一起的。或者说,写作,是她生命的展开形式。因而她写作,是在享受她的生命,是在愉悦她的生命。这就够了。至于对她的文字如何评价,那是别人的事情。无论你如何评价,她的生命都需要这样去展开。因为少有外在的束缚,她的写作便更多地忠实于自己的生命感悟。她的灵感,从生命感悟而来。她的笔,顺着生命感悟而去。她所要做的,只是把自己的生命感悟变成理论文字。于是,她写得轻松,写得流畅,写得洒脱。

因而在钟晓毅的理论写作里,有着另外一套尺度。我不想用"深刻"与否之类的标尺去评价她。但我却想说,忠实于自己生命感悟的理论写作,从一个方面透着理论写作的真正意义。立说、立言,那是理论写作的身外之物。一个理论写作者,能在写作中愉悦并展开自己的生命,这应该是一种境界。当然,理论写作免不了进入理论的"源"与"流",也不能不与前人、他人的理论交流、碰撞,但进行这一切的基础,应该是自己的生命对自身、对社会的感悟。而且,理论的推进,绝不是从古人、他人书本里对文字进行移位就可以完成的,它所依赖的东西之一,应该是不同时代理论工作者的生命感悟。因而我想说，生命感悟，是真正意义上的理论写作的支点之一。

正因为忠实于自己的生命感悟，钟晓毅在这本《在南方的阅读》里对广东小说就作出了别一样的解读。在别人看不到价值的地方，她看到了价值。在别人读不出韵味的地方，她读出了韵味。她说"广东作家喜好一种柔丽平和的情怀"，她说"南方的写作总带着淡淡的雨天的忧伤"，她说"一种湿润的水乡风情和连绵的雨意，挡住了中原大地的燥热和酷寒，让岭南保留住了寻常形态和自然形态"，因而广东的写作便逃离着传统文化规范和固有生活方式，广东文学在欲海里寻找诗情、寻找精神家园。在这本书里，我们能看到作者的生命感悟。作者对新时期以来的广东文学作了较为全面的分析、把握，其视野、其思考、其全书的构架，都很见功力。但最吸引你的，是作者感受广东文学时的那颗诗心。

读这本书，你会有理论与诗的双重享受。

诗与成熟

梁云曾给我一个特深刻的印象：东北人，实在。不久前，她突然寄来了一部书稿。读了她的文字我才发现，实在的梁云原来藏着一股诗情。

这年头儿，有诗情不易。它需要成熟。

人们常说写诗是青年人的事业，诗情与青春相联系。以前我也这么说。现在却发现这一说法有所遮蔽。诗不仅需要青春，也需要成熟。二者缺一便没有诗。诗里确实燃烧着青春，却是成熟的青春；当然，诗里的"成熟"也是青春的成熟。

说诗与青春相联系大多是因为写诗需要激情。这"激"，自然与青春相关。但前提是要有"情"——诗情。在青春期激荡的，不一定只是"情"，比如，还有欲。人，在只知欲望的发泄与满足时，是谈不上"诗"的。只有在懂得了如何处理欲望关系时，或者说，在看到了欲望之外的精神天地时，诗才得以产生。从欲望到诗情的历程正是从动物到人的历程。诗情的产生标志着人类的成熟。但这一历程并不因为生物进化的完成便永远告别了我们，它压缩成一个有意味的张力，保留在人生与社会历程之中。在这种张力中的运动，是人生与社会成熟的过程。在这一过程中，欲望的觉醒与诗情的勃发，是必经的两个阶段。两个阶段尽管你中有我、我中有你，却又有着鲜明的侧重。而既然是"必经"的阶段，便不能将它们排出高下，只能顺应着它的发展，期待着它的成熟。对人是这样，对社会也是这样。

20世纪70年代末以来，中国社会进入了一个新的青春勃发期。这一青春勃发期是从欲望的觉醒开始的。人的生命从各种重压里解脱了出来，将各自发了霉的欲望抖在了地下，放在太阳底下一晒，竟活了回来。活了的欲望，忙了。各自为了自己的满足奔波着、抗争着、奋斗着。一个原本死寂的社会出现了人欲横流、物欲横流的景观。社会释放了欲望，演变出目迷五色的故事，却冷落了诗。大体上说，这个社会，还处于欲望的张扬期，人们还顾不上诗，还来不及为诗而奔忙，也没有为诗而陶醉的优雅。

于是我们看到，诗的地盘越来越小。与电视、小说的繁荣相对比，诗，一直为了自己的生存而艰难地挣扎着。人们曾不无戏谑地说，今天的中国，写诗的比读诗的多。

然而，诗还在。尽管艰难，毕竟有人写诗，有人读诗。写诗者、读诗者是社会青春勃发期里早慧的一群。

梁云是他们中的一个。在越来越汹涌的人欲之流中，她一直追踪着诗的足迹。她读了大量的诗，收集了大量诗歌研究资料，对20世纪70年代末以来的诗歌现象作了大量的思考与研究。这本《中国当代新诗潮论》便是其结晶。

这是一部下了工夫的扎实而丰富的书。它有着史的框架，论者研究了新时期以来从朦胧诗到第三代诗的潮流走向。特别对第三代诗潮中的文化寻根派、"他们"诗群、"莽汉"、"非非"团体、抒情诗群、智慧派诗人、女性主义诗歌等诗歌创作群体与诗歌创作现象进行了系统而全面的梳理。视野开阔，资料丰富，条理清楚，有一种史书的气势。

它更有论的品格。其论的品格突出表现在两点，首先，它不是一般的历史记载，而是站在文化的高度把握历史现象。对每一个诗歌群体和诗歌现象，论者都从文化角度去理解其出现的原因和其诗歌追求。她论述朦胧诗对"帮腔帮调"的反叛，从文化角度去理解朦胧诗的主题和"给当代新诗带来的划时代的变革和深刻的影响"。她更对第三代诗给以颇有眼力的文化阐释。她认为，第三代诗人是一群"失去家园的流浪者"。他们因为"在文化命运上陷入'无家可归'的困境","必然会在诗歌的语言方式中得到直接反映,'游戏能指'也罢,'纵欲狂欢'也罢,实际上都是这群'流离失所'的人灵魂痛苦的外在白热化的反映"。这样的论述就使该书超出了一般的历史描述而具有了一定的理论穿透力。

该书论的品格还表现在它不仅有对历史的面的把握,更有对诗人诗作的点的突破。对每一诗歌群体、诗歌现象里的重要诗人、重要诗作,她都有重点论述,时时可见精彩的解读。如对"他们"诗派的论述。论者首先看到了"他们"面对"北岛"们文化困境时突围的路径与策略,找到了他们异军突起的来路与去向,又深入论述了"他们"内部韩东、于坚等的特色与异同。她的论述,从文化深入到语言。你发现,论者力图成为每位诗人的知音。你在这份知音式的解读中,既得到了一种文化的思考,也享受到一份诗的韵味。

做这么艰巨而细致的工作,没有一种对诗的热爱,没有一份激情的诗情,是不可能的。这份诗情也表现在其文笔之中。梁云的书,不取古板的学术姿态,其中不乏率性的文字。个别时候甚至忘了论说的精细讲究。那份洒脱里的诗情是掩藏不住的。梁云生活在深圳,能在各种玫瑰色的诱惑之中始终保留着一份诗情,不能说不是一份人生的成熟。当然,我以为,梁云的书是一份研究,更是一份呼唤。她更主要的目的,是要呼唤时代的诗情,呼唤时代的成熟。梁云的研究告诉人们,新时期以来,诗并没有回避欲望。诗承受了欲望的进入,但诗还是诗。诗,在欲望的进入中发展着、成熟着。诗的历程发出了社会历程的先声。中国社会,已然经历着欲望的活跃期,诗的勃发期还会远吗?中华民族,正享受着新的青春,正迎接着青春的成熟。

读梁云的书,你会感受到这一点。

(本文选自《反叛之路》,中山大学出版社1999年版)

走出夹缝天地宽

在我们的时代，对文学仍保留一份崇敬和热爱，是艰难的也是可贵的。在广东，现阶段仍全心全意写作并苦苦追求着文学事业的作家已不多了。他们的执着令人感动，同时也令广东文坛仍不时为读者贡献出一些直面我们当代生存本真的作品。然而，关怀的对象是一回事，关怀的原则又是另一回事。不可否认的是，当广东作家身处某一语境而又以另一语境的价值为标准时，其创作的尴尬局面便显而易见：一方面，浸润于日新月异的当代商品社会里，广东作家感同身受着不断流动的、变化的社会生活，而这种生活不可能不对作家的思想观念、生存方式和价值理想产生强烈冲击，以至于新生活、新世态、新观念和新价值屡屡见诸他们的新作；另一方面，背负着长期以来强有力的中心意识形态话语的统摄，相当部分广东作家无法用崭新的眼光去打量这个世界，而作为一个不完善社会的批判者，他们用作批判的武器又显然有落后陈旧之虞。于是，在广东现阶段产生的作家作品中，我们看到了一种"夹缝"式的创作状态，感受到了一种在"夹缝"中挣扎而产生的抗力。我们认为：如何理解"夹缝"中的创作？作家们是否应走出"夹缝"？走出后向何处去？似乎都是广东文学创作现状中值得探讨的问题。于是，一个秋日的下午，我们坐到一起聊了起来：

Y：最近人很迷糊，读书，越读心里越没底。似乎每本书每一种说法都能让人激动一番，好像世界一下子便澄明起来；然而，下一本书下一种说法又可以将前面的彻底推翻，指给你一个崭新的观察角度，于是，世界轰然变样。如此循环往复，一惊一乍，脑袋便由不得自己地迷蒙起来，眼睛所及、心灵所感之事之物也便可上可下，可左可右，可大可小，标准完全遗失了。

N：这是一种世纪末的困惑。不光是你，我们的时代、我们的社会，包括我们的文学，如今都处在这样一种困惑当中。困惑并不可怕，它包含了一种否定在里面，它说明我们对以前的、实践证明是有缺陷和失误的价值追求开始有所反思，这是一种前进的动力，如果这个世界永远没有怀疑、没有否定，历史又怎能前行呢？因此，困惑是必然的，问题是在困惑之中我们怎样选择方向。

Y："梦醒之后如何"似乎是人类一个永恒的难题，因为人类永远有梦，又会不断醒来，所以不断地选择并实现这种选择便是人类历史前行的坚实脚印。具体到我们的文学现状来说吧，我觉得的确到了一个选择的关头，这并不是说传统的、作家们驾轻就熟的创作方式都一无可取，必须全部摒弃，陈忠实的《白鹿原》不就奏响了一曲雄伟壮丽的现实主义凯歌吗？我是觉得我们的时代在变，我们的思维方式、生存方式在变，当然我们的审美方式和价值观念也在变，如果我们的作家仍然用一成不变的眼光、角度、语言和观念去创作，一方面，他不可能触及当下的生存本相，更遑论从哲学或文化的高度去感悟生存本身所呈示的世态人生了；另一方面，他也难以引起当代读者的阅读兴趣，且不说生活的精彩与纷繁远胜于作品，就是对生活的态度、理解与看法，读者也感到作家正在遥不可及处追赶或者干脆背道而驰，那么，读者凭什么去读你的作品呢？因此，勇敢地走进当代，走进当代人的思想、生存、胸怀和视野，恐怕是广东作家的当务之急。

N：也不能说广东作家远离当代，改革开放15年来，巨大的社会变迁和心灵嬗变，广东作家的许多作品还是有蛮充分的反映和表现的。倒是作家在对他们所描绘的生活的认识和评判上，存在着这样那样的差异。在部分的作品中，我们看到了一种用古老的眼光关注当代，用传统的立场批判现实以及用原有的价值评价今天的生活这样一种在传统与现代间纠缠、撕裂和推拉的张力。这说明我们的作家仍在困惑中出不来，中心意识形态的观念对他们的笼罩太强太深。

Y：其实我所谓的"走进当代"也是在这个意义上讲的。作家们的感悟力还是很强的。新世态、新观念、新人伦关系、新价值追求以及新人物、新故事，在他们的笔下栩栩如生。如张欣作品里的都市丽人，张波、何继青小说中和平年代的军人，邹月照视野内的商人与百姓以及众多打工文学中的打工一族，无不是当代生存世界的艺术写照或纪实显现。但是，作家们的中心意识太强大了，于是，精神与物质、彼岸与此岸、理想与欲望等思维二分牢牢地统摄着他们的创作观念，致使他们面对浩瀚而不断变化、充满活力的生活海洋时，总忘不了用精神去烛照物质，用彼岸去引导此岸，用理想去战胜欲望等。由此，在活泼泼热辣辣的新生活与长期形成的价值理想之间，形成了作家们现阶段的创作"夹缝"。当然，存在这种"夹缝"和张力也是正常的。这恐怕是很长一个时期内作家作品的必然存在。我主要是从一种策略出发，希望作家们能走出"夹缝"。首先，"夹缝"的存在，意味着作家的思想和价值观念与时代保持着一段距离，但同时作家又无法忽视时代带给人们生存和命运的改变；其次，时代给人类带来的改变毕竟是全方位的，从生活方式到思维灵魂，从生产方式到人际关系，因此，一种崭新的时代文化和哲学背景已不可阻挡地形成并制约着人类，那么，历来习惯于说"是"的作家们为何偏要对新世界说"不"呢？再者，广东作为改革开放的前沿阵地，新文化精神的洗礼与浸润也非一时，新生活的耳濡目染、感同身受更是切肤的，作家们为什么仍死心塌地地向往那不可及的"彼岸"，而放弃对"此岸"的深究与追求呢？最后，历史地看，与禅宗文化互为因果的岭南文化，本身就具备了追求"此岸"幸福，讲究"顿悟"，关注当下生存的特质。广东作家宁愿舍弃这独特而深厚的文化土壤而去拥抱那与自身文化优势相排斥的"彼岸性"，这究竟是浅层文化向深层文化迈进呢？还是在策略上捡了芝麻，丢了西瓜？

N：你用"夹缝"来作描绘很准确。社会、文化的转型压缩进了部分广东作家的创作里，他们的作品又折射了历史转型的夹缝。感受着新生活的律动，沐浴着新文化的晨露，却又虔诚地追求着另一文化氛围中的"彼岸性"，这就使他们的创作出现了一种艺术张力。这可能正是广东创作的可谈之处：从文本到历史到作家心态，都可以有丰富的展开。

当然走出夹缝是一种呼唤，新文化现象的呼唤"彼岸性"在人类文化史上曾是一个好东西，教人们拼命地追求。然而，对彼岸的追求并不是一个不言自明的东西，并不是不可追问的东西。人为什么要为自己设置一个彼岸而让人去追求？为了人的精神提升。这种"提升"的目的至少有二：其一，让人活得有理想、有价值、有意义；其二，"彼岸"作为一种社会规范，甚至一种威慑力以保持社会的伦理秩序。

对彼岸的追求是典型的西方智慧。西方人聪明地为人生和世界设置一个彼岸以解决人生、社会的一系列问题，形成一条不断发展的巨大文化之河。然而，设置彼岸的智慧里也暗藏着陷阱。设置彼岸建立在思维二分的基础上。二元对立和一整套理性思维方式不仅没能为人找来真正的幸福，反而成为幸福的谋杀者。所以，西方思想家也早就开始了对彼岸、对理性的反叛和逃离。于是西方文化出现了一条从现代主义到后现代主义的新轨迹。看来，追求彼岸并不是"文化"的永恒性特质。

这里的问题是，不用追求彼岸的方式，能达到"文化"的目的吗？或者说，不用彼岸追求来进行人的精神提升，能让人活得有意义，让社会运转得有秩序吗？

回答是肯定的。中国传统文化在很大程度上是追求"此岸"的文化，却同样创造了自己的辉煌。你刚才提到的禅宗，便似可遗弃彼岸？我心即佛，一悟即佛。理想、价值，一切在这里都几乎失去了用武之地，甚至"菩提本无树，明镜亦非台"。何等潇洒！然而，谁能说禅宗不"文化"？

有人也许会说，禅宗可用于个人幸福体验，要解决社会秩序问题，仍然需要彼岸性的绝对命令之类。其实，孔子的思想也是颇具"此岸性"的。"仁"不在彼岸，却解决了一系列文化问题。这便是中国的智慧。

我这里不是要评价孔子学说或禅宗思想，我是谈一种文化思路。这种思路不仅是文化的，而且是高度智慧的。它同样能汇成辉煌的文化之川。

今天开放地区的一种潇洒人生重视当下、此岸，从文化精神上讲，是一种对"彼岸"的放逐。我们恐怕不能轻率对这种现象作"没文化"的判断。从传统智慧里，我们可以找到解释并引导这种文化现象的文化思路，并从事一种新的文化建构。这种新的文化建构表现在文学创作中，我把它称之为，或者说我在呼唤一种"彼岸后叙事"。"彼岸后叙事"消解了对彼岸的追求，却又不是不要追求，反叛了某种意识形态中的文化，却又不是不要文化。

Y："彼岸后叙事"。这提法真的很妙！我们的作家实在给"彼岸性"束缚得太久了，面对突如其来的当代性和当下追求总是或不屑一顾或躲躲闪闪。其实，强调"走出彼岸"，并非不要精神原则，并非不要文化追求。谁说"胜者为王""再战江湖""不识当年""财来自有方"不是一种精神，一种文化呢？能说"一脸疲惫、一身臭汗，只为混出个人模狗样来"没有追求吗？能说千百万打工仔打工妹们血泪成行含辛茹苦只为"比在家乡过得好一些"没有意义吗？为此在的幸福而拼搏，一心要把今生的辉煌灿烂握在手中，其实是多么艰难而高远的理想，只是它们多了一份可触可及、少了一些虚妄与空想；多了一份自然与潇洒，少了一些痛苦与折磨。过去常常把痛苦与严肃、永恒相联系，将洒脱与浅薄与游戏相提并论，实际上只是人为制造的思想樊篱。永恒是一种精神，一种生活态度，它与实际的生存方式与生活过程是没有必然联系的。因此，我觉得"彼岸后叙事"真的可以定位一种新精神原则烛照下的新文本。这或许是广东文学真正走出北方文学阴影笼罩的一个契机？

N：同意你的看法。当然，"彼岸后叙事"并非"独沽一味"，它只是预示着一种正在生长的文化意向，一种有别于原有创作格局的独特所在。它绝不排斥其他，甚至完全可以与"彼岸性"的追求和平共处，我只是感到，在广东，"彼岸后叙事"有其得天独厚的现实土壤。广东的作家若能敞开胸怀，接纳新文化精神的召唤，"夹缝"之外的艺术天地将是广阔而明亮的。

Y：可不可以这样理解："彼岸后叙事"只是一种终极目标意义上的不同，一种人生观念意义上的超越和一种文化视角意义上的转变，而从创作的本体角度看，它是多元的，作家们尽可以用你最得心应手的语言方式去进行写作。只要这种方式可以最成功地体现你对生命的感悟，对生存的理解，对人性的把握和对理想的期待。

N：当然可以。对了，我们说了好半天，是不是该解读几个代表性的文本？

Y：太应该了！从"彼岸性"到"夹缝状态"到"彼岸后"，是一道文化发展的链条，在它的各个不同的连接点上，当代广东文学都出现过代表性的作品。由于篇幅关系，这个话题我们只有留待下次再谈了。

（原载于《广州文艺》1995年1月）

寻找新的文化支点

——新时期文学思潮管窥

中国大陆新时期文学思潮一波未平一波又起,丰富多彩。促成思潮起落的原因众多,其中有一点是内在的、重要的:新时期文学穿透了政治的表层,进入到了文化层面。中国文学在用自己的探索,为中国人寻找新的文化支点。本文将从这一角度对中国大陆新时期文学思潮进行一个简要的描述。

社会批判文学思潮

1976年10月之后,中国大陆文学面临的一个首要任务,是推倒文学身上的束缚。不完成这一工作,新的文学便无法迈步。于是,文学开始在社会、政治层面对新中国成立以来的历程进行反思,对各种社会问题进行揭露。这是文学在新时期掀起的第一次大的思潮。它既是大陆思想解放运动的推动力,也是思想解放运动的重要组成部分。

这个思潮是从揭批"四人帮"文艺思想开始的。"四人帮"曾将"十七年"的文艺诬蔑为"文艺黑线专政",又为文艺制定了一整套规定,1976年之后,文艺界首先掀起了揭批"四人帮"的斗争。推倒了其"文艺黑线专政"论等一切强加给文艺界的精神枷锁和政治镣铐,批判了其"三突出"创作原则、"写与走资派斗争"的文艺思想,批判其"阴谋文艺"。文艺生产力得到了初步解放。文艺界同全国人民一道,有一种寒冬过去、春天来临的解放感和喜悦感。大家群情激昂,对未来充满了憧憬。

然而要真正繁荣文艺,仅仅批判"四人帮"文艺思想远远不够。中国文艺思想中的"左"倾错误其实在更长的历史时期与更大范围内的"左"倾倾向紧密联系着。在更大范围内批判"左"倾错误的任务提上了历史的议事日程。1978年5月，中国理论界开展了关于真理标准问题的大讨论。这是一场伟大的思想解放运动，中国人以"实践是检验真理的唯一标准"为口号，向一切禁锢思想的樊篱发起了猛烈的进攻。文艺界积极参加了这一场大讨论，并在两个方面取得重大胜利。

第一，推倒了"文艺为政治服务"的口号。中国文艺从1942年开始，其主要任务便是"为政治服务"，一直演变到"文革"，"四人帮"利用文艺搞政治阴谋。1979年1月，上海《戏剧艺术》发表了署名陈恭敏的文章《工具论还是反映论——关于文艺与政治的关系》，首先向"文艺为政治服务"的口号提出了质疑。3月，《文艺报》召开理论批评工作座谈会，把文艺与政治的关系作为重要问题之一讨论。4月，《上海文学》发表评论员文章《为文艺正名——驳"文艺是阶级斗争的工具"论》，随即掀起了一场全国性的大讨论。文艺界调动一切力量推倒了"文艺为政治服务"论、"文艺是阶级斗争的工具"论。这场斗争的直接结果是，1980年上半年，党中央作出决定，用"文艺为人民服务、为社会主义服务"的口号取代"文艺为政治服务"的口号。文艺从政治附庸的地位解放了出来。

第二，提出了"恢复现实主义光荣传统"的口号。20世纪中国文学一直提倡现实主义。但在"文革"中，现实主义走向了"假大空"，文艺不能表现人民的真实生活。在思想解放运动中，文艺界呼吁恢复现实主义传统，呼唤文艺真实地反映现实，表现人民的疾苦。

文学创作在这样的背景上展开，出现了"伤痕文学""反思文学""改革文学"。这三大思潮都在社会批判层面，共同构成大的社会批判思潮。在揭批"四人帮"的运动中，刘心武、卢新华先后发表了小说《班主任》《伤痕》。小说没有停留在对"四人帮"的一般批判上，而是深入揭露了十年动乱在人们的内心深处造成的创伤，当时的人们称之为"内伤"。这些作品立即在全国引起了巨大的反响。但也有人不满意，认为它是"暴露文学""缺德文学"，因而在文坛内外爆发了一场关于"伤痕文学"的讨论。讨论中，现实主义取得了决定性的胜利。

当人们按照现实主义的原则，真实地去面对社会、历史与人生的时候，作家们发现，中国的"左"倾在"文革"前的"十七年"早已存在着。于是作家的揭露批判便超出了"文革"的范围，在更大的时间跨度里反思已经走过的路，这就出现了"反思文学"。茹志鹃的《剪辑错了的故事》、刘真的《黑旗》、张一弓的《犯人李铜钟的故事》、高晓声的《李顺大造屋》等作品把反思的触角伸到了"大跃进""反右"等新中国成立以来一系列重大政治运动和重大事件之中，产生了巨大反响。

在反思历史的同时，一部分作家已经把注意力转移到了当时的现实生活之中。当时的现实是祖国百废待兴。蒋子龙以《乔厂长上任记》大声呼唤改革，引来了"改革文学"的热潮。当然，当时的改革大多只在政治思想层面，还未能深入到经济与文化，但在当时却已经产生振聋发聩的作用。

人道主义文学思潮

文学在对左倾思潮进行批判反思的过程中，发现"左"倾在中国并不是孤立的现象，它与中国的封建思想有着直接渊源。文学于是穿过社会政治层面，进入了对文化思想的思考。人们认识到，当祖国在左倾的轨道上运行的时候，人都变成了工具。表现在思想文化上最大的问题是：对人的不尊重。文学开始借来西方的人道主义，在文本里书写着大写的"人"字。

20世纪中国文学对人道主义的呼唤并不始于七八十年代。早在"五四"时期，新文化运动的先驱们就猛烈批判了封建文化，并从西方文化中为重构中华文化找到了一个新的支点：人。周作人在《新青年》第五卷第三期上发文认为，所谓新文学就是"人的文学"。当时的文坛立即刮起了"人"的旋风，以至于胡适在《新文学大系·建设理论集》导论里说，《人的文学》是"当时改革文学内容的一篇重要的宣言"。那是一个呼唤"人"的时代。从拥护德、赛两先生，到文学改革，再到周作人的思想革命，新文化运动从诞生起所做的一切都与"人"的呼唤有关。但是，20世纪中国的人道主义与民族主义是始终连在一起的，当民族危机威胁着每一个中国人的时候，人道主义的声音自然演变为民族主义的声音。

"十七年"时期，针对文学创作中存在的弊端，钱谷融提出了"文学是人学"的命题，但遭到不应有的批判。长期以来，人性、人道主义一直成为文学的禁区。20世纪80年代，人道主义的声音再起，接通了"五四"人道话语的源头。戴厚英的《人啊，人》等一批作品呼唤人的尊严、人的价值、人的地位、人的权利，鼓吹以人为目的。

在人物性格的塑造上，文学作品首先挖掘人物的人性美、人情美。叶文玲的《心香》、张抗抗的《北极光》、刘心武的《如意》、丛维熙的"大墙文学"都写出了感人的心灵，使人受到美的熏陶和震撼。

随着人道主义讨论的深入，文学作品开始进入人物的内心，揭示人物性格的丰富性、复杂性，打破过去那种好人一切皆好、坏人一切皆坏的格局，跳出从抽象概念出发的人物塑造方法，使人物成为一个矛盾统一体，一个活生生的个性。方之的《内奸》、苏叔阳的《故土》、王蒙的《活动变人形》等作品塑造了一大批内涵复杂深刻的人物形象。

理论上，西方从文艺复兴到启蒙理性到19世纪个人主义等几个世纪的人道主义话语，中国人在短短几年之内，全部温习了一遍，并将西方不同时代的话语混杂地压缩在自己的讨论中。当然，这些讨论也有重点。重点之一是，对人性问题的讨论。人们认为，人性是社会性与自然性的统一。这当然并不是新鲜的见解，但在当时的语境中却有特殊的含义。1976年之前，在中国的理论中，"人性"往往被等同于"阶级性"。人的"自然性"被排除在人性之外。因而，"文革"后对人的社会性与自然性的双重强调，便是特定语境里的话语策略。它是中国构词法里"危急存亡"式之偏义复词结构，而不是"悲欢离合"式的平分秋色之联合结构。在既往话语中缺席的人的"自然性"现在堂皇出场，本身便意味着一种强调、一种重视。

正是基于对人性复杂的肯定，理论家刘再复提出了"人物性格的二重组合原理"。这一原理认为，"任何一个人，不管性格多么复杂，都是相反两极所构成的"[①]。人，是魔鬼与天使的产儿。刘再复提出这一理论主张，是希望促进把人作为"根本出发点"。"作为文学创作的一种美学原理，它首先承认'文学是人学'这样一个经典性的命题"，希望"促进我们的文艺创作向人性

---

① 参见刘再复：《性格组合论》，上海文艺出版社1986年版。

的深层挺进、更辉煌地表现人的魅力"①。

  仅仅指出人的复杂性当然并不够，因为人既是有生命的复杂的个体，又是有意识的主体。个体生命的深入把握，必然导向对主体的能动性的重视。于是，随着讨论的进一步深入，刘再复接着提出了"文学的主体性"的命题。这一命题直接源于康德。李泽厚的《批判哲学的批判》②在阐述康德哲学时，对康德的主体性哲学思想进行了重点论说，在学界产生了巨大影响。刘再复将这一思想贯穿于文学研究之中。他认为，新时期文学的主要思潮是人道主义。他说，文学就是要以人为主体。人，是目的，不是手段。"我们的文学应当把人作为主人翁来思考，或者说，把人的主体性作为中心来思考。"③"主体性"在中国曾失落于历史的荒草丛中，今天，我们应该在叙事中把它找回并确立，在文学中"恢复人作为精神主体的地位"。主体性命题把人放在对象中，放在实际中去考察"人的精神世界的能动性、自主性和创造性"④，张扬主体的自由。

  有意味的是，论者在论述主体自由、无束缚的创造时，却给主体偷偷加进了一系列规定。这些规定通过论者的叙述，把从某种意义上对人的要求，或者说社会指令转化为主体性的内在规定。这里有一系列的话语转换。比如，作家有主体性，但主体自由并不意味着创作中的为所欲为，作家的主体是有层次的，其最高层次是"作家的自我实现归根到底是爱的推移"，要把爱推到"每一片绿叶"。"只有爱他人时，自身最有价值之东西——自己的良知才能获得实现"，要懂得爱"人民"。因而，主体性的题中之义必须具有高度的"使命意识和忧患意识"，那是"与人世间的苦恼相通的博爱之心，是以人民之忧为忧的人道精神"⑤。结论出现了这样的逻辑：只有遵照这些"规定""使命"，主体才能找到"自由"。

  在这样的论述里，"主体"向"人民"靠拢，小"主体"向大"主体"

---

① 参见刘再复：《性格组合论》，上海文艺出版社1986年版。
② 参见李泽厚：《批判哲学的批判》，人民出版社1979年版。
③ 刘再复：《论文学的主体性》，《文学评论》1985年第6期—1986年第1期。
④ 同上。
⑤ 同上。

交融。它既有康德理性思辨中道德律令的影子，也有20世纪80年代人文工作者的思考。"主体性"问题的提出与讨论，把"五四"时的人道主义话语推到了一个新阶段，把"人"的主题推到了一个顶点。然而，"顶点"也是"落点"。尽管人道主义思想在以后的文学与文化思考中仍然存在着，但20世纪80年代中期以后，人道主义受到了现代主义等思潮的强烈挑战，再也没有出现过昨日的辉煌。

现代主义文学思潮

人道主义思潮在"文革"后出现有其历史、现实的必然性，对推进"文革"后文学的发展起了巨大的作用。然而，其局限性也十分明显。人道主义思潮是西方19世纪上半叶以前几个世纪的哲学文化追求。第二次世界大战后，西方人粉碎了自己的人道主义迷梦。

那么，人道主义在中国是否还适用？是否还能作为中国文化建设的新支点？新一代学人和作家在思考着。就在刘再复发表《论文学的主体性》的1985年，黄子平、陈平原、钱理群发表了《论"二十世纪中国文学"》，对20世纪中国文学进行了现代主义的描述[①]。其根本用意不在于改写既往的历史，而在于推动正在行进的历史，推进中国的现代主义文学探索。

现代主义在中国的登陆远不在1985年。早在尼采去世两年后，新文化运动前夕，即1902年，梁启超便在一篇文章里介绍了尼采，把他称为"个人主义"。1904年，王国维发表《叔本华与尼采》。1908年，鲁迅在日本发表《文化偏至论》也介绍了尼采。

新文化运动开始，对现代主义的评介、借鉴曾有过几次高潮。"五四"时期，尼采、柏格森、弗洛伊德等人的学说都得到过不同程度的介绍和讨论。新文化运动、文学革命运动中的不少领袖及中坚人物，陈独秀、蔡元培、鲁迅、周作人、郭沫若都写过评介现代主义的文字。创作上，20世纪20年代不仅

[①] 黄子平、陈平原、钱理群：《论"二十世纪中国文学"》，《文学评论》1985年第5期。

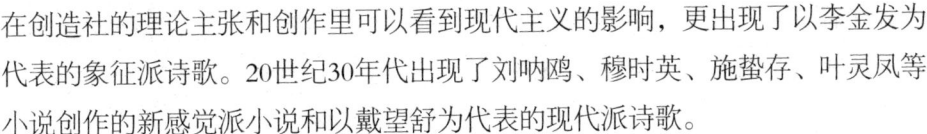

在创造社的理论主张和创作里可以看到现代主义的影响,更出现了以李金发为代表的象征派诗歌。20世纪30年代出现了刘呐鸥、穆时英、施蛰存、叶灵凤等小说创作的新感觉派小说和以戴望舒为代表的现代派诗歌。

然而,在中国现代文学史上,现代主义要么对人道主义作了误读,要么谦和地以人道主义的同路人身份出现,一直未成为独立而重要的意识形态力量。

历史翻去一页,当我们在"文革"后再次见到现代主义时,它已潜在地具有现代史上不同的地位与姿态。

"文革"后关于"人"的话语隐藏在一个"确立／消解"的内在紧张之中:刚刚觉醒,便已陷入困惑;刚刚从梦中醒来,却又进入另一个大梦;刚刚还在确立,却已进入焦虑和软弱无力;刚刚感到世界的美好,却已踏入孤独;刚刚看到一个充满信心的未来,却已袭来了荒谬。

"文革"后中国文学中的现代主义话语欲望首先从艺术形式的变革上表现出来。这不奇怪。国门打开,人们自然要学习西方的艺术手法。20世纪70年代末、80年代初,中国诗坛出现了"朦胧诗",引起了一场关于现代派诗歌的讨论。其实,朦胧诗只是在手法上有些现代主义的影子。但关于朦胧诗的讨论却为国人初步打开了现代主义的视野。20世纪80年代初,王蒙连续发表了《春之声》《海的梦》《布礼》等六篇用"意识流"手法写作的小说,同样引起了讨论。同一时期,李陀、冯骥才、刘心武等人利用书信方式讨论现代主义,在文坛的天空放出几只"小风筝",进一步推进现代主义的讨论。

当然,这些讨论还只限于技巧、形式层面。意识形态上,当时的"现代主义"仍然是反叛封建的人道主义的同路人。

然而,现代主义形式的"引进"不可避免地带来现代主义的"内容"。这个"内容"又恰恰与"文革"所给予中国人的对人生、对世界的体验相通,提醒给人们一种对"文革"的新读法,对人生、对世界的新读法。随着对现代主义借鉴的不断深化,20世纪80年代初还只潜藏着的现代主义终于跳出了人道主义同路人的身份,公开打出了与人道主义分庭抗礼的旗帜。

1985年,出现了刘索拉的《你别无选择》、徐星的《无主题变奏》等一批作品,以全新面貌吸引着文坛。作品表现了鲜明的非理性色彩,书写人的孤独感、分裂感、苦闷感。作品里流动着尼采的"酒神精神"和柏格森的"生命之流"。当人们还在刘索拉等人的作品中兴奋着的时候,又突然出了个残雪。她以《苍老的浮云》等一系列作品书写着荒诞。残雪的故事大多发生在"文革"。她的笔下,世界是一个丑、虚无、无意义的世界。她给人们提供了另外一种对世界的解读。批评家发现"在残雪小说构筑的梦境或幻象的世界中生存的是一个孱弱的、恐惧的、孤独的灵魂,处在一种失去了安全感的恐惧中,在丑恶和梦魇的包围中一直走不出来。"①

池莉、刘恒、刘震云等一批作家表面上运用写实的手法,但却失却了传统现实主义作品里的那种精神。他们的作品将情感处于零度,对任何人和事都不作褒贬和判断,这里的"人"也失去了往日的神圣,成了琐碎事物中的忙碌者。

这样一批作品打破了在人道主义叙事中的那个完整、崇高,作为万物灵长的"人"的现象,颠覆了人道主义叙事中的理性精神,嘲笑了人道主义叙事中对世界的乐观情怀。中国人从世纪初开始追求的作为文化建构的新支点受到了怀疑。

"寻根"文学思潮

作为西方文化的人道主义能否作为中国文化重构的新支点,这确实是一个问题。这一问题在20世纪80年代中期引起了人们从不同角度的思考。当一部分人在对人道主义进行战略策反的时候,另一部分人把目光投向了自己的传统,他们希望从传统中找到新文化的生长点。他们认为,文化建设没有自己的"根"不行。他们认为,"五四"使中国文化与传统形成了断裂。于是,他们要"寻根"。

"寻根文学"思潮也产生于1985年。

韩少功最先用"寻根"来表述他们这一批作家的思考。他1985年在《作家》第4期上撰文指出,"文学有根,文学之根应深植于民族传统文化的土壤

---

① 张钟:《残雪的小说世界》,《百家》1989年第5—6期。

里，根不深，则叶难茂。"他认为文学应穿透政治、经济等社会生活的表层。在他看来，"不是地壳而是地壳下的岩浆，更值得作者们注意。"他说文学寻根"是一种对民族的重新认识，一种审美意识中潜在历史因素的苏醒，一种追求和把握人世无限感和永恒感的对象化表现"①。同年7月，阿城在《文艺报》上发文支持韩少功的观点，他说："文化是一个绝大的命题。文学不认真对待这个高于自己的命题，不会有出息。"他认为"中国文学尚没有建立在一个广泛深厚的文化开掘之中"②。

"寻根文学"有一批十分突出的创作实绩。如贾平凹的"商州"系列小说、郑万隆的"异乡异闻"系列小说以及王安忆、郑义、莫言等众多作家的作品。

阿城的中篇小说《棋王》在寻根文学中颇为引人注目。作品的主要特色之一是对以庄禅为代表的中国古典文化之"根"进行着力挖掘。这"挖掘"突出表现在王一生这个形象上。王一生的典型特征是呆、痴、淡。他为棋而呆、而痴，其他的一切他都看得很淡。在神州大乱之时，他不问世事，痴迷于下棋。他下棋是为了排忧解闷，以求心灵清静和精神自由。他的棋艺高超，"汇禅道于一炉"。这既是他的棋道，也是他的人道。他的性格里表现出一种淡寂、虚静。

阿城对文化之根的挖掘又不止于庄禅。他那"道"的外衣里有着"儒"的筋骨。王一生的性格里，淡泊之中有崇高，虚静之中有壮烈。阿城既喜欢庄禅的超脱旷达，又不回避儒家的进取精神。这二者，被他统一在王一生的生命形态里。

阿城还创作了《遍地风流》系列短篇。这一"系列"里的众多人物干脆脱去了平淡、无为的外衣。那里的马帮首领、骑手和其他汉子们都强悍、豪爽、精干，洋溢着生命的伟力。阿城笔下的人物不都是汉人，人物身上的文化因素也不只是汉文化。阿城的审美世界里包含着并不囿于一子一家的丰富的传统文化内容。他在他的故事叙述中进行着传统文化的重新审视和再造。

---

① 韩少功：《文学有"根"》，《作家》1985年第4期。
② 阿城：《文学制约着人类》，《文艺报》1985年7月6日。

李杭育的"葛川江系列小说"着力描写吴越文化圈里的人物故事。李杭育的文化意识里有着强烈的当代感。李杭育善于塑造变革时期的"最后一个"们。他们都是具有悲剧色彩的人物。时代前进了，他们却仍然生活在自己封闭的心态里，不愿跨过新旧交替的"楚河汉界"。但作者在表现人物悲剧的同时，又努力挖掘他们身上为吴越文化所重视的人格价值、人格力量。如《最后一个渔佬儿》里的福奎，身上有一种不屈的强者性格，表现出"南方人的生命的元气和强力"[①]。这些是能超出特定的时间、地点和事件而闪耀持久魅力的东西。

民情、风俗和风景的描绘是李杭育小说中的重要内容。作者像一位丹青能手，往往在作品中大篇幅地描绘葛川江两岸的山水人情，构成一种文化氛围。李杭育笔下的风俗是性格化的，与他的人物相辅相成，共同表现出吴越文化中人格舒展的力与美。

韩少功的"寻根"小说都有些魔幻色彩。《爸爸爸》里的鸡头寨人是刑天的后裔。后裔里有一个丙崽。丙崽从出生就奇怪：两天两夜不吃不喝，第三天才"哇"地哭出声来。一辈子只会说两句话，一是"爸爸"，一是"妈妈"。作者在丙崽这个形象里注入了对传统文化的独特思考，使丙崽成为一个象征，一个复杂形象，可作多种解读。有论者认为作者用丙崽批判了"民族劣根性"。而他对万物的承受力和强大的生命力却又隐藏着鸡头寨人自刑天传宗以来生生不息的奥秘。丙崽将简单与神秘集于一身。他带来了争斗也带来了活力，在这争斗与活力里，演出了刑天后裔们的历史。

"寻根文学"为文学的文化思考开辟了又一条思路。这是一条在20世纪被反复提出又被反复忽视的思路。"寻根文学"将它落实在具体的文学创作中，显示了一定的实力。

后现代主义文学思潮

20世纪80年代是中国大陆新时期文学的辉煌时期。文学往往轻而易举地造

[①] 曾镇南：《南方的生力与南方的孤独》，《文学评论》1986年第2期。

成全社会的轰动。20世纪90年代中国大陆出现了经济改革的高潮。文学的"轰动效应"失落了,但文学的思考仍然在进行着。更年青的一代从西方引进了"后现代主义"。这一引进,将现代主义思潮已经进行的对人道主义的反叛加强了。

西方的后现代主义之所以能在中国产生共鸣,更根本的原因,在于这里的"世界"发生了变化。中国以前的"世界"是统一的,它统一于单一而具有凝聚力的价值观。商品经济的发展,带来了统一价值观的破碎。正如美国新马克思主义理论家杰姆逊所说:"现代主义的基本特征是乌托邦式的设想,而后现代主义却是和商品化紧紧联系在一起的。"①当然,中国远未进入后现代社会,中国的商品经济也刚刚开始,但它对传统价值法则的冲击和它带来的新的世界图景,却足以使敏感的批评家产生后现代主义的话语欲望。

余华、格非、孙甘露、苏童、叶兆言等一批作家以与"刘索拉"们更加不同的姿态出现在文坛。《褐色鸟群》《请女人猜谜》《锦瑟》《水神》等一批作品破坏叙事时间、制造文本断裂、营造叙事圈套、消解文本与现实的界线,津津有味地玩着文本游戏。批评界认为,他们在通过颠覆文本来颠覆人道主义眼中的社会理想,用游戏文本来游戏人生。

与这批作家异曲同工的是王朔。他的文本并不断裂:作品都有一个精彩的故事,故事的主人公大多是北京的都市青年。他们是一批"玩主"。作者用他们的故事来书写一种游戏的人生态度。王朔的作品有着广大的读者群,也引起了热烈的讨论。

在后现代的文学探索中,还有女性主义文学的身影。它是女性意识觉醒的一种重要行动。陈染、林白、海男等一批女作家探索一种与男性不同的文学叙事,她们大胆书写女性个人的独特经验,张扬女性意识,颠覆男权话语中心。《一个人的战争》《私人生活》等一批作品被命名为"女性个人化写作",受到广泛关注。

如果说创作只是在作品里隐藏着博尔赫斯等西方作家的影响的话,理论批评则更直接地"拿来"了后现代主义。几年前对中国人来说还相对陌生的

---

① 参见杰姆逊:《后现代主义与文化理论》,陕西师范大学出版社1987年版。

名字，福柯、德里达、拉康等等，一下子成了一部分读书人热心讨论的话题。理论批评界向人道主义发起了更为猛烈的进攻。"人"，在这些理论批评家眼里，"变成了一种虚构之物，一种想象性的实在"①。人，在现代主义那里已经分裂了，成了孤独、苦闷、荒诞、焦虑的存在。但无论如何，还有一个分裂的自我存在。但这一切，在后现代主义那儿，都被"耗尽了"。后现代主义言说者们逃离"焦虑"与"荒诞"。取代"焦虑感"与"荒诞感"的，是游戏精神。因此，批评家乐意捕捉并高度理解先锋文学中的游戏精神。他们指出，先锋作品中"充满了能指和所指符号的无端角逐和游戏活动，它们相互碰撞、相互交融乃至相互颠覆，既拆散了文本的内在结构，同时也播撒进而消解了语符的意义"。②游戏，不仅成为理论批评家的把握对象，更成为批评家的策略，他们或将批评视为与作家玩的智力游戏，或在自己的文字里进行自我颠覆的游戏活动，把理论批评作为一种智力游戏。

与游戏精神相并行，理论批评致力于"拆除深度"。深度消失是现代主义向后现代主义转化的一个标志。后现代创作不追求表达某种思想，因而它去追求某种深度。它呈现的是一个平面、一次游戏。深度拆除了，文字便剩下了叙述圈套。因而理论批评家对作家们的叙述圈套也津津乐道。

这一切都是为了消解"意义"。后现代主义的言说者们要消解人道主义为这个世界创造的意义。他们希望通过自己的行动，为寻找新的"意义"创造基础。

因而后现代言说者对经济变革时期的中国社会给予了充分的注意，对大众文化给予了肯定。他们要从这里寻找新的文化基因。

逃离"后现代"的文学新探索

后现代的一系列新名词因为远离大众而使其言说显得异常艰难。20世纪90年代中期，文坛逃离后现代的力量崛起。刘醒龙、谈歌、关仁山、何申等一

---

① 陈晓明：《冒险的迁徙：后新潮小说的叙事转换》，《艺术广角》1990年第3期。
② 王宁：《后现代主义与中国文学》，《当代电影》1990年第6期。

批作家带着他们的《分享艰难》《大厂》《车间》等一大批作品迅速崛起。这批作家首先表现了修复故事的努力，他们的叙事不再制造断裂，不再破坏时间，他们都用现实主义的手法精心构造一个读者愿意读的故事。更主要的是，把目光投向了现实生活，投向了艰难中的人生。他们致力于写改革中人们碰到的种种困境，写困境中的人们的奋斗与相濡以沫。他们不再游戏，他们寻找意义。其作品往往都有着一种情感的冲击力。这批作家作品被称为"现实主义冲击波"。

与"现实主义冲击波"差不多同时引人注意的是"新都市文学"。张欣、邱华栋、殷慧芬等作家致力于书写经济变革时期的都市人生。这些作品不追求虚幻的理想，它首先面对真实的人生。都市欲望在这些作品中占着重要的位置，作品书写都市人为满足自己各种欲望而进行的拼搏与挣扎。但这些作品又不同于"后现代"的游戏精神。它们追求着人与人的精神交流，追求一种诗意的人生。张欣的《如戏》《伴你到黎明》等作品受到人们的称道。

创作里表现出来的文化思考在理论批评里以更加鲜明的形态展现出来。人道主义不能作为中国文化建构的新支点，现代主义、后现代主义行吗？不可否认的是，后现代主义在中国出现是有其历史功绩的。20世纪以来，中国一直把西方话语作为自己的追求目标，把西方之路作为自己的未来之路。后现代主义帮助中国人从"西方中心"里走了出来，也帮助中国人认清了西方话语的盲视。但同时，后现代主义也不能作为中国文化重构的新支点。人们再次把目光从西方移回到传统。于是20世纪90年代在学界出现了"国学热"。人们重新研究国学，从国学里寻找资源。一时间，国学大师陈寅恪、章太炎、王国维等都成了热门话题。京城出现了《原学》《原道》等民间刊物，用较大的篇幅对传统文化进行讨论。

在文学批评界，20世纪90年代中期出现了"人文精神"与"后学"的讨论。"人文精神"论者认为，商业大潮中人欲横流，人文精神失落了。他们反对"后现代"的游戏精神，要求重铸人文精神。而"后学"则认为，当前主要的工作还在于对传统话语进行清理。他们认为"人文精神"论者对传统话语中的盲视清理得不够，这样的"人文精神"只能走向传统的误区。他们反对"人文精神"论者对现实的敌视态度。他们认为，人文工作者不能拒绝"今天"。

他们消解知识分子的启蒙心态,认为知识分子在今天首先应该认清自己的角色和位置。

在这样的讨论格局中,一种新的意见正在展开。另一批学者不同意双方的偏激态度,提出要走"第三条道路":既不同于"人文精神",也不同于"后学"。他们既反对没有解构的建构,也反对没有建构的解构。他们主张在对东西方话语都进行清理的基础上,从中国文化里寻找生长点,建构一种新的"有限理性"。

讨论并没有结束。前面的路还长。上个世纪末以来,中国的文化更新之路走了一个世纪,面临21世纪的到来人们不得不进行总结与展望的工作。因而,20世纪90年代的任何文学、文化讨论,都不是某些个人的心血来潮。

21世纪,中国人如何建构自己的文化,仍然是一个问题。

(原载于《新东方》1997年第6期)

编辑说明

能够编辑《程文超集》让我万分感慨：时间过得太快，编辑《追忆文超》的过程依然历历在目，而文超老师已经离开我们十六年了；重读文超老师的文章，依然心潮澎拜，感觉他就站在我身边，带着他明亮的眼神、略带狡黠的笑。对老师短暂而精彩的生命而言，文章就是"不朽之盛事"。他的学术成果仍会活跃在学生、同行和读者心中。

程老师1993年南来中山大学，虽然身患重疾仍风度翩翩。程老师常常出入医院，在生病的间歇，在热情洋溢地教学之余，写出那么多重要的文章，思考了那么多重大的命题，比如"两个西方""欲望的重新叙述"……他对20世纪80年代批评话语的思考和清理具有开拓性；他对现代性的复杂性和丰富性的思考具有前瞻性。他思考的诸多问题今天依然有效，甚至更为迫切。

难能可贵的是，文超老师不是躲在象牙塔中操练理论的学者，他为推动本土文学和文化的发展作出了巨大的努力。他的批评文章贴近文本、贴近作家的人格和性情，既有理论高度，又有自己的真知灼见，显示了罕见的共情力。他的散文智慧与深情同在；文采与哲思齐飞。他不仅深度"介入"文学界、出版传媒界、影视界等进行跨界别文化讨论，而且积极参加港澳的文化交流和对话。这位曾在旧金山湾区留过学的才子对粤港澳大湾区的文化共性进行了带预见性的思考。

程老师来中大教的第一个班就是我们级，研究生也慕名前来旁听。他讲课纵横捭阖，将当代最前沿的学术思考带进课堂，驾驭理论的游刃有余和剖析文本的精辟见解迅速地将我们带进了一个崭新的天地，让我们对这门学科生出无限的憧憬。我曾在回忆程老师的文章中写道：没有他，当代文学对我是不存在的。我想大家都有同感，程老师带的博士生、硕士生多数留在高校从事教学、科研工作，这既是受老师人格学识影响的结果，也是对老师在天之灵最大的慰藉。

编辑这本粤派批评集的原则是地域性、代表性与多样性兼顾，但兼顾往往是一厢情愿，最终会囿于版面顾此失彼、挂一漏万。程老师在南国生活了十一年，也是他学术贡献最为丰硕的十一年。他热爱这片土地，将自己的心血献给了这片土地。五十岁正是人文学者最好的年华，可惜天妒英才，如能让程老师活到今天来亲自编自选集，无论质还是量都会比这本选集更进一步。

这本选集能够顺利出版，要感谢广东文化界没有忘记他，尤其要感谢丛书主编陈剑晖先生和责编钱飞遥的辛勤劳动；还要感谢张均教授和曹霞教授的帮助。也要感谢师母傅汴霞女士的无私授权。最后我也代表程老师的全体学生和他女儿程璐感谢老师的朋友们。

申霞艳

2020年5月8日

粤派批评丛书

大家文存
- 《康有为集》 郑力民 编
- 《梁启超集》 付祥喜 陈淑婷 编
- 《黄遵宪集》 龙扬志 编

名家文丛·第一辑
- 《黄药眠集》 刘红娟 编
- 《钟敬文集》 包莹 编
- 《萧殷集》 傅修海 编
- 《梁宗岱集》 付祥喜 编
- 《黄秋耘集》 吴琪 编

名家文丛·第二辑
- 《刘斯奋集》 刘斯奋 著
- 《饶芃子集》 饶芃子 著
- 《黄树森集》 黄树森 著
- 《黄修己集》 黄修己 著
- 《黄伟宗集》 黄伟宗 著
- 《谢望新集》 谢望新 著
- 《李钟声集》 李钟声 著

名家文丛·第三辑
- 《蒋述卓集》 蒋述卓 著
- 《程文超集》 程文超 著
- 《林岗集》 林岗 著
- 《陈剑晖集》 陈剑晖 著
- 《郭小东集》 郭小东 著
- 《金岱集》 金岱 著
- 《宋剑华集》 宋剑华 著
- 《江冰集》 江冰 著
- 《徐肖楠集》 徐肖楠 著

专题研究·第一辑
- 《"粤派评论"视野中的"打工文学"》 柳冬妩 著
- 《中外粤籍文学批评史》 古远清 著
- 《粤派网络文学评论》 西篱 主编

专题研究·第二辑
- 《"粤派批评"与港澳台及海外华文文学研究史》 贺仲明 主编
- 《粤派传媒批评》 陈桥生 著
- 《"粤派批评"与现当代文学史研究》 宋剑华 主编